grafit

© 2003 by GRAFIT Verlag GmbH
Chemnitzer Str. 31, D-44139 Dortmund
Internet: http://www.grafit.de
E-Mail: info@grafit.de
Alle Rechte vorbehalten.
Umschlagillustration: Peter Bucker
Druck und Bindearbeiten: Clausen & Bosse, Leck
ISBN 3-89425-283-9
2. 3. 4. 5. / 2005 2004 2003

Jacques Berndorf

Die Raffkes

Kriminalroman

|g|r|a|f|i|t|

DER AUTOR

Jacques Berndorf – Pseudonym des Journalisten **Michael Preute** – wurde 1936 in Duisburg geboren und lebt heute in der Eifel. Er war viele Jahre als Journalist tätig, arbeitete unter anderem für den *stern* und den *Spiegel*, bis er sich ganz dem Krimischreiben widmete.

Seine Siggi-Baumeister-Geschichten haben inzwischen Kultstatus, erschienen sind bisher: *Eifel-Blues* (1989), *Eifel-Gold* (1993), *Eifel-Filz* (1995), *Eifel-Schnee* (1996), *Eifel-Feuer* (1997), *Eifel-Rallye* (1997), *Eifel-Jagd* (1998), *Eifel-Sturm* (1999), *Eifel-Müll* (2000), *Eifel-Wasser* (2001) und *Eifel-Liebe* (2002).

Eifel-Filz war 1996 für den ›Friedrich-Glauser-Preis‹, den Autorenpreis deutschsprachiger Kriminalschriftsteller, nominiert. Ebenfalls 1996 erhielt Michael Preute für sein Gesamtwerk den Eifel-Literaturpreis und 2003 den ›Ehrenglauser‹ für seine Verdienste um die deutschsprachige Kriminalliteratur.

Für meine Frau Geli und meinen Sohn Michael-Mogo.
Für Esther Bentz.
Für Alexandra Meyer und Christian Willisohn in München sowie den brummelnden Karl Aichinger in Weiden in der Oberpfalz – und nicht vergessen: »Du kannst nicht Jogurt essen und den Blues singen«, sagte Janis Joplin.
Und letztlich ein großer Dank an Dr. Helga Pischel in Bad Münstereifel.

Alles grau in grau. Halb-Engel kämpfen gegen Halb-Teufel. Niemand weiß, wo die Front verläuft.

John le Carré, *Agent in eigener Sache*, 1980

Für sie war Raffgier nicht nur gut, sondern obligatorisch. Sie haben so erfolgreich ein allgemeines Klima der Raffgier geschaffen, dass das Wort aus der Mode kam. Heute sagt man ERFOLG! dazu ...

Michael Moore, *Stupid White Men*, 2002

Er kam aus Berlin, und da waren fein gesponnene Beziehungsgeflechte zum Zwecke des Machterhalts und der Bereicherung normal. Der Berliner Sumpf war europaweit zum Begriff für ein Mafiastück geworden, in dem sich Politfunktionäre mit Großspendern, Steuerjongleuren, Abschreibungshaien und halbseidenen Bordelliers verfilzt hatten ...

Hans Leyendecker, *Die Korruptionsfalle*, 2003

ERSTES KAPITEL

Er hatte es versprochen, doch es war ihm unglaublich lästig. Es verstieß gegen jede Regel und konnte unter Umständen idiotisch enden. Möglicherweise war es das kleine Stück Hundescheiße, auf dem ein Staatsanwalt ausrutscht, um dann auf ewig in träger Mittelmäßigkeit zu dümpeln.

Tante Ichen hatte am Telefon mit ihrer nörgeligen Altfrauenstimme erklärt: »Mein Junge, der Mann ist wichtig. Der Mann hat Jura studiert, der Mann ist Rechtsanwalt, der Mann ist schließlich wer in Berlin. Er will nichts als ein informelles Gespräch. Mehr nicht.«

»Tante Ichen: Kein Staatsanwalt führt ein informelles Gespräch ohne ausreichende dienstliche Begründung. Die braucht er erstens für den Chef und zweitens für den eigenen Kopf.« Das klang nicht überzeugend.

»Wieso denn das?« Ihre Stimme war schrill. »Wieso kannst du dem Mann nicht entgegenkommen? Ist Höflichkeit in deinem Beruf Sünde? Ich habe Staatsanwälte in deinem Alter erlebt, die klauten in der Mittagspause auf dem Wochenmarkt in Kreuzberg Äpfel.«

»Das war achtzehnhundertsiebzig, Tante Ichen. Was will der Mann von mir? Er muss doch etwas angedeutet haben.«

»Hat er nicht. Aber: Er spielt eine Rolle in der Stadt, eine sehr bedeutende Rolle.«

»Ja, ja, ich weiß, er ist ein großer Krieger bei den Christlichen.«

»Meine Güte, deine Sprache! Ja, und wenn schon. Er ist bei den Christlichen und heißt Dr. Walter Sirtel. Er ist so ein Häuptling Silberlocke, weißt du, sehr angenehm und garantiert diskret. Vielleicht kann er dir ja helfen. Er wird einen grauen Anzug tragen und im Knopfloch ...«

»Inwiefern sollte er mir helfen können?«

»Was weiß ich! Vielleicht hat er Einfluss auf die Staatsanwaltschaft. Im Knopfloch steckt jedenfalls eine rote Nelke, hat er gesagt.«

»Wenn er einen Angeklagten vertritt, gegen den ich ermittle, dann kann ich nur sagen ...«

»Jungchen, nun sei doch nicht so widerborstig. Er hat mir versichert, es geht weder um eine laufende Sache, die du bearbeitest, noch um einen Mandanten von ihm.« In vertraulichem Ton hatte sie hinzugefügt: »Der verteidigt keine Hühnerdiebe, der spielt in der höchsten Liga. Leise, aber machtvoll im Hintergrund. Ich habe ihm jedenfalls gesagt: Du kommst.«

Mann hatte seufzend entschieden: »Gut, ich treffe ihn!«

Er grinste vor sich hin. Es machte wenig Sinn, sich Tante Ichen zu widersetzen, weil sie eine Verweigerung nicht zuließ, sie akzeptierte kein Nein und sie hätte zäh und hartnäckig so lange auf ihn eingetrommelt, bis er sich nicht mehr hätte wehren können. Immerhin war es beruhigend zu wissen, dass sie nichts tun würde, was ihm schaden könnte. Denn er war Familie und Familie war für sie heilig.

Er würde sich diesen Sirtel also anhören. Aber er schwor sich: Sobald der alte Knabe gefährliches Terrain berührt, trete ich ihm vor das Schienbein und verschwinde.

Mann bestellte sich ein Taxi.

Das Treffen war für zwanzig Uhr angesetzt. Bis dahin blieb noch Zeit; er würde sich am Adenauerplatz absetzen lassen, von dort langsam zum Ku'damm schlendern und dabei über den Rotzjungen Kemal nachdenken, der es mit seinen erst siebzehn Jahren fertig gebracht hatte, in einer einzigen Nacht achtunddreißig Pkws in Kreuzberg mit einem Hammer aufzubrechen, nichts zu stehlen und anschließend zu behaupten, er sei telefonisch dazu gezwungen worden. Gefragt, wer ihn denn gezwungen habe, hatte er geantwortet, kriminelle Kreise im Viertel, schwer auszumachen, nicht zu identifizieren. Aber ohne sie sei letztlich jeder aufgeschmissen, er würde um die Ecke gebracht werden, wenn er das Maul aufmache.

Mann ließ die Stadt an sich vorbeigleiten. Der Tag war hart gewesen, er fühlte sich erschöpft.

Der Fahrer hielt am Ende einer Taxireihe in der Lewishamstraße, nahm den Geldschein, kramte Wechselgeld aus einer Ledertasche und reichte es nach hinten. »Da vorne ist die Hölle los«, murmelte er dabei, als wollte er seufzen, sein Tag sei nun gelaufen.

Mann hatte ihm nicht zugehört, er nickte nur: »Danke auch!«, und stieg aus.

Er war mittelgroß und wirkte kompakt in seinem abgetragenen langen Trenchcoat. Sein ein wenig längliches, blasses Gesicht unter den kurzen dunkelbraunen Haaren war nichts sagend. Unter dem Mantel trug er einen schwarzen Rollkragenpullover zu blauen Jeans und mittelbraunen englischen Schuhen mit Lochmuster. Mann fiel durch nichts auf und er wusste das.

Resolut schob er sich durch eine Gruppe Bustouristen, die sich laut schnatternd im breitesten Sächsisch darüber stritten, wohin sie zum Abendessen gehen sollten.

Wahrscheinlich wollte sich Kemal nur beweisen, auf sich aufmerksam machen. Da gab es ein strohblondes, nuttig wirkendes Mädchen namens Uschi, von dem Kemal dauernd sprach. Allerdings wollte Uschi Kemal nicht, sie hatte lässig geurteilt: »Der Junge ist nicht dicht!«

Es waren nur wenige Schritte bis zum Kurfürstendamm.

Filmreif schossen plötzlich zwei Streifenwagen mit Sirene und Blaulicht an Mann vorbei, bogen ein auf Berlins Prachtstraße und gerieten in massive Schwierigkeiten, weil die beiden Spuren stadtauswärts vollkommen mit Fahrzeugen verstopft waren.

Die beiden Streifenwagen stoppten mit hoch quietschenden Reifen, wandten sich erstaunlich synchron nach links und setzten ihre Fahrt brutal auf dem Mittelstreifen fort.

Irgendetwas war dort vorne, richtig, der Taxifahrer hatte gemurmelt, dort sei die Hölle los.

Mann nahm nun eine Flut von Blaulichtern wahr. Die Fußgänger auf der anderen Seite des Ku'damms begannen wie aufgescheucht auf die Lichter zuzulaufen und mit Geheul näherten sich von hinten mehrere große Feuerwehrwagen.

Mann stand sekundenlang isoliert, weil die Menschen um ihn herum ebenfalls zu rennen begannen und ihn beiseite stießen. Er schaute auf die Uhr. Es war neunzehn Uhr fünfundfünfzig. Nun spurtete auch er los. Er war schneller als die meisten Neugierigen vor ihm, deshalb wich er nach links aus und rannte neben Autos her über die Fahrbahn. Er musste husten, befreite seine Luftröhre, spuckte aus, während er Wagen und Menschen umkreiste, die ihm im Weg standen. Katharina kam ihm in den Sinn, die vor einigen Tagen etwas bissig geäußert hatte, er müsse sich dringend in Form bringen, er würde ja kaum noch die drei Stockwerke bis zu ihrer Wohnung schaffen.

Wie hieß das Restaurant nochmal, wo er verabredet war? *Franco's?* Nein: *Francucci's!* Das war es.

Er lief jetzt auf der rechten Straßenseite, weil sich dort weniger Leute befanden. Plötzlich stauten sich die Menschen vor ihm. Uniformierte Polizisten hatten den Straßenabschnitt abgeriegelt. Einige Männer standen steif und drohend, andere waren noch damit beschäftigt, Eisenstäbe mit runden, schweren Füßen aufzustellen, die sie mit einem rotweiß gestreiften Plastikband verknüpften: *Polizei / Tatort.*

Mann drängte sich rabiat nach vorne.

Neben ihm sagte eine Frau leicht hysterisch: »Da ist eine Bombe explodiert! Jede Menge Tote, hat Gitta gesagt.«

»Lassen Sie mich bitte durch«, bat Mann höflich. »Ich habe dort zu tun.«

»Det sagense alle!«, knurrte ein Zuschauer, ließ ihn aber vorbei.

Er erreichte eines der rot-weißen Plastikbänder und stieg darüber hinweg.

Jemand links meckerte: »He, keine Ausnahme, Männeken. Was wollen Sie denn?«

Mann zückte seinen Dienstausweis: »Staatsanwaltschaft.«

»Ja denn«, grummelte der Uniformierte enttäuscht.

Mann begann erneut zu laufen, immer eng an den Häusern entlang. Er hatte das Gefühl, sich in einem Chaos zu bewegen, ohne dass etwas von Chaos zu sehen war. Endlich erreichte er den Lehniner Platz.

Geradeaus vor ihm drehten sich unzählige blaue Lichter. Ein Mann rief wütend: »Verbandszeug, du Arschloch, Verbandszeug!«

Mann registrierte weißen, mehligen Staub in der Luft. Er musste erneut husten. Aus dem Dunst vor ihm tauchte eine Frau auf. Sie kam nicht direkt auf ihn zu, sondern irrte mit unnatürlichen Trippelschritten zwischen den geparkten Autos herum. Sie erweckte den Eindruck eines hilflosen Menschen in einem Labyrinth. Auf einmal hielt sie inne, stützte sich mit der Linken auf den Kofferraum eines Autos, beugte sich vor und übergab sich.

»Hallo!« Mann fühlte sich unsicher und fasste sie leicht an die Schulter. »Was ist los?«

Sie hob den Kopf, starrte ihn an und sagte kein Wort. Ihre Augen waren weit aufgerissen und grau. Sie war eine hübsche Frau, Mitte zwanzig und über und über mit grauem Staub bedeckt. Sie keuchte, als habe sie eine ungeheure Anstrengung hinter sich, und ihr Mund zuckte. Dann übergab sie sich auf Manns Schuhe.

»Nicht schlimm«, murmelte Mann hilflos, ließ sie los und setzte sich wieder in Bewegung. Nun sah er die Leuchtschrift: *Francucci's.* Die Buchstabenleiste war abgeknickt und wirkte wie eine müde Flagge.

»Was ist passiert?«, fragte Mann einen Sanitäter, der erschöpft an einem Fahrzeug lehnte. Er trug einen weißen Overall und auf seinem Bauch war ein großer Blutfleck. In der Hand hielt er eine Flasche Bier.

»Wohl eine Bombe«, antwortete er geistesabwesend. »Terroristen.«

Eine hohe, heisere Männerstimme schrie: »Die Einsatzgruppe hierher nach draußen!«

»Dauernd schreit der«, sagte der Sanitäter verächtlich. »Seit ich hier bin, schreit der rum!«

»Wie viele Verletzte gibt es denn?«, fragte Mann sachlich. Seine Stimme kam ihm fremd vor.

»Verletzte? Tote! Zwanzig, was weiß ich«, antwortete der Sanitäter asthmatisch.

Die Explosion hatte das Restaurant nach draußen auf die Straße geblasen, als habe das Haus wild ausgespuckt. Wo vorher Fenster und Türen gewesen waren, befanden sich nun riesige Löcher.

Mann wandte sich dem Gebäude zu und stolperte über ein Gewirr von Aluminiumleisten und glatten Flächen. Auf einer dieser Flächen waren die Reste eines Werbeplakats zu erkennen. *Bohlen – der Zauberer,* las er und erinnerte sich, dass hier ein Zeitungskiosk und eine Bushaltestelle gestanden hatten.

Wieder schrie der Mann mit der hohen Stimme: »Keiner geht da rein! Wirklich keiner!«

Mann bewegte sich auf das zerstörte Haus zu und spürte, dass seine Schritte schwer wurden. Er schlängelte sich zwischen zwei Notarztwagen hindurch. Aus den riesigen Löchern in der Fassade kamen Leute; langsam, mit grauen Gesichtern und weißen Haaren kletterten sie über die Schuttberge. Einer von ihnen sagte ohne Betonung: »So eine Kacke! Ich wollte morgen nach Teneriffa.«

Nun fiel Mann auf, dass es unwirklich still war. Er konnte sekundenlang kein lautes Geräusch ausmachen. Auch die Sirenen der Einsatzfahrzeuge waren verstummt.

Links von ihm sammelten sich Männer, erst waren es drei, dann sechs, dann sieben. Sie trugen alle die üblichen weißen Überanzüge der Kriminaltechniker. Ein kleiner, runder älterer Mann trat zu den Weißgekleideten und fragte sanft in einem Seelsorgerton: »Hat jemand einen Vorschlag, wie wir verfahren sollen?« Das war wohl derselbe Mann, der vorher geschrien hatte.

»Macht doch keinen Sinn, Erich«, murmelte einer. »Gleich

kommen das LKA und das BKA und alles, was wir bis dahin getan haben, ist für den Arsch.«

Der kleine Mann erwiderte scharf: »Das ist mir scheißegal. Im Moment ist es unser Tatort. Alles, was jetzt versaut wird, geht auf unser Konto. Also?«

»Eine enge Gitterzeichnung«, schlug eine Bassstimme vor. »Wir machen eine genaue Bestandsaufnahme. Das war es dann. Hat jemand eine Zigarette?«

»Das ist gut«, nickte der kleine Mann. Erstaunlich schnell und elegant drehte er sich um, sah Mann scharf an und fragte: »Wohl ein Bewohner des Hauses?«

»Nein«, entgegnete Mann. »Staatsanwaltschaft, Jugendkriminalität. Ich bin zufällig hier.«

»Zufälle gibt es nicht.« Der kleine Mann lächelte kurz. »Wollen Sie uns helfen?«

»Natürlich«, nickte Mann. »Wer sind Sie?«

»Ziemann, Vorname Erich, Kriminalrat. Bereitschaft der Kripo und Mordkommission. Das sind meine Jungs, die meisten sind Spurenspezialisten.« Er wandte sich wieder an seine Männer. »Geht langsam durch, Abstand ein Meter, nicht mehr. Jedes Fundstück registrieren, einzeichnen, fotografieren. Sind Sie leichenscheu?«, fragte er Mann.

Der schüttelte den Kopf.

»Und was ist mit Leichenteilen?« Ziemanns Augen waren von einem erstaunlich hellen Braun und wirkten wie kleine Lampen in dem ruhigen, runden, freundlichen Gesicht.

»Das wird auch gehen«, meinte Mann. »Was weiß man bis jetzt?«

»Jemand hat versucht, den israelischen Botschafter und seine Familie in die Luft zu jagen.« Ziemann starrte auf die Ruine. »Wir haben bisher dreizehn Tote ausmachen können, zwei davon Kinder. Kann sein, dass es noch zwei, drei mehr werden, es gibt Schwerstverletzte. Dem Botschafter und seiner Familie ist nichts passiert. Sie fliegen ihn gerade aus.« Übel gelaunt musterte er das Pflaster, auf dem er stand. »Ich muss jetzt schnell sein, weil ich alle möglichen, unheimlich wichtigen Leute nicht lange davon werde abhalten können, da reinzugehen. Der Tatort wird bald komplett versaut sein. Bisher haben wir nur die Verletzten geborgen und abtransportiert. Die Toten liegen noch an Ort und Stelle. Ich muss wissen, wo genau die Bombe explodiert ist und wo genau jeder Restaurantbesucher saß. Hören Sie mir eigentlich zu?«

»Natürlich.« Mann blickte in Ziemanns Augen. Er erkannte darin Erschöpfung, aber auch so etwas wie eine flammende Wut.

»Egal, was passiert, lassen Sie sich nicht ablenken, junger Mann. Da, wo das größte Loch in der Hauswand ist, auf der Ecke, war der Eingang des italienischen Restaurants. Geradeaus standen fünf Stehtische, dahinter waren der Tresen und das kalte Büfett, ich mein, Antipasti und so 'n Zeug. Rechts davon, hinter einem breiten, türlosen Durchgang ist das eigentliche Lokal. Der israelische Botschafter saß im Restaurantbereich hinten rechts an einer langen Tafel, zusammen mit seiner Frau, seinen zwei Kindern und vier Freunden.«

»Gibt es unter den Verletzten oder Toten einen älteren Herrn, der eine rote Nelke im Knopfloch trug?«

Die Augen des kleinen Mannes verengten sich zu Schlitzen. Er fasste Mann hart am Arm und zog ihn auf das halb zerstörte Gebäude zu. »Kommen Sie.«

Behände kletterte der Kriminalrat über einen Haufen Steine, umging zerborstene Teile von Tischen und Stühlen, wandte sich dann zwei Schritte scharf nach rechts und wies mit dem Zeigefinger nach unten: »Meinen Sie den?«

Mann starrte verkrampft auf den Toten: »Ich weiß nicht, ob ich den meine.«

»Aber da liegt eine Nelke, da auf dem Bauch neben der Gürtelschnalle.« Ziemann wirkte plötzlich aggressiv. »Also, ist er es oder ist er es nicht?«

»Aber – er hat ja keinen Kopf mehr«, stotterte Mann. »Ich habe ihn nie persönlich getroffen, ich kenne sein Bild nur aus der Zeitung.«

»Sie waren hier verabredet?«

»Ja, er wollte eine Auskunft, aber ich weiß nicht, worum es gehen sollte. Meine Tante ... meine Tante hat das Treffen arrangiert. Das ist dieser Sirtel, Dr. Walter Sirtel.«

»Ach du lieber Gott, auch das noch«, stöhnte Ziemann mit einem Blick in den Himmel. »Ausgerechnet der.« Er wedelte mit den Händen. »Ist jetzt aber wurscht. Also, Sie fertigen eine Skizze des Grundrisses der Räumlichkeiten hier an und markieren darauf alle Stellen, wo Tote beziehungsweise Teile von Toten liegen. Anschließend nehmen Sie sich den Restaurantbesitzer vor, der soll versuchen, sich zu erinnern, wo wer saß, wie viele Personen an den Stehtischen standen, wie viele wo hinten im Restaurant saßen. Auch das zeichnen Sie ein. Wenn Sie einer rausschmeißen will, dann schicken Sie ihn zu mir. Und verändern Sie nichts, Mann! Sonst reiße ich Ihnen die Eier ab!«

»Klar«, nickte Mann. »Dann brauche ich Papier.«

Er ließ Ziemann zurück, kletterte über die Schuttberge wieder nach draußen und steuerte eine uniformierte Polizistin an. »Haben Sie irgendwo einen Block oder so was, ich brauche was zum Zeichnen?«

»Habe ich«, antwortete die Uniformierte und lief davon.

Mann musterte das Gebäude, ging einige Schritte zurück, um sein Blickfeld zu vergrößern.

Das Haus hatte sechs Geschosse und war zum Lehniner Platz in einem Halbrund gehalten. Vor das Halbrund hatte man einen Flachbau gesetzt, der das *Francucci's* und einen *Wienerwald* beherbergt hatte. Über den Lokalen waren zwei Mal sechs Balkone gewesen, mindestens acht dieser Balkone waren durch die Explosion von der Hausfassade abgesägt worden und auf den Flachbau gestürzt. Steinbrocken, Glas- und Holzteile hatten in den Pulks der geparkten Pkws bis in die Nebenstraßen hinein Verwüstungen angerichtet.

»Hier ist ein Block mit kariertem Papier«, sagte die Polizistin etwas atemlos, weil sie gerannt war.

»Danke Ihnen«, murmelte Mann, nahm den Block und ging zurück in das zerstörte Lokal. Er bewegte sich vorsichtig bis in die vermutliche Mitte des Raumes, in dem sich der Tresen, das Büfett und die fünf Stehtische befunden hatten. Er skizzierte den Grundriss und ärgerte sich, weil ihm kein gerader Strich gelang. Seine Hände zitterten, waren nicht unter Kontrolle zu bringen.

Um ihn herum bewegten sich die Spurenleute unendlich langsam. Wie Gespenster. Sie liefen gebückt oder in der Hocke, hielten in der einen Hand ein Klemmbrett und drehten mit der anderen behutsam Steine um oder zersplitterte Holzteile, Geschirr oder Töpfe und Pfannen, notierten etwas. Ein Mann hatte drei Kameras vor dem Bauch hängen, eine davon mit einem weit herausragenden Objektiv.

Im Durchgang zum eigentlichen Restaurantteil hockte ein anderer Mann in einem metertiefen Explosionsloch und mühte sich ab, Erd- und Mörtelreste in Plastikbeutel zu füllen. Mann überlegte, dass die Proben vermutlich Aufschluss über die Art des Sprengstoffes geben sollten.

Es war jetzt 20.11 Uhr.

Eine junge Stimme rief plötzlich: »Hier liegt eine Hand.«

»Liegen lassen«, zischte Mann reflexartig. Augenblicklich fand er seine Bemerkung und seinen Ton unangemessen und setzte hinzu: »Euer Chef hat gedroht, er reißt mir die Eier ab, wenn ich etwas bewege.«

Der Mann mit der jungen Stimme lächelte und bemerkte: »Die Beutel für Leichenteile liegen im Bereitschaftswagen.«

»Gleich«, meinte Mann. »Erst mal einen Überblick bekommen. Was ist das für eine Hand?«

»Weiblich. Mattrosa lackierte Nägel, glatt, jung, gepflegt, Ehering. Ach so, es ist eine rechte Hand.«

»Die lebt doch!«, stieß jemand hervor. »Ich habe die Frau auf einer Trage liegen sehen. Sie hat noch Glück gehabt.«

Mann zeichnete die Hand ein, machte Notizen und drehte sich langsam einmal um sich selbst. Von seiner derzeitigen Position aus konnte er sechs Leichen erkennen, grauenhaft zerrissen. Die siebte Leiche, Walter Sirtel, sah er von hier aus nicht.

»Ich sehe sechs«, sagte er laut. »Ich weiß, dass schräg rechts von mir eine siebte männliche Leiche liegt. Ziemann meinte, es sind dreizehn. Zwei Kinder. Weiß jemand von euch, wo ...«

»Wenn Sie zwei Schritte geradeaus machen und dann hinter die Thekentrümmer schauen, da sind die Kinder. Das wären dann neun. Die anderen vier liegen im Grenzbereich zu den hinteren Räumlichkeiten. Ich denke, die Explosion hat sie dahin geblasen. Schräg links von Ihnen.«

»Danke«, nickte Mann.

Für Sekunden schien ihm die Szenerie vollkommen ohne Laut zu sein, als habe jemand eine Minute stillen Gedenkens verordnet. Schabende, schleifende Geräusche kämpften sich in sein Bewusstsein wie ein sich langsam hebender Vorhang. Irgendwo hämmerte jemand, ein Autofahrer hupte wild, weit entfernt plärrte ein Kind. Die Hände der Spurenleute drehten Steine, das erzeugte sanft reibende Laute. Menschen unterhielten sich. Dann war es, als würde ein zweiter Vorhang, der zu den Straßen und zum Platz, hochgezogen. Autotüren wurden zugeschlagen, jemand stellte ein Signalhorn an und ließ beim Start die Reifen quietschen.

Eine Frau befahl hart: »Niemand geht da rein.«

»Aber ich bin von der Polizeidirektion!«, protestierte ein Mann.

»Das ist mir scheißegal«, stellte die Frau fest.

Einer der Spurenleute brummelte: »Das Arschloch hat sich bestimmt noch schnell eine rote Krawatte umgehängt, um im Fernsehen besser rüberzukommen.«

Ich muss mir die Kinder ansehen, dachte Mann verbissen. Und zwar sofort, ich weiß nicht, wie lange ich das hier durchhalte. Vorsichtig passierte er einen hohen Haufen zersplittertes Holz.

Seltsamerweise wirkten die Kinder, als würden sie schlafen. Kein Blut, nur unglaublich blasse, durchscheinende Haut, als habe die Detonation den Kleinen sämtliches Blut entzogen.

Erst als er sich zwang, genau hinzusehen, bemerkte Mann, dass ihre Köpfe verformt waren. Er zeichnete ihre Positionen ein. Es waren zwei Jungen, einer von ihnen hatte langes hellblondes Haar wie ein Engel. Der andere, der ältere, war braunhaarig und trug ein T-Shirt mit der Aufschrift *Hells Darling*. Sie mochten acht und zehn Jahre alt geworden sein.

Mann hatte das Gefühl, gleich in Tränen ausbrechen zu müssen. Er bewegte sich ein wenig, das Gefühl verflog, so einfach war das Ausweichen. Das mahlende Geräusch seiner Schuhsohlen hatte ihn in die Wirklichkeit zurückgeholt.

Er achtete peinlich darauf, wohin er den nächsten Fuß setzte, damit er auf nichts trat, was wichtig sein konnte. Aber was war hier wichtig, was unwichtig?

Sein Handy meldete sich. Er drückte einen Knopf, sagte barsch: »Nicht jetzt!«, und steckte es wieder in die Jackentasche. Doch nach wenigen Sekunden meldete es sich wieder. Er zog es erneut aus der Tasche.

»Katharina hier. Wieso bist du so unhöflich?« Das klang gedehnt, angriffslustig.

»Ich habe zu tun«, entgegnete er kurz angebunden.

»Ich wollte dir nur erzählen, dass im Fernsehen ununterbrochen über eine Sache berichtet wird, die am Ku'damm passiert ist. Jemand hat den israelischen Botschafter in die Luft gejagt.«

»Das stimmt nicht«, berichtigte Mann.

»Aber ich sage dir, das ist im Fernsehen!« Es klang wie ein Tadel.

»Ich bin am Ku'damm«, erklärte Mann geduldig. »Und jetzt stör mich bitte nicht mehr.« Er drückte auf einen Knopf und schaltete dann das Gerät ab.

Er wollte sich dem Restaurantteil zuwenden, da bemerkte er links von sich eine alte Frau. Sie wies äußerlich keinerlei Verletzung auf, kein Blut. Sie lag gekrümmt wie ein Fötus, beide Hände vor dem Gesicht. Merkwürdigerweise trug sie eine geblümte Schürze über einem alten, verblichenen blauen Rock. Dazu etwas, das wie ein dunkles T-Shirt aussah. Sicher eine Hilfe, die in der Küche Abfall wegräumte oder Geschirr spülte, dachte Mann. Zubrot für eine arme Rentnerin.

»Hat sich jemand von euch die alte Frau hier angeguckt? Sie passt irgendwie nicht in dieses Restaurant.«

Ein Mann erklärte gemütlich: »Sie war auch nicht drin. Sie ist mit einem der Balkone von oben in die Scheiße gesegelt. Neben ihr liegt doch auch der Liegestuhl.«

Eine Bassstimme meldete ohne jede Aufgeregtheit: »Wir haben einen vierzehnten Toten. Hier!«

Mann drehte sich um und sah einen der Spurenleute, einen schmalen, intellektuell wirkenden Mann, auf einem Haufen aus Backsteinbrocken und Holzteilen hocken. Er starrte zwischen seine angewinkelten Beinen.

»Mann oder Frau?«, wollte Mann wissen.

»Weiß ich noch nicht. Moment mal. Das ist ein Arm. Ziemlich behaart, also ein Mann. Dort ist ein Schuh. Ein Männerschuh. Schorsch, tu mir einen Gefallen und hilf mir. Nimm mal da oben die Holzteile weg und das Glas. Und das ganze Zeug hier, was aus der Theke geflogen ist. Antipasti!« Er sprach das letzte Wort scharf aus wie eine Beleidigung. »So, danke. Und jetzt vorsichtig weiter.«

Ein anderer murmelte: »Lebt der vielleicht noch?«

»Unmöglich«, keuchte der Bass. »Der liegt unter einer Tonne Gewicht. Stemm mal den Balken da hoch und dieses Betonteil, dann kann ich das Türblatt rausziehen und wir kommen dran. Ja so, so ist es gut.«

Draußen auf der Straße schrillte die Frau mit der harten Stimme: »Und wenn Sie der Bundeskanzler sind: Sie gehen da nicht rein, ehe nicht unsere Spurenleute ihre Arbeit gemacht haben. Und noch was: Die Fernsehteams da – weg da! Verdammte Hacke! Das hier ist keine Fernsehshow.«

»Heilige Scheiße«, stöhnte der Bass. »Das ist der Vater. Der Vater der beiden Kinder.«

Mann hielt fest, wo der Vater lag, und wandte sich dann wieder in die andere Richtung. Gleich hinter der alten Frau lag ein schwerer Tisch auf dem Rücken und bedeckte zur

Hälfte die Leiche einer etwa vierzigjährigen Frau. Ihre Augen standen weit auf. Er skizzierte die Position der beiden Toten.

Nun lenkte er seine Aufmerksamkeit auf den Bereich hinter der Theke und die anschließende Küche. Es hatte zwei Schwingtüren und eine große Durchreiche gegeben, von deren Konturen kaum noch etwas feststellbar war. Mann konnte erstaunlich weit in das Gebäude hineinsehen, denn in der Wand am Ende der Küche waren ebenfalls riesige Löcher, und er begriff, dass er in das zweite Restaurant, den *Wienerwald,* blickte.

Inzwischen war es 20.31 Uhr.

Irgendwann schloss er seine Arbeit ab und jemand reichte ihm einen Plastikbecher mit Kaffee. Mann studierte seine Skizzen und Notizen. Tatsächlich hatte er Fundstellen von vierzehn Toten, beziehungsweise deren Überresten, dokumentiert.

»Glaubst du, dass du alles hast?«, fragte Ziemann plötzlich neben ihm.

Mann nickte. »Allerdings war ich noch nicht auf dem Lokus.« Das Du des Kriminalisten tat ihm gut, es schaffte ein wenig Vertrautheit.

»Okay. Dann mach noch die Klos, anschließend werde ich den Laden freigeben, die anderen Kollegen sind auch so weit.« Sein Gesicht war grau, er wirkte zu Tode erschöpft.

»Dann geh ich mal auf den Pott«, seufzte Mann. »Bitte entschuldige mich bei meinem Chef, dass ich morgen nicht zum Dienst komme.«

»Wer ist denn das?«

»Oberstaatsanwalt Manfred Kolthoff.«

»Sieh an, sieh an, ein Mann wie Samt und Seide.« Ziemann grinste müde.

Mann sparte sich einen Kommentar, weil er nicht wusste, wie Ziemann die Bemerkung meinte.

In diesem Moment entstand hinter ihnen Unruhe. Audis, Mercedes und BMWs, schwarze Autos mit stark abgedunkelten Scheiben und Blaulicht auf dem Dach, stoppten vor den Trümmern. Aus jedem der sechs Wagen stiegen vier Männer und liefen ohne zu zögern in die Ruine. Nur einer, ein schlanker kleiner, zäh wirkender Mann mit starren dunklen Augen, gesellte sich zu Ziemann und Mann und sagte leutselig: »Sie sind der Leitende hier? Kripo? Gut. Mannsfeld heiße ich, BMI, wir übernehmen.«

»Ich habe noch eine Menge abzuklären«, widersprach Ziemann schnell und hart.

»Das haben wir doch alle«, erwiderte Mannsfeld freundlich. »Sie sind draußen, wir sind drin. So einfach ist das. Holen Sie Ihre Leute da raus. Dalli! Klar?«

»Wieso treffe ich ständig auf Arschlöcher?«, klagte Ziemann seidenweich.

Mann sog scharf die Luft ein und starrte in das Gesicht des Mannes, den Ziemann beleidigt hatte.

Der entledigte sich des Problems, indem er freundlich nickte: »Wir sind doch alle Arschlöcher, gelle? Das BMI und das BKA sind jetzt hier, der Generalbundesanwalt kommt gleich. Ein Paar Kumpel vom FBI schauen auch schon um die Ecke. Sie, mein Bester, können heimgehen.«

»Geh den Lokus inspizieren«, wandte sich Ziemann an Mann.

»Das werden Sie nicht tun!«, die Stimme Mannsfelds war plötzlich beißend.

»Ich fürchte, ich kann Ihnen nicht folgen!«, bemerkte Mann und spürte Schmetterlinge im Bauch, eine nahezu heilige Aufregung. Er ging zurück in das zerstörte Gebäude.

Hinten im Restaurant befand sich eine Tür, die von der Explosion aus den Angeln gehoben worden war. Dahinter ging es rechts durch einen kleinen Flur in die Herrentoilette. Sie war leer. Über den Flur zurück in die Damentoilette. Auch sie schien leer, aber eine der Türen zu den Kabinen ließ sich nicht öffnen, etwas war im Wege.

Mann rannte zurück auf die Straße und winkte einem Uniformierten. »Ich brauche jemanden mit einem schweren Hammer oder so was!«

»Kommt!«, versprach der Polizist.

Dann war dieser Mannsfeld wieder neben ihm und sagte betulich, als seien sie auf einem Betriebsausflug: »Lassen Sie uns reden. Das Spiel läuft nun mal so. Ich habe die Regeln nicht aufgestellt.«

Mann spürte die Wut wie einen harten Ball im Bauch. »Ich weiß nicht, ob Sie ein großer Meister sind, welchen Gürtel Sie tragen und ob Sie nachts auf einer Wumme schlafen. Aber ich weiß, dass alle Leute hier seit mehr als einer Stunde wie die Geisteskranken herumwirbeln. Verletzte bergen, Tatortbefund, Spurensicherung. Und Sie kommen daher und erklären: Sie sind draußen, wir sind drin! Halten Sie sich für besser als Ziemann?«

»Wir sind zuständig. Das ist das Einzige, was zählt.«

»Im Moment bin ich zuständig für jemanden auf dem Damenklo, der vielleicht schon tot ist«, sagte Mann resolut. »Und jetzt bewegen Sie Ihren Arsch gefälligst woandershin und halten Sie mich nicht länger auf!« Verwundert registrierte er: So habe ich noch nie im Leben mit jemandem geredet. Fast beglückt vernahm er, dass Mannsfeld »Blöder Hammel« murmelte.

Ein paar Sekunden später näherte sich ein blau uniformierter Jüngling vom Technischen Hilfswerk mit einem schweren Vorschlaghammer und einem langen Eisenhaken. Während Mann mit dem THW-Mitarbeiter im Schlepptau wieder auf das Restaurant zustiefelte, beobachtete er aus den Augenwinkeln, dass ein wichtig aussehender Mann mit hochrotem Kopf auf Ziemann einredete. Und er bemerkte auch, dass sich Ziemanns Leute eindeutig verschüchtert auf dem Gehweg sammelten und deprimiert wirkten.

Mann ging voraus bis in die Damentoilette. »Die Tür da ist es.«

Der Junge vom THW keuchte: »Wieso soll ich die Tür einschlagen? Was ist, wenn dahinter jemand liegt? Verletzt, meine ich.«

»Das ist möglich«, nickte Mann. »Aber wir müssen da rein.«

Der junge Mann stemmte sich mit aller Gewalt gegen die Tür. »Stellen Sie Ihre Füße gegen meine Füße, dann kann ich nicht wegrutschen. Ja, so ist es gut.«

Es knackte, etwas brach, dann folgte ein scharf schleifendes Geräusch, die Tür öffnete sich, erst zwanzig Zentimeter, dann dreißig.

»Noch ein kleines Stückchen«, sagte Mann ruhig. Er fragte sich, woher er die Gelassenheit nahm. »So, jetzt reicht es. Dann lassen Sie mich mal.«

Er steckte nur den Kopf durch den Türspalt.

Das Erste, was er sah, war ein Gesicht, ein Frauengesicht, gläsern, umrahmt von kastanienrot gefärbtem Haar. Die Frau mochte etwa dreißig Jahre alt sein und sie hielt die Augen weit und starr geöffnet. Sie trug ein beigefarbenes Leinenkleid, es war voller Blut. Mann erkannte keine Wunde, aber auf dem Bauch der Frau schien das Blut dick geronnen. Ihre Lippen bewegten sich zitternd.

»Hallo«, sagte Mann leise.

Sie wollte etwas antworten, aber kein Ton kam über ihre Lippen.

Mann zog den Kopf zurück und wurde hektisch: »Die Frau lebt. Holen Sie Sanitäter mit einer Trage. Ein Notarzt muss auch her. Dalli, Junge, dalli.«

Dann steckte er den Kopf wieder durch den Türspalt. »Wenn Sie sich bewegen können, dann nehmen Sie Ihre Beine da weg, bitte. Ich komme nicht an Sie heran.«

Hinter ihm hörte er plötzlich eine Männerstimme: »Gresko, vom Stab des Innenministers. Wir übernehmen. Sie können sich zurückziehen.«

Die Augenlider der Frau flatterten. Sie schnappte nach Luft, es gab ein quälendes Geräusch.

Mann drückte die Tür ein paar Zentimeter weiter auf und schob dadurch den Körper der Frau auf das Klobecken zu.

»Ich wiederhole mich nicht gerne«, sagte Gresko.

»Sind Sie verletzt?«, fragte Mann in das Frauengesicht.

Sie sagte nichts und rührte sich nicht mehr.

Es gab ein Gerangel hinter Mann, dann meinte jemand gelassen: »Ich bin Arzt, darf ich mal?«

Mann nickte: »Klar doch«, und machte Platz.

Nun steckte der Arzt den Kopf durch den Türspalt und fragte überlaut und deutlich: »Können Sie mich verstehen? Wissen Sie, wie Sie heißen?«

Er zog den Kopf zurück. »Geht so nicht. Wahrscheinlich Schockzustand.«

Der Mann vom Stab des Innenministers bellte: »Das ist mein Tatort, ich habe hier das Sagen!«

Mann blaffte zurück: »Sie haben zunächst mal die Schnauze zu halten. Hier liegt eine Frau, die stirbt, Sie Arschloch!« Im gleichen Atemzug dachte er: Das ist mein Ende, das ist mein unvermeidliches berufliches Ende. Aber er fühlte sich großartig.

Der junge Mann vom Technischen Hilfswerk war aufgeregt. »Ich kann die Tür an den Angeln rausbrechen. Mit dem Eisen hier. Nur muss einer die Tür festhalten, dass sie nicht auf die Frau fällt.«

»Gute Idee«, nickte der Arzt. »Los! Ich halte die Tür.«

Der Junge setzte die Brechstange in den schmalen Spalt und die Tür trennte sich ohne Widerstand von ihren Angeln. Das Türblatt schwankte, dann gelang es dem Jungen und dem Arzt, es aus der Öffnung zu heben.

»Ihr braucht mich nicht mehr«, entschied Mann.

Doch Gresko hielt ihn am Arm fest und fragte agressiv: »Wer sind Sie eigentlich?« Auch er war noch jung, etwa fünfundzwanzig, und wirkte sehr verkrampft.

»Mein Name ist Jochen Mann. Ich bin Staatsanwalt, Jugendkriminalität. Ich bin nur zufällig hier. Ich helfe.«

Mann schüttelte Greskos Arm ab und ging zurück auf die Straße, suchte Ziemann und fand ihn mit grauem Gesicht und einem großen Glas Kognak in einem Pkw sitzend.

»Wo ist denn der Inhaber des Restaurants? Und wie heißt er?«

»Ach, Junge, lass gut sein. Wir sind draußen. Guck dir

meinen Tatort an. Sie rennen rum und trampeln alles kaputt. Meine Frau nennt diese Leute die aufgeblasenen Kugelfische, sie hat Recht.«

»Ich schmeiß nicht einfach alles hin«, erwiderte Mann aufgebracht. »Ich habe mir hier in sechs Minuten mehr Feinde gemacht als vorher in sechs Jahren bei meinem Verein.« Unkontrolliert brach er in Gelächter aus. »Also, wo ist der Kerl? Oder haben ihn die anderen schon?«

»Nein, sie wissen noch gar nicht, dass der hier ist. Der Typ nennt sich Giovanni und er sitzt in einem Rettungsfahrzeug des DRK. Keine Ahnung, wie er vollständig heißt. In dem Fahrzeug hinter uns.«

»Dann gehe ich das jetzt an«, erklärte Mann entschlossen. »Wer kann hinter dieser Schweinerei stecken?«

»Ich weiß es nicht«, antwortete Ziemann müde, trank den Kognak aus, fischte eine Flasche aus den Tiefen des Fußraumes und goss sich erneut ein. »Das Schlimme ist, dass der ganze Block einem hohen amerikanischen Diplomaten gehört. Damit sind die Amis drin und der Krach vorprogrammiert. Ich vermute, bald wird irgendjemand ein Briefchen kriegen, in dem steht, dass sich die Hamas in Berlin die Ehre gegeben hat. Oder Osama Bin Laden oder irgendein anderer muslimischer Glaubenskrieger. Die sind doch genauso bescheuert und geisteskrank wie die Dominikaner und die spanischen Jesuiten im Europa zur Zeit der Inquisition. Ich hole dir Giovanni her. Und danke für deine Hilfe.«

Als Ziemann weg war, steckte sich Mann eine Zigarette an und starrte vor sich hin. Ich keuche, stellte er verwundert fest. Wieso keuche ich? Ich bin nicht gerannt, ich habe auch keinen Vorschlaghammer geschwungen. Mit schmerzlicher Deutlichkeit erinnerte er sich, dass er diesen Zustand von Hilflosigkeit und gleichzeitiger gleißender Wut kannte. Die Erinnerung war wie ein schartiges Messer: Wenn sein Vater betrunken und tobend auf seine Mutter eingeschlagen hatte und sich der Zwölfjährige voller Angst bemühte, das lallende Ungeheuer irgendwie aus der Wohnung zu schaffen. *Komm,*

Papa, wir gehen in Kalles Kneipe. Kalle hat bestimmt auch noch einen Schnaps für dich …

»Das ist Giovanni«, holte ihn Ziemann zurück. »Und das ist Staatsanwalt Mann. Ich lasse euch allein.«

Mann nahm wahr, dass der Himmel jetzt schwarz war, die Nacht hatte längst die Herrschaft übernommen. Er reichte dem Italiener die Hand. »Meinen Sie, dass Sie mit mir dort hineingehen können?«

»Klar«, nickte Giovanni. Er war mittelgroß, um die vierzig Jahre alt.

Das zerstörte Lokal wirkte nun vollkommen verändert. Das Licht war grell, die Zahl der aufgestellten Scheinwerfer hatte sich vervielfacht. Die Szenerie wirkte künstlich, wie das Set eines Katastrophenfilms. Die Toten waren diskret und hastig abtransportiert worden, der Schrecken schien dadurch gemildert. Als hätten gütige Hände den Wichtigen der Stadt das Terrain bereitet, die Bühne gebaut, das Ganze mit dem Firnis unbeschränkter Sachlichkeit überzogen. Männer standen in kleinen Gruppen beieinander, Männer mit ordentlichen Hemden und dazu passenden Krawatten.

»Meine verehrten Damen und Herren«, sagte gerade ein grauer Anzug: blaues Hemd, hellbraune Krawatte, hochrotes Gesicht. »Bilden Sie am besten einen Halbkreis um mich … Der Terrorismus ist brutal und ohne Vorwarnung in diese Stadt eingefallen. Wir werden Hilfe brauchen und jede Hilfe dankbar annehmen. Ganz gleich, ob es die Freunde vom FBI sind oder die Freunde vom Mossad oder die von der CIA. Wir sagen: Herzlich willkommen, und danken schon jetzt für die Unterstützung. Das hier war nicht nur der Versuch, den israelischen Gesandten und seine gesamte Familie brutal zu ermorden, es ist auch amerikanisches Eigentum zerstört worden. Das alles kann kein Zufall sein, ausgerechnet in dieser Stadt. Wir wollen da nicht eigen sein, nichts besser wissen … He, was wollen Sie hier?« Der Anzug hatte Mann und Giovanni entdeckt, sie störten ihn.

»Wir rekonstruieren die Positionen der Restaurantbesucher

zum Zeitpunkt der Explosion«, erklärte Mann freundlich. »Das ist die Arbeit der Mordkommission. Sie muss getan werden.«

»Aber doch nicht jetzt«, pustete der graue Anzug empört. »Im Moment arbeiten schließlich wir hier.«

»Ich habe einen Auftrag«, erklärte Mann neutral und ohne offenen Widerspruch.

»Na ja, ausnahmsweise«, entschied der graue Anzug huldvoll. »Aber leise, wenn ich bitten darf.« Und dann, um wirklich das letzte Wort zu behalten: »Eigentlich hattet ihr Zeit genug! Und gleich kommt auch noch der Regierende.«

Giovanni seufzte tief und sagte mit wissendem Lächeln: »Sie sind ein Sauhund. Wir brauchen jetzt ein Plätzchen für uns. Richtig?«

»Das wäre hilfreich«, nickte Mann.

»Das Treppenhaus«, sagte Giovanni. »Raus hier, links um die Ecke. Ecco!«

Das Treppenhaus war hell erleuchtet, zu hören war nichts. Sie hockten sich nebeneinander auf eine Stufe.

»Also, wo waren Sie, als die Bombe hochging?«

»Hinter der Theke.« Giovanni deutete auf die Skizze, die Mann auf den Knien hielt. »Sehen Sie, da waren die Zapfhähne. Also, die fielen dann auf mich drauf. Ich wurde umgeworfen, weil von da oben, na ja, da oben ist nun ein Loch in der Decke. Das Zeug landete auch auf mir. Ich lag platt auf dem Rücken. Und als ich versuchte mich umzudrehen und aufzustehen, sah ich die beiden Kinder. Dicht vor meinem Gesicht. Es war ... es war ...«

»Können Sie sich an die Sekunden vorher erinnern?«

»Natürlich. Was wollen Sie wissen?«

»Alles«, bestimmte Mann. »Wir zeichnen die Tische ein, hier und hier und hier. Und Sie sagen mir, wer wo war.« Er blickte Giovanni an. »Sie sind doch schon befragt worden?«

»Ja klar. Zwei Stunden lang. Wer waren die Terroristen, wie sahen sie aus ...«

»Ja, und?«

»Scheiße, ich weiß es nicht. Ich weiß nicht einmal, ob es mehrere waren oder nur ein Mann. Oder eine Frau. Solche Leute kommen doch nicht rein und fragen: Entschuldigung, welcher Arsch hier gehört dem Israeli?«

»Wie spät war es? Wissen Sie das noch?«

»Sicher. Neunzehn Uhr achtunddreißig.«

Ein Handy sang aufdringlich quäkend eine Melodie, Giovanni sagte: »Entschuldigung«, und zückte sein Telefon: »Si. Giovanne. – O Mamma! Mamma, ich habe keine Zeit. – Nein, mir geht es gut. – Mamma, si Mamma, ich rufe dich zurück. – Nein, Mamma, nein, ich brauche keine neue Unterwäsche. Ciao, Mamma.« Er murmelte: »Sie macht sich Sorgen.«

Mann lächelte. »An welche Personen erinnern Sie sich? Was schätzen Sie, wie viele Menschen waren hier?«

»Siebzig, annähernd siebzig.«

»Ach, du lieber Gott«, stöhnte Mann betroffen. »Wie viele kannten Sie, wie viele waren Ihnen fremd?«

»Hälfte, Hälfte«, kam es wie aus der Pistole geschossen. Giovanni grinste Mann vertraulich an. »Ich habe das alles schon mal erzählt. Diesem Ziemer oder wie der heißt. Ich weiß genau, wo wer war. Okay?«

»Gut. Wenn ich das also richtig beurteile, stehen Sie hier und blicken in Ihren Gastraum. Geradeaus fünf Stehtische, links von Ihnen das Restaurant. Als es zur Explosion kam, wo sahen Sie das Zentrum der Explosion?«

»Es war irgendwie links von mir, also zwischen den beiden Räumen. Sie können das jetzt nicht mehr erkennen, aber da war vorher ein Durchbruch, sechs Meter breit. Ging nicht anders, weil die Bedienung sonst nicht genügend Platz hatte. Ungefähr da, wo das Loch im Boden ist.«

»Also links ungefähr vier Meter entfernt. War da jemand? Ich meine, eine Person, die mit dem grellen Blitz der Explosion in Zusammenhang zu bringen ist?«

»Das weiß ich nicht.«

»Es kann also auch jemand vorbeigegangen sein und eine Aktentasche oder so was auf den Boden gestellt haben?«

»Abgestellt auf den Boden? Eher nein. Das wäre mir aufgefallen.«

Mann überlegte und schüttelte dann sanft den Kopf. »Das wäre Ihnen mit Sicherheit nicht aufgefallen, Giovanni, denn einen Menschen mit Aktentasche – wie oft sehen Sie so etwas pro Tag?«

»Ach so«, der Italiener seufzte zustimmend. »Na ja, es kommen viele zum Mittagessen und zum Abendessen mit Aktentasche. Direkt aus den Büros. Richtig, es wäre mir nicht aufgefallen. Aber dieser ... dieser Kriminalist, dieser Ziemer ...«

»Ziemann«, korrigierte Mann.

»Ja, dieser Ziemann sagt, man hat einen Arm gefunden. Das war wahrscheinlich der Terrorist. Weißes Hemd ... an dem Arm, meine ich ... Gott, ist das alles furchtbar!«

»Zeichnen Sie bitte die Menschen an den Stehtischen ein und dann die an den anderen, im Restaurant.«

Der Italiener arbeitete zügig und geschickt und schrieb zum Schluss die Namen, die er kannte, neben die Zeichnungen. Wusste er einen Namen nicht, schrieb er ein U für Unbekannt. Von den etwa siebzig Menschen konnte er zweiunddreißig Namen zuordnen, zumindest die Vornamen.

»Jetzt stelle ich mir vor«, begann Mann, »ich bin der Terrorist. Ich weiß, Sie haben das alles mit Ziemann schon zehnmal durchgenudelt, aber ich schreibe den Befund. Also: Wenn ich Ihr Restaurant betrete, weiß ich, der israelische Botschafter sitzt rechts, weit hinten im Restaurant. Ich will möglichst nahe an den Mann, seine Familie und seine Freunde heran. Ich gehe also langsam und möglichst natürlich in seine Richtung. Gab es eigentlich Bodyguards?«

»Nein. Der Botschafter kommt etwa einmal im Monat. Immer ohne Bodyguards. Mein Gott, der Mann will bei einem guten Italiener essen, der Mann braucht doch auch mal was Privates! Wenn ich ein Terrorist wäre, käme ich in mein Lokal rein, würde ein freundliches Gesicht machen und rüber zum Botschafter gehen. Niemand würde schreien, niemandem wäre das aufgefallen, denn da stand noch ein unbesetzter Vierertisch. Neben dem Tisch des Botschafters.« Giovanni lächelte, als habe er Mann eine Denksportaufgabe gestellt und als freue er sich diebisch darüber, dass Mann vermutlich versagen würde.

»Habe ich was verpasst?«, fragte Mann verwirrt.

»Es ist doch ganz einfach!«, flüsterte der Italiener.

Mann kniff die Augen zu Schlitzen zusammen und konzentrierte sich. »Es gab eine Panne«, murmelte er nach einer kleinen Ewigkeit schließlich.

»Richtig«, strahlte Giovanni und fuchtelte wild mit beiden Armen. »Das sage ich den Leuten schon die ganze Zeit. Wer immer das war, er hat die Bombe zu früh gezündet. Viel zu früh. Wahrscheinlich war er aufgeregt, vielleicht hat die Zündung nicht richtig funktioniert. Sehen Sie hier, da steht der Stehtisch, den ich von der Theke aus gesehen als links außen bezeichne, also der Stehtisch, der dem Restaurantbereich am nächsten ist. An diesem Tisch stand ein älterer Herr, den ich hier noch nie gesehen habe ...«

»Ich weiß«, nickte Mann. »Häuptling Silberlocke. Ein Rechtsanwalt. Der Mann trug einen grauen Anzug, war etwa sechzig Jahre alt und hatte eine rote Nelke im Knopfloch.«

»Stimmt«, bestätigte Giovanni. »Er kam zu mir und sagte, er sei mit einem jungen Mann verabredet. Der junge Mann hieße Mann. Das weiß ich noch, weil ich dachte, na ja, vielleicht ist der alte Herr ein bisschen schwul und hat ein Abenteuer mit einem schönen Knaben. Moment mal! Sie heißen ... Sie sind dieser Mann, o Scheiße!«

»Kein Problem«, Mann winkte ab. »Was hat er bestellt?«

»Ein Glas trockenen Weißwein. Den hat es voll getroffen«, sagte der Italiener hohl. »Den Kopf hat es ihm weggerissen. Und seine Scheißnelke flatterte hoch und fiel genau auf mich. Und weil ich wusste, dass es ... dass es eine Untersuchung geben würde, habe ich die Nelke auf seinen Bauch gelegt. Wie hieß er denn, wenn ich fragen darf?«

»Dr. Walter Sirtel. Nochmal, Ihnen ist also keine Person besonders aufgefallen?«

Giovanni schüttelte entschieden den Kopf. »Aber da ist noch etwas, was ich Ihnen sagen muss.« Er grinste ein wenig verschlagen. »Sie haben mein Rätsel noch nicht gelöst.«

»Wie bitte?« Mann war verunsichert.

»Na ja, das Rätsel«, sprudelte Giovanni, plötzlich gut gelaunt. »Teil eins haben Sie geschafft. Sie haben kapiert, dass irgendwas mit der Bombe nicht geklappt hat, dass sie zu früh explodiert ist. Doch du musst zugeben, dass die ganze Sache ziemlich dumm angegangen worden ist. Oder?«

Hoffentlich dreht er jetzt nicht durch!, dachte Mann matt. »Was ist denn so dumm an der Sache?«

»Na gut, ich zeige es dir. Komm mit!«

Er fasste Mann fest am Arm und zog ihn mit sich fort auf die Straße. Dort lief er ein paar Schritte an der Fassade entlang, blieb stehen und machte eine kreisende Bewegung mit der rechten Hand.

»Das ist mein Lokal. Du hast es selbst gesagt: Der Terrorist kommt rein, guckt nach dem Israeli und dann geht die Bombe hoch.«

»Auf was willst du hinaus? Ich verstehe es einfach nicht!«

»Der Israeli kommt mit seinen Leuten rein. Ich nehme mal an, der Terrorist wartet irgendwo hier auf der Straße oder da vorne an der Ecke auf dem Ku'damm. Er sieht den Botschafter jedenfalls kommen, nicht wahr?«

»Das war vermutlich so.« Mann bemerkte, dass mindestens zwei Fernsehkameras direkt auf sie gerichtet waren. »Der Terrorist stand in einem Hauseingang oder er hockte in einem Auto. Er wartete, bis der Israeli mit seiner Begleitung im Lokal verschwunden war. Dann ging auch der Terrorist rein.«

»Jetzt frage ich dich: Warum geht er in mein Lokal?«

»Na, hör mal«, sagte Mann ablehnend und verblüfft.

»Soll ich das Ganze nochmal von vorne erklären?« Der Italiener gestikulierte lebhaft. »Nimm an, du bist der Terrorist. Du willst an mich ran. Ich bin der Botschafter. Was tust du?«

Mann begann leise zu lachen. »Du bist auch ein Sauhund, Giovanni. Aber du hast Recht. Natürlich gehe ich nicht in das Lokal. Natürlich schmeiße ich die Bombe einfach durch das Fenster. Denn fünfzig Zentimeter dahinter sitzt der Botschafter.«

»So ist es. Deshalb ist die ganze Sache irgendwie dumm. Doch ich glaube nicht, dass es dumme Leute waren, die das hier gemacht haben.«

»Nein, sicher nicht. Na, dann ruf jetzt mal deine Mama an. Und herzlichen Dank für die Mitarbeit.«

»Alles, was ich aufgebaut habe, ist im Arsch. Aber wenn alles wieder okay ist, dann komm vorbei auf einen Grappa.« Giovannis Stimme war weinerlich geworden, aber fast im gleichen Atemzug redete er schon mit seiner *Mamma* und versicherte ihr laut und fröhlich, alles sei halb so schlimm. Mindestens zehn Fotografen knipsten ihn dabei und mindestens fünf Fernsehkommentatoren winkten ihn heftig zu sich her: ein ganzes Königreich für Giovanni.

Mann beobachtete den Italiener noch einen Moment mit Erheiterung und bemerkte dann, dass der graue Anzug, sein Gefolge und die Pressemeute inzwischen verschwunden waren, als hätte es sie nie gegeben. Jetzt hatten Bauleute das Lokal besetzt. Sie stellten schwere Balken auf und stützten die Reste des Flachdachs ab.

Ein Mann fiel ihm auf, der zögernd auf der Fahrbahn des Kurfürstendamms stand und in das zerstörte Lokal starrte. Er hielt den Kopf vorgestreckt und erinnerte an einen dürren neugierigen Vogel, der genau weiß, dass irgendwann die Zeit fürs Fressen kommen wird. Er trug einen Trenchcoat, hatte beide Hände tief in den Taschen vergraben und bewegte keinen Muskel in seinem hageren Gesicht, das ein dichter schwarzer Haarschopf umgab.

Mann fühlte sich zuständig, also stakste er durch den Schutt und fragte leutselig: »Kann ich Ihnen irgendwie behilflich sein?«

Der Mann sagte keinen Ton, sah sein Gegenüber eindringlich an, als habe er Fragen. Dann schüttelte er den Kopf, drehte sich weg, überquerte langsam den Kurfürstendamm und schlüpfte zwischen zwei Polizeibeamten unter der rot-weißen Banderole der Absperrung hindurch.

Mann fiel Tante Ichen ein. Er schaltete sein Handy wieder ein und rief sie an: »Jochen hier. Du sitzt wahrscheinlich vor dem Fernseher, wenn ich dich und die deutsche Wirklichkeit richtig einschätze.«

Gelassen antwortete sie: »Richtig. Und ich bekomme auf sämtlichen Kanälen dein wunderbares Gesicht gezeigt. Schweigsam, wie meistens, kein Lächeln, keine Reaktion.«

»Was?«, fragte er verblüfft. Dann erinnerte er sich an die vielen Kameraleute. »Das ist mir aber peinlich.«

»Das braucht dir nicht peinlich zu sein, mein Junge. Du hast sehr professionell gewirkt, nicht im Geringsten aufgeregt. Was ist da los? Hat man wirklich versucht, den israelischen Botschafter zu töten?«

»So sieht es aus, Tante Ichen.«

»Aber er ist aus der Stadt gebracht worden, wie ich höre.«

»Das ist auch richtig.«

»Und wohin, wenn ich fragen darf?«

»Das weiß ich nicht. Und ich will das auch gar nicht wissen.«

»Ich kann es dir aber sagen«, entgegnete sie spitz. »Sie haben ihn und seine Familie nach London ausgeflogen. Das Ganze ist für uns Deutsche nicht gerade günstig, was?«

»Nein, wahrhaftig nicht.«

Sie schwieg eine Weile und meinte dann mit dünner Stimme: »Aber für dich ist es günstig, mein Junge.«

»Nicht so was!«, wehrte er angewidert ab. »Du weißt, weshalb ich hier war. Ich habe bloß ein wenig ausgeholfen. Das ist alles und das wird alles bleiben.«

»Ha!«, triumphierte sie. »Dauernd sage ich dir: Du musst dich unauffällig nach vorn schieben. Die Betonung liegt auf ›unauffällig‹. Na bitte, das ist deine Chance.«

»Nein, Tante Ichen. Das ist durchaus nicht meine Chance. Ich werde meine Protokolle schreiben und sie abgeben und dann in mein Dienstzimmer zurückkehren. Abteilung Jugendkriminalität.«

Sie machte wieder: »Ha!« Ihre Stimme kiekste noch ein wenig mehr, als sie fragte: »Er ist wohl tot, nicht wahr?«

»Ja«, bestätigte Mann. Weil er sie abschrecken wollte, setzte er hinzu: »Weißt du, ihn hat die Bombe wohl am stärksten getroffen. Er ... er hatte keinen Kopf mehr und auf seinem Bauch lag die rote Nelke.«

»O Gott, das ist ja furchtbar. Im Fernsehen haben sie davon gar nichts gesagt.«

»Das ist auch verdammt gut so«, polterte Mann. »Und jetzt entschuldige mich, ich muss noch in eine Besprechung.«

»Ja. Falls du nicht in diese ... in diese gemeinsame Wohnung gehen willst, komm her. Dein Zimmer gibt es schließlich noch.«

»Warum sollte ich nicht in meine Wohnung gehen wollen?«, fragte Mann aufgebracht.

Er hatte von Beginn an gewusst, dass sie etwas gegen Katharina hatte. Sie hatte mal nach einem Sonntagnachmittag mit Kaffee und Kuchen zu dritt geäußert, Katharina habe nicht das notwendige Format, sei entschieden zu spießig und furchtbar zwanghaft. Doch wenn er unbedingt darauf bestünde, dann sollte er sich austoben und sie anschließend vergessen. Mann hatte daraufhin eine ganze Zeit kein Wort mehr mit seiner Tante gewechselt.

»Weil diese Frau mit Sicherheit ... Ach, lassen wir das. Komm, wenn du willst, du brauchst vorher nicht anzurufen.«

Er wollte ihr diese Nicklichkeiten nicht durchgehen lassen, er wollte sie irgendwie bestrafen. »Du maßt dir ein Urteil an über eine Sache, von der du nichts verstehst. Trotzdem kannst du mit meinem Besuch rechnen. Du musst mir nämlich erzählen, was dieser Sirtel von mir wollte. Sag nicht, dass du keine Ahnung hast. Du hast Ahnung und du wirst dich nicht um eine Aussage herumdrücken können.«

»Aber ihm galt doch der Anschlag gar nicht!«, blaffte sie empört.

»Das nicht. Aber die Ermittler werden alles untersuchen, wirklich alles, Tante Maria.«

Wenn er sie mit ihrem vollen Namen anredete, war sie auf der Hut. »Also, bis später«, erwiderte sie sanft wie ein Lamm.

Mann fand Ziemann dieses Mal im Laderaum eines dunkelgrauen Mercedes-Kleinlasters ohne Aufschrift. Der Kriminalrat hockte im Schein einer kleinen Bürolampe auf einem stoffbespannten Hocker und starrte auf einen menschlichen Arm, der, zerrissen und blutig, behängt mit den Fetzen eines weißen Oberhemdes in einer Kiste lag.

»Komm rein, mach die Tür zu. Das ist das letzte Beutestück, das mir geblieben ist. Wir vermuten, dass dieser Mann die Bombe zündete. Sieh mal, er trug einen einfachen Silberring, wie man ihn auf Trödelmärkten kaufen kann, und er war jemand, der nicht sonderlichen Wert auf Seife legte. Seine Haut und seine Fingernägel sind ungepflegt und schmutzig. Sieht aus wie die Hand eines Mannes, der viel mit Motoren umgeht, Kfz-Gewerbe vielleicht. Kann jemand sein, der im Untergrund gelebt hat, möglicherweise ein Techniker, der die Bombe selbst bastelte. Aber warum, verdammte Socke, hat er dann die Bombe nicht so gebaut, dass er sie abstellen und zünden konnte, nachdem er das Restaurant verlassen hatte? Das ergibt keinen Sinn.«

»Der Italiener ist der Auffassung, dass die Zündung nicht richtig funktionierte. Die Bombe ging hoch, während sie vom vorderen Teil des Restaurants in den hinteren Teil transportiert wurde. Da befindet sich der tiefste Explosionskrater. Also noch viel zu weit entfernt vom Botschafter. Und noch eine Erkenntnis dieses pfiffigen Giovannis: Wenn der Terrorist erst draußen auf den Botschafter gewartet hat, dann war es vollkommen unlogisch, dass er in das Lokal hineinging. Logischer wäre es gewesen, dem Botschafter die Bombe durch das Fenster an den Kopf zu werfen.«

Ziemann kicherte ganz hoch, es war ein merkwürdiger Laut. »Danke für diesen Hinweis. Der Gedanke ist mir auch sofort gekommen.«

»Was war das eigentlich für eine Bombe?«

»Alles, was wir bisher wissen, ist, dass es sich um eine einfache, aber wirkungsvolle Rohrbombe gehandelt hat. Wahrscheinlich drei- oder vierteilig. Und wahrscheinlich war sie, teilweise zumindest, mit Schrauben und Nägeln gefüllt. Auf kurze und mittlere Distanz war sie absolut tödlich, riss alles in Fetzen ... Du hast es ja gesehen. Der Sprengstoff selbst muss noch bestimmt werden. Es sieht so aus, als ... Na ja, nun spiele ich in diesem Fall ja sowieso nur noch die Rolle eines Handlangers. Und von dir wird bald auch kein Mensch mehr reden.« Er grinste schmal mit zusammengekniffenen Augen. »Schreibst du mir trotzdem auf, was du herausgefunden hast?«

»Selbstverständlich.« Mann musste gebückt stehen, weil der Laderaum nicht hoch genug war.

Ziemann kramte in einer Kiste, die neben ihm stand, und zog einen kleinen schwarzen Plastiksack hervor, in den er den Arm schob und den er dann mit einem Reißverschluss verschloss. »Mit diesem Kerl hätte ich mich gern unterhalten. Was glaubst du, wann hast du deinen Bericht fertig?«

»Ich brauche mit den Zeichnungen einen Tag, nehme ich an«, antwortete Mann.

»Gut. Dein Chef kriegt einen Anruf von mir, dass ich dich für mich erobert habe und dass du erst in einigen Tagen wieder an deinen Schreibtisch zurückkehren wirst. Einverstanden?«

»Gut«, nickte Mann, ein wenig erstaunt. Dann fiel ihm etwas ein: »Was ist mit der Frau, die wir in der Toilette gefunden haben?«

»Oh, die dürfen wir nicht vergessen. Sie ist in die Charité gebracht wurden. Das Blut stammt allerdings nicht von ihr, sondern von jemand anderem. Irgendwie ein Wunder, dass sie unverletzt ist. Sie muss nämlich ganz in der Nähe der Stelle gewesen sein, wo die Bombe explodierte. Ich nehme an, dass sie noch heute nach Hause entlassen wird ... Am besten wäre es, wenn du sie gleich noch aufsuchst. Quetsch sie aus! Sie heißt ... verdammt, wo habe ich den Zettel?« Er fummelte in seinen Taschen herum, förderte ganze Stapel von kleinen und winzig kleinen Zetteln zu Tage, suchte darin herum und las dann vor: »Marion Westernhage, vierunddreißig. Wohnt irgendwo in Mitte, warte mal, ja hier: Stralauer Straße 13. Notiert? Gut. Und noch einmal vielen Dank.« Er sah zu Mann hoch und wirkte zum ersten Mal unsicher.

Mann war irritiert. »Warum soll ich diese Frau besuchen? Der Fall ist nicht mehr unser Fall.«

»Das ist richtig. Aber die Aussage dieser Frau ist möglicherweise wichtig. Und du, mein Lieber, verfügst über das erste Gesicht, das diese total geschockte Frau nach der Explosion gesehen hat. Als sie noch nicht wusste, ob sie schon im Himmel oder noch auf der Erde war. Und ich will wissen, was sie weiß.« Ziemann beugte den Kopf vor. »Ich bin ein sehr alter Hase und weiß gern, was läuft. Auch wenn ich nichts mehr damit anfangen kann.«

»Du traust dem Braten hier überhaupt nicht«, stellte Mann verblüfft fest.

»Ich traue der Politik nicht«, nickte Ziemann. »Reich mir deine Berichte persönlich rein, kein Dienstweg. Geht das?«

»Du solltest vielleicht ein, zwei Stunden schlafen.«

»Das sagt meine Frau auch immer«, lächelte der Kriminalrat. »Aber wegen der Dringlichkeit des Falles bin ich jetzt gezwungen, in die Pathologie zu fahren und Zeuge der ersten Obduktionen zu sein. Wer immer diese Bombe explodieren ließ, er stammt aus dem Reich des Bösen. Der amerikanische Soziologe Richard Sennett hat kürzlich den gegenwärtigen amerikanischen Präsidenten einen dekadenten Menschen genannt, an dem der Besuch der besten Schulen des Landes spurlos vorbeigegangen ist. Kaum ist hier die Bombe geplatzt, nennt der Präsident auch schon öffentlich die Namen der Mörder, alles Terroristen. Er sagt, dass dieser Anschlag die eindeutige Handschrift der Talibankrieger um Osama Bin Laden trägt. Und dass das amerikanische Volk nicht dulden werde, dass der Krieg nach Berlin hineingetragen wird. Diese Stadt habe in der Vergangenheit so viel gelitten. Er werde persönlich dafür sorgen, dass dergleichen nicht wieder vorkommt. Und ich, der kleine Ziemann, sage dir: Wer immer diese Bombe geworfen hat, mein Junge, er meinte nicht den Israeli.« Ziemanns Ton war böse, angriffslustig, verächtlich.

»Aber der Innenminister wird doch ein ordentliches Ermittlungsverfahren auf die Reihe bekommen!« Mann kam sich ein wenig so vor wie ein Kind, das etwas verstehen soll, was es nicht verstehen kann.

Ziemann reagierte nicht, sondern zog ein großes leinenes Taschentuch aus der Hosentasche und wischte sich damit über das Gesicht.

»Wir sehen uns«, murmelte Mann höflich, denn Ziemann wollte wohl nichts mehr sagen.

Mann ging in die Nacht, entfernte sich vom Ort des Schreckens, um nach wenigen Metern schmerzhaft feststellen zu müssen, dass er den Schrecken in sich trug.

Ein uniformierter Polizist hob das Plastikband hoch, um ihn passieren zu lassen. »Feierabend, was?«

»Noch nicht ganz«, gab Mann zurück und trabte versunken in eine Gruppe Neugieriger hinein.

Eine Frau stieß ihn an: »Wie viele hat es denn erwischt?«

»Vierzehn«, antwortete Mann mechanisch.

Brüsk drehte er sich um und kehrte zurück an die Stelle, wo der Unbekannte mit dem Vogelkopf durch die Absperrung geschlüpft war. Eine Polizistin stand dort.

»Mann ist mein Name, Staatsanwaltschaft«, sagte er. »Im Laufe des späten Abends ist hier ein Mann aufgetaucht, der einfach nur den Unglücksort anstarrte, sonst nichts. Dann machte er kehrt und verschwand wieder. Können Sie sich an ihn erinnern?«

»So ein dunkler Typ«, nickte sie. »Hat nichts gefragt, wollte nichts wissen, kam her, zeigte mir seinen Dienstausweis und stand dann mindestens eine halbe Stunde vor dem kaputten Lokal. Der war vom Verfassungsschutz!«, sagte sie.

»Und der Name?«

»Den weiß ich nicht mehr, aber der Ausweis war sauber.« Wahrscheinlich hätte sie sich den Namen notieren müssen und war deshalb leicht verlegen.

»Kein Problem«, meinte Mann freundlich und machte sich endgültig auf den Weg.

ZWEITES KAPITEL

Mann lief gebeugt, als wollte er sich verstecken. Die meisten Kneipentüren standen weit auf. Das Volk der Nacht war laut und sehr fröhlich.

Er begann zu frieren und fragte sich, weshalb er seinen Mantel zu Hause gelassen hatte. Dann fiel ihm ein, dass er zu Beginn des Abends einen Trenchcoat getragen hatte.

Er konnte sich später nicht daran erinnern, in welcher Straße ihn die junge Hure angesprochen hatte. Er schätzte sie nicht älter als vierzehn, fünfzehn Jahre, aber ihr Blick war der einer Greisin. Sie war klein und schmal mit einer durchscheinenden Haut und blassblauen Augen. Sie trug eine elend kurze Hose aus Jeansstoff mit einem zu großen weißen T-Shirt, wahrscheinlich hatte ihr jemand gesagt, das würde Männer anmachen.

Kindlich sagte sie: »Du kriegst bei mir das volle Menü.«
»Wie bitte?«, fragte Mann verblüfft.
»Na ja, du kannst alles haben. Wirklich alles. Ich bin gut.«
»Ach, Kindchen«, Mann war es lästig, mit dieser Art von Wirklichkeit konfrontiert zu werden. »Mir ist nicht nach so was.«
»Aber ich bin gut. Auch zum Beispiel im Kuscheln.« Sie stakste auf dünnen Beinen neben ihm her.
»Das ist nett von dir. Sag deiner Mutter einen schönen Gruß.«
»Kennst du die etwa?«
»Nein«, gab Mann zurück. »Ich muss weiter, ich will heim.«
»Diese Nacht ist wirklich nichts los«, klagte sie. »Wegen der Sache am Ku'damm. Siebzehn Tote haben die eben im Fernsehen gesagt.«
»Ich wusste nur was von vierzehn«, murmelte Mann hohl.

Stralauer Straße Nummer 13 war ein Neubau, viergeschossig mit glatter, abweisender weißer Straßenfront, in der die

Fenster wie dunkle Gucklöcher wirkten. Es gab sechs Klingeln. Zwei davon gehörten zu einer Firma namens *Immosat,* die vier anderen waren mit Familiennamen versehen. Nach Anordnung der Klingeln wohnte die Frau im ersten Stock rechts. *Westernhage* stand da. Mann schellte und dachte unbehaglich, dass es eine schier unglaubliche Zeit war. Zwei Uhr neunzehn.

Erstaunlich schnell fragte eine hellwache Frauenstimme: »Ja, bitte?«

»Staatsanwaltschaft. Mein Name ist Mann. Kann ich Sie sprechen?«

»Selbstverständlich«, sagte die Stimme, blechern verzerrt durch den Lautsprecher.

Mann drückte die Tür auf und ging die Treppe hinauf. Das Treppenhaus war edel gehalten. Aus Tropenholz die klobigen Stufen genauso wie der Handlauf, an den Wänden breite rote Steinstreifen, die aussahen, als handle es sich um Marmor. Gab es roten Marmor überhaupt?

Die Frau stand in der halb offenen Wohnungstür und lächelte etwas nervös mit breitem, grell geschminktem Clownsmund. Sie trug irgendetwas halb Durchsichtiges mit einem bläulichen Schimmer und Mann konnte erkennen, dass ihr Slip nur ein schwarzes Etwas war. Sie hatte wohl geduscht, denn ihr Haar war noch nass.

»Ich habe mir schon gedacht, dass noch jemand auftaucht«, sagte sie. Ihre Stimme war ein klarer Alt. »Schönen Dank, dass Sie mich auf dem Klo gefunden haben.«

»Schon gut. Wissen Sie denn, wie Sie dorthin gekommen sind?«, entgegnete Mann.

Sie reichte Mann kaum bis zur Schulter und wirkte zierlich. Ihre Füße steckten in einfachen roten Lederslippern. »Machen Sie bitte die Tür zu«, sagte sie statt einer Antwort und ging vor ihm her.

»Sie müssen die etwas verrückte Zeit entschuldigen, aber wir wollen ganz schnell mit … mit jedermann sprechen, der das überlebt hat.«

»Natürlich«, nickte sie. »Wollen Sie etwas trinken?«
»Nein danke. Oder vielleicht doch, ein Wasser.«
Der Raum war sehr groß und die Einrichtung aus Glas, Acryl, Stahl und gebürstetem Aluminium, das Ganze wirkte sachlich und kühl, streng aufeinander abgestimmt, handgemacht, teuer. Zu der Sitzecke gehörte ein kantiges Sofa aus schwarzem Leder. Es gab drei überdimensionierte Bodenvasen mit weißen Liliengewächsen, aber es war nicht auszumachen, ob sie aus Seide oder tatsächliche Blumen waren.

Mann fühlte sich unbehaglich, er dachte: Hier kann niemand wirklich zu Hause sein.

»Ich habe erst mal eine Stunde lang geduscht.« Marion Westernhage brachte eine Flasche Wasser und ein Glas und goss ihm ein. Dann setzte sie sich jenseits des flachen Tisches auf das Sofa, zog die Beine unter den Körper und sah ihn brav an. »Fragen Sie.« Es klang wie: »Fragen Sie, aber nicht zu sehr!«

Mann nahm ein Glas und trank einen Schluck. »Ich bin da reingerutscht, ich helfe nur aus. Und ich muss aussehen wie ein Erdferkel. Darf ich mir eben die Hände waschen?«

»O ja, natürlich. Das Badezimmer ist links, erste Tür. Ich glaube, ich trinke einen Sekt.«

Mann schloss die Tür hinter sich ab. Er zog seinen schwarzen Rolli aus und ließ ihn auf den Boden fallen. Dann wusch er sich gründlich mit kaltem Wasser ab.

Ich bin verrückt, nachts durch Berlin zu laufen und Leute mit Fragen zuzupflastern, dachte er. Ich muss verrückt sein. Na ja, aber ich habe einen Auftrag, ich mache es für Ziemann. Der steht wahrscheinlich gerade in der Pathologie und schaut den Metzgern zu. Das ist viel schlimmer als das hier.

Die Badewanne war nicht aus Plastik und teuer ausgestattet als Whirlpool für zwei Personen. Die Beschläge, an denen Bademäntel und Handtücher hingen, sahen aus, als seien sie vergoldet.

Sie ist ein Goldstück, überlegte Mann melancholisch. Es

gibt jemanden, der sie sich leistet. Er öffnete den verspiegelten Schrank über dem Waschbecken. Wenig überraschend gab es eine Herrenabteilung mit Rasierpinsel, einem Topf Rasierseife und einem Rasierwasser von Hermès. Einer der weißen Bademäntel war für die Frau entschieden zu groß.

Mann zog den Pulli wieder über und ging zurück in den Wohnraum. »Es dauert nicht lange«, versprach er.

»Ich kann sowieso nicht schlafen.« Sie hatte eine kleine Flasche Champagner geöffnet und sich ein Glas eingegossen. »Was heißt das, dass Sie zufällig dort gewesen sind?«

»Ich war in dem Lokal mit jemandem verabredet.« Er zog aus der Gesäßtasche der Hose einige Blätter Papier, die er vorsorglich eingesteckt hatte. Penibel legte er sie vor sich hin und sagte munter: »Erst einmal schnell die Personalien. Sie heißen Marion Westernhage, die Wohnung hier ist Ihre?«

»Ja. Ich bin am dreizehnten April 1966 in Bremen geboren worden. Geschieden. Von Beruf bin ich Bankkauffrau.«

»Sie sind angestellt?«

»Ja, angestellt. Ich bin Sachbearbeiterin im Vorzimmer des Vorstandes. Bei einer Bank, bei Gerhard Dreher, also bei der Bankgesellschaft.« Sie lächelte. »Ich bin selbstverständlich nicht vorbestraft.«

»Oh! Dann arbeiten Sie in einem sehr unruhigen Haus.«

»Im Moment schon«, nickte sie ironisch. »Weltuntergang sozusagen. Sind Sie schon vor der Explosion da gewesen oder erst später gekommen?« Sie trank ihr Glas mit einem langen, durstigen Zug leer. Als sie es auf die Glasplatte zurückstellte, bemerkte Mann die Tablettenschachtel. Eine Packung *Valium 20*.

»Später. Ein paar Minuten. Und jetzt erzählen Sie bitte, wie Sie das erlebt haben. Von Beginn an. Wieso waren Sie dort?«

»Es war wie bei Ihnen. Ein Zufall«, sagte sie. »Ich habe bis halb acht gearbeitet. Anschließend war ich mit einem Freund verabredet. Wir wollten essen gehen und er hat das *Francucci's* vorgeschlagen.«

»Sie trafen ihn. Und dann?«

Mann hatte plötzlich den Eindruck, als versteife sie sich, als seien ihre Augen größer geworden. Und sie bewegte sich nicht mehr. Sekundenlang wirkte sie wie eine Puppe aus Porzellan. Dann ging ein Ruck durch ihren Körper, sie nahm die Flasche und goss sich nach.

»Ich traf ihn gar nicht. Mein Freund erschien nicht.«

»Kann ich bitte den Namen und die Adresse dieses Freundes erfahren? Es ist nur der Ordnung halber.«

»Das möchte ich nicht«, sagte sie leise und starrte auf einen blauen chinesischen Seidenteppich, der nach Manns bescheidenem fachlichem Wissen ein Vermögen gekostet haben musste.

Er spürte einen jähen Zorn in sich aufsteigen. »Warum nicht? Wir gehen mit diesen Angaben nicht leichtsinnig um.«

»Er ist verheiratet.« Ihre Augen forderten: Komm mir nicht zu nahe!

»Hören Sie, Frau Westernhage, jemand hat versucht, den israelischen Botschafter mitsamt Familie in die Luft zu sprengen. Es gibt mindestens vierzehn Tote. Ich bin die entschieden freundlichste Lösung Ihres kleinen Problems, denn ich kann mich sehr diskret bei Ihrem Bekannten erkundigen, ohne eine mögliche Ehefrau oder mögliche Kinder aufzuscheuchen. Die Leute, die nach mir kommen, können das Wort Diskretion nicht einmal buchstabieren. Also, von vorne. Sie sitzen im Vorzimmer Ihres Chefs, Dreher heißt er, und machen um neunzehn Uhr dreißig Schluss. Dann sind Sie rüber zum Ku'damm. Mit dem eigenen Wagen?«

»Nein, ich habe ein Taxi genommen. Wieso müssen Sie den Namen des Freundes wissen? Er ist doch gar nicht gekommen.« Das klang vorwurfsvoll.

Mann blies die Backen auf, er wollte raus aus dieser Wohnung. Diese Westernhage war eine Zicke und ihre Stimme klang zunehmend aggressiv und unkontrolliert. »Die Ermittler nach mir werden sogar den Taxifahrer ausfindig machen, Ihr Bankkonto lesen und Ihr gesamtes Vorleben auskundschaften bis zurück zu den Windeln. Seien Sie klug, ersparen Sie sich Unannehmlichkeiten und reden Sie mit mir.«

Sie fuhr mit der Rechten über das glatte Leder. »Das geht nicht.«

Mann nickte. »Wem gehört der Rasierpinsel im Bad?«

»Was hat denn der Rasierpinsel mit der Sache am Ku'damm zu tun?«

»Stellen Sie mir keine dämlichen Gegenfragen«, erwiderte Mann scharf. »Machen Sie sich doch mal das Ausmaß dieser Sache klar: Das Haus eines Amerikaners ist in die Luft geflogen und der Präsident in Washington hat gesagt, dass die Täter aus dem Reich des Bösen stammen. Was glauben Sie, was mit Ihnen geschieht, wenn ich behaupte: Die Dame will den Namen ihres Lovers nicht verraten?«

»Huh«, machte sie theatralisch und sichtlich erheitert. »Jetzt ist der Oberindianer aber sauer. Wissen Sie, ich erledige meine Probleme gern der Reihe nach. Erst mal Sie und dann die bösen Jungen, die nach Ihnen kommen.«

Ich kann auch anders, dachte Mann und seufzte. »Also gut, wenden wir uns einem anderen Thema zu: Wo waren Sie genau, als die Bombe hochging?«

Es war, als senke sich ein Vorhang in ihren Augen, ihre Hände zitterten. Sie nahm einen hastigen Schluck von ihrem Champagner und ein paar Tropfen liefen ihr über das Kinn. Dann stand sie auf, lief durch den Raum und suchte etwas. Sie kehrte mit einer Zigarettenschachtel in der Hand zurück, hockte sich auf das Sofa und zündete sich eine an.

»Ich rauche selten«, erklärte sie. »Tja, wie war das?«

»Ich zeichne Ihnen den Grundriss des Restaurants auf. So, hier ist der Eingang, die Stehtische. Da war die Truhe mit den Antipasti, dann kommen die Theke mit den Zapfhähnen und der Durchgang zum Restaurant. Wo waren Sie?«

»Erst war ich auf der Straße. Also vor dem Restaurant.«

»Wie lange haben Sie da gewartet?«

»Fünf Minuten, schätze ich. Dann wurde es kühl, ich ging hinein.«

»Ist Ihnen auf der Straße irgendetwas aufgefallen? Irgendein Mensch, ein Auto, irgendwas, was Ihre Neugier erregte?«

»Nein, nichts.«

»Gut, Sie gehen also rein. Wohin genau gehen Sie?«

»Zu dem Stehtisch links, also dem, von dem aus man durch das Fenster direkt auf den Ku'damm sehen kann.«

»Sind Sie allein an dem Tisch?« Er kramte hastig in seinen Unterlagen und fand Giovannis Zeichnung. Giovanni hatte an den Stehtisch links außen geschrieben: *U., Frau, rund dreißig.*

»Ja, ich stand allein an dem Tisch.«

»Kam ein Kellner zu Ihnen?«

»Ja, sofort. Er räumte Gläser weg und ich bestellte einen trockenen Weißwein. Den brachte er auch gleich.«

»Gut, weiter. Kannten Sie jemanden an den Nachbartischen?« Er beobachtete sie genau und stellte fest, dass sie hellwach war und auf der Hut. Da war etwas, was sie unruhig sein ließ.

Mit einem unbewegten Gesicht antwortete sie: »Nein, ich kannte niemanden.«

»Wie standen Sie? Mit dem Rücken zum Lokal oder mit dem Rücken zur Straße?«

»Mit dem Rücken zum Lokal. Ich wollte meinen Freund sehen, wenn er kam.«

»Was geschah dann?«

»Dann gab es die Explosion.«

»Die Bombe explodierte also in Ihrem Rücken?«

»Korrekt. Ich wurde ... ich flog irgendwie. Gegen eine Mauer. Aber da war eigentlich das Fenster, keine Mauer. Trotzdem war es eine Mauer. Die Mauer zwischen dem Eingang und dem Fenster. Und sofort war alles dunkel. Viele Menschen schrien. Ganz schrill. Das ... das war grauenhaft, das höre ich immer noch ...« Sie beugte sich vor, ihre Schultern bewegten sich zuckend. Sie wiegte sich vor und zurück.

Mann blieb sachlich. »Lagen Sie auf dem Bauch oder auf dem Rücken? Oder auf der Seite?«

Sie schüttelte heftig den Kopf, stand abrupt auf und verließ den Raum.

Auch Mann sprang auf und lief unruhig hin und her. Er hörte, dass sie die Klospülung betätigte. Er fragte sich, ob es nicht notwendig war, sie brutaler anzugehen. Aber das behagte ihm nicht, das war nicht sein Stil.

Über einer niedrigen Truhe hing ein großer Baselitz. Mann schaute genauer hin. Das Gemälde schien ein Original zu sein.

Marion Westernhage kehrte zurück und sagte noch im Gehen: »Ich lag auf dem Rücken und irgendjemand lag auf mir. Alles an mir war nass. Ich habe überhaupt nicht kapiert, dass es Blut war. Alles war nass. Ich habe geschrien, wollte wegrennen und konnte nicht. Es … es war furchtbar.«

»Aber Sie haben sich befreien können?«, fragte er sanft.

»Ja, irgendwie. Der Mann auf mir, der war tot. Ich sah nichts, überall war dichter Nebel. Staub und so. Und ich kriegte keine Luft mehr. Ich weiß auch nicht …«

»Was wissen Sie nicht?«

»Na ja, jetzt frage ich mich ständig, warum ich nicht auf die Straße gelaufen bin. Aber es ist möglich, dass ich die Straße nicht gesehen habe. Ich bin mir der Straße gar nicht bewusst geworden. Ich weiß nur, ich sah ein kleines Schild mit WC drauf. Dann bin ich in die Richtung gestolpert. Völlig idiotisch, das zu tun. Ich habe die Tür zu der Kabine aufgemacht und dann muss ich das Bewusstsein verloren haben. Ihr Gesicht war das Erste, was ich dann wieder wahrgenommen habe.«

»Hoffentlich haben Sie mich nicht für einen Engel gehalten«, meinte er leichthin. »Kann ich nun vielleicht doch ein Glas Champagner haben?«

»Aber ja. In dem Schrank da hinten sind die Gläser.«

In die plötzliche Stille des Raumes sagte sie: »Ich weiß nichts von Ihnen. Erzählen Sie doch mal von sich.«

Mann war erstaunt, begriff aber dann, dass ihre Aufforderung möglicherweise ein Schlüssel zu ihr war. »Tja, ich bin Staatsanwalt. Ich bearbeite die Akten jugendlicher Straftäter.

Mein Arbeitstag dauert normalerweise zwischen zwölf und vierzehn Stunden.« Er lächelte. »Wir Staatsanwälte sind ein elitärer Haufen, wir glauben, dass wir die einzig wahren Juristen sind, die absolut besten. Diese Stadt ist meine Stadt, ich bin hier geboren, ich habe hier studiert. Und ich lebe seit vielen Jahren mit derselben Frau zusammen. Wir wohnen in der Kastanienallee in Mitte.«

»Haben Sie einen Traum?«

Er wollte mit einer Floskel antworten, etwas sagen wie: »Geht das jetzt nicht zu weit?« Dann erinnerte er sich an einen Ausbilder, der mal geraten hatte: »Geben Sie jedem Zeugen das Gefühl, der einzige wirklich gute Zeuge zu sein.« Deshalb antwortete er: »Ich habe durchaus Träume. Berufliche Träume. Ich würde gern das Amt eines juristischen Beraters bei einem großen Industriekonzern ausüben. Irgendwann einmal.«

»Keine privaten Träume? Heirat? Kinder?«

»Keine Heirat, keine Kinder«, antwortete er knapp. »Wollen Sie mir den Namen Ihres Essenspartners nicht doch verraten?«

»Lieber nicht«, sagte sie. »Das könnte zu Missverständnissen führen. Es gibt Situationen, die unweigerlich zu Missverständnissen führen. Das müssten Sie als Staatsanwalt doch eigentlich wissen.«

»O ja, das weiß ich sehr gut. Wollen Sie ein Missverständnis hören?«

»Na ja, wenn es ein gutes Missverständnis ist.«

Mann lächelte. »Hier wohnt manchmal ein Mann. Er ist Ihr Chef. Ihm gehört diese Wohnung. Und Sie wollten zusammen essen gehen. Aber er kam nicht. Ist es so gewesen?«

Augenblicklich war sie beleidigt. »Diese Wohnung gehört mir«, sagte sie scharf. »Mir ganz allein. Das Katasteramt wird Ihnen das bestätigen. Damit ist das erste Missverständnis aus der Welt. Der Rasierpinsel gehört meinem Chef, das Missverständnis ist in Ordnung. Aber ich wollte nicht mit ihm essen gehen. Denn er war gestern in Düsseldorf, von da aus ist er nach München geflogen und morgen ist er in Köln. Also Chef ist nicht. Sind Sie jetzt enttäuscht?«

Mann lachte. »Nein, bin ich nicht. Behalten Sie den Namen Ihres geheimnisvollen Begleiters ruhig für sich. Ich bin überzeugt, die Herren, die nach mir kommen, werden ihn erfahren.«

»Da wäre ich nicht so sicher.« Fast grinste sie. »Dreher schirmt mich ab, er passt auf mich auf. Wie sah ich eigentlich aus, als ich da in der Toilette lag?«

Mann überlegte. »Wie eine schöne Frau mit dem Blut von Toten auf dem ganzen Körper. Erschreckend. Aber ich kann mich nicht daran erinnern, was Sie trugen. Kleid oder Hose, ich weiß es nicht.«

»Es war ein kurzes Kostüm mit weitem Ausschnitt. Im Krankenhaus haben sie es mir ausgezogen und ich habe ihnen gesagt, sie sollen es wegschmeißen.«

»Wie ich sehe, haben Sie ein Mittel für die Nacht. Ich muss jetzt gehen, ich merke, dass ich müde werde.« Trotzdem blieb Mann sitzen.

»Sie glauben mir nicht, nicht wahr?«

»Nein, ich glaube Ihnen nicht.«

»Und warum? Ich meine, benehme ich mich irgendwie falsch? Oder geheimnisvoll?«

»Nein, das ist es nicht. Sie sind eine erfahrene Geliebte. Und solche Frauen bewegen sich immer vorsichtig durchs Leben. Ich nehme an, dass dieser Dreher ein Mann ist, bei dem man sich sehr, sehr vorsichtig bewegen muss. Nein, das ist es nicht. Sie sind eine kluge Frau und Sie wissen, was auf diese Stadt nach dieser Bombe zukommen wird. Mit wem auch immer Sie sich treffen wollten, es wäre ein Leichtes, mir zu sagen: Er heißt Sowieso, er ist Rechtsanwalt und er wohnt in Sowieso. Dann treffe ich ihn für die Dauer von dreißig Sekunden, er bestätigt das und over. Und weil Sie das genau wissen, ist Ihr Verhalten idiotisch.«

Sie nickte und presste die Lippen zusammen, als gäbe sie ihm Recht, aber sie sagte nichts.

»Dann verschwinde ich jetzt.« Er stand auf. Er entnahm seiner Geldbörse eine Karte und reichte sie ihr. »Ich werde noch ein, zwei Tage mit den Protokollen zu tun haben. Wenn Sie es sich anders überlegen sollten, rufen Sie mich an. Wenn Sie nicht mich anrufen wollen, wenden Sie sich an Kriminalrat Erich Ziemann. Er ist ein netter alter Herr mit viel Verständnis für die Irrungen und Wirrungen der Seele. Glaube ich jedenfalls.« Er nahm ihr die Karte nochmal ab. »Ich schreibe Ihnen seinen Namen auf die Rückseite. Da steht meine private Adresse, Sie können mich abends oder am Wochenende zu Hause erreichen. Würden Sie mir ein Taxi bestellen?«

»Natürlich.« Sie wählte schnell und ohne nachzudenken eine Nummer. »Stralauer 13«, sagte sie knapp und Mann dachte, sie fährt oft Taxi, sie spart nicht am Fahrpreis.

»Was werden Sie denn in diesem Protokoll über mich berichten? Dass ein Rasierpinsel in meinem Bad steht?«

Für den Bruchteil einer Sekunde glaubte Mann, dass sie kokettieren wollte, aber dann erkannte er in ihren Augen bitteren Ernst. Sie weiß etwas, dachte er, sie weiß etwas ganz Entscheidendes.

»Ich möchte wissen, vor wem oder was Sie Angst haben«, sagte er. »Und ich werde schreiben müssen, dass Sie den Namen Ihres geheimnisvollen Freundes nicht verraten wollen.« Er grinste. »Sie sind wie mein Schützling Kemal, der in einer Nacht achtunddreißig Autos mit einem Hammer öffnete, nichts klaute und behauptete, er sei dazu gezwungen worden. Wahrscheinlich haben Sie Angst, dass dieser Dreher erfährt, mit wem Sie sich treffen wollten.«

»Nicht die Spur!«, entgegnete sie sofort.

»Nun gut. Ich bin Staatsanwalt, mit mir spielt man keine Spielchen. Also danke ich Ihnen nicht für Ihre Offenheit, aber ich danke, dass Sie mit mir gesprochen haben.« Er drehte sich um und ging durch den kleinen Flur auf die Wohnungstür zu.

»Darf ich eine Frage stellen?«, rief sie hinter ihm her.

»Nur zu«, sagte er, seinen Schritt verlangsamend.
»Wen wollten Sie im *Francucci's* treffen?«
»Einen Mann namens Walter Sirtel. Kennen Sie ihn?«
»Selbstverständlich«, antwortete sie. »Der turnte dauernd in meinem Büro herum. Erstellte rechtliche Gutachten für uns. Der gehörte sozusagen zur Familie.«
Mann drehte sich schnell zu ihr um. »Und? Haben Sie ihn gesehen?«
»Ja, klar«, nickte sie.
»Aber Sie haben vorhin gesagt, dass Sie keinen der anderen Gäste des Lokals kannten … Haben Sie miteinander gesprochen, haben Sie sich gegrüßt?«
»Nein, er hat mich nicht bemerkt. Warum waren Sie mit ihm verabredet?«
»Das weiß ich nicht, Sirtel hatte um dieses Treffen gebeten. Ohne nähere Angabe von Gründen. Und jetzt gute Nacht, oder besser: guten Morgen.« Er öffnete die Tür und dachte verärgert: Ich muss mit Ziemann über diese Frau reden. Ich habe einen Fehler gemacht, aber ich weiß nicht, welchen.
Der Taxifahrer wartete schon.
»Grunewald, bitte«, sagte Mann. »Hubertusbader Straße.«

Das gelbe zweigeschossige, spitzgieblige Haus aus den Zwanzigern des vergangenen Jahrhunderts wirkte wie immer vollkommen unberührt von den Zeitläufen. Tante Ichen nannte es respektlos: »Stammsitz einer total bekloppten Familie.«
Als er vor dem Haus stand, empfand er Scham. Da fahre ich nach so einer gottverdammten Nacht hierher. Als sei das selbstverständlich. Als hätte ich keine eigene Wohnung. Tante Ichen hat das natürlich gewusst. Er kämpfte mit der Versuchung, Katharina anzurufen und ihr irgendeinen Blödsinn zu erklären. Dringende Konferenz, Unklarheiten am Tatort, Besprechung mit dem Bundeskriminalamt.
Die große, schwere Eichentür fiel sanft hinter ihm zu und er war zu Hause in der Stille, die er über alles liebte, mit der

er aufgewachsen war und die ihm so vertraut war, keine Unklarheiten barg.

Er machte kein Licht in der Halle. Aus der Küche drang eine funzelige Helligkeit, über der Anrichte brannte die kleine Lampe. Da stand ein großer weißer Teller mit Melonenscheiben und Schinken. Daneben lag ein Zettel: *John hat dir eine Kleinigkeit angerichtet. Dein Zimmer ist gemacht, der Tee steht neben dem Bett. Schlaf erst einmal. T. I.*

Er zog sich aus, ging unter die Dusche und ließ lauwarmes Wasser über seinen Körper laufen. Dann trank er Tee, den Tante Ichen aus zahllosen Kräutern selbst zusammenmischte und von dem sie behauptete, er bringe alles in Ordnung, Ruhe für den Körper und, natürlich, für den Geist. Aber der Tee wirkte nicht, Mann fiel in einen unruhigen Schlaf, sah immer wieder die deformierten Köpfe der beiden Jungen, die zerrissenen Leiber der Menschen, das geisterhaft bleiche Gesicht von Marion Westernhage auf den weißen Bodenfliesen in der Toilette.

Er schreckte hoch und starrte aus den Fenstern, sah den Tag kommen, hörte den Gesang der Vögel.

Mann versuchte gar nicht mehr, noch einmal einzuschlafen. Als es neun Uhr war, rief er Ziemann an.

»Ich war heute Nacht tatsächlich noch bei der Westernhage. Ich habe das Gefühl, sie war nicht zufällig im *Francucci's*. Ich meine, sie kannte diesen Sirtel sehr gut, der arbeitete für diese Bankgesellschaft. Sie selbst sitzt im Vorzimmer des Vorstands.«

»Hast du den Eindruck, sie war in dem Laden, weil auch Sirtel dort war?«

»Ja, möglicherweise. Gleichzeitig klingt das irgendwie irrsinnig.«

»Das ist überhaupt nicht irrsinnig«, sagte Ziemann sanft. »Das könnte durchaus eine Spur sein. Können wir uns treffen? Hackesche Höfe um elf, in zwei Stunden also. Dort befindet sich im zweiten Durchgang ein kleines Café.«

»Ich habe die Protokolle noch nicht fertig.«

»Die brauchen wir nicht. Jedenfalls nicht jetzt. Also, bis später.«

Mann duschte wieder, weil er noch immer das Gefühl hatte, schmutzig zu sein. Im Kleiderschrank fand er Unterwäsche, Hemden, eine Jeans und eine alte Lederjacke. Tante Ichen sorgte dafür, dass er jederzeit von einer Minute zur anderen in diesem Haus wohnen konnte. Ein wenig ärgerte ihn diese Erkenntnis.

Es klopfte behutsam, und als Mann »Ja« sagte, stand John auf der Schwelle. Auf ihn traf der wunderbare Satz von Raymond Chandler zu, der einmal in einem Brief geschrieben hatte: *Ich bin ein kleiner Mann und mein Haar wird schnell grau.* Wie alt John war, wusste niemand so ganz genau. Mann schätzte ihn auf fünfundsiebzig, während Tante Ichen behauptete, er müsse über achtzig sein. Der Familiensage nach hatte Tante Ichen ihn irgendwo in Ostfriesland aufgegriffen, als sie eine Panne mit dem Auto hatte. Seitdem diente er ihr mit viel Stolz und Würde. Doch ein Butler war er nicht, er hatte das Dienen nie gelernt.

»Guten Morgen, mein Junge. Deine Tante sagt, sie möchte mit dir frühstücken.«

»Ich komme«, sagte Mann. »Ist sie gut drauf?«

»Ihre Königliche Hoheit hat heute Morgen schon gelächelt. Sie ist gesund und munter.«

»Kannst du mich später zu den Hackeschen Höfen fahren?«

John antwortete, was er in solchen Fällen immer antwortete: »Sofern deine Tante nichts anderes plant.« Dann verschwand er wieder.

Mann ging hinunter auf die überdachte Terrasse, die mit ausladenden Korbmöbeln möbliert war. Er sagte: »Guten Morgen!«, und drückte seiner Tante einen Kuss auf die Stirn.

Sie saß kerzengerade und hatte einen Becher mit Pulverkaffee vor sich stehen, der Mann jedes Mal zum Husten zwang. Die kleine, magere Frau mit dem langen schlohweißen Haar trug ein blaues Kleid, bedruckt mit vielen weißen

Blumen. Tante Ichens Gesicht wirkte erstaunlich jung und sanft. Im Grunde bildeten sie und John so etwas wie ein ideales Großelternpaar und Mann erinnerte sich, dass er als Kind jahrelang geglaubt hatte, dass sie ein Paar wären. Bis er entdeckt hatte, dass Tante Ichen ein sehr reges, verborgenes Liebesleben führte.

»Ich nehme an, diese Nacht war furchtbar«, sagte sie, während sie ihm einen Kaffee anrührte.

»Das war sie«, antwortete er.

»Ich habe alles aufgenommen, was im Ersten kam. Du kannst es dir angucken, wenn du magst. Du wirkst richtig exquisit. John sagt das auch. Nun iss etwas und berichte, wenn du berichten willst. Ich vermute, du hast nicht viel Zeit.«

»Das ist richtig, obwohl mir im Moment gar nicht klar ist, wo ich hingehöre. Aber Ziemann wird es wissen. Das ist der Kriminalrat, der heute Nacht für den Tatort zuständig war.«

»Deine Katharina hat übrigens angerufen. Seit sechs Uhr heute Morgen sieben Mal. Sie hat eine Stimme wie ein afghanisches Klageweib, schrecklich. Du sollst dich melden, hat sie gesagt. Und sie sei vermutlich schroff zu dir gewesen, hätte das Ganze aber nicht so gemeint. War sie schroff?«

»Na ja«, murmelte Mann. »Sie wusste ja nicht, in welcher Lage ich mich befand. Und ich war auch schroff. Kann John mich zu den Hackeschen Höfen fahren? Gegen halb elf?«

»Aber ja.« Sie setzte maliziös hinzu: »Du bist so wunderbar sanft und angepasst. Erst ist sie schroff, dann bist du schroff und anschließend ist die Welt wieder in Ordnung. Na gut. Ich fahre mit, ich muss sowieso in die Stadt. Eine Menge Amerikaner sind nach Berlin gekommen, genauso wie die Leute aus Israel, alle Sender machen eine Sondersendung nach der anderen und sie reden so viel, dass ich mich des Eindrucks nicht erwehren kann, dass sie gar nichts wissen.«

»Deine wunderbaren Genitive!«, grinste Mann. »Die Amerikaner sind selbstverständlich der Meinung, dass das Reich des Bösen zugeschlagen hat, und ...«

»Aber das waren doch Terroristen«, unterbrach sie empört. »Das ist doch wohl selbstverständlich.«

»Ja, das scheint so. Woher wusstest du, dass der israelische Botschafter nach London ausgeflogen wurde?«

»Ich habe meine Quellen«, antwortete sie ausweichend. »Das weißt du doch. Übrigens – dein Vater hat hier heute Nacht angerufen. Er hat dich auch im Fernsehen gesehen, er war betrunken.«

Mann schwieg eine Weile. Dann murmelte er: »Warum erzählst du das?«

»Weil er auch bei dir anrufen wird oder schon angerufen hat. Er hat gegrölt, er habe immer gewusst, dass du ein großartiger Diener des Rechts bist. Ich will dir nicht den Tag verderben, aber ich denke, du solltest ihn irgendwie bremsen. Er steigert sich da in was rein. Das weißt du doch, das hatten wir schließlich schon ein paarmal. Als du die Mordsache mit den Jugendlichen in Marzahn bearbeitet hast und im *Tagesspiegel* davon zu lesen war, spielte er auch verrückt. Und natürlich wollte er Geld.«

»Wie viel?«

»Zweitausend.«

»Hast du sie zugesagt?«

»Nein.«

Er sah sie an und blieb stumm.

John kam leise auf die Terrasse und reichte Tante Ichen ein Handy. »Morgenstern!«, erläuterte er bedeutungsvoll.

»Ich zahle nicht!«, erklärte sie lautstark und eisern in das Gerät. »Ich zahle auf keinen Fall, was der Mann verlangt. Vierzigtausend für die Fassade ist Wucher. Sagen Sie ihm das. Er soll mit dem Preis um ein Drittel runtergehen, dann können wir reden.« Sie reichte das Telefon zurück. »Ich bin nicht mehr zu Hause.«

John nickte wortlos und ging.

»Wie war das mit … mit Walter Sirtel?«, fragte sie dann. »Hat er gelitten?«

»Nein. Ausgeschlossen. Er war schon tot, als der Knall

noch zu hören war. Ich muss dich übrigens noch dienstlich angehen. War er eigentlich hier, als er dich um diesen Termin bat? Oder hat er dich angerufen?«

»Zuerst rief er an«, sagte sie leise, als lausche sie in sich hinein. »Ich begriff gar nicht, was er wollte. Er redete irgendwie wirres Zeug. Ich sagte: Walter, reiß dich zusammen! Was ist passiert? Dann fragte er, ob er vorbeikommen dürfe. Fünf Minuten, sagte er, nur fünf Minuten. Aber sicher, sagte ich. Er kam und saß, wo du jetzt sitzt. Er fragte, ob die Möglichkeit bestünde, dich zu treffen. Ich habe gesagt, das geht natürlich, ich rufe dich an. Und dann habe ich dich angerufen.«

»Irgendwie ist das unlogisch«, überlegte Mann. »Der Mann kennt viele einflussreiche Staatsanwälte. Was wollte er ausgerechnet von mir? Er muss doch was angedeutet haben.«

»Hat er nicht.«

»Das kaufe ich dir nicht ab. Aber bitte, wenn du es so haben willst. Dann bekommst du Besuch von unhöflichen Herren und denen wirst du nicht ausweichen können.« Er dachte: Genau das habe ich der Westernhage auch gesagt und sie hat es nicht verstanden.

»Er hatte Sorgen«, antwortete sie flach.

»Was denn für Sorgen? Ich meine ... Du lieber Himmel, mach es mir doch nicht so schwer!«

»Na ja, es ging wohl um die Bankgesellschaft, um seine Arbeit, aber auch um seinen Sohn.«

»Tante Maria, ich preise deine Diskretion, aber das geht entschieden zu weit. Es gibt eine ganze Abteilung bei uns, die sich ausschließlich mit diesem Haufen wild gewordener Banker beschäftigt. Das weiß ... das wusste Sirtel doch genau. Was wollte er von mir? Warum hat er sich nicht an die gewandt? Und was hat sein Sohn mit der Bankgesellschaft ...« Plötzlich begriff er und begann zu lachen. »Er wollte, dass ich für ihn herausfinde, ob sein kostbarer Sohnemann staatsanwaltlich untersucht wird. Ist es das?«

Sie schwieg eine Weile, dann nickte sie: »Der Junge hat offenbar Scheiße gebaut, der Vater hat Wind davon gekriegt und wollte versuchen, einen Schlüssel zu dieser komischen Abteilung in deinem Hause zu kriegen.«

Mann kicherte immer noch. »Das ist nicht zu fassen. Ich soll ein Schlüssel sein. Ja, war der Mann denn verrückt?«

»Vielleicht war er das. Er war ein Vater mit vielen Sorgen, der langsam durchdrehte. Hättest du ihm geholfen?«

Mann antwortete, ohne nachzudenken: »Nein, auf keinen Fall. Diese unsere Abteilung gilt als völlig durchgeknallt, seit der Generalstaatsanwalt öffentlich behauptet hat, die Bankgesellschaft sei solide und niemand habe irgendwen bewusst in großem Stil beschissen. Da fällt mir ein: Hast du dich eigentlich auch an diesen Rundum-sorglos-Fonds beteiligt?«

»Wieso fragst du das?«

»Weil du eine reiche Frau bist und weil dir garantiert irgendwer geraten hat, das zu tun. Mit wie viel bist du dabei, reiche Frau?«

»Mit zwei Komma acht. Millionen.« Ihre Stimme klang zufrieden. »So was muss man tun, wenn man Geld verdienen will.«

»Hoffentlich fällst du damit nicht auf die Schnauze«, bemerkte Mann grob.

»Ach, Junge, von Geld verstehst du nichts. Wann fahrt ihr eigentlich in Urlaub?«

»Irgendwann im Herbst. Wie üblich nach Teneriffa. Katharina hat gebucht.«

»Ach ja?«

Er musterte seine Tante und murmelte: »Ich bin im Garten. Frische Luft wird mir gut tun.«

Sie starteten um halb elf. Sie waren im so genannten Stadtwagen unterwegs, einem Mercedes der Oberklasse mit abgedunkelten Scheiben. Den Bentley benutzte Tante Ichen grundsätzlich nur anlässlich gesellschaftlicher Verpflichtungen, ergo bei Fahrten zur Oper und ins Theater oder zu Benefizveranstaltungen.

Als John vor den Hackeschen Höfen hielt, fragte sie: »Kommst du zurück oder gehst du in die Kastanienallee?«

»Kastanienallee«, entschied Mann resolut.

Ziemann saß hinter der Scheibe eines kleinen Cafés und winkte ihm zu. Sein Anblick war irgendwie tröstlich und die Vorstellung, dass dieser Ziemann und er bald schon wieder in sehr verschiedenen Welten leben würden, machte Mann melancholisch.

»Hast du ein paar Stunden geschlafen?«

»O ja«, nickte Ziemann. »Mindestens drei. Setz dich. Und bevor wir auf was anderes zu sprechen kommen, möchte ich eins klarstellen: Der Israeli war nicht gemeint.«

»Wer denn dann?«

»Dein Sirtel«, sagte Ziemann.

DRITTES KAPITEL

»Wieso Sirtel?«, fragte Mann erregt. »Wieso sollte der irgendwie wichtig sein? Wichtig genug für eine Bombe? Meine Tante sagte, er habe Probleme in der Familie, irgendwas ist mit seinem Sohn – aber wo ist da ein Motiv für ein solches Gemetzel?«

»Das will ich genau wissen.« Ziemann wirkte aufgekratzt.

Mann berichtete von dem Gespräch mit Tante Ichen und fasste zusammen: »Sirtel machte sich Sorgen um seinen Sohn und um seine Arbeit bei der Bankgesellschaft. Das ist alles.«

»Das ist ganz schön viel. Vielleicht war er gefährlich für jemanden«, stellte Ziemann sachlich fest. »Wir beide sollen uns übrigens um die Bombe kümmern.«

»Wer sagt das?«

»Der *Joint Operation Staff.*«

»Das ist doch verrückt! Es gibt Bombensachverständige, jede Menge.« Mann wurde misstrauisch. Das geht mir zu schnell, niemand hat mich gefragt, wieso verplant mich Ziemann?, ging es ihm durch den Kopf.

»Na ja, unsere innigst geliebten amerikanischen Freunde sind immer sehr höflich, wenn sie über dieses Land herfallen. Und in ihrer unendlichen Höflichkeit ist ihnen eben die Idee gekommen, dass wir beide uns um die Bombe kümmern könnten, ihre Bauweise, den Sprengstoff, wie die Täter an ihn herankamen. Sie wissen, dass es mein Tatort war, sie haben mich rausgeschmissen, jetzt wollen sie mir ein Bröckchen zukommen lassen. Und du hast dir Feinde gemacht, mein Junge, mächtige Feinde. Da gibt es einen Mann namens Kurat, sitzt im Ausschuss und bezeichnete dich heute Morgen als kleinen Scheißer und Wichtigtuer. Gehört deutlich beschnitten und hat keine Ahnung, sagte er.«

»Verdammt!«, explodierte Mann. »Das habe ich nicht gewollt. Ich gehe sofort an meinen Schreibtisch zurück!«

»Das wirst du nicht«, reagierte Ziemann gelassen. »Ich habe schon mit deinem Chef gesprochen. Bis auf Weiteres bist du freigestellt. Du wirst mir helfen, wir werden so etwas wie eine kleine subversive Truppe sein.«

Mann beugte sich vor: »Was machst du da mit mir? Du verfügst über mich. Wie wäre es, wenn du mich höflich fragen würdest?« Er stand unvermittelt auf, so heftig, dass der Stuhl umfiel und auf den Boden polterte. Mann hob ihn auf und sagte schroff: »Ich bin pinkeln.«

Seine Gedanken rasten. Welches Ziel verfolgte Ziemann? Was trieb ihn? Die Leute, die schon ihn, Mann, einen kleinen Scheißer nannten, mussten Ziemann regelrecht hassen, nachdem er sie vor dem *Francucci's* so angekeilt hatte. O ja, sie würden ein wunderbares Team abgeben, die kleinste Minorität, die in ihrem Bereich in Berlin zu finden war. Alle würden sie beschimpfen, und vor allem: Sie würden sie behindern, herumschubsen und sie würden sie mit Aufgaben eindecken, die keine waren. Nachforschungen zum Sprengstoff, zum Beispiel. Und das, was Katharina sagen würde, wenn sie hören würde, dass er seinen sicheren Bürostuhl in der Jugendkriminalität für eine Weile verließ, mochte er sich gar nicht erst vorstellen. Mann sah in den Spiegel und schüttelte den Kopf.

Als er sich wieder zu Ziemann setzte, bemerkte er ein feines und scheues Lächeln auf dessen Gesicht. Wie ein schrilles Glockengeläut vernahm Mann die Worte: »Ich habe in deine Augen gesehen, Junge. Du bist hungrig!«

»Was soll der Scheiß?«, fragte er kalt.

Ziemann fummelte eine bläuliche Schachtel aus der Tasche, entnahm ihr einen dünnen Zigarillo und zündete ihn an. Er blies den Rauch über den Tisch, nahm ein Croissant und knabberte daran herum.

Schließlich sagte er weich: »Ich weiß, ich weiß nichts von dir. Aber ich habe noch nie einen jungen Mann erlebt, der so hochkonzentriert an einem so schrecklichen Ort nach Spuren suchte. Das ist nicht das Ergebnis von Disziplin, Junge, das ist Talent. Und glaub mir, ein solches Talent ist verdammt selten. Ich zwinge niemanden. Dich auch nicht. Du kannst die Arie mit mir ein paar Tage treiben und dann an deinen kostbaren Schreibtisch zurückkehren.«

Sein Handy spielte eine eindringliche, hohe Melodie und er griff mit einem unwilligen Laut danach. »Ja?«, sagte er und hörte dann nur noch zu.

Du machst mich nicht platt, dachte Mann und starrte aus dem Fenster in den Hof. Ich lasse mich nicht fangen. Ich habe einen feinen Job, ich will ihn behalten und weiter mein Leben leben.

Ziemann schaltete sein Handy aus und berichtete nachdenklich: »Die Justizsenatorin hat den Generalstaatsanwalt gefeuert. Fristlos.«

»Wie bitte?«

»Es ist wahr«, murmelte Ziemann. »Na ja, er war sowieso ein Arschloch.«

»Wie kannst du das sagen? Kennst du ihn?«

»Nein. Du?«

»Ich habe während der Ausbildung als Beamter auf Probe ein paar komplizierte Rechtsbeschwerdeverfahren bearbeitet. Er war immer sehr freundlich und sehr sachlich. Warum hältst du ihn für ein Arschloch?«

»Hast du die Ermittlungen gegen die Bankgesellschaft ein wenig verfolgt? Ich denke, dass der nun ehemalige Generalstaatsanwalt seinen Saftladen dahingehend beeinflusst hat, dass niemand auf die Idee kam, die versammelten Aufsichtsräte der Banken, die die Bankgesellschaft ausmachen, einem Ermittlungsverfahren zu unterziehen. Die Bankleute waren gierig, die Bankleute haben jahrelang diese Stadt ausgeweidet und dein freundlicher Vorgesetzter hat das bagatellisiert, als hätten wir es mit einer Kompanie Ladendiebe zu tun. Verdammte Hacke, du wirst doch davon was in deinem Scheißcontainerbau in Alt-Moabit mitbekommen haben. Irgendjemand in dieser Stadt muss deinen nun ehemaligen obersten Chef dermaßen in der Zange haben, dass der, ohne mit der

Wimper zu zucken, sämtliche in der Sache bekannten Banker, Wirtschaftsberater, Kanzleikönige und Immobilienheinis in den Zustand heiliger, jungfräulicher Bürgerlichkeit erhob.« Ziemann starrte Mann wütend an.

»Ich habe davon gehört, natürlich. Aber was weiß ich von der Chefetage? Und mit dieser Bankgesellschaft habe ich nichts zu tun. Will ich gar nicht.«

»Du hast aber schon. Sirtel ist in die Luft gejagt worden.«

»Dafür hast du keine Beweise. Und selbst wenn, dann würde dir der Beweis fehlen, dass Sirtel wegen seiner Tätigkeit für die Bankgesellschaft in die Luft gejagt worden ist.«

»Beweise habe ich nicht, das stimmt, aber ich habe einen gut funktionierenden Riecher.«

»Und wenn es einfach ein Irrer war? Jemand, der gegen einen anderen Gast im Lokal etwas hatte? Der diesen Gast oder ... Ach Scheiße, wir wissen doch noch gar nichts, Ziemann.«

»Na gut, ich habe mich vergaloppiert. Erich, sagt meine Frau immer, du bist zu ungestüm. Vergiss, was ich gesagt habe. Wie bist du eigentlich zu dem Verein gekommen?«

Mann lächelte. »Die übliche Schleimspur der Nacktschnecke. Und ich hatte Glück. Verstehst du was von Abkürzungen?«

»O Gott«, grinste Ziemann, »bleib mir damit vom Hals. Na gut, ich mach den Spaß mit. Staatsanwalt Joachim Kurt Mann, wo arbeiten Sie?«

Mann warf sich theatralisch in die Brust, sackte dann zusammen, holte Luft und nuschelte ohne einmal zu stocken: »Abteilung 42, zuständig für 4JU Schrägstrich 9JU Schrägstrich 16JU, Kennziffer 420 bis 428, Punkt. Wenn du das nahtlos wiederholen kannst, sinke ich dir zu Füßen.«

Ziemann lachte. »Im Ernst, wie war dein Weg?«

»Ganz normal. Ich bin der Sprössling einer total kaputten Ehe. Meine Tante Maria ließ mich Abi machen und dann studieren. Nach dem ersten Staatsexamen zwei Jahre Referendariat, Durchlauf durch die Stagen, das Übliche. Nach dem zweiten Staatsexamen Bewerbung bei der Senatsverwaltung. Meine Note war zu gut, sie nahmen mich. Und ich roch sofort bei der Jugendstaatsanwaltschaft rein. Ziemlich bald lernte ich meinen heutigen Chef Kolthoff kennen und ich sagte ihm, diesen Job würde ich für mein Leben gern machen. Arbeit mit denen, die wir manchmal nicht mehr retten können. Ich mache das gern.«

»Was ist mit deinen Eltern?«

Ja, was war mit seinen Eltern? Wieso fragte Ziemann das? Warum sollte er das nicht fragen?

»Mein Vater säuft, meine Mutter ist abgetaucht. Sie lebt in Kreuzberg und hat einen Gemüsestand, behauptet Tante Maria. Sie war der ganzen Sache nicht gewachsen.«

»Wann hast du sie zum letzten Mal gesehen?«

»Meine Mutter? Lieber Himmel, ich bin jetzt fast fünfunddreißig. Das muss zehn Jahre her sein. Ich war bei der Jugendstaatsanwaltschaft und sammelte meine ersten Erfahrungen.« Mann zündete sich eine Zigarette an, sie schmeckte nicht, er drückte sie im Aschenbecher aus. »Eines Tages wollte ich sie mal wieder sehen. Damals arbeitete sie in einer Reinigungsannahme. Ich stellte mich auf die gegenüberliegende Straßenseite und beobachtete sie. Aber ich bin nicht zu ihr hingegangen.«

»Deshalb jugendliche Straftäter?«

»Ja, vielleicht deshalb. Ich bin nicht sauer auf meine Mutter. Wäre nur gut gewesen, wenn ich manchmal mit ihr hätte reden können. Mein Vater hat uns beide fertig gemacht.«

»Und Tante Ichen übernahm die Mutterrolle?«

»Na ja, nicht so ganz. Ich lebte bei ihr, ich hatte es gut. Keine wirtschaftlichen Sorgen und so.«

»Was ist mit dieser Katharina?«

»Woher weißt du von Katharina?«, fragte Mann irritiert.

»Na ja, von deinem Chef, von Kolthoff. Wie lange geht das schon?«

»Fast sieben Jahre. Ich nehme an, wir werden irgendwann heiraten und sie wird irgendwann ein Kind kriegen wollen.

Sie arbeitet bei einer Versicherung, sie hat es gern geordnet, übersichtlich und nach Plan.«

Ziemann sah ihn erstaunt an, sagte aber nichts. Er zündete sich einen zweiten Zigarillo an, bestellte Kaffee nach und erklärte: »Gleich kommt übrigens ein Mann namens Haferkamp, Dr. Fritz Haferkamp. Der Mann ist Polizeichemiker und Sprengstoffspezialist. Ich habe ihn hierher bestellt, damit er uns schlau macht. Sei lieb zu ihm, er ist total überarbeitet, war auch heute Nacht am Tatort. Ach ja, und noch etwas. Ich habe dich für fünfzehn Uhr bei Frau Sirtel angemeldet. Sie wohnt in Schöneberg, hier ist die Adresse.« Er kramte einen kleinen Zettel hervor und legte ihn vor Mann. »Du kannst ein Taxi nehmen, bring mir die Quittung.«

»Warum ich? Du hast mehr Erfahrung.«

»Das ist richtig. Aber man hat uns zusammengespannt und du wirst auf mich hören, solange dieser Zustand anhält.«

»Und was machst du?«

»Ich gehe mit den Weisheiten des Fritz Haferkamp ins Archiv und sehe nach, was wir haben. Dann werde ich meine Frau besuchen, damit sie sich erinnert, wie ich aussehe.« Ziemann lächelte schmal. »Und jetzt sag mir, was du von dieser Marion Westernhage hältst.«

»Die Frau ist schwer einzuschätzen. Sie ist die Geliebte von Dreher, dem Vorsitzenden der Bankgesellschaft. So lebt sie auch. Ich schätze, dass allein die Wohnungseinrichtung so teuer war wie ein kleines Einfamilienhaus irgendwo draußen. Sie sagt, dass dieser Dreher sie abschirmt, beschützt. Und das klang überhaupt nicht niedlich.«

»Dreher ist ein Oberarschloch. Er kam nach Berlin, als die Bankgesellschaft einen neuen Oberboss brauchte. Doch statt Ordnung in den Laden zu bringen, drehte er ein immer größeres Rad und fuhr die Karre immer mehr in den Dreck. Sein Einstand bestand darin, dass er an der Villa, die ihm die Bank vermietete, rummäkelte. Er verlangte Änderungen, seine Frau verlangte Änderungen. Die Änderungen kosteten dann fünf Millionen Euro. Nun gibt es dort unter anderem einen Weinkeller mit einer Temperaturautomatik.« Als er Manns ungläubigen Gesichtsausdruck bemerkte, setzte Ziemann lächelnd hinzu: »Oh, das sind doch nur Kleinigkeiten, die einem Mann von Welt zustehen. Und so eine Villa ist kein Einzelfall. Es gibt ein Aufsichtsratsmitglied, dessen Frau eine gärtnerische Neigung hat. Als diese Frau den Garten ihrer Villa zum ersten Mal sah, sagte sie entrüstet: Damit kann man ja gar nichts anfangen! Daraufhin fragte die Bank höflich, wie der Garten denn aussehen solle, und die Frau regte eine Umgestaltung an, die rund dreihunderttausend kostete.«

Mann meinte behutsam: »Wenn ich dir zuhöre, kommt mir der Verdacht, dass du führende Bankgesellschaftsmanager jagst.«

Ziemanns Kopf ruckte hoch. Nach ein paar Sekunden begann er breit zu grinsen und gluckste: »Da ist was dran. Diese Bankmanager sind alles Pfeifen. Und genau das macht diesen Verein so schlimm. Eine Gruppe von Pfeifen reitet die Bank und damit diese schöne Stadt in den Gully. Und das ist meine Stadt, mein Junge. Da kann ich nicht zusehen.«

Mann räusperte sich, hustete diskret in ein Taschentuch. »Ziemann, wo ist der Haken bei dieser Sache? Ich höre von dir, dass Bankmanager diese Stadt zerstören. Dann verfolge sie und klage sie an.«

»Das ist gar nicht so einfach«, entgegnete Ziemann. »Bis jetzt ist nämlich niemand bereit, eine Anklage zu erheben.«

»Das verstehe ich nicht«, stellte Mann fest. »Wieso du? Du bist einer von den Mörderjägern. Was hast du überhaupt damit zu schaffen?«

»Wenn die Zeit kommt, werde ich es dir sagen. Dann werde ich dir von Benny erzählen«, meinte Ziemann. »Sieh da, Auftritt unseres Bombenexperten. Grüß dich, Fritze. Das ist Staatsanwalt Mann, gegenwärtig verfremdet als mein Partner eingesetzt. Setz dich und lass deine klugen Sprüche ab.«

Haferkamp war klein und schmal, reichte Mann nicht einmal bis zur Schulter. Er musste um die vierzig sein und hatte wirres rotes Haar. Sein Gesicht war das eines Pferdes, lang gezogen und extrem schmal. Die Hakennase war gewaltig, die Augen waren wässrig, keiner der möglichen Götter würde stolz sein können auf diese Schöpfung. Aber er strahlte und drückte Manns Hand so fest, dass man glauben konnte, er habe endlich seinen König Artus gefunden.

Fast beglückt sagte er: »Schön, euch zu sehen.« Er setzte sich mit Bewegungen eines Körner pickenden Huhns. Fortwährend ruckte der Kopf schnäbelnd nach vorn, als sei sein Besitzer dem Hungertod nahe.

»Wie geht es dir, mein Bombenheld?«

»Es würde mir besser gehen, wenn unsere Freunde aus dem fernen Amerika zu Hause geblieben wären. Mein Gott, sind diese Amis anstrengend. Vor allen Dingen ist alles so einfach. Wenn du einen möglichen Verdächtigen hast, brauchst du ihn dir nur zu schnappen, den Rest machen ihre Verhörspezialisten. Ist dann auch gar nicht wichtig, ob der ein Alibi hat, Hauptsache er passt.«

Er griff ein Croissant und biss hinein, Ziemann stellte ihm seinen Kaffee zur Verfügung und Haferkamp seufzte wohlig.

»Und ihr sollt euch über den Sprengstoff schlau machen?«

»Ja. Anruf eines amerikanischen Ausschussmitglieds. Was sie genau wissen wollen, wissen sie nicht, aber wir arbeiten dran. Was ist deine Meinung: War der Israeli gemeint?«

»Auf keinen Fall. Aber sag das nicht den Amis, sonst bist du draußen. Ich denke, da ist jemand geleimt worden.«

»Der Attentäter?«, fragte Mann.

»Genau, Kumpel. Wir haben im Trümmergranulat eindeutig den Plastiksprengstoff C4 identifiziert. Kein Zweifel. C4 gibt es neuerdings in verschiedenen Spielarten, mal besser, mal schlechter. Das Zeug am Ku'damm war allererste Sahne. Ungeheuer wirkungsvoll und ein sehr sauberer Stoff. Nun fragen wir uns, wie der Kerl, der die Bombe gebaut hat, an dieses Zeug gekommen ist. Man kann es eigentlich noch nicht einmal auf dem schwarzen Markt kaufen, es wird nicht gehandelt. In der Regel findet man es nur bei Militärs. Es gibt sogar internationale Verzeichnisse, wer über den Stoff verfügt, wer um ihn bemüht ist. Und genau in diesem Punkt sind unsere amerikanischen Freunde nicht mit mir einverstanden. Sie wollen nämlich einen bestimmten Besitzer von C4 an den Hammelbeinen kriegen. Dieser Mann sitzt in Afghanistan, hatte wohl Verbindungen zu Osama und verfügt tatsächlich über C4-Sprengstoff, aus russischem Besitz. Doch sein Zeug ist chemisch leicht nachweisbar, es hat nämlich Fremdbeimengungen anderer Chemikalien. Die Amis beharren darauf, das Berliner Zeug stamme aus Afghanistan. Dass die Amerikaner gern verkünden würden, in Berlin sei afghanisches C4 benutzt worden, kann ich ja verstehen, das wäre für sie endlich mal eine gute Nachricht. Doch das Zeug von gestern ist so hochwertig, dass es auf keinen Fall identisch sein kann mit dem, was der Typ in Afghanistan hat.«

»Weißt du schon Genaueres, wie die Bombe aussah?«, fragte Ziemann.

»Natürlich. Es war mit absoluter Sicherheit eine Art Pilotenkoffer, also ein relativ großes ledernes Gefäß, in dem man sehr viel verstauen kann. Schwarzes einfaches Rindsleder. Dieser Pilotenkoffer war nach unseren Untersuchungen zu einer Rohrbombe umfunktioniert.« Haferkamp sah sich um, griff in die Taschen seines schäbigen Jacketts und förderte einen kleinen Block und einen Kugelschreiber zu Tage. »Also: Stellt euch Eisenrohrstücke von der Länge exakt des Pilotenkoffers vor. Die Rohrstücke sind gefüllt mit Schrauben und Nägeln und C4. Die Eisenrohre haben wahrscheinlich einen Durchmesser von etwa fünf bis sechs Zentimetern und sind selbstverständlich an beiden Seiten fest verschlossen. In den Pilotenkoffer passen etwa zwölf dieser Rohrstücke. Sie sind untereinander mit einfachem Draht verbunden. Wird die Zündung betätigt, geht die ganze Tasche hoch. Mit den Folgen, die wir gesehen haben. Wie genau diese Zündung funktionierte, wissen wir noch nicht, aber wahrscheinlich war es ein Stromkreis, der durch eine einzige Bewegung mit einem Draht oder einem Faden geschlossen wurde. Sehr simpel und sehr tödlich.«

»Also trägt diese Bombe keine individuelle Handschrift?«, hakte Ziemann nach.

»So weit sind wir noch nicht«, sagte Haferkamp. »Ich hätte gern ein belegtes Brötchen. Am besten mit Käse.«

Mann stand auf und ging zur Theke. Er bekam einen Teller mit dem Gewünschten und brachte ihn Haferkamp.

»Frage«, sagte Ziemann gerade. »Können wir ausschließen, dass der Bombenbauer identisch ist mit dem Bombenleger?«

Haferkamp nickte. »Nach meinem Verständnis hat der Bombenleger vom Bombenbauer gesagt bekommen: Nimm diese Tasche, trag sie in das Lokal, stell sie ab. Und ehe du sie abstellst, zieh bitte an dem Zwirnsfaden, der oben am Tragegriff befestigt ist. Du hast dann drei Minuten Zeit, um zu verschwinden. Das hat der Mann getan und war augenblicklich tot. Wobei natürlich nicht auszuschließen ist, dass es sich um einen Selbstmordattentäter handelte.«

»Was sagen denn die Israelis?«, fragte Mann.

»Die sind wie immer höflich und zurückhaltend und blicken ergeben in den Himmel, wenn ihre amerikanischen Freunde reden. Habt ihr denn eine Ahnung, wer oder was dahinter stecken könnte?«

»Wir tappen im Nebel«, sagte Ziemann schnell.

»Was haben die Recherchen zu den toten und lebenden Gästen ergeben?«

»So gut wie gar nichts«, antwortete Mann. »Es gibt zwei Lesarten: Entweder war das ein durchgeknallter Typ, einfach ein Bombenfreak, oder eben jemand, der den klaren Auftrag hatte, einen bestimmten Menschen in die Luft zu jagen.«

»Na ja«, murmelte Haferkamp und betrachtete die Reste seines Käsebrötchens. »Dann müsst ihr euch den angucken, der dem Attentäter am nächsten war. Dr. Walter Sirtel, Rechtsberater der Bankgesellschaft, ein Spezialist im Hintergrund. Je teurer seine Gutachten, desto nichts sagender.« Er grinste seine Gegenüber freundlich an und setzte dann hinzu: »Aber so weit seid ihr auch schon, oder?«

Ziemann nickte. »Was weißt du noch über Sirtel?«

»Nichts. Ich lese nur Zeitung. Ich weiß, dass eine Unmenge von Anwälten, Steuerberatern, Wirtschaftsprüfern und denjenigen, die alles gleichzeitig machen, eine Unmasse Geld an dieser Bank verdient haben. Und Sirtel war einer von diesen Verdienern.« Unvermittelt stand Haferkamp auf und erklärte: »Ich muss weiter, Kinder, ins Labor.« Er hob die Faust wie ein Revolutionär und krähte fröhlich: »Tod allen Mettbrötchen!«, dann stolzierte er huhnartig davon.

»Er hat vor einem Jahr seine Frau verloren. Krebs«, murmelte Ziemann. »Ich verschwinde jetzt auch. Ich bin für dich ständig zu erreichen.«

»Wer ist Benny?«, wollte Mann wissen. »Du hast die bemerkenswerte Eigenschaft, Namen oder Tatsachen in den Raum zu schmeißen und dann nicht zu erklären, was du meinst.«

»Nicht jetzt. Später«, wehrte Ziemann grinsend ab. »Bezahlst du?« Er stand auf.

Kurz vor der Tür drehte er um und kehrte zurück. »Fühl dich nicht gedrängt, aber es ist mir wichtig, dich dabeizuhaben.«

»Ja, ja«, nickte Mann perplex.

Er spazierte durch die Mittagssonne. Die Terrasse vom *Nola's* war dicht besetzt, Mütter schoben ihre Kinderwagen und sahen erschöpft aus, Rentner hockten auf den Bänken und starrten ins Nichts.

Mann überlegte verstört: Die beiden scheinen eine Front aufgemacht zu haben, sie sind so etwas wie eine kleine Untergrundarmee. Und sie wissen alles über die Bankenaffäre. Sie treffen sich vermutlich, um Kraft zu tanken. Aber für was verwenden sie diese Kraft? Was kommt dabei heraus, außer Hohn und Satire?

Sein Handy meldete sich. Katharina.

»Bist du jetzt zu Hause?«

»Ich bin auf dem Weg dorthin.«

»Dann komme ich auch«, sagte sie sachlich. »Bis gleich.«

Statt nun zügig weiterzugehen, wählte Mann die Nummer seines Chefs, Kolthoff.

»Jochen hier. Was habe ich gehört? Der Generalstaatsanwalt ist weg?«

»Der Chef ist weg«, bestätigte Kolthoff gelassen. »Sei froh, dass du nicht hier bist. Hier ist die Hölle los. Alle stehen rum und reden und keiner weiß was. Wenn was ganz Wichtiges passiert, ruf ich dich an. Wie gefällt dir Ziemann?«

»Gut, sehr gut. Es wird etwas dauern, sagt er. Ein paar Tage. Mir ist Kemal wichtig. Er war für heute Mittag bestellt.«

»Schon gesehen. Ich mach es selbst, wenn es dir recht ist. Hat er eine Chance verdient, ich meine, glaubst du an ihn?«

»Das Problem ist, dass er keinen ordentlichen Job hat und zu viel Fantasie besitzt. Was wäre, wenn wir Sozialarbeit vorschlagen?«

»Und wo?«

»Ich habe an den Jugendkeller in Rixdorf gedacht. Das sind zwar wilde Gruppen, aber nicht kriminell. Und Vorsicht: Es gibt ein Mädchen namens Uschi, ein wilder Feger. Er liebt sie hemmungslos, aber sie will ihn nicht. Es wäre gut, wenn er rauskommt aus seinem Viertel.«

»Und was machen wir mit den achtunddreißig eingeschlagenen Pkws?«

»Noch keine Ahnung«, seufzte Mann.

»Na, vielleicht fällt mir noch was ein«, beruhigte Kolthoff. »Und Daumen hoch für dich. Denk einfach dran, dass du mal in ein anderes Ressort reinriechen kannst. Das ist wichtig.«

Meine Güte, Kolthoff redet wie ein Vater, dachte Mann ein wenig genervt, musste aber grinsen, als er weiterging.

Die Nummer fünfunddreißig in der Kastanienallee war ein altes Bürgerhaus, gut restauriert. Er stieg langsam in den dritten Stock hoch, öffnete die Wohnungstür und blieb stehen.

»Ich bin im Wohnzimmer«, sagte Katharina laut und deutlich.

Sie saß weit vorn auf der Kante des Sofas, sprungbereit wie immer. Ihr blondes Haar war zu einem Pferdeschwanz gebunden und sie trug Weiß: eine weiße Hose, ein weißes Hemd, das am Bauch viel Haut zeigte, weiße schmale Slipper.

»Wieso hast du mittags Zeit?«, fragte er und ließ sich in einen Sessel fallen.

»Im Moment ist nicht so viel zu tun«, sagte sie. »Ich habe zwei Stunden. Wie war das da gestern in diesem Restaurant?«

»Schlimm«, antwortete er wahrheitsgemäß.

»Wieso hast du dich nicht rausgehalten? Ich meine, du warst doch nicht dienstlich da.«

»Doch. Ich sollte jemanden treffen – dienstlich. Allerdings kam er vor mir dort an und war tot, als ich eintraf. Warum hätte ich mich raushalten sollen? Ich bin Staatsanwalt.«

»Schon, aber ich dachte immer, so etwas ist was für Spezialisten.«

»Das ist es auch. Aber jemand hat mich um meine Hilfe gebeten, ein Kriminalist. Da habe ich geholfen.«

»Ich habe dich im Fernsehen gesehen. Du hast ausgesehen, als würdest du gleich zusammenbrechen. So verkrampft, so bleich. All diese Leichen. Das ist doch nichts für dich.«

Er wollte wütend fragen: »Was soll das heißen?«, doch stattdessen sagte er: »Was beunruhigt dich eigentlich so?«

»Also so was!«, empörte sie sich. »Da schmeißen Leute Bomben und du bist mittendrin und fragst mich dann, was mich daran beunruhigt! Wie geht es denn jetzt weiter?«

»Ich arbeite an dem Fall mit, solange sie mich brauchen. Dann werde ich wieder meinen normalen Job machen. Keine Sorge, es passiert nichts, wir klären nur auf.«

»Und was ist, wenn sie dich behalten wollen?«

»Dann kann ich immer noch darüber nachdenken, ob ich das machen will oder nicht. Auf jeden Fall liegt die Entscheidung bei mir.« Mann lächelte leicht. Vor vierundzwanzig Stunden war ihm der Gedanke, je etwas anderes als Jugendkriminalität zu machen, noch so fremd gewesen wie ein tibetanischer Yeti.

»Ich glaube, ich bin schwanger.«

»Aber ... aber, du verhütest doch.« Er war erschrocken.

»Irgendetwas ist durcheinander bei mir. Das musste ich dir jedenfalls sagen, deshalb mache ich heute Mittagspause.«

»Das glaube ich nicht«, sagte er leise. Katharina war die Ordnung in Person. Sie würde eine Schwangerschaft generalstabsmäßig planen und vorher jedes Für und Wider gründlich abwägen, aber sie würde es nie im Leben einfach passieren lassen. »Was ist wirklich mit dir los?« Er zündete sich eine Zigarette an, holte sich einen Aschenbecher von einem Bücherregal, setzte sich wieder.

»Hör zu«, sagte er sanft, weil sie nicht antwortete. »Irgendetwas hat dir Angst gemacht. Was ist es?«

Sie schwieg sehr lange. Dann räusperte sie sich ausgiebig. »Ich habe im Fernsehen gesehen, wie du über die Trümmer gestiegen bist. Und irgendwelche Leute standen da rum, und da waren viele Leute, die fotografierten, und viele Fernsehkameras. Und du wurdest klein. Also, klein im Bild, du warst rechts unten auf dem Bildschirm und bestimmt hat das niemand sonst gesehen. Dann blieb das Bild so und man sah, dass du dich bücktest, und dann kamst du wieder hoch. Und ... und du hattest eine Hand oder so was in der Hand.« Sie schwieg hilflos und wischte sich eine Haarsträhne aus der Stirn. »Es war so furchtbar, Jochen. Du warst nicht mehr du.«

Mann stand auf, setzte sich neben sie und legte ihr einen Arm um die Schulter. Verdammter Mist, dachte er verwirrt, was haben diese Medienheinis denn alles gefilmt? Na klar, die hatten Teleobjektive und natürlich sahen sie es als ihre Pflicht an, sie zu benutzen. Er sagte: »Wenn ich so etwas mache, dann denke ich nicht, dass diese Hand eben noch Bestandteil eines lebenden Menschen war. Die Hand ist ein Ding. Ziemann, das ist der Mann, der für den Tatort zuständig war, musste schnell handeln, verstehst du. Weil diese Sache furchtbar viel Staub aufwirbelt. Und alle möglichen Leute stolperten an diesem Tatort herum und kamen sich bedeutend vor. Dabei drohten sie, wichtige Spuren zu vernichten. Wir mussten die Spuren sichern, ehe sie alles vernichtet hatten. So einfach ist das.«

»Warum bist du nicht nach Hause gekommen?«

»Ich musste noch eine Frau besuchen, eine Zeugin. In der Stralauer Straße.«

»Und dann?«

»Dann bin ich zu Tante Ichen. Ich wollte hier nicht reinbrechen und dich aus dem Schlaf holen. Morgens um fünf.«

»Das ist doch nicht normal«, sagte sie heftig. »Du bist doch hier zu Hause!«

»Du kennst die Vorgeschichte nicht. Ich war mit einem Mann verabredet, der Tante Ichen gebeten hatte, einen Termin mit mir zu arrangieren. Ich musste nochmal mit ihr reden. Der Mann ist tot und ich wusste nicht, was er von mir wollte.« Wieso sitze ich eigentlich hier und rechtfertige mich?, kam es Mann plötzlich in den Sinn. Ich muss doch keine Schuldgefühle haben, ich habe doch nichts Unrechtes getan. »Bist du nun wirklich schwanger?«

»Nein, aber mir kam der Gedanke: Was ist, wenn ich schwanger bin und du stirbst? Das hat mir Angst gemacht …«, erklärte Katharina leise.

»Lass uns heute Abend weiterreden. Ich muss zu einem Verhör nach Schöneberg. Zu der Frau des Mannes, den ich gestern treffen sollte.«

Sie hielt die Hände vor ihr Gesicht. »Ich muss auch gleich wieder los. Heute Abend gehe ich mit Gitta ein Bier trinken. Nimmst du den Wagen?«

»Hatte ich vor. Aber wenn du ihn brauchst, dann rufe ich mir ein Taxi.«

»Nein, nein, nimm ihn nur.«

Sie wirkte so verloren. *Ich bin schwanger!* Du lieber Himmel, was würde ihr beim nächsten Mal einfallen? Alles, was aus der Reihe fiel, schmiss sie aus der Bahn.

»Es wäre besser, wenn du ganz schnell aus dieser schrecklichen Sache aussteigst. Wir haben doch so ein schönes, ruhiges Leben.«

»Ja«, erwiderte Mann in jähem Ärger. »Ein schönes, ruhiges Leben. Und wenn mir ein jugendlicher Angeklagter vorübergehend abhanden kommt, dann ist das der Gipfel an Stress. Vielleicht will ich kein ruhiges Leben mehr. Und jetzt muss ich mich umziehen.«

»Ich kann Gitta auch absagen«, schlug sie hoffnungsvoll vor.

»Warum solltest du?«, fragte er grob.

Er ging durch den Flur in das Schlafzimmer und fühlte sich ekelhaft. Einerseits wollte er Katharina helfen, andererseits ging sie ihm mit ihren übertriebenen Ängstlichkeiten auf die Nerven.

Als er wenig später in das Wohnzimmer zurückkehrte, war Katharina weg.

Auch er verließ das Haus und machte sich auf den Weg nach Schöneberg. Vor dem Haus der Sirtels blieb er eine Weile im Wagen sitzen, er hatte keine Idee, wie er eine fremde Frau dazu bringen sollte, ihm von ihren Sorgen zu erzählen. Er dachte: Wenn irgendetwas faul war in Walter Sirtels Leben, dann wird sie jetzt ihre Chance sehen, auf ewig zu schweigen.

Das Haus war alt und mächtig, zweieinhalbgeschossig, eingerahmt von noch älteren Rotbuchen, abweisend und arrogant. Auf einem weißen Emailleschild stand *Dr. Walter Sirtel, Rechtsanwalt und Notar. Termine nach Absprache.*

Mann schellte.

Die Frau, die ihm öffnete, war dunkelhaarig und schmal.

»Jochen Mann«, stellte er sich vor. »Staatsanwaltschaft. Kriminalrat Ziemann schickt mich.«

»Ja, wir haben Sie erwartet. Frau Sirtel ist hinten im Gartenhaus. Kommen Sie bitte mit.« Die Frau führte ihn durch einen langen Flur und auf der anderen Seite des Hauses wieder hinaus in einen überraschend heiteren Garten. Am Ende stand ein weißes niedriges Gebäude.

»Dort ist das Wohnhaus«, sagte die Frau. »Frau Sirtel sitzt rechts auf der Terrasse.«

Mann bedankte sich. Nervös dachte er: Das bringe ich nicht, ich werde scheitern.

Die Frau von Walter Sirtel war hoch gewachsen und füllig. Sie musste in den Fünfzigern sein, ihr breites, rundes Gesicht war sehr blass. Sie trug ein langes schwarzes Kleid, dazu einfache braune Ledersandalen, keinen Schmuck bis auf einen schmalen Ehering.

»Jochen Mann, Staatsanwaltschaft«, sagte er wieder. »Mein Beileid.«

»Hat er leiden müssen?«, fragte sie sachlich. »Nehmen Sie Platz, da steht Kaffee.«

»Er hat nichts gespürt«, antwortete er. »Es ging zu schnell.«

Sie nickte. »Eben habe ich einen Anruf von so einem Ausschuss bekommen, ein englisches Wort. Zwei Amerikaner haben sich angckündigt. Ich weiß nicht, was ich davon halten soll.« Sie spielte mit einer Sonnenbrille, die vor ihr auf dem Tisch lag.

»Die Situation ist tatsächlich etwas merkwürdig. Wie Sie wissen, nimmt man an, dass der israelische Botschafter in die Luft gesprengt werden sollte. Und weil sich das Lokal in einem Gebäude befand, das einem Amerikaner gehört, sind die Amerikaner hier und untersuchen das Unglück. Sie können ja einen Kollegen Ihres Mannes zu Rate ziehen, wenn Sie sich unwohl fühlen.«

»Das ist eine gute Idee. Und was kann ich für Sie tun?«

»Ihr Mann hatte meine Tante gebeten, ein Treffen mit mir zu arrangieren. Er und meine Tante kennen sich schon lange …«

»Maria Mann, nicht wahr?«

»Ja, stimmt. Und ich weiß immer noch nicht, was Ihr Gatte von mir wollte. Die Angaben, die meine Tante machen kann, sind sehr spärlich. Sie sagte nur, Ihr Mann habe sich Sorgen gemacht.«

»Heißt das, Sie sind nicht im offiziellen Auftrag der Staatsanwaltschaft hier?«

Sie ist verdammt helle, erkannte er fiebrig. »Na ja, auf der einen Seite bin ich dienstlich hier, auf der anderen Seite privat. Ich würde gern wissen, was Ihren Mann bedrückte. Hat er mit Ihnen darüber gesprochen? Weshalb wollte er mich treffen?«

»Natürlich hat er mit mir darüber gesprochen«, erwiderte sie. »Wir haben immer über alles geredet. Ich war seine erste Kanzleisekretärin, als er seine Karriere startete, und ich leite das Büro heute noch.« Ihr Gesicht wurde starr wie aus Stein und aus dem linken Auge perlte eine Träne die Wange hinab. Eine Weile verharrte sie so und es schien, als atme sie vorsichtig und ganz flach, weil sie das Vertrauen in sich selbst verloren hatte.

»Entschuldigung«, murmelte Mann verlegen. »Ich ... ich wollte Ihr Leid nicht noch vergrößern. Ich kann wieder gehen, es ist nicht so wichtig, ich denke ...«

»Lassen Sie nur«, winkte sie ab, nun wieder gefasst. »Wir haben ein Leben zusammen gelebt und jetzt ist es vorbei ... Walter hat Jahre gebraucht, um die Verbindung von der Kanzlei zur Bank aufzubauen. Und er war stolz auf seinen Erfolg. Doch in letzter Zeit hatte er zunehmend Schwierigkeiten mit den Herren der Bank. Walter war der Meinung, dass sie ihre Kundschaft ausnehmen, dass sie lügen, um sich immer mehr zu bereichern. Die Immobilienfonds, die die Bank auflegte, wurden mit Objekten bestückt, die absolut nichts taugten. Dieser Sittko ist da absolut skrupellos, sagte Walter immer. Sie kennen Sittko?«

»Nein, ich hatte bisher nichts mit der Bankgesellschaft zu tun«, sagte Mann mit trockenem Mund und kam sich dumm vor. Er hatte die Geschichte noch nicht mal in den Zeitungen verfolgt, die Sache hatte ihn einfach nicht interessiert. »Ich weiß nicht viel über diese Affäre. Gerade deshalb kommt es mir merkwürdig vor, dass Ihr Mann mit mir sprechen wollte.«

»Diese Informationen kann man sich ja noch aneignen«, stellte sie fest. »Nein, nein, mein Mann wusste schon genau, was er von Ihnen wollte. Wir haben gemeinsam darüber nachgedacht, ob wir jemanden kennen, der absolut vertrauenswürdig ist und der jung genug ist. Da erinnerte ich mich an Ihre Tante Maria. Wissen Sie, wir kennen die Maria, seit wir junge Leute waren. Und wir wussten natürlich, dass Sie ihr sehr nahe stehen und dass Sie bei der Staatsanwaltschaft sitzen. So sind wir auf Sie gekommen.«

»Aber ich bin Ihnen doch fremd!«

Sie lächelte flüchtig und wieder rollte eine Träne aus ihrem linken Auge. »Na ja, so ganz nicht. Ich habe mich mit Ihrer Tante lange über Sie unterhalten. Sie sagte, dass sie für Sie ihre Hände ins Feuer legen würde. Mein Mann ist dann sogar extra zu ihr hingefahren. Nein, nein, wir haben das nicht leichtfertig entschieden und Sie sollten ja auch keine Akten stehlen.«

»Frau Sirtel, ich bitte Sie. Ich habe immer noch keine Ahnung, um was es geht! Sie reden um den heißen Brei herum!«

Sie nickte, starrte in die Büsche und sagte dann seltsam gläsern: »Es geht um eine Gruppe von Schwulen, die Immobilien kaufen, in Fonds packen und die dann an die verehrte Kundschaft veräußern. Mit Mietgarantien von fünfundzwanzig Jahren. Und das ist, vorsichtig ausgedrückt, eine Schweinerei! Niemand kann eine Miete über fünfundzwanzig Jahre garantieren. Eigentlich. Allerdings ist in diesem Fall der Garantiegeber das Land Berlin, denn die Bankgesellschaft ist letztlich eine Landesbank. Und das heißt, wir Bürger müssen für das aufkommen, was die Nieten an der Spitze der Bank anrichten.«

»Was aber hätte ich dabei raten oder wissen können? Das ist doch längst Gegenstand von Ermittlungen«, sagte er. »Und was soll dieser Hinweis auf die Schwulen?«

»Ich habe nichts gegen Schwule«, erklärte sie. »Viele sind nett und amüsant. Aber wenn die Bank für einhundertfünfundzwanzig Millionen Euro ein Einkaufszentrum kauft, nur weil Sittko in der Nacht zuvor mit irgendeinem fünfundzwanzigjährigen Assistant Manager geschlafen hat, dann ist das ein rechtliches Problem. Oder nicht?«

»Das kann so sein. Was wollte Ihr Mann genau von mir wissen?«

»Was jüngere Menschen über Schwule denken, wie sie Schwule empfinden. Ob ...«

»Was soll das, Frau Sirtel? Was hat Homo- oder Heterosexualität mit rechtlichen Problemen zu tun? Stellen Sie sich eine Bankmanagerin vor, die mit einem Azubi aus der Devisenabteilung schläft. Am nächsten Tag darf der zur Belohnung einen Haufen kritischer Aktien kaufen. Was ist dann?« Er starrte sie an, er war fassungslos. Gleichzeitig dachte er, sie will über das kostbare Söhnchen nicht reden, sie sucht sich ein anderes Schlachtfeld.

»Aber Sittko versammelt nur Schwule um sich und ...«

Mann unterbrach sie wieder barsch: »Wenn dieser ... Sittko schwul ist, dann ist das sein Problem, wenn es überhaupt ein Problem ist. Es kann nicht sein, dass Ihr Mann darüber mit mir sprechen wollte. Frau Sirtel, meine Tante Maria hat angedeutet, dass Ihr Mann Kummer wegen Ihres Sohnes hatte. War es das?«

»Das mit unserem Sohn war nichts. Das hat sich erledigt«, sagte sie schnell und ihre beiden Hände flogen abwehrend hoch.

Mann schien es, als bewegte sie sich am Rande eines Nervenzusammenbruchs. »Das freut mich.«

»Mein Mann war ganz durcheinander in der letzten Zeit«, fuhr sie mit unsicherer werdender Stimme fort. »Er war wirklich vollkommen durcheinander.« Sie legte langsam die Hände vor ihr Gesicht und weinte.

Verunsichert betrachtete Mann die Frau. »Es tut mir Leid«, sagte er schließlich leise. »Ich kann Ihnen nicht helfen, ich wüsste nicht wie. Machen Sie es gut.«

Er stand auf und verließ das Grundstück. Er setzte sich in sein Auto, starrte auf die Fahrbahn und rauchte eine Zigarette. Dann rief er Ziemann an.

»Es war verrückt und vollkommen wirr«, erzählte er. »Die Frau redete plötzlich von irgendwelchen Schwulen, die Immobilien kaufen. Und ich weiß immer noch nicht, was Sirtel von mir wollte. Was soll das mit den Schwulen? Die tickt doch nicht richtig!«

Es dauerte ein paar Sekunden, ehe Ziemann antwortete. »Ich habe damit gerechnet, dass das eines Tages hochkocht. Ich glaube, ich kann dir das erklären. Habt ihr über den Sohn gesprochen?«

»Sie hat abgewiegelt. Sie sagte, der Kummer mit dem Sohn habe sich erledigt. Das war das blödeste Gespräch, seit ich Leute ausfrage.«

Ziemann lachte. »Komm zu mir nach Haus. Hoffmanns Promenade achtzehn, tiefstes Kreuzberg. Meine Frau hat Tatar gemacht. Mit Eigelb, Zwiebeln und Tabasco. Das richtet dich wieder auf.«

»Ja, denn«, sagte Mann erleichtert.

VIERTES KAPITEL

Sie saßen in der Küche auf der Eckbank. Eine tief hängende Lampe beleuchtete allerlei Deftiges auf dem Tisch: verschiedene Sorten Wurst und Käse, Oliven, Weinblätter und das gerühmte Tatar. Draußen vor dem Fenster rollte sanft und nicht allzu laut der Abendverkehr.

Aus dem Stock über ihnen hörten sie streitende Stimmen, die tiefe, raue und atemlose eines Mannes und die hohe, hysterische, angstvolle einer Frau.

»Gleich schlägt er sie wieder«, murmelte Erna Ziemann. »Es ist schrecklich und das geht jeden Tag so. Erich hatte ihm einen Job besorgt, aber er hört mit dem Trinken nicht auf. Er fängt sich einfach nicht.«

Erna Ziemann war eine dickliche Frau mit kurzem grau gelocktem Haar und einem weichen, runden und hübschen Gesicht. Sie hatte Mann die Hand gereicht und in einem heiteren Ton gesagt: »Jetzt lerne ich Sie kennen, das ist schön. Mein Mann meint, dass Sie ihn rausgeholt haben aus all dem Unglück.«

»Ich habe nur ein bisschen geholfen«, hatte er gemurmelt.

Sie hatten viel und geruhsam gegessen und Mann hatte nach einer Stunde in komischer Verzweiflung bemerkt: »Jetzt geht nichts mehr.«

»Wir haben ihnen die Wohnung vermietet, um ihnen eine Chance zu geben. Doch sie zahlen seit sechs Monaten keine Miete mehr. Er vertrinkt das ganze Geld.«

»Es ist euer Haus«, stellte Mann fest.

»Ja«, nickte die Frau lächelnd. »Wir haben es vor zwanzig Jahren gekauft. Alles ruhige Parteien. Nur die über uns, das ist wirklich kaum auszuhalten. Nehmen Sie noch ein Bier?«

»Gerne«, nickte Mann. »Eins darf ich noch.«

Es war das gemütliche Zusammensein in der Wohnung eines Arbeiters und Mann fühlte sich sehr wohl. Sie hatten bis jetzt noch mit keinem Wort über dienstliche Belange gesprochen.

»Haben die da oben Kinder?«, fragte er.

»Ja«, sagte Ziemann. »Das macht es so schwer. Zwei Mädchen, beide unter zehn, liebe Kinder. Ist klar, wie das enden wird. Er wird abstürzen, in irgendeiner Klinik aufwachen, und ich werde ihm verbieten müssen, hierher zurückzukehren. Dann werden wir versuchen eine Arbeit für die Frau aufzutreiben.«

»Und ich werde die Kinder hüten«, murmelte Erna Ziemann.

Ziemann nickte: »Und du wirst die Kinder betreuen. Natürlich.« Er schob seinen Teller beiseite und strahlte Mann an. »Erzähl uns von Frau Sirtel.«

»Ja, die Frau Sirtel. Das war ein chaotisches Gespräch, wobei ich den Eindruck hatte, dass sie alle wirklichen Probleme umging. Zunächst wirkte sie traurig, aber ruhig. Plötzlich explodierte sie. Sie redete von einem Mann namens Sittko, der absolut skrupellos sei, und ich hatte nicht die geringste Ahnung, um was es ging.« Er gab den genauen Wortlaut des Gesprächs wieder und endete hilflos: »Ich habe nur noch sagen können: Liebe Frau Sirtel, ich kann Ihnen nicht helfen. Dann bin ich gegangen, eigentlich abgehauen. Ich wollte einfach weg, verstehst du?«

»Sehr gut«, nickte Ziemann und starrte aus dem Fenster. Er schien einer Musik zu lauschen, die niemand außer ihm hören konnte. Er schloss die Augen und seine linke Hand kroch langsam hinüber zu der seiner Frau.

Mann, der das beobachtete, fühlte sich eigentümlich berührt.

»Diese Bankgeschichte macht eine Menge Leute meschugge.« Die Stimme von Ziemanns Frau zitterte leicht.

»Ja, diese Bankgeschichte enthält so viele Einzelheiten, die verstörend wirken und die Menschen in die Empörung treiben. Allerdings ist das meiste durchaus nicht kriminell. Nur das Ergebnis überaus leichtfertigen und gierigen Handelns und die Akteure sind egozentrische Typen, die keinerlei

Grenzen kennen und denen niemand eine Grenze setzt. Niemand schreit: Schluss!«

»Was hast du eigentlich damit zu tun?«, fragte Mann.

»Nichts, wenn du meinen Beruf meinst. Aber ich bin ein Bürger dieser Stadt. Mein Vater war Dreher bei Siemens, er glaubte an den Sozialismus und war gleichzeitig liberal bis in die Haarspitzen. Eine seltsame Mischung. Er sagte immer: Wir sind alle mitverantwortlich dafür, was mit dieser Stadt passiert.«

»Du hast gestern Abend sofort vermutet, dass die Bombe Sirtel galt, oder?«

»Ja«, bestätigte er einfach.

»Aber warum?«, fragte Mann verzweifelt.

»Sirtel ist gefährlich geworden«, wiederholte Ziemanns Frau die Worte ihres Mannes vom Morgen.

»Gefährlich für diese Leute in den Banken?«

»Genau das«, nickte Ziemann. »Sirtel war ein Insider.«

Mann widersprach: »Das ist doch Quatsch! Ein Banker wird doch nicht hingehen, jemandem eine Bombe in die Hand drücken und sagen: Schmeiß sie auf Sirtel, er wird im *Francucci's* sein – und dabei zudem den Tod vieler Unbeteiligter in Kauf nehmen!«

»Oh«, erwiderte Ziemann. »So spielt sich so was nicht ab. Vielleicht muss nur jemand zu jemand anderem sagen: Sirtel wird gefährlich! Und dieser andere hat wiederum Dritte an der Hand, die begreifen, was es bedeutet, wenn jemand gefährlich wird. Und diese Dritten wissen einen Weg zu irgendwelchen Vierten. Aber niemand sagt: Der Mann muss getötet werden!«

»Das würde ja bedeuten, dass die Leute von der Bankgesellschaft Verbindungen zu Kriminellen haben müssen.«

»Diese Vorstellung erschreckt dich, nicht wahr?« Ziemann griff nach seiner blauen Zigarilloschachtel, nahm einen heraus und zündete ihn an. Seine Frau folgte seinem Beispiel, zog aus einer Schublade ein Päckchen Drum und begann sich eine Zigarette zu drehen.

»Bankleute sollten zu den Guten gehören, was?«, lächelte sie. »Aber so einfach ist das nicht. Hier in Berlin gibt es zum Beispiel einen Mann, der heißt Grischa Koniew. Er lässt sich ironisch ›Väterchen‹ nennen. Koniew verfügt über unendliche Barmittel, wahrscheinlich stammt das Geld aus Prostitution, Drogenhandel, Autoschiebereien und so weiter. Natürlich alles an der Steuer vorbei. Koniew kann seine Geldbündel schlecht warmsitzen, er muss sie irgendwie einschleusen in den Geldumlauf. Nun hat er bei den Banken, die die Bankgesellschaft bilden, Konten eingerichtet. Darauf zahlt er ein – und es gibt niemanden, der ihn fragt, woher er das Zeug hat. Es muss also eine direkte Linie zwischen Koniew und den Bankleuten geben. Allerdings wird sich nie im Leben einer der hohen Herren mit Koniew zeigen, obwohl der ein sehr nettes und freundliches Familientier ist. Das alles geht schon seit zehn Jahren so und niemand verliert ein Wort darüber.«

Die Frau sah aus wie eine Hausfrau, sie war eine Hausfrau und sie wirkte – hausbacken, ja, das war das richtige Wort. Aber sie dachte, wie ein Kriminalist denken sollte, schoss es Mann durch den Kopf. »Es gibt doch bei uns Leute, die sich um so etwas kümmern. Spezialisten für Wirtschaftskriminalität.«

»Ja«, stimmte Ziemann zu. »Sie glauben dasselbe, was wir glauben, aber sie können nichts beweisen. Manchmal erwischen sie einen Zipfel. Irgendjemand, der nicht sehr wichtig ist, wird angeklagt und geht für eine Weile in den Knast. Nichts an seinen Aussagen deutet auf eine große, über ihm agierende Figur hin. Er ist ein kleiner Mann, der sich die Finger schmutzig gemacht hat, der sogar Reue zeigt. Und eine Zeit lang herrscht wieder paradiesische Ruhe.«

»Was wollte Frau Sirtel mit dieser Schwulengeschichte andeuten? Hat dieser Koniew Schwule um sich?«

Die Ziemanns starrten Mann an und brachen in Gelächter aus. Erich Ziemann beruhigte sich nur langsam. »Nein, nein, der alte Koniew ist dreiundsechzig, hat eine mit Klunkern behangene Ehefrau und acht Kinder. Er kam vor zwölf Jahren aus Moskau und in seinem Pass stand ein J für Jude. Böse Zungen behaupten, dass man in Moskau für dieses J fünfzig Dollar zahlen muss. In unserem Land ist das ein Freifahrtschein. Mittlerweile ist er Deutscher und besitzt in der Kantstraße ein Geschäft für alles mögliche Ramschzeug. Er verkauft russische Samoware, die in Taiwan hergestellt werden, und russische Schwerter aus dem Mittelalter, die koreanischen Ursprungs sind. In diesem Geschäft setzt er rund zwanzigtausend pro Monat um, obwohl dort nie ein Kunde gesehen wird. Natürlich versteuert er diese Einnahmen und er geht jeden Sonntag in die orthodoxe Kirche. Seine Leibgarde ist mit so vielen Waffen ausgerüstet, dass man eine Kompanie der Bundeswehr damit glücklich machen könnte. Koniew ist ein richtiges Schätzchen. Aber er ist nicht schwul. Nein, die Schwulen gehören zu dem Immobilienkönig Sittko.«

»Richtig, Frau Sirtel redete von Immobilien.«

»Sittko ist im Auftrag der Bankgesellschaft unterwegs und kauft Immobilien. Er hat eine eigene Firma mit zurzeit rund zweitausend Angestellten. Und, das ist eben auffällig, die meisten seiner Angestellten sind schwul. Die Immobilien, die Sittko und seine Jungs kaufen, packt die Bank in ihre Fonds und verscherbelt sie an ihre Fondszeichner. Bis jetzt sind es siebzigtausend Kunden. Sittkos Laden ist eine Geldmaschine, wenn du so willst, eine schwule Geldmaschine.« Ziemann schnaufte. »Ja, ja, mein Junge, ich bin Profi genug, um zu wissen, dass die schwulen Fakten in keiner Weise rechtsrelevant sind. Aber die Schwulitäten, oder das schwule Netzwerk, wie es einmal jemand pathetisch nannte, machen die kühlen Geldzocker an, und nicht selten sagt jemand: Gehen wir eine schwule Summe ziehen! Erzähl ihm mal, Erna, wie das neulich in der Bank war.«

Sie lächelte. »Also, ich war am Alex, weil wir unsere Konten da haben. Wir wollten das Dach neu machen und da musste einiges geregelt werden. Der für uns Zuständige ist ein netter Junge, so um die dreißig. Und es war heiß, trotzdem trug er natürlich eine Krawatte und ich bedauerte ihn. Da sagt dieser Kerl plötzlich: Übrigens, Frau Ziemann, ich bin nicht schwul! Und weil ich von Erich wusste, worauf er hinauswollte, antwortete ich mit todtraurigem Gesicht: Donnerwetter! Das ist aber schade! Sie können sich nicht vorstellen, wie blöde der plötzlich aussah. Er bekam im ganzen Gesicht rote Flecken und fing an zu stottern. Ich habe noch in der U-Bahn schallend gelacht. Die Leute um mich herum müssen gedacht haben, die dreht durch.«

»Das heißt, dass man hilflos und ein bisschen dumm reagiert«, stellte Mann fest.

»Und wie«, nickte Ziemann. »Die Angestellten der Bankgesellschaft reden verächtlich von den Schwulis der Immobilientochter, von der schwulen Gang. Einem Kollegen von mir ist auch so ein Ding passiert. Er hat sich für ein Grundstück draußen an der Havelspitze interessiert. Doch der junge Spund von der Bank redete offensichtlich über ein ganz anderes Grundstück als das, was mein Kollege meinte. Da kam ein Vorgesetzter dazu, klärte den Sachverhalt und nahm den Jungen mit raus auf den Flur. Und mein Kollege bekam mit, wie der Vorgesetzte in höchsten Tönen zischte: Such dir besser einen anderen Job, du schwule Sau. Ihr schwulen Heinis macht ja jedes Geschäft kaputt. Mein Kollege war vollkommen verwirrt.«

»Aber das beeindruckt mich nicht«, sagte Mann matt. »Das enthält nicht die Spur einer rechtswidrigen Handlung und die sexuellen Vorlieben des Herrn Sittko oder von wem auch immer sind privates Gedöns.«

»Wenn du das Leben von Sittko eingehend untersuchst, wirst du anders denken.«

»Warum sollte ich das tun, Erich?«, fragte Mann aufgebracht. »Ich habe mein Konto bei einer Bank der Bankgesellschaft, klar, aber ich mache keine Geldgeschäfte. Ich habe ein Sparbuch und das ist es dann.«

»Das Denken eines Staatsanwaltes«, murmelte Ziemann.

»Na und?«, erwiderte Mann. »Was ist dagegen zu sagen?«

»Nichts«, sagte Erna Ziemann beruhigend, »wirklich nichts.« Sie warf einen schnellen Blick auf ihren Mann und fragte: »Lederwaren?«, und als er nickte, stand sie auf, ging zum Küchenschrank und nahm ein DIN-A4-Blatt aus einer Schublade, das sie vor Mann auf den Tisch legte. »Schauen Sie sich das mal an.«

Es war eine Kopie von drei Quittungen, ausgestellt von einem Lederwarengeschäft im Zentrum Münchens. Insgesamt hatte jemand neunzehn Teile für rund siebentausend Euro gekauft.

»Was soll ich damit?«, fragte Mann. »Da hat jemand ein Schweinegeld für Herrenaktentaschen, Geldbörsen, Kollegmappen und Rucksäcke ausgegeben. Was soll das?«

»Das sind ordentliche Quittungen über einen getätigten Kauf, ausgestellt kurz vor Weihnachten, verbucht als Weihnachtsgeschenke an Geschäftspartner«, erklärte Ziemann gemütlich. »Ein scheinbar völlig normaler Vorgang. Der Käufer heißt Markus Sittko.« Er schwieg und sah Mann an.

»Lasst mich nicht so hängen, Kinder«, bat Mann.

»Das sind keine Weihnachtsgeschenke an Geschäftspartner«, erklärte Erna Ziemann. »Die neunzehn edlen Lederteile gingen an neunzehn Jungstars in der Firma des Markus Sittko. An die Edelärsche, wenn Sie so wollen, mit denen Sittko während dieser Lebensphase schlief. Fünf dieser Geliebten sind übrigens junge Ehemänner mit netten Frauen und zauberhaften Kindern.«

»Ihr wollt mich nicht verstehen«, klagte Mann. »Das mag so sein, aber das ist doch kein Gesetzesbruch, der da offenbar wird.«

»Richtig, das nicht.« Ziemann nickte geduldig. »Aber man muss doch darüber nachdenken, was der staatsanwaltschaftliche Ermittler macht, der auf diese Quittungen stößt. Der macht nämlich nichts, akzeptiert sie als Belege für Weihnachtsgaben an Geschäftsfreunde. Und wird niemals die Atomsphäre, die Umgangsweisen, die Abhängigkeiten, die Prozesse, die in dieser Firma ablaufen, hinterfragen. Er wird vermutlich die falschen Fragen stellen und konstant in die falsche Richtung marschieren. Gibst du das zu, Herr Staatsanwalt?«

Mann schwieg betroffen. Dann sagte er langsam: »Jetzt verstehe ich, was du meinst. Ich muss das Umfeld berücksichtigen, in dem ich ermittle. In diesem Fall heißt das also, sich auf ein homosexuelles Umfeld einzustellen. Tue ich das nicht, laufen meine Ermittlungen schief.«

»So ist es«, nickte Ziemann. »Und genau das passiert seit vielen Monaten.«

Erna Ziemann hob den rechten Zeigefinger. »Und glauben Sie nicht, junger Mann, dass wir etwas gegen Homosexuelle haben. Unsere einzige Tochter ist lesbisch. Aber wir wissen, dass einige der Ermittler in Sachen Bankgesellschaft Homosexualität für etwas Schleimiges, Ekelhaftes halten und deshalb einfach so tun, als hätte das auf nichts Einfluss.« Sie lächelte fröhlich. »Nach Erichs Kenntnis gehört der Generalstaatsanwalt dazu: Er findet Homosexualität ekelhaft und ignoriert das deshalb einfach, lässt dieses Feld bei den Ermittlungen aussparen. Dabei hält er sich für schrecklich normal. Aber er ist nicht einmal normal, er ist nur schrecklich.«

»Wie habe ich mir eigentlich seine Entlassung vorzustellen?«, fragte Mann.

»Das müsstest du doch wissen. Der Staatsanwalt arbeitet auf politische Weisung. Irgendwann sagt die Politik: Schluss, ich will nicht mehr mit dem. Er ist also gefeuert. Allerdings ist nicht geklärt, ob es wirklich so einfach möglich ist, einen hohen Beamten von seinem Stuhl zu kippen. Vermutlich wird der Generalstaatsanwalt klagen.«

»Sein Verhältnis zur Justizsenatorin ist wahrscheinlich nicht das beste, oder?«

»Das ist in der Tat sehr schlecht. Die Senatorin ist berechtigterweise der Auffassung, dass unter diesem Generalstaatsanwalt niemals aufrichtig gegen die leitenden Leute der Bankgesellschaft ermittelt werden wird. Neulich soll sie während eines Spaziergangs mit Dr. Lehmann zufällig den

Generalstaatsanwalt getroffen haben. Sie gifteten sich an und Dr. Lehmann war kurz davor, dem Generalstaatsanwalt ans Bein zu pinkeln.« Ziemann erfreute sich laut lachend an Manns verblüfftem Gesicht und erklärte: »Sie hat einen Dackel. Der heißt Dr. Lehmann. Na ja, wie dem auch sei. Jedenfalls wird die Auffassung der Senatorin in der Staatsanwaltschaft durchaus geteilt. Weshalb es dort schon immer Unruhe gab. Nun, nach Absetzung des Generalstaatsanwalts, sind die Ermittler allerdings regelrecht handlungsunfähig. Niemand kann und will mehr irgendetwas entscheiden. Dem Bürger gegenüber muss der Eindruck entstehen, dass eine Reihe hochgestellte Persönlichkeiten diese Stadt ausnehmen können, ohne dass es jemanden gibt, der sie stoppt.« Nachdenklich setzte er hinzu: »Nicht nur das Klima in der Stadt ist vergiftet, auch das in der Staatsanwaltschaft.«

Sie schwiegen eine Weile und rauchten still. Unvermittelt forderte Mann: »Du hast einen Benny erwähnt. Was ist mit dem?«

Ziemann sah ihn erstaunt an und lächelte dann. »Du interessierst dich ja doch für die Sache. Na gut, erledigen wir Benny im Keller.«

»Ja, macht das mal«, nickte die Hausfrau. »Dann kann ich hier aufräumen.«

Ziemann stand auf, reagierte nicht auf die fragenden Blicke Manns, nahm im Flur einen Schlüsselbund vom Haken, öffnete die Tür und lief voraus. Sie gingen eine steile Betontreppe hinab in den Keller, es roch muffig und feucht.

»Kein Palast hier, aber brauchbar«, sagte Ziemann. Er blieb vor einer Tür stehen, an der über und unter der Klinke schwere Eisenriegel angebracht worden waren, die wiederum von Vorhängeschlössern gesichert wurden. Ziemann öffnete alle Schlösser und Riegel, drückte die Tür auf, machte Licht und sagte: »Hereinspaziert.«

Das Licht stammte nicht von einer Kellerfunzel, sondern war grell. Unter dem Schacht, der hoch zur Straße führte, stand ein schwerer, alter Schreibtisch. Rechts und links an den Wänden Regale, in denen Aktenordner untergebracht waren. Alles in allem sicher mehr als hundert. Vor dem Schreibtisch standen zwei Küchenstühle mit kleinen runden Kissen.

»Das ist mein Archiv«, erklärte Ziemann. Er schaltete die grelle Lampe aus und drückte den Anschaltknopf einer altertümlichen Schreibtischleuchte. Das Licht schimmerte gelblich. »Der Tisch stammt vom Vater meiner Frau. Er war Dorfschullehrer in einem Nest irgendwo bei Frankfurt an der Oder. Es war zu schade, ihn wegzuschmeißen, ich habe ihn zerlegt und hier wieder zusammengesetzt.«

»Was ist das hier?«, fragte Mann.

»Setzen wir uns, ich habe auch einen Schnaps hier unten. Der wird uns gut tun. Pass auf, stolpere nicht, das ist ein Heizlüfter, den ich im Winter benutze. Dann ist es hier saukalt.«

Schließlich saßen sie einander gegenüber auf den Stühlen, und Ziemann goss ihnen einen ordentlichen Schluck von dem Klaren in zwei Wassergläser.

»Das ist mein Archiv«, wiederholte er. »Oder meine Geschichte der Stadt Berlin. Fast alles betrifft den Filz, den Filz der Bankgesellschaft.«

»Meine Güte, du bist ja regelrecht besessen ...«

Ziemann überlegte einen Moment ganz ruhig. »Nein, das nicht. Ich bin Profi, ich habe gelernt, falsche Annahmen beiseite zu schieben, falsche Fährten zu eliminieren, meine Irrtümer zu begreifen. Nein, besessen bin ich nicht. Ich hocke hier und warte darauf, dass die Bankgesellschaft zusammenbricht. Sie muss zusammenbrechen und anscheinend ist die Zeit jetzt gekommen ... Für faule Kredite und die faulen Objekte in den Fonds mussten so genannte Wertberichtigungen vorgenommen werden. Anders ausgedrückt, es mussten Rücklagen gebildet werden. Aber weil die Bank keine flüssigen Mittel mehr hat, ging das nicht so einfach. Und damit die Bankenaufsicht den Laden nicht zusperrte, haben die Verantwortlichen dem Land Berlin eröffnet, dass sie einen Finanzbedarf von etwa sechzehn Milliarden Euro haben, oder sechzehntausend Millionen Euro, falls dir das genehmer ist. Dabei wette ich, dass sie diesen Wert eines Tages noch auf fünfundzwanzig Milliarden erhöhen müssen. Kurzum, sie sind in die Scheiße geschliddert und keiner will vorher etwas davon gewusst haben. Einer der Obermacker, der schon immer den Berliner Filz bediente und der Chef einer der beteiligten Banken ist, muss sich zurzeit rechtfertigen. Doch er wäscht seine Hände in Unschuld und sagt, seine Wirtschaftsprüfer hätten ihm versichert, alles sei in Ordnung, alles legal. Er ist unschuldig, natürlich, niemand hat Schuld.«

»Wie passt Benny zur Bankgesellschaft?«

»Gleich. Erst mal: Prost!«

Sie tranken einander zu.

»Das hier beunruhigt mich etwas.« Mann berichtigte im Stillen: Nicht etwas, sondern das beunruhigt mich in einem hohen Maße.

»Das ist mein Recht als Bürger dieser Stadt.«

»Aber du hast hier doch auch Akten? Das können nicht nur Zeitungsausschnitte sein.«

»Es ist sehr viel öffentlich zugängliches Material. Aber es stimmt, es gibt einige E-Mails, die ich niemals hätte lesen dürfen. Zu meinen Freunden gehören auch ein paar Hacker.«

Mann wollte spontan sagen: Das ist illegal!, aber er ließ es und wiederholte stattdessen: »Was ist mit diesem Benny?«

»Er ist tot«, antwortete Ziemann.

Manns Handy störte.

Natürlich, es war Katharina: »Du kannst heimkommen, ich habe meine Verabredung abgesagt.«

»Das kann ich nicht. Ich bin in einer Konferenz.« Er wartete nicht ab, was sie erwidern würde, sondern schaltete das Gerät aus. »Entschuldigung.«

»Die Geißel des einundzwanzigsten Jahrhunderts«, lächelte Ziemann. »Also, hör zu, ich erzähle dir Bennys Geschichte. Eines vorweg: In jedem Vorgang, der als Skandal bezeichnet wird, erreichen die Ereignisse eine Schwelle. Und zwar eine Schwelle, jenseits derer kriminelle Handlungen zu erwarten sind. Ich gebe zu, ich habe dauernd auf diese Schwellen gewartet. Und Benny ist eine solche Schwelle. Also: Einer der mächtigsten Männer der Stadt, Fraktionschef der CDU im Senat und gleichzeitig Chef einer der Teilbanken der Bankgesellschaft, Ulf Blandin, zweiundsechzig Jahre alt, vergab an zwei Mitglieder seiner Partei den unglaublichen Kredit von etwa dreihundertfünfzig Millionen Euro. Selbstverständlich überwiesen die Kreditnehmer, die Inhaber der Firma *Terracota*, Meier eins und Meier zwei, als Dank für diese großzügige Gabe sofort rund dreißigtausend Euro auf das Konto der Partei. Das ist aber eigentlich nur eine Marginalie in dieser Geschichte. Wichtiger ist die Frage: Wofür brauchten die beiden Meiers so viel Zaster? Antwort: Sie kauften dafür zwanzigtausend Plattenbauwohnungen, die großzügig renoviert werden sollten. Nachdem die Gebäude fertig aufgemotzt waren, wollten sie solvente Käufer finden. Das war das Konzept. Natürlich hagelte es Kritik, dass dieser Kredit vergeben wurde, denn genügend Fachleute wiesen darauf hin, dass dieses Vorhaben Humbug war. Haupteinwand war: In Ossiland gibt es für derartige Wohnungen keine Käufer und aus den Westländern will sowieso niemand so etwas haben. Tatsächlich legte die Firma *Terracota* sehr schnell eine massive Pleite hin. Und sie geriet natürlich auch sofort ins Fadenkreuz der Sonderermittler, die der inzwischen geschasste Generalstaatsanwalt hatte zusammenstellen müssen, um die Geschäfte der Bankgesellschaft zu untersuchen. Ein Problem allerdings war, dass die ungeheuren Massen an Geld unglaublich schnell in einem vollkommen undurchsichtigen Firmengeflecht versickert waren. Noch heute sind nach Angaben deines Hauses mindestens zwölf Millionen schlicht unauffindbar. Berlin ist schon immer eine Sickergrube gewesen. So weit zur Vorgeschichte. Und jetzt kommt Benny ins Spiel.« Er trank einen winzigen Schluck und starrte in den Kellerschacht.

»Ein guter Kollege von mir, der Leiter der sechsten Berliner Mordkommission, wurde im September des vergangenen Jahres in den Jagen 59 des Grunewalds gerufen. An einem Baum hing ein Mann. Der Tote war etwa dreißig Jahre alt, hatte keinerlei Papiere bei sich, keine Geldbörse, kein Handy, nichts, womit man ihn hätte identifizieren können. Auch seine Fingerabdrücke ergaben nichts, der Mann war bis dahin polizeilich nicht aufgefallen. Und niemand schien ihn zu vermissen. Ein wenig verwundert war mein Kollege wegen des Stricks, an dem sich der junge Mann aufgehängt hatte. Es war ein Henkerstrick, eine Hanfschnur, gewendelt, unten die Schlinge. Aber es gab keine Anzeichen von Gewalteinwirkung und bei der Autopsie konnten keine Gifte oder Drogen nachgewiesen werden. Schließlich lautete das Ergebnis der Ermittlungen: Selbstmord durch Erhängen. Bis zum November blieb der Mann als unbekannter Toter mit der Nummer 207/901 im Leichenschauhaus.

Das Ganze ist – vorsichtig formuliert – ein absolutes Armutszeugnis für die Zusammenarbeit von Ermittlern. Denn der Tote war der Polizei und auch der Staatsanwaltschaft keineswegs unbekannt. Er wurde schon etwa drei Monate vor seinem Tod als wichtiger Zeuge von der Sonderkommission Bankgesellschaft Berlin gesucht. Seine Identität wurde aber nur dadurch gelüftet, dass Bennys Vater, denn der Tote war Benny, in Hamburg eine Vermisstenmeldung aufgab.

Benny wurde 1968 in Hamburg geboren und war von Beruf Systemadministrator bei *Terracota*. Benny war mit Leib und Seele ein Computerfreak, der bei Meier und Meier an alle Daten kam, natürlich auch an die wichtigen.

Als der Chef der Soko Bankgesellschaft von Bennys Tod hörte, witterte er jedenfalls Mord und gab den Vorgang mit dem Verdacht auf ein Kapitalverbrechen an einen Kollegen weiter.« Ziemann machte eine Pause, goss ihnen erneut Schnaps ein und murmelte: »Bennys Geschichte drückt mich immer wieder nieder. Sie ist einfach widerlich traurig. Prost!«

»Sie haben es versaut, nicht wahr?«, fragte Mann leise.

»Sie haben es unglaublich versaut«, nickte Ziemann.

»Ich glaube, ich habe davon gehört. Es war damals Krach im Haus, aber keiner wusste genau, worum es ging.«

»Es wurde natürlich eine erneute Autopsie angesetzt. Aber die brachte nun absolut nichts mehr, denn von dem toten Benny war inzwischen nichts mehr übrig, außer ein paar winzigen Gewebeschnitten. Nun, Benny hatte also zu Lebzeiten Zugriff gehabt auf alles, was in dieser gottverdammten Firma wichtig war. Und er hatte im Juli und August vor seinem Tod häufig bei der Bank angerufen. Er hatte ihnen – nun höre und staune – belastendes Material über die dubiosen Geschäftspraktiken seiner Chefs angeboten.«

»Er wollte die Bank erpressen«, nickte Mann. »Wie dumm!«

»Richtig. Im Frühjahr schon hatte die Firma *Terracota* Insolvenz anmelden müssen, die vielen Millionen waren irgendwie verdampft, die Sonderermittler waren wegen Betruges und Untreue der beiden Meiers unterwegs. Übrigens, das sei nur am Rande erwähnt, um das Klima zu veranschaulichen, in dem die Meiers agierten, zu dem honorigen Beirat ihrer Firma gehörten so ehrenwerte Männer wie ein Expostminister und ein Exverkehrsminister. Und ab und zu schickten die Meiers vierstellige Summen an die Bundestagsfraktion der CDU, alles kein Problem, man kennt sich ja. Aber zurück zu Benny. Benny hatte heimlich die Daten, die brisante und wohl auch betrügerische Finanztransaktionen seiner Chefs belegten, kopiert und deren gesamte E-Mail-Korrespondenz heruntergeladen. Nun hatte er eine Tasche voller Material und rief einen Rechtsanwalt an, der in der Bank von Ulf Blandin arbeitet. Benny war wahrhaft bescheiden, er forderte nur eine halbe Million Euro. Weißt du, das macht die Geschichte des kleinen Benny so tragisch: Da wittert ein kleiner Mensch eine Riesensauerei. Und er weiß: Wenn ich die Beweise verscherbele, brauche ich vielleicht ein paar Jahre nicht zu arbeiten. Ich kann sechs Monate Sonnenschein haben oder nach Nepal zu den Göttern der Berge fliegen. Und wo landet er? Im Jagen 59 des Berliner Grunewaldes als Selbstmörder.«

»Wieso Selbstmörder? Du hast doch eben gesagt, nun wurde wegen Verdachts auf Mord ermittelt?«

»Ja, warte. Hör dir die Geschichte erst mal zu Ende an. Der Anwalt der Bank kapierte natürlich sofort, was Benny da aufblätterte. Und er rief Blandin an, der ihm zu verstehen gab, dass er diesen Benny nicht mehr aus den Augen lassen, dass er die Verbindung halten sollte. Es kam zu einem Treffen, bei dem Benny behauptete, er habe noch mehr Material als nur das gezeigte. Der Anwalt sicherte ihm Vertraulichkeit zu. Doch nicht alle in der Bank wussten von dieser Zusicherung auf Vertraulichkeit und einer informierte den Oberstaatsanwalt, der die Sonderermittler führte. Und die fahndeten nun nach Benny. Inzwischen war Benny jedoch untergetaucht, hatte sich nach dem Gespräch mit dem Anwalt aus dem Staub gemacht. Die Kripo durchsuchte Bennys Wohnung in der Osnabrücker Straße in Moabit, fand aber nichts. Derweil meldete sich Benny bei alten Freunden in Hamburg; vorher hatte er einen Teil des Materials in der Gepäckaufbewahrung des Flughafens Tegel untergebracht. Ein Zeuge aus Hamburg sagte später: Benny habe Angst gehabt. Und nun, mein Freund, kommen wir zu der Phase schlampiger Ermittlungen und Ungereimtheiten. Meine Vorwürfe betreffen Kollegen von mir und Kollegen von dir. Willst du die Geschichte weiterhören?«

»Klar«, nickte Mann. »Sag mir vorher nur, woher du das alles weißt?«

Ziemann wirkte melancholisch. »Das sind gar keine Geheimnisse«, erklärte er. »Das alles konntest du in drei oder vier Ausgaben der *Jungen Welt* nachlesen. Ihre Auflage ist allerdings zu klein und Berlin nahm die Sache nicht zur Kenntnis. Die Journalist, der das recherchiert hat, heißt Til Meyer, ein heller Kopf. Na ja, also: Während sich Benny in Hamburg aufhielt, nahm hier in Berlin das Unglück weiter seinen Lauf. Die Firma *Terracota* forderte Akteneinsicht und erfuhr auf diese Weise, dass Benny der Schweinehund war, der die EDV der Firma ausgeplündert hatte. Und noch etwas kaum Glaubliches geschah. Alle zwei Monate wird im Flughafen Tegel das Gepäck, das nicht abgeholt wurde, aus den Fächern geräumt und untersucht. So wurde Bennys Tasche gefunden, die die Dokumente der Firma *Terracota* enthielt. Also wurde die Firma angerufen, ein Bote erschien und nahm das Material dankbar in Empfang. Das Material, das Benny zur Anfütterung bei dem Anwalt verwendet hatte, war jetzt also beim Ausgespähten. Als das passierte, war Benny gerade wieder nach Berlin zurückgekehrt, hatte aber nur noch drei Tage zu leben.

Nachdem die Leiche im Grunewald gefunden worden war, dauerte es, wie gesagt, drei Monate, bis Benny identifiziert wurde. Und als endlich bekannt war, wie die bis dato unbekannte Leiche hieß, versteifte sich der Oberstaatsanwalt, der Bennys Tod zu untersuchen hatte, auf die Selbstmordtheorie. Schließlich ließ er Benny sogar einäschern. Angeblich mit Einwilligung des Vaters. Später stellte sich heraus, dass der gar nicht gefragt worden war. Jedenfalls erklärte aber plötzlich auch der Generalstaatsanwalt, Benny habe Selbstmord begangen.

Die Justizsenatorin konnte es nicht fassen, genauso wenig wie der Chef der Ermittler gegen die Bankgesellschaft. Beide verlangten die Intensivierung der Nachforschungen, aber nun war es zu spät: Die schleppenden und zum Teil gar nicht geführten Nachforschungen konnte man nicht mehr korrigieren. Zum Beispiel hatte man am Auffindungsort der Leiche im Wald einen Zettel gefunden, an dem Spermaspuren klebten. Auf dem Zettel stand eine Handynummer und diese führte zu einem Türken, der in einem Fitnessstudio arbeitete. Der sagte aus, er habe in jener Nacht ein Schäferstündchen mit einer Frau gehabt, deren Namen er aber nicht wisse. Er habe sich mit dem Zettelchen den Schwanz abgewischt. Nein, er habe niemanden da hängen sehen. Und zwar sei das so kurz vor Mitternacht gewesen. Bis kurz vor

Mitternacht hatte es in jener Nacht geregnet. Der Zettel war aber nicht mit Regenwasser in Berührung gekommen.

Dann ist der tote Benny dummerweise erst vier Tage nach seiner Auffindung begutachtet und obduziert worden. Du weißt, wie kritisch so etwas in Bezug auf die Bestimmung der Todeszeit ist.

Es wird noch viel verwirrender. Eine Frau meldete sich bei der Kripo und erzählte, sie habe Benny kurz vor Mitternacht vor dem Kaufhaus des Westens gesehen. Sie war mal mit Benny zusammen, sie kann sich kaum getäuscht haben. Nun frage ich mich: Wie ist Benny überhaupt in den Jagen 59 im Grunewald gekommen? Wenn seine Exfreundin ihn kurz vor Mitternacht vor dem KaDeWe gesehen hat, kann er den letzten Bus nicht mehr erreicht haben. Er hätte die Buslinie 211 nehmen müssen, die letzte Tour fährt um null Uhr zwanzig los, vom KaDeWe bis zur Einstiegshaltestelle hat er es nicht rechtzeitig schaffen können. Die Ausstiegshaltestelle ist in der Nähe des Kattewegs. Und von dort aus hätte Benny bis zu der Stelle im Wald bei normaler Gangart noch gut zwanzig Minuten zu Fuß laufen müssen. Mit dem Bus ist Benny auf jeden Fall nicht gefahren, denn auch der Fahrer konnte sich nicht an ihn erinnern. Ein Taxi kann er auch nicht genommen haben, weil er ja kein Geld bei sich hatte, selbst für den Bus hätte er im Übrigen Geld gebraucht.

Weitere Beispiele für die schlampigen Ermittlungen: Es gab eine weitere Durchsuchung von Bennys Wohnung. Die Kripo ließ dabei drei Handys dieses Technikfreaks unbeachtet. Und seine Bankkarten, die sie zu Bennys Konten geführt hätten, interessierten die Fahnder auch nicht. Wenn sie das geprüft hätten, dann wäre ihnen nämlich aufgefallen, dass da fünftausend Euro eingegangen waren. Absender: Meier und Meier.

Und alle, die Benny gekannt haben, sagen eindeutig, er wäre nie ohne Handy, ohne Papiere und ohne Geldbörse, ohne sein elektronisches Notizbuch aus dem Haus gegangen. Tatsächlich fand sich aber, wie gesagt, bei der Leiche nichts dergleichen. Viele Ungereimtheiten, denen nicht oder zu spät nachgegangen wurde.

Es kam zu einer weiteren wütenden Kontroverse in deinem Haus. Der Generalstaatsanwalt und der Oberstaatsanwalt Kapitalverbrechen wollten den Fall einstellen, die Justizsenatorin und der Chef der Sonderermittler wollten unbedingt weitermachen. Der Chef der Soko Bankgesellschaft schrieb wütende Briefe an den General, beschwerte sich über den Kollegen von Kapitalverbrechen. Das alles wurde sogar öffentlich. Dein Haus ist vollkommen zerrissen, Junge.« Ziemann lächelte. »Was glaubst du jetzt?«

Mann verzog den Mund. »Warst du mal an dem Ort im Grunewald, an dem Benny gefunden wurde?«

»Aber ja.« Ziemann nickte traurig. »Der Katteweg stößt senkrecht auf den Königsweg, eine uralte Verbindung zwischen Potsdam und Berlin. Du gehst den Königsweg nach rechts und erreichst nach ein paar hundert Metern die Brücke über die Autobahn an der alten Zollstelle Dreilinden. Du gehst noch etwa zweihundert Meter weiter, dann nach links dreißig Meter in den Wald hinein. Da hing er. Und das ist schon denkwürdig, denn die Bäume dort sind ganz junger Bestand, schmale, schlanke Stämme, Kiefern, Birken, junge Buchen. Und es gibt kein Unterholz, keine starken Äste unterhalb von drei bis vier Metern. Die Forstverwaltung ist offensichtlich darauf aus, schlanke, schnurgrade Stämme zu ziehen. Warum hat sich der Junge ausgerechnet dort aufgehängt? Eine junge Buche steht gebeugt wie ein Bogen, höchster Punkt ungefähr zwei Meter zwanzig über dem Grund. An der hat er gehangen. Und, sei versichert, das ist der einzige Punkt im Umkreis von tausend Quadratmetern, an dem er sich überhaupt hatte aufhängen können. Stelle ich mir jetzt vor, dass es mitten in der Nacht war und keiner seiner Freunde und Bekannten etwas davon wusste, dass sich Benny in diesem Bereich des Grunewaldes auskannte, dann frage ich mich, wie er diesen Stamm finden konnte. Benny hatte, wie wir wissen, ja nichts bei sich, erst recht keine Taschenlampe. Aber um diesen gebogenen Stamm finden zu können, hätte er eine gebraucht.« Er schwieg und zündete sich einen Zigarillo an.

»Das ist eine seltsame Geschichte«, bemerkte Mann trocken. »Gehen wir mal davon aus, dass es Mord war. Was stellst du dir vor, wie es abgelaufen ist? Gewalt wurde nicht angewendet, das scheint festzustehen.«

Der Kriminalrat nickte bedächtig. »Das ist gar nicht schwer. Wahrscheinlich waren seine Mörder irgendwo mit ihm verabredet. Benny hatte ja gesagt, er habe noch mehr Material als das, was er dem Anwalt gezeigt hatte und was später im Flughafen gefunden wurde. Sie haben also gesagt: Bring die Unterlagen, wir bringen das Geld! Oder sie haben ihm einfach aufgelauert. Sie müssen zu dritt gewesen sein. Einer, der fuhr, zwei hinten im Auto. Die beiden hinten nahmen Benny in die Mitte. Sie können zum Beispiel Äther benutzt haben, gossen das Zeug auf ein Tuch und pressten es ihm auf Mund und Nase. Dann sind sie auf dem Waldweg bis zu der Buche gefahren und haben ihn ohnmächtig aufgehängt. Und sie haben alles mitgenommen, was seine Identifizierung möglich gemacht hätte. Äther ist nicht nachweisbar, erst recht nicht, wenn es von der Auffindung der Leiche bis zur ersten Begutachtung in der Rechtsmedizin vier Tage dauert. Das Zeug löst sich einfach so in Luft auf.«

»Und du denkst, dass Benny die Schnittstelle ist? Zwischen der Bankgesellschaft, betrügerischen Großkrediten, Kapitalverbrechen?«

»Ja. Benny ist nur ein winziges Steinchen. Aber ein wichtiges. Und ich denke, es gibt andere Steinchen. Man muss sie nur suchen. Vielleicht lernt man mit der Zeit zu begreifen, wonach man suchen muss.« Ziemann wirkte in seiner Nachdenklichkeit sehr verloren.

»Wie ging es denn mit Meier und Meier weiter?«

»Na ja, die wurden verhaftet, aber gegen Kaution wieder freigelassen – Geld ist ja kein Problem für sie. Den ersten Untersuchungsrichter übrigens, der den Antrag auf die

Haftbefehle abschmetterte, kennen sie gut. Er ist wie sie Mitglied der CDU und war Pressereferent des ehemaligen Regierenden. Filz ist in Berlin zu Hause und vermutlich wird es immer so weitergehen.« Ziemann atmete tief durch und polterte: »Ich werde doch nicht vor deiner Tür stehen und wie ein schüchterner Junge um Einlass bitten.«

»Was soll das werden?«, fragte Mann verwirrt. »Willst du, dass ich meinen Job als verbeamteter Staatsanwalt aufgebe und mit dir auf einen privaten Rachefeldzug gehe?«

»Aber die Fassade bröckelt, Junge!«

»Das ist doch idiotisch. Überleg mal: Wir würden mit der Gruppe der Sonderermittler in meinem Haus konkurrieren. Das muss in die Hose gehen.«

»Wir könnten es in unserer Freizeit durchziehen. Ein paar Monate konzentrierte Arbeit und wir haben es!«

»Das ist eine fixe Idee, Erich, du siehst nicht mehr klar. Wenn wir ermitteln würden, was willst du mit den Ergebnissen machen? Willst du zu den Sonderermittlern gehen und sagen: Jungs, tut uns Leid, wir waren ein bisschen schneller als ihr. Hier sind unsere Unterlagen. Und wem dient das? Kaum räumst du eine Kohorte dieser meinetwegen raffgierigen Bankbosse weg, kommt die nächste. Bitte, bleib auf dem Teppich.«

Ziemann hockte auf seinem Stuhl wie ein Häufchen Elend.

Mann schnaufte. »Schön, Bennys Geschichte ist traurig und wahrscheinlich war es Mord und es wurde geschlampt, vielleicht sogar vertuscht. Was wird passieren, wenn wir den Mörder namhaft machen können? Das kann ich dir genau sagen: Die Sonderermittler im Fall Bankgesellschaft werden artig Danke sagen und anschließend eine neue Sonderermittlertruppe im Bereich Kapitalverbrechen gründen, die unsere ganze Arbeit wiederholt. Oder willst du den Mörder finden und privat verurteilen? Zum Strang im Jagen 59? Das alles hat keine Hand und keinen Fuß. Außerdem würde das bedeuten, dass ich mein Leben umkrempeln müsste. Total. Und das geht nicht, das will ich nicht, das kann ich nicht.

Ich bin Staatsanwalt und will Staatsanwalt bleiben. Was hast du dir nur vorgestellt?«

»Ich habe dich da am Ku'damm arbeiten sehen. Und ich habe gedacht, der Junge sucht nach neuen Wegen.«

»Ja, vielleicht suche ich nach neuen Wegen. Aber in meinem Beruf und nicht als Sheriff von eigenen Gnaden. Erich, glaub mir, wir würden uns lächerlich machen.«

»Ja, ja, das hörte ich schon mal. Aber denk an mich ...«

Ein Handy begann metallisch zu schrillen. Ziemann fummelte mit einem Laut des Widerwillens in seiner Hosentasche herum und förderte sein Telefon zu Tage. Er sagte: »Ja?«, und hörte dann zu. Nach etwa einer Minute meinte er sehr ruhig und freundlich: »Ich gebe ihm das weiter. Wahrscheinlich wird er zu Ihnen kommen.«

Ziemann wandte sich an Mann: »Das war die Westernhage. Sie möchte mit dir reden. So bald wie möglich. Sie klang ein wenig panisch.«

»Na gut, ich fahre hin. Und ich will, dass du darüber nachdenkst, was ich gesagt habe. Wir können kein Solo hinlegen.« Mann stand auf und schloss sanft die Tür hinter sich. Er ging hinauf in Ziemanns Wohnung, bedankte sich für das Abendessen und wunderte sich erneut über die Hausfrau, die mütterlich sagte: »Na ja, dann wird ja alles gut. Wenn Sie ihm helfen.«

Mann dachte wild: Ach, Scheiße!, und stürmte aus dem Haus.

Bis zur Wohnung von Marion Westernhage war es nicht weit, aber Mann hatte Schwierigkeiten, einen Parkplatz zu finden. Schließlich lenkte er den Wagen auf den Gehsteig, nahm das Schild *Staatsanwaltschaft* aus dem Handschuhfach und legte es hinter die Windschutzscheibe. Das war Anmaßung und es war unnötig, er wusste es. Und er freute sich auf die Frau.

Sie öffnete ihm, sie stand schmal und hübsch in der Wohnungstür und lächelte unsicher.

»Was ist passiert?«, fragte er, während er ihr in den Wohnraum folgte.

Sie setzte sich auf das Sofa, auf dem sie schon in der Nacht zuvor gesessen hatte. Sie trug ein weißes kurzes, schlichtes Leinenkleid und hellbraune, extrem spitze Schuhe, fersenlos mit hohen Absätzen. Mann registrierte, dass sie darauf achtete, dass ihr eine Strähne des kastanienroten Haares ins Gesicht fiel.

»Der Tag war wohl nichts«, begann sie. »Um vierzehn Uhr sind sie gekommen. In die Bank, direkt zu mir. Das ist eigentlich schwierig. Normalerweise kommt da keiner rein, in die Vorstandsetage. Sie waren zu viert, stellen Sie sich das vor! Sie sagten, sie müssten mich mitnehmen, sofort. Es waren zwei Amerikaner, ein Mann aus Israel und ein Deutscher.«

»Ich denke, dieser Dreher schützt Sie?«, sagte Mann mit leichtem Vorwurf.

»Der ist noch nicht wieder da. Er kommt erst morgen zurück. Also bin ich mit. Sie haben mich ins Innenministerium gebracht.« Sie schüttelte den Kopf. »Ein Aufwand, sage ich Ihnen, die sind doch alle verrückt.«

»Und was wollten die Leute?«

»Na ja, sie wollten wissen, warum ich mich in dem Restaurant aufgehalten habe, wie ich das erlebte, die Explosion und so.«

»Und vermutlich haben Sie ihnen dasselbe zu erzählen versucht wie mir. Also das mit dem Freund, der nicht kam.«

»Ja genau. Doch dann bekamen die einen Riesenkrach. Allerdings nicht wegen mir. Der Deutsche fluchte ständig, rannte raus, kam wieder rein, redete auf die anderen ein ...«

»Ganz ruhig, Frau Westernhage. Wie lange sind Sie befragt worden?«

»Na ja, wir sind um kurz nach zwei im Innenministerium angekommen und ich bin gegen acht zu Hause gewesen.«

»Sechs Stunden?«, fragte Mann ungläubig.

»Genau. Aber wie gesagt, die meiste Zeit waren die Herren mit was anderem beschäftigt. Haben von Ausschüssen geredet und so was. Zwischendurch hatte ich den Eindruck, sie hätten mich vergessen.«

»Aber die Version mit dem Freund haben sie geglaubt?«

»Na ja, der Deutsche nicht, der war sauer. Er sagte, sie würden mich in Beugehaft nehmen, wenn ich den Namen des Freundes nicht verrate. Man könne ja auf die Idee kommen, dass der Freund gar nicht hätte kommen wollen, weil er wusste, was passieren würde. Doch wir wurden unterbrochen und der Deutsche regte sich auf, weil die Amerikaner, ohne den Deutschen Bescheid zu geben, irgendeinen Muslimführer in Kreuzberg in die Mangel genommen hatten. Der Deutsche brüllte, die Amerikaner hätten nicht alle Tassen im Schrank. Das hätte Folgen. Und dann hat sich wohl noch rausgestellt, dass FBI-Leute einen griechischen Kneipenwirt, ebenfalls ein Muslim, mit Handschellen an einen heißen Heizungskörper gefesselt und ihn anschließend vergessen hatten. Das war wie im Irrenhaus, kann ich Ihnen sagen. Irgendwann hab ich mich dann beschwert: He, Sie können mich doch hier nicht ewig rumsitzen lassen.«

»Also, Ihr deutscher Betreuer im Innenministerium hat den Freund nicht geglaubt und Ihnen Beugehaft angedroht. Wie ging es weiter?«

»Ich wollte meinen Rechtsanwalt anrufen, doch der Deutsche hat gelacht und gesagt, sie hätten keine Zeit für irgendwelche Rechtsanwälte.«

Sie haben sie nicht ernst genommen, sie war unwichtig für diese sehr wichtigen Leute, überlegte Mann. »Frau Westernhage. Warum haben Sie mich gerufen? Doch nicht, um mir das zu erzählen?«

»Weil der Deutsche am Ende sagte, ich habe Zeit bis morgen früh um zehn. Dann muss ich meine schriftliche Aussage vorbeibringen. Und natürlich den Namen des Freundes nennen. Sonst würden sie ins Büro kommen und meinen Chef befragen.«

»Und das wäre Ihnen peinlich, nicht wahr?«, begriff Mann. »Also gut. Verraten Sie mir endlich, weshalb Sie dort waren?«

»Es war wegen Sirtel.« Marion Westernhage war plötzlich blass geworden. »Wir wollten wissen, wen er trifft.«

»Wer ist ›wir‹?«

»Na ja, Gerhard Dreher und ich. Wir dachten, Sirtel macht Schwierigkeiten. Wir dachten, er trifft sich mit einem Staatsanwalt, der gegen die Bankgesellschaft ermittelt. Das heißt, Dreher glaubte das.«

»Wenn ich Sie richtig verstehe, wäre das nicht gut für die Bank oder Dreher gewesen.«

»Das ist richtig. Ich meine, er weiß ... er wusste sehr viel. Und er hatte sich mächtig aufgeregt wegen der Sache mit Sascha.«

»Bitte, wer ist Sascha? Frau Westernhage, langsam habe ich keine Lust mehr. Ich wäre Ihnen dankbar, wenn Sie zügig erzählen könnten, was geschehen ist.«

»Also, Sascha ist der Sohn von Dr. Sirtel. Er kam eines Tages zu Dreher und wollte einen Kredit über zwei Komma fünf Millionen Euro. Um eine Speditionsfirma zu gründen.« Sie schwieg wieder.

Mann seufzte. Marion Westernhage befand sich offensichtlich in einer Zwickmühle. Irgendetwas war schief gelaufen, aber darüber wollte sie nicht sprechen. Andererseits wusste sie, dass auch die Leute vom Innenministerium nicht ganz dumm waren und die Geschichte mit dem Freund weitere und unangenehmere Befragungen nach sich ziehen würde. Vielleicht war es gut, ihr einen Moment Zeit zu geben und über etwas anderes zu reden.

»Reden Sie weiter!«, ermunterte er sie freundlich. »Oder, wenn Ihnen das lieber ist, würde ich gern ganz was anderes wissen. Ich sagte schon, dass ich im Fall der Bankgesellschaft unerfahren bin. Ich habe gehört, dass der, der die Immobilien für die Fonds zusammenkauft, eine etwas merkwürdige Personalpolitik betreibt. Ist das so?«

In ihr Gesicht kam Bewegung, ein strahlendes Lächeln zog auf, die grauen Augen wurden hell und funkelten. »So könnte man es ausdrücken. Wie kommen Sie denn auf diese Frage?«

»Es interessiert mich einfach«, erklärte Mann im Plauderton. »Irgendwer hat mir erzählt, dass es da so etwas wie ein schwules Netzwerk gäbe.« Er grinste sie an und sah, dass sie auftaute. Und um ihr noch mehr Zeit zu geben, fragte er: »Sagen Sie, haben Sie Wasser im Haus?«

»Eigentlich sollten wir jetzt Champagner trinken«, sie stand auf. »Das ist ein Thema, eigentlich der reinste Klatsch.« Sie ging irgendwohin und kehrte mit zwei Gläsern und einer Flasche Champagner zurück.

Auch Mann entspannte sich langsam, die Frau gefiel ihm immer mehr.

Marion Westernhage öffnete die Flasche geschickt und goss ihnen ein. Sie erhob ihr Glas: »Zum Wohl!« Dann machte sie es sich zwischen den Kissen bequem. »Tja, unsere Schwulentruppe. Also, das ist mal ein Thema. Überhaupt ist Sittko ein Thema. Den Namen Sittko kennen Sie?«

Mann nickte: »Das ist der Chef der Truppe, die für die Fonds der Bankgesellschaft Immobilien zusammenkauft.«

»Dann wissen Sie schon fast das Wichtigste. Sittko scheint auf den ersten Blick ein zurückhaltender, angenehmer Mensch zu sein und er ist eben schwul. Was ja erstens nichts Schlimmes ist und zweitens eigentlich niemanden etwas angeht. Allerdings sorgt Sittko selbst dafür, dass man darüber spricht. Zum einen, weil er auffällig viele berufliche Nieten beschäftigt, zugegebenermaßen aber auch auffällig viele junge, sehr ansehnliche Männer. Zum anderen, weil Sittko kein Geheimnis daraus macht, wer gerade sein Favorit ist, mit wem er ins Bett geht. Teilweise kommt es wohl sogar zu sexuellen Nötigungen. Das müssen Sie sich mal vorstellen: Von den zweitausend Angestellten, die Sittko hat, sind vermutlich neunzig Prozent schwul!«

»Wie kann denn Dreher mit so einem Mann zusammenarbeiten?«, fragte Mann ungläubig.

Sie bekam runde Augen, verstand den Einwand nicht. »Aber es geht doch um Geld, um das ganz große Geld. Dreher sagt, die schwule Sau sei ihm lieb und teuer. Wortwörtlich hat er mal geäußert: Mir sind die Schwulitäten scheißegal, solange Sittko große Geschäfte bringt.«

»Und inwieweit berührt das geschäftliche Dinge? Das kapiere ich immer noch nicht.«

»Na, stellen Sie sich mal Folgendes vor: Es gibt da einen Udo, gut aussehend, der kam damals frisch von der Uni zu Sittko und himmelte ihn gleich an. Für Udo wurde sofort ein schicker kleiner BMW als Dienstwagen angeschafft und dann wurde er, unerfahren, wie er war, auf die Menschheit losgelassen. Und was passierte? Der hübsche Udo stieß auf eine Spezialhalle. Irgendwo bei Bad Hersfeld. Das Ding war riesig und sauteuer, weil es über eine Fußbodenheizung verfügte, es kostete satte dreieinhalb Millionen. Sittko war hellauf begeistert, denn der Vorschlag kam ja von seinem aktuellen Favoriten. Also kaufte er das Ding und stellte es in einen Fonds. Udo schleppte sogar noch einen tollen Mieter an, der die Halle für zehn Jahre haben wollte. Die ersten paar Monate vergingen und wir sahen keinen Cent Miete. Und dann stellte sich heraus, dass der Mieter schon pleite gewesen war, noch ehe der Mietvertrag unterschrieben werden konnte. Der kleine Udo mit dem entzückenden Knackarsch muss irgendetwas übersehen haben. Seitdem besitzen wir eine Halle mit Fußbodenheizung, die niemand mieten will. Wer braucht schon eine Halle mit zwanzigtausend Quadratmetern beheiztem Fußboden? Aber Udo ist nichts passiert, nach wie vor erzählt Sittko, dass man von dem noch Großes erwarten könne.«

»Und die Halle steht in einem Fonds?«

»Klar! Die Bank zahlt die Miete an sich selbst. Aber das macht ja nichts. Die Fondszeichner haben ja Mietgarantie. Und die wird von der Landesbank garantiert.«

Sanfte Erregung machte sich in Mann breit, er wollte mehr wissen. Aber er war ja nicht hier, um sich irgendwelche Bankthemen erklären zu lassen, daher murmelte er: »Prost«, und setzte hinzu: »Sollen wir nicht endlich Ihren Ausflug zu *Francucci's* zu Ende bringen? Dann haben wir das hinter uns.«

»Na schön.« Sie rutschte ganz weit auf dem Sofa zurück und verschränkte ihre Hände im Schoß.

»Ich fasse mal zusammen: Sie waren wegen Dr. Walter Sirtel im *Francucci's*. Und Ihr Chef, Gerhard Dreher, nahm an, dass Sirtel Material gegen die Bankgesellschaft gesammelt hatte. Aber warum sollte Sirtel das getan haben? Meines Wissens hat Sirtel schon lange für die Bank gearbeitet und er hat von der Bank gelebt, wenn ich das richtig sehe.«

»Ja«, erklärte sie. »Sie sehen das schon richtig. Aber Sirtel hatte sich in der letzten Zeit verändert. Vom Saulus zum Paulus, wenn Sie wissen, was ich meine. Und als die Sache mit Sascha passierte, da drehte er durch, er stürmte bei Dreher rein und schrie: Sind Sie verrückt? Wie können Sie meinem Sohn einen solchen Kredit einräumen? Wo er doch gar keine Sicherungen beibringen kann! Ich war dabei, ich habe jedes Wort gehört. Dreher antwortete: Beruhigen Sie sich und kommen Sie auf den Teppich zurück. Von mir hat er den Kredit nicht. Das war Blandin. Daraufhin stürmte Sirtel wieder raus.«

»Und ging dann zu Blandin?«

»Das wissen wir nicht. Wahrscheinlich aber eher nicht. Blandin ist der mächtigste Mann in Berlin, den schreit keiner an. Dreher ist zwar der Chef der Bankgesellschaft und Blandin nur der einer Teilbank. Aber gegen Blandin ist Dreher ein Fliegenschiss. Blandin hält die Zügel in der Hand. Dabei darf man auch die politische Komponente nicht außer Acht lassen: Blandin ist nicht nur Bankchef, sondern auch Fraktionsvorsitzender der CDU in Berlin. Und Sirtel, ebenfalls CDU-Mitglied, war ein paar Jahre lang Schatzmeister der Partei und total abhängig von Blandin.«

Mann nickte. »Jetzt mal zu diesem Kredit für diesen Sascha. Um was ging es da?«

»Sascha Sirtel ist ein attraktiver junger Mann, aber er hat nichts im Hirn. Er hat jede Schule geschmissen, nicht studiert, lungerte rum, lag seinem Papi auf der Tasche. Als er Dreher nach den zweieinhalb Millionen fragte, lehnte Dreher mit der Begründung ab: Der Speditionsmarkt ist dicht und der Markt ist hart. Bleiben Sie da raus! Und er sagte, dass diese Entscheidung nicht diskutierbar sei. Daraufhin ging Sascha rüber zu Blandin. Und er bekam den Kredit. Innerhalb von fünf Minuten.«

»Erstaunlich«, Mann zündete sich eine Zigarette an. »Und wofür speziell brauchte er so viel Geld?«

»Er kaufte vier Mercedes Trucks mit allem Pipapo. Und er mietete sich ein Büro am Savignyplatz.«

»Von wem bekam er Fracht?«

»Da haben wir eine Weile gebraucht, bis wir das herausbekommen haben. Saschas Lkws fahren nach Polen und Russland. Und zwar fährt er für die *Moskau Export-Import GmbH und Co KG*, der Besitzer der Firma ist ein Strohmann eines gewissen Grischa Koniew, ein zwielichtiger Typ. Wir haben heimlich in die Bücher bei Blandin geguckt. Sascha zahlt seinen Kredit ab, pünktlich und zuverlässig. Tja, und als sein Vater davon Wind bekam, hat er getobt.«

»Das kapiere ich nicht. Warum tobt Sirtel, wenn sein Sohn ein erfolgreiches Unternehmen gegründet hat und seine Kredite bedient?«

»Weil das Geld von Blandin kommt und Sohn Sascha für den Russen arbeitet. Dreher glaubt, dass Blandin in direktem Kontakt zu Koniew steht. Das ist gut möglich, denn beide halten sich manchmal in der Furtwänglerstraße 40a auf. Das ist die Adresse eines Luxuspuffs in Grunewald, ich nehme an, Sie kennen den.«

»O ja, selbstverständlich«, log Mann. »Sagen Sie, Frau Westernhage, dann scheint Gerhard Dreher ja durchaus in der Buchführung von Blandin spazieren zu gehen. Heißt das, dass die beiden sich belauern?«

»Na klar. Das ist doch normal, oder? Sie wollen eben beide wissen, was bei dem anderen läuft. Da geht es um Macht und Position.«

»Und Gerhard Dreher hat Sie auf die Fährte von Sirtel gesetzt?«

»Ja und nein. Er hat gesagt, wir müssten im Auge behalten, was Sirtel so treibt, mit wem er sich trifft. Er hat nicht direkt gesagt: Sieh nach, was der tut. Aber das braucht er auch gar nicht. Ich weiß, was er wissen will. Und gestern Abend – mein Gott, das ist gerade mal vierundzwanzig Stunden her – habe ich eine Akte nach Schöneberg ins Büro von Sirtel gebracht. In dem Moment ist Sirtel in ein Taxi gestiegen. Und da habe ich mir gedacht, schau doch mal, wohin der will, und bin hinter ihm her.«

»Warum wollen Sie den Leuten im Innenministerium das nicht erzählen?«

»Die würden sich doch wahrscheinlich kaputtlachen. Außerdem möchte ich Dreher da raushalten. Er ist in der letzten Zeit so komisch, so angespannt. Und so eine Sache wäre ihm lästig. Nein, dem Kerl im Innenministerium möchte ich nicht sagen, dass ich auf Sirtels Spur gesetzt wurde.«

Mann begann zu grinsen. »Das sind Sie doch gar nicht, niemand hat Sie auf eine Spur gesetzt. Sie haben gesagt, dass Dreher in der letzten Zeit angespannt ist. Sie haben Angst, dass Dreher zu seiner Ehefrau zurückkehrt, falls er eine hat. Oder dass er sich einer anderen widmet. Oder dass die Bankgesellschaft ihn feuert und Sie Ihr Paradies hier verlieren. Deshalb haben Sie sich gedacht: Ich beschatte den alten Walter Sirtel ein bisschen, vielleicht finde ich dabei etwas heraus, was den alten Dreher freut. Und siehe da, nun ist Walter Sirtel tot und kann keinen Ärger mehr machen. Der einzige Ärger, den Sie jetzt noch von Ihrem Chef abwenden müssen, ist der, dass er möglicherweise seine kostbare Zeit mit den Ermittlern verplempert. Was haben Sie Dreher denn über die Ereignisse erzählt?«

»Nichts Besonderes. Das ist doch egal. Ich habe halt gesagt: Ich war dort, Sirtel ist tot, und damit basta.« Sie betrachtete eingehend ihr Glas und trank es dann wütend aus.

»Sie lügen schon wieder.« Mann wurde nicht einmal heftig, er stellte nur fest.

»Wieso das?«, schrie sie.

»Weil auch ich eine Rolle spiele. Ich bin der Mann, den Sirtel treffen wollte, und ich bin ein Staatsanwalt. Das war doch der Hauptgag Ihrer Erzählung für Ihren Chef. Was haben Sie über mich gesagt?«

»Dass Sie hier waren und dass Sie ein scharfer Hund sind.«

»Und wie hat Dreher reagiert?«

»Er sagte: Da haben wir aber noch einmal Schwein gehabt«, stieß sie trotzig hervor und fügte leise hinzu: »Ich weiß immer noch nicht, was ich für diesen Deutschen schreiben soll.«

»Schreiben Sie irgendwas. Oder – haben Sie eine Karte von dem?«

»Ja, Moment, er hat mir eine gegeben.« Sie suchte in einer kleinen weißen Handtasche herum und reichte Mann eine Visitenkarte. Darauf stand eine Handynummer und er wählte sie, ohne zu zögern. Der Deutsche hieß Hauptmann und war Oberregierungsrat.

»Herr Hauptmann. Da bin ich aber froh, Sie noch zu erwischen. Mann von der Staatsanwaltschaft. Hören Sie, es geht um Marion Westernhage, die Sie heute einvernommen haben ...«

»Ein furchtbares Weib«, schimpfte Hauptmann. »Erzählte da irgendetwas von einem Freund, dessen Namen sie nicht preisgeben will. Völliger Quatsch. Vielleicht geht sie auf den Strich und ...«

»Das ist es nicht. Ich habe die Frau schon in der vergangenen Nacht befragt. Wenn Sie einverstanden sind, kopiere ich mein Protokoll und schicke Ihnen die Kopie.«

»Wer immer Sie sind, Sie sind ein Schatz. Okay, eine Kopie an mich, damit wir das abhaken können. Danke Ihnen.«

Mann sah Marion Westernhage an. »Sie kommen noch einmal davon, mein Protokoll reicht ihm. Sie können ihn vergessen.«

»Und was steht in dem Protokoll?«, fragte sie in die Stille.

»Das weiß ich noch nicht. Das werde ich wissen, wenn ich

es morgen verfasse. Sollen wir jetzt vielleicht noch in Ruhe ein Glas Champagner trinken und diese blödsinnige Bank und die Bombe vergessen? Nur eine halbe Stunde lang?«

»Das war das Wort des Tages«, seufzte sie. »Ich hole Ihnen noch ein Fläschchen und werde eben duschen und als Königin des Abends zurückkehren. Ich muss aus diesem Kostüm raus.«

»Das ist gut«, lächelte Mann.

Er nahm die Flasche in Empfang, öffnete sie und goss sich ein halbes Glas ein. Nachdenklich starrte er aus dem Fenster auf die Häuser und Höfe.

Er atmete tief durch. Es war gut, jetzt nicht zu Katharina zu gehen und erst recht nicht zu Ziemann. Und es war gut, Drehers Champagner zu trinken und langsam müde zu werden. Ziemann würde enttäuscht sein, aber sein Vorhaben war irgendwie irre, unglaubhaft. Seine Frau hatte Mann gut gefallen, die war ein toller Typ und würde im Alter bestimmt so etwas wie eine Weise des Viertels werden ... Katharina käme mit so einer Frau nicht zurecht. Sie würde sich gar nicht erst die Mühe machen. Für Katharina hatte die Welt nur zwei Abteilungen: den Arbeitsplatz und ihre Wohnung. Alles Leben außerhalb machte ihr Angst. Ich musste in vierundzwanzig Stunden eine Menge neuer Welten erleben, dachte Mann. Es war faszinierend und gleichzeitig lähmend. Irgendwie hat es mich verändert. Und ich würde viel darum geben zu wissen, was Sirtel zusammengetragen hat, wovor er sich fürchtete und weshalb er mit mir sprechen wollte. Vorhin, als ich in Ziemanns Keller saß, habe ich für Sekunden geglaubt, dass Sirtel genauso gedacht haben muss, wie Ziemann denkt. Vielleicht wollte er einfach, dass ich in unseren Computern herumsurfe, unter bestimmten Namen nachschaue, etwas in Erfahrung bringe, was seine Ängste bestätigt, seine Wut, seine Befürchtungen. Wahrscheinlich wäre es gut, noch einmal mit seiner Frau zu sprechen, wenn sie das Chaos in ihrer Seele geklärt hat und wieder ruhiger atmet. Aber dann werde ich keine Zeit mehr haben und Frau

Sirtel vergessen. Ich werde wieder bei Kemal sein, seine Akte lesen und versuchen ihm auf die Beine zu helfen. Und wahrscheinlich werde ich mir wünschen, Ziemann käme herein und würde mir von seiner Welt erzählen. Aber auch Ziemann wird keine Zeit für mich haben und nicht kommen, und wenn wir uns zufällig auf der Straße begegnen, werden wir sagen: Wie läuft es so bei dir? Wir werden uns in Allgemeinplätzen verlieren und weder er noch ich werden jemals über die eine Stunde sprechen, die wir in seinem geheimen Keller hockten. Was er wohl im Moment tut? Liegt er im Bett, starrt gegen die Decke und denkt: Dieser Mann, der Schweinehund?

»Bringen Sie mir auch ein Glas?«, rief Marion Westernhage.

»Aber ja«, sagte Mann, goss ihr ein und trug das Glas ins Badezimmer.

Sie hatte sich ein Handtuch um den Körper gewickelt. »Es gibt absolut keine Stelle, an der ich nicht blaue Flecken habe.«

»Die Detonation hat Sie schwer herumgewirbelt«, murmelte er.

Er ging zurück in den Wohnraum und hörte, dass sie einen Schlager sang, laut und unbekümmert.

Diese kalt gestylte Wohnung passt überhaupt nicht zu ihr, dachte er. Er konnte sie sich besser in etwas Plüschigem, Verspieltem vorstellen.

»So, nun bin ich sauber und rieche gut«, sagte sie in seinem Rücken. Sie trug wieder den weißen Bademantel.

»Sagen Sie, lieben Sie diesen Dreher eigentlich?«

Sie erstarrte in der Bewegung und entgegnete tonlos: »Das ist eine Scheißfrage.«

»Das tut mir Leid, das wollte ich nicht.«

»Wir wollten doch die Bank und Sirtel und all das nicht mehr erwähnen.«

»Sie haben Recht. Entschuldigung.«

»Und warum interessiert Sie das?«

»Ich mag Sie«, erwiderte Mann spontan. »Und also interessiert es mich.«

Sie zog die Beine unter den Körper und drapierte das Ende des Bademantels sorgsam auf dem Leder des Sofas. Sie lächelte. »Wieso muss es denn immer gleich Liebe sein? So ein großes Wort. Dreher hat mir den Job gegeben, er hat diese Wohnung gekauft und mir geschenkt, er hat sie eingerichtet und ganz selten, wenn er total fertig ist, kommt er her. Glaub mir, er ist ein armes Schwein. Er hat eine geldgierige Frau, die ihn fertig macht, die sechsmal am Tag anruft und ihm ständig Vorhaltungen macht.«

»Und warum verlässt er diese Frau nicht?«

»Weil sie seine Lebensversicherung ist. Sie verwaltet das Geld. Sollen wir jetzt vielleicht zwei Stunden über Dreher diskutieren? Würde dir das gefallen?«

»Nein«, grinste Mann, »nein, wirklich nicht. Ich habe eben überlegt, dass ich im Moment nirgendwo lieber sein würde als hier bei dir.«

»Das klingt sehr viel besser«, sagte sie resolut. »Dann komm her zu mir und sag mir nicht, dass du mich liebst, sag mir einfach nur, dass du mich ganz in Ordnung findest.«

Mit einer einzigen schnellen Bewegung zog sie den Bademantel aus und forderte: »Du solltest mich vielleicht besser ins Schlafzimmer tragen. Dieses Sofa ist zu schmal und Herr Schleesiek von schräg gegenüber guckt hier manchmal mit seinem Fernglas rein.«

Mann spürte sekundenlang Panik in sich aufsteigen, wollte sich schon in Verlegenheiten flüchten. Dann entdeckte er in ihren Augen eine gänzlich herzliche, unverbogene Lust auf diesen Teil des Lebens.

»Das ist eine gute Idee«, sagte er mit einem Kloß im Hals.

FÜNFTES KAPITEL

Sie lagen bäuchlings und nackt nebeneinander auf dem Bett, rauchten und warteten träge, dass der Tag kam.

»Langsam werde ich müde«, sagte sie. »Ich habe anfangs gedacht, ich würde nie mehr schlafen können. Ich hatte sogar panische Angst vor dem Einschlafen. Weil dann die Träume kommen.«

»Wir lernen wohl nur sehr langsam, damit zu leben. Ich denke, es wird uns eine Weile begleiten.«

»Weißt du eigentlich, wer auf mir gelegen hat?«

»Wenn ich mich richtig erinnere, müsste das ein Tiefbauingenieur gewesen sein, sechsundvierzig Jahre alt, verheiratet. Stammte aus der Gegend vom Bodensee.«

»Was passiert jetzt eigentlich? Reisen die Verwandten an?«

»Das nehme ich an. Aber die Leichen werden noch nicht freigegeben. Manche sind ja noch gar nicht identifiziert.«

»Und es ist wirklich möglich, dass der Anschlag Sirtel galt?«

»Kriminalrat Ziemann ist fest davon überzeugt. Und ich, glaub ich, auch.«

»Wer könnte so etwas arrangiert haben?«

»Keine Ahnung.«

»Derweil suchen die Amerikaner ihr Reich des Bösen ...«

»Hast du eigentlich Freunde? Ich meine nicht solche Leute wie Dreher.«

»Eigentlich nein. Ich habe keine Zeit für Freunde. Ich bin für Dreher da, ich bin für die Bankgesellschaft da, zehn, fünfzehn Stunden am Tag, auch samstags oder sonntags, manchmal das ganze Wochenende.« Marion lächelte. »Allerdings muss ich gestehen, dass ich Angst vor Freunden habe. Was würden sie mir sagen? Dass es völlig bekloppt ist, für diese Bankgesellschaft zu leben? Dass ich mich von einem wesentlich älteren Mann aushalten lasse, der auch noch langweilig ist? O nein, lieber keine Freunde.«

»Aber was bringt dir so ein Leben nur für die Bank?«

Sie überlegte eine Weile. »Ich bin abgesichert. Für eine gute Rente muss eine alte Frau lange stricken.«

»Du bist so jung.«

»Bin ich gar nicht mehr. Außerdem – was mache ich, wenn Dreher mich morgen feuert? So einen Job kriege ich nie wieder.«

»Vielleicht ... Also marschierst du gleich in die Bank und alles läuft wie gehabt.«

»Richtig. Wie bei dir. Alles geht weiter. Wirst du der Frau, mit der du zusammenlebst, von uns beiden erzählen?«

»Das ist eine Scheißfrage«, zitierte er sie. »Du wirst Dreher auch nicht beichten.«

»Jetzt nicht. Vielleicht später, wenn wir Stress haben, wenn ich ihn verlassen will. Wie viel Uhr ist es eigentlich?«

»Viertel nach vier«, seufzte er. »Schlafen kann ich jetzt nicht mehr. Ich werde heimfahren und die Protokolle schreiben. Das ist noch viel Arbeit.«

»Ich möchte jetzt nicht allein sein. Bleib doch noch etwas. Nicht lange. Und fühl mal, ich bin wieder hungrig nach dir.«

Gegen sechs Uhr brach er auf und fuhr in den Grunewald zu Tante Ichen. Er hätte Katharina jetzt nicht in die Augen sehen können.

Leise stieg er die Treppe hoch, fand sein Bett gemacht und legte sich darauf. Nach wenigen Minuten schlief er ein und konnte sich später an keinen Traum erinnern, an kein Schreckensbild.

Er wachte auf, weil Tante Ichen an seinem Bett stand und auf ihn hinunterlächelte. Sie sagte: »Es ist Mittag, mein Lieber, und vielleicht magst du mit mir frühstücken. Wie war es gestern?«

»Anstrengend. Ich komme gleich, ich muss sowieso mit dir reden.«

Er rasierte sich und fand natürlich wieder frische Wäsche im Schrank. Unten begrüßte er John und stürzte sich dann gleich auf seine Tante, die ihn auf der Terrasse erwartete.

»Warum hast du mir so wenig über Walter Sirtel erzählt? Du wusstest doch viel mehr.«

»Aber ich wusste nicht, ob ihm das recht gewesen wäre«, sagte sie streng.

»Ich war bei seiner Frau. Sie ist völlig durcheinander, trotzdem lügt sie. Sie behauptete, die Probleme mit ihrem Sohn hätten sich erledigt.«

»Wieso soll das gelogen sein?« Ihre Stimme klang spitz.

»Weil ich inzwischen weiß, dass es um einen Kredit ging, den Blandin dem Sohn bewilligt hatte. Zweieinhalb Millionen Euro für vier edle Lastwagen. Was hat Sirtel dazu gesagt?«

»Wenig«, blieb sie kurz angebunden.

Er trank von dem Rührkaffee, zündete sich eine Zigarette an und sagte betulich: »Liebe Tante Maria, du brauchst auf deinen alten Freund Walter Sirtel keine Rücksicht mehr zu nehmen. Er ist tot. Übrigens, ganz im Vertrauen gesagt, mehren sich die Anzeichen, dass er getötet werden sollte und nicht der israelische Botschafter. Aber kein Wort zu niemandem, jedenfalls nicht solange die Amis in der Stadt sind. Und nun – was weißt du über den Kredit?«

»Walter war ganz traurig darüber.«

»Traute er seinem Sohn nicht?«

»Oh, das war es eigentlich nicht. Er regte sich eher darüber auf, wie Blandin es versteht, Leute in den Dreck zu ziehen.«

»Was soll das heißen?«

»Na ja, Blandin hört, dass jemand Geld braucht, und er fragt nicht lange, sondern gibt es ihm. Damit hast du Geld, aber du gehst auch die Verpflichtung ein, Blandin die Stange zu halten und überall zu behaupten, Blandin sei ein Edelmann. Dabei ist Blandin alles andere als das, er macht immer alles hintenrum.«

»Wie – hintenrum?«

»In diesem Fall: Blandin hört, Sascha will eine Spedition gründen. Bloß: Von wem kriegt der Junge die Aufträge? Sehr schnell weiß Blandin, dass Grischa Koniew dahinter steckt. Koniew garantiert die Frachten, aber Koniew garantiert damit auch die Rückzahlung des Kredits, verstehst du? Und nun steckt Sascha knietief in einer Abhängigkeit von Blandin und von Koniew. Na klar, der Junge strahlt, er ist jetzt ein junger, erfolgreicher Unternehmer. Dass er nichts mehr tun kann, ohne Blandin und Koniew zu fragen, kapiert er nicht. Aber sein Vater, der weiß das und der ... Tja, der lebt ja nun nicht mehr.«

»Du hast so ein Gesicht«, stellte Mann fest. »Da ist noch etwas, oder?«

»Nein ... da ist noch etwas, ja. Seit kurzem hat Sascha nicht nur ein Geschäft, sondern auch eine Freundin, in die er furchtbar verliebt ist. Diese junge Frau ist eine sehr schöne Weißrussin und führt den Spitznamen ›das Ritzchen‹. Wenn ich das richtig verstehe, ist das ein übler, eindeutiger Spitzname. Doch Sascha macht sich nichts draus. Das wirklich Bedenkliche ist, dass Ritzchen zu Koniews Truppe gehört und Sascha wird nicht einmal mehr Dünnschiss haben können, ohne dass Koniew es erfährt.« Sie sah hinaus in den Park. »Das nennt man Familienbande«, setzte sie hinzu.

»Du meinst also, dass Sirtel seinen Sohn verloren glaubte?«

»Genau das«, nickte sie.

Sie schwiegen beide ein paar Minuten und Mann aß lustlos ein Stück trockenes Brot.

»Die Bombe hat dich verändert, nicht wahr?«, fragte sie.

»Weiß nicht, vielleicht ja. Ich glaube, ich war vorher irgendwie unschuldig.«

»Hast du mal mit Katharina darüber gesprochen?«

»Wir hatten bisher keine Zeit. Und jetzt habe ich auch keine Zeit, ich muss dringend noch die Protokolle schreiben. Darf ich deinen Laptop benutzen?«

»Mein Haus ist dein Haus, mein Junge. Ich fahre mit John

nun ins Büro. Wir sind erst gegen Abend wieder da. Vermutlich wirst du dann verschwunden sein.«

»So ist es.«

»Dann grüß diese Katharina, bitte.«

Als sie gegangen war, dachte Mann, dass es unvernünftig war, seine Arbeit in Tante Ichens Haus zu erledigen. Ich werde nach Hause fahren, beschloss er. Ich habe geschlafen, mir geht es gut. Wenn Katharina kommt, wird sie beruhigt sein, dass ich da bin. Und vielleicht gehen wir irgendwohin eine Kleinigkeit essen und können uns wirklich mal in Ruhe unterhalten.

Gedacht, getan und er kam mit seiner Arbeit zügig voran. Als Katharina gegen sechs Uhr nach Hause kam, musterte sie ihn misstrauisch und fragte, ob er schon etwas gegessen habe. Als er verneinte, sagte sie: »Dann mache ich Spagetti. Wo warst du letzte Nacht?«

»Erst bei Ziemann zu Hause. Dann musste ich noch jemanden verhören und anschließend war ich bei Tante Ichen. Ich musste sie noch etwas Wichtiges fragen, was mit dem Attentat zu tun hatte.«

Sie nickte und murmelte: »Ich bin in der Küche.« In der Tür drehte sie sich nochmal um und fragte: »Was hat deine Tante mit dem Attentat zu tun?«

»Nichts natürlich«, antwortete er. »Aber sie kannte den Mann sehr gut, mit dem ich dort verabredet war.«

»Sind die Attentäter denn schon gefunden? Ich meine, die ganze Stadt redet darüber und die Amis behaupten, das Attentat habe was mit Osama Bin Laden zu tun, da muss es doch langsam eine Spur geben?«

»Vergiss, was die Amis erzählen. Das ist reiner Humbug. Die werden bald wieder abziehen und uns mit den vielen offenen Fragen alleine lassen.«

Wenig später rief er Ziemann an, der fröhlich erklärte, er sei schon zu Hause, würde noch einen wichtigen Besucher erwarten und dann sei für heute Feierabend. »Bring mir die

Protokolle morgen ins Büro. Kann ich noch etwas für dich tun, mein Junge?«

»Weiß man inzwischen mehr über die Bombe? Ich meine über den, der sie zündete?«

»Erinnerst du dich an den Arm? Vor dem ich in dem kleinen Lkw vom Erkennungsdienst gehockt habe?«

»Sicher.«

»Mit hoher Wahrscheinlichkeit gehört der Arm einem Vietnamesen. Der Mann stammte aus Frankfurt an der Oder und war Chef einer Truppe, die von geschmuggelten Zigaretten lebt. Hin und wieder haben sie auch Sonderaufgaben übernommen. Wir wissen nicht von wem, aber wir wissen, dass dieser tote Vietnamese versucht hat Sprengstoff aufzutreiben. Im Moment wird das genetische Material von dem Arm mit genetischem Material verglichen, das wir dem Badezimmer des Vietnamesen entnommen haben. Das macht das Landeskriminalamt Rheinland-Pfalz in Mainz, die sind am sichersten und am schnellsten. Morgen früh werden wir Klarheit darüber haben, ob sich die Materialien decken. Wenn ja, haben wir wenigstens einen Ansatz. Was war mit der Westernhage?«

»Na ja, sie hat zugegeben, dass sie neugierig war und Sirtel gefolgt ist. Sie war allein, sie wollte ihren Chef mit Neuigkeiten bedienen, ihm was Gutes tun. Interessant ist etwas anderes: Ihre etwas sehr spöttische Einstellung der Bankgesellschaft gegenüber. Im Unterton klingt ständig der Satz mit: Wenn ihr wüsstet … Verstehst du, was ich meine?«

»War sie denn nett zu dir?«

Mann lachte. »Ich erzähle dir alles in Ruhe, wenn wir uns sehen.«

»Und? Ist die Bankgesellschaft nun ein Thema für dich?«

»Ein großes Thema«, bestätigte Mann.

»Na, also«, schnaufte Ziemann befreit und wollte sich verabschieden.

Mann sagte schnell: »Moment, großer Meister. Was mich noch interessiert: Ich habe nun ein paarmal mitbekommen, dass die Zusammenarbeit mit den Amerikanern nicht so ganz einfach ist. Fast habe ich den Eindruck, dass sie ziemlich belächelt werden. Was liegt dem zu Grunde?«

Ziemann seufzte. »Du bist wirklich hartnäckig. Aber na gut. Das Zauberwort heißt *Joint Operation*. Also immer wenn die amerikanischen großen Freunde hier einfliegen, ist eine vereinte Operation angesagt, Deutsche und US-Amerikaner gemeinsam gegen das Böse in der Welt. Nur ist die Regel, dass sich die Amis nie an irgendeine Regel halten. Sie haben zum Beispiel in der Nachfolge des grauenhaften Attentats auf die Zwillingstürme in New York nach einem wichtigen Verbindungsmann der Al Kaida gesucht. Der lebte in der Nähe von Würzburg und stand unter geheimer Beobachtung eines Kriminaloberrates des Bundesnachrichtendienstes. Und das ist ein ausgesprochen kluger Mensch, er hatte sein Netz gut ausgeworfen. Wie auch immer, die Amerikaner bestanden darauf, den mutmaßlichen Al-Kaida-Mann in eine Falle zu locken. Gut, sagten die braven Deutschen. Dann machen wir das. Der Mann ging nicht in die Falle, er konnte gar nicht in die Falle gehen, die Amerikaner hatten ihn vorher von der Straße weg verschleppt und in die USA transportiert. Aber dann bekamen sie ein Problem: Sie wussten nämlich nicht, was der Mann alles wissen konnte. Infolgedessen stellten sie lauter dämliche Fragen und der Verdächtige hat sie geduldig lächelnd beantwortet. Anschließend war die Verunsicherung bei den Amerikanern groß. Und auch jetzt haben sie sich wieder wie eine Horde betrunkener Söldner verhalten. In Kreuzberg gibt es einige mächtige, aber sehr liberale Muslime. Drei von ihnen sind seit gestern Morgen verschwunden. Inzwischen wissen wir, dass die US-Leute sie in ihren Wohnungen festgenommen und zum Flughafen Tegel gebracht haben, um sie in den USA zu verhören. Die Amerikaner haben uns kein Wort davon gesagt. Nun werden wir wieder Monate brauchen, vernünftige und gute Beziehungen zu diesen Muslimen aufzubauen. Also, ich rate dir: Finger weg von Amerikanern, falls du einen Fall hast, bei dem sie mitmischen wollen. Ich persönlich kenne keinen Fall, in dem eine *Joint Operation* glücklich über die Bühne gebracht wurde. Reicht dir das?«

»Ja, danke«, sagte Mann und beendete das Gespräch.

Mann begann, die Aussage von Marion Westernhage zu Papier zu bringen, und er brachte es auf etwa sechs glaubwürdige Sätze. Sie habe an dem Tag hart gearbeitet, habe sich dann in ein Taxi gesetzt, sei am KaDeWe ausgestiegen, herumgeschlendert, habe einen Schaufensterbummel gemacht, sei, ohne jede Absicht, immer weiter nach Osten gedriftet und dann schlussendlich ins *Francucci's* gegangen, um einen Wein zu trinken und eine Kleinigkeit zu essen. Sie sei nicht mehr als ein paar Minuten im Lokal gewesen, dann habe es schrecklich geknallt, sie sei herumgewirbelt worden und gegen eine Mauer geprallt. Sie müsse instinktiv den Weg in das Frauen-WC gefunden haben, wo sie das Bewusstsein verloren habe. Weitere Angaben könne sie nicht machen, irgendwelche Zusammenhänge zwischen ihr und der Explosion der Bombe seien auszuschließen.

Das muss reichen, dachte er. Ich werde es ihr in die Bank faxen, sie kann es unterschreiben und dann diesem Hauptmann schicken. Mann wäre jetzt gerne bei ihr gewesen.

»Kommst du essen?«, fragte Katharina sanft.

»Gern«, sagte er und beschloss, ihr nichts von Marion zu erzählen.

Er setzte sich an den Tisch und sah ihr zu, wie sie Spagetti auf die Teller häufte und dann die Sauce Bolognese darüber gab. »Bist du immer noch beunruhigt wegen meines Ausfluges in andere Gefilde?«

»Vielleicht war das im Fernsehen einfach … die Bilder waren zu schrecklich. Aber du hast ja gesagt, dass es bald vorbei ist.«

Er nickte. »Nur noch die Protokolle durchsprechen. Dann ist Schluss.« Dabei war ihm klar, dass es so problemlos nicht weitergehen würde.

Sie aßen eine Weile schweigend.

»Könntest du dir denn vorstellen, so etwas immer zu machen? Ich meine natürlich nicht Attentate, sondern ... in Fällen zu ermitteln, in denen Leute getötet wurden?«

»Nein, das würde ich nicht gern machen.« Er schüttelte den Kopf. »Abgesehen davon, wird kein Mensch auf die Idee kommen, mir so etwas anzubieten.« Er dachte leicht belustigt: außer Ziemann!

»Ich überlege, wie es mit uns weitergeht«, murmelte sie in ihren Teller.

»Und – wie geht es weiter?«

Sie hob den Kopf und lächelte ihn an. »Vielleicht sollten wir tatsächlich über ein Kind nachdenken?«

»Du willst jetzt ein Kind? Neulich hast du hast gesagt, in zwei, drei Jahren vielleicht, dann passt es dir beruflich besser. Wieso nun doch sofort?«

»Noch bin ich jung genug«, sie kratzte auf ihrem Teller herum. Dann lächelte sie ihn wieder an. »Du denkst ganz anders, nicht wahr?«

»Ja. Das kommt etwas überraschend. Und ehrlich gestanden, kann ich mir das noch gar nicht vorstellen. Würdest du denn dann deinen Job aufgeben wollen?«

»Nein, nein, ich würde nur ein Jahr Pause machen, Erziehungsurlaub nehmen.«

»Und was machen wir, wenn das Baby ein Jahr alt ist?«

»Ich arbeite natürlich nur halbtags weiter.«

»Und wer nimmt das Baby, wenn du arbeitest?«

»Da findet sich eine Lösung«, sagte sie energisch.

»Das kommt mir alles ein bisschen zu schnell«, entschied er. »Darüber müssen wir noch reden. «

Sie wechselte den Ton: »Vermutlich willst du das erst mit deiner unentbehrlichen Tante besprechen.«

»Das ist doch Unsinn«, murmelte er.

»Wieso? Irgendwie, Jochen, habe ich schon den Eindruck, dass du alle wirklich wichtigen Themen mit ihr beredest. Und dass ich ausgeschlossen bin. Sie mag mich nämlich nicht, falls du das noch nicht bemerkt hast.«

»Das hier läuft auf einen Streit hinaus und ich will keinen Streit. Wenn du gegen Tante Ichen stänkerst, muss ich dich daran erinnern, dass sie mich erzogen hat, mir mein Studium ermöglichte und viele tausend Dinge mehr. Du solltest dich mal ernsthaft mit ihr auseinander setzen, statt in irgendwelche unangebrachten kindlichen Spitzen zu verfallen.«

»Was schlägst du vor, was wir jetzt machen sollen?«, fragte sie aufbrausend.

»Gar nichts«, entgegnete er. »Ich höre noch ein bisschen Musik, dann möchte ich schlafen.« Er stand auf und ging hinüber ins Wohnzimmer.

Was für eine miese, kleine Szene! Mann musste an Marion denken, wie wohl er sich in ihrer Nähe gefühlt hatte. Er legte eine Beethoven-Symphonie ein und stülpte sich die Kopfhörer über. In dem Bewusstsein, dass er Gefahr lief einzuschlafen, streifte er die Schuhe von den Füßen, lockerte den Gürtel und legte sich auf das Sofa.

Als sein Handy sich meldete, war es 21.55 Uhr und er erschrak ein wenig, weil er hoffte, es sei Marion mit der Bitte, dass er vorbeikommen möge.

Doch es war sein Chef Kolthoff und als Erstes sagte er idiotischerweise: »Es ist nichts passiert. Ich dachte nur, ich sage dir Bescheid, ehe andere mit der Nachricht kommen.«

»Was ist denn los?«

»Ziemann ist tot.«

»Wie? Willst du mich ... Tot? Ein Infarkt, oder was?«

»Nein. Er hat sich erschossen.«

»Hör mal ... Das ist nicht möglich! Ich habe gegen sechs noch mit ihm gesprochen. Er war putzmunter.«

»Es schmeißt uns alle«, murmelte Kolthoff düster. »Niemand kapiert es. Aber es ist so.«

»Warte mal, warte mal, häng nicht ein. Wo ... wo soll er das gemacht haben?«

»Bei sich zu Hause in seiner Wohnung.«

»Was sagt denn seine Frau?«

»Jochen, niemand weiß etwas. Die Nachricht ist ganz

frisch. Ich bin eben erst selbst angerufen worden und dachte, ich sage es dir gleich.«

»Ja. Danke. Das verstehe ich nicht. In seiner Wohnung?«

»Bleib da weg! Ich würde dich gern morgen früh sehen.«

»Ja, ja«, sagte Mann und warf das Handy auf den Boden.

Mit einem leisen Knarren öffnete sich die Tür und Katharina streckte ihren Kopf herein. Sie wirkte verschlafen, hatte wohl schon im Bett gelegen.

»Ist irgendetwas?«

»Ziemann ist tot. Kolthoff sagt, er habe sich erschossen.« Mann hockte auf dem Boden, er hatte die Knie angewinkelt und starrte auf den Teppich.

»Oh«, sagte sie lang gezogen. »Das tut mir aber Leid, Schatz. Erschossen? Ja, so was!« Sie kam zu ihm und kniete sich neben ihn. »Das ist ja furchtbar.« Sie versuchte ihm die Arme um die Schultern zu legen, aber er zuckte zurück, als sei sie eine Fremde.

»Ich muss hier raus, ich brauche Luft«, stammelte er hohl und stand auf.

»Das ist doch unvernünftig. Bleib hier. Ich bin doch bei dir.«

»Ich will raus!« Bei den ersten Schritten schwankte er, blieb dann stehen, zog den Gürtel seiner Hose fest, suchte seine Lederjacke. Dann seine Schuhe. »Ich brauche Luft«, wiederholte er. »Bin gleich wieder da.«

Katharina saß auf dem niedrigen Couchtisch und starrte ihn an. »Was willst du denn draußen?«

Mann reagierte nicht mehr, öffnete die Wohnungstür und ließ sie krachend hinter sich zuschlagen.

Ziemann, das ist nicht fair!

Er trat aus dem Haus und blinzelte in die Lichter der kleinen Restaurants und Kneipen auf der anderen Straßenseite. Eine Straßenbahn fuhr vorbei, Autos folgten.

Ziemann, das ist ausgesprochen scheiße! Das kannst du nicht machen! Mann ging wie ein Schlafwandler auf die Fahrbahn, ein Motorradfahrer schoss heran, bremste energisch und schrie irgendetwas sehr wütend. Mann hob entschuldigend die Hand. Er erreichte die andere Straßenseite und wandte sich nach links. Dort gab es eine kleine italienische Kneipe. *La Famiglia* hieß der Laden und er war gern dort.

Er blieb gleich vorne und setzte sich auf einen Hocker vor den schmalen Tresen. Plötzlich registrierte er, dass die leisen Gespräche der Gäste an sein Ohr drangen, dass er wieder auftauchte aus dem See, in den er so tief gesunken war.

Das Mädchen hinter der Bar fragte freundlich: »Was möchtest du?«

»Einen Whisky, wenn ihr einen habt.«

»Diesen hier?«, fragte sie und hielt ihm eine Flasche vor das Gesicht.

»Schon gut«, nickte er. »Einen Vierfachen.«

Er griff nach dem Glas, verschüttete die Hälfte und trank den Rest. Er spürte den Alkohol wie einen warmen Ball im Bauch und beobachtete seine zitternden Hände.

»Noch einen?«, fragte das Mädchen.

»Nein, nein«, lehnte er entschlossen ab. Er bezahlte und verließ die Kneipe wieder.

Ich fang jetzt nicht an zu saufen wie mein Vater!, dachte er. Es schmeißt mich, aber ich will nicht saufen, nur um weich zu fallen. Ziemann, du hast ein gottverdammtes Talent, mein Leben durcheinander zu bringen. Seit ich dich zum ersten Mal gesehen habe, fahre ich Achterbahn. Und ich habe Achterbahnen noch nie gemocht.

Er sah, dass Katharina im dritten Stock das Wohnzimmerfenster geöffnet hatte. Sie wirkte vor dem Licht wie ein Scherenschnitt und blickte auf ihn herunter.

Er fummelte seinen Schlüsselbund aus der Tasche und schloss das Tor zum Hof auf. Er hakte die Holzflügel des Tores in die Halterungen, ging weiter zum Auto, startete es und ließ es dann durch die Durchfahrt rollen. Kolthoff, ich lasse mir nicht verbieten, zu Erich zu fahren …

Vor Ziemanns Haus standen mehrere Einsatzfahrzeuge, zwei Streifenwagen, zwei BMW mit Blaulichtern auf den Dächern, der kleine Lkw der Tatortleute. In der Wohnung unten rechts brannten viele Lichter, die Haustür war geöffnet.

Langsam ging Mann hinein, er traute seinen Beinen noch nicht.

Ein Unformierter kam ihm entgegen und blaffte: »Wo wollen Sie hin?«

»Staatsanwalt Mann. Ich bin Ziemanns Partner«, sagte er. »Ist er ... ich meine, ist er schon weg?«

»Nicht dass ich wüsste. Wollen Sie jemanden von Kapital sprechen? Ich kann einen rausrufen.«

»Ja«, nickte Mann.

Der Uniformierte schob die Wohnungstür auf und sprach in den Flur. Dann kam ein Mann aus der Wohnung, groß, hager, schmal, mit stechenden dunklen Augen.

»Sie sind Jochen Mann? Ja, ich habe von Ihnen gehört. Schlimme Geschichte. Aber einwandfrei Suizid. Kann man nichts machen.«

»Weiß man, warum?«

»Keine Ahnung. Kein Brief, keine sonstige Nachricht. Hat sich mit seiner Dienstwaffe erschossen.«

»Was ist mit Erna? Ich meine, seiner Frau?«

»Die ist drin. Im Wohnzimmer. Sie können zu ihr. Vielleicht hilft das. Kommen Sie.« Der Hagere stieß die Wohnungstür auf und ging in den Flur. »Einfach geradeaus«, sagte er. »Unser Arzt ist bei ihr.«

Viele Leute quirlten umeinander, stießen aber niemals zusammen, arbeiteten leise, schweigend. Rechts, daran erinnerte sich Mann, ging es in die Küche. Links die erste Tür stand weit auf und ein greller Lichtschein fiel heraus. Er zwang sich, in das Zimmer zu blicken, und sah für den Bruchteil einer Sekunde, dass Ziemann mit dem Oberkörper auf der Platte eines kleinen hellen Schreibtisches lag.

Jemand bat gedämpft: »Nimm ihn noch einmal aus diesem Winkel. Und dann, ganz groß, die rechte Hand.«

Ein anderer sagte: »Die Streifenwagen können schon mal fahren.«

Die Stimme einer Frau: »... in der Rechtsmedizin Bescheid geben. Sie sollen sofort anfangen, nicht erst morgen früh.«

Dann drückte Mann die Tür am Ende des Ganges auf. Erna Ziemann saß in einem uralten Ledersessel, ein Mann kniete vor ihr und hielt ihre Hand. Sie sprachen beide kein Wort.

Mann räusperte sich.

Erna Ziemann schlug die Augen auf und lächelte kurz, als sie ihn erkannte.

Der Arzt richtete sich auf und fragte leise: »Darf ich fragen, wer Sie sind?«

»Es ist gut.« Erna Ziemann streckte ihm ihre Hand entgegen und Mann ergriff sie, hielt sie fest und setzte sich auf die Sessellehne.

»Ich bin sofort gekommen«, sagte er hilflos.

»Ich habe ihr etwas zur Beruhigung gespritzt. Aber es wäre gut, wenn jemand bei ihr bliebe.«

»Kein Problem«, nickte Mann.

»Und jemand müsste zu einer Apotheke gehen. Ich habe da auf den Tisch ein Rezept hingelegt, das Medikament ist wichtig. Gibt es eigentlich Kinder?«

»Eine Tochter«, antwortete Erna Ziemann klar und deutlich. »Aber sie lebt in Amsterdam.«

»Ich hole das Medikament«, entschied Mann.

Im Flur erkundigte er sich bei einem Uniformierten, wo die nächste Apotheke sei.

»Sie meinen eine, die Nachtdienst hat? Wartense mal. Müsste auf der Oranienstraße sein.«

Mann wollte sich beeilen und verfuhr sich prompt. Endlich fand er eine Apotheke mit Nachtdienst. Er schellte, das Licht im Verkaufsraum ging an, eine junge, verschlafene Frau kam und öffnete eine winzige Luke in der Tür. Mann gab ihr das Rezept. Sie betrachtete es gründlich, als könne sie nicht lesen, und trödelte, öffnete verschiedene Schubladen, sah wieder auf das Rezept, entschied sich für ein Regal, nahm eine weiße Packung und brachte sie ihm. Er bezahlte und machte sich auf den Rückweg.

Vor Ziemanns Haus sah er den Mann zum zweiten Mal. Er stand hinter einem geparkten Auto und starrte auf das Gebäude, als würde es ihm etwas erzählen. Er bewegte sich kaum, sein schmaler Körper wiegte sich leicht vor und zurück und er trug wieder diesen verschlissen aussehenden Trenchcoat.

Mann überlegte nicht lang, sondern ging strikt auf ihn zu: »Ich möchte wissen, wie Sie heißen.«

»Mein Name ist Brauer, Gisbert Brauer. Verfassungsschutz.« Er hatte eine weiche, angenehme Stimme.

»Und warum sind Sie hier?«

»Weil man mir sagte, dass Erich Ziemann sich erschossen hat.«

»Wer, zum Teufel, ist ›man‹?«

»Jeder, Herr Mann. Zum Bespiel die *Junge Welt*. Gutes Blatt, die Redaktion hat keine Angst. Die haben den toten Erich Ziemann schon im Internet.«

»Aber, warum stehen Sie hier, warum gehen Sie nicht einfach herein und reden mit den Kollegen?«

»Ich bin sozusagen eine beobachtende Behörde, eine begleitende Institution. Und – ich will Sie nicht von der Arbeit abhalten.«

»Das ist keine Arbeit, es ist …«

»Es ist ziemlich übel, ich weiß das. Kümmern Sie sich nicht um mich, ich werde nicht stören.«

Mann nickte verwirrt und wandte sich zum Eingang des Hauses. Zwei Männer kamen ihm mit einer Blechwanne zwischen sich entgegen.

In der Wohnung befand sich nun nur noch der Arzt. Er lächelte auf Erna Ziemann herunter. »Ich muss jetzt auch weg«, sagte er. »Sie sollten so schnell wie möglich Ihren Hausarzt konsultieren.«

»Ja, ja«, murmelte sie.

»Wie oft?«, fragte Mann und hielt das Medikament hoch.

»Alle zwei Stunden eine.« Der Mediziner packte seine Tasche zusammen und verließ mit einem freundlichen Kopfnicken den Raum.

»Ist Erich …?«, fragte sie. Ihr Gesicht war weiß und teigig.

»Sie haben ihn hinausgebracht«, nickte Mann. Er setzte sich auf das Sofa ihr gegenüber.

»Von wem hast du es erfahren?«, fragte sie.

»Kolthoff.«

»Ah, ja.« Sie griff nach dem kleinen Kissen neben sich und legte es sich auf den Schoß. »Ich fühle mich wie betrunken. Das ist nicht gut. Das sind diese Spritzen, die sie den alten Leuten geben, wenn die ausflippen.«

»Soll ich deine Tochter anrufen?«

»Das hat schon jemand getan. Sie hat gesagt, sie fährt gleich los. Sie wird gegen Mittag hier sein, denke ich.«

»Möchtest du etwas trinken? Wasser, Kaffee oder Tee? Sag mir, was du willst.«

»Wasser. Ich habe einen ganz trockenen Mund. Das kommt bestimmt auch von diesen ekelhaften Spritzen.«

Mann stand auf und ging in die Küche. Im Kühlschrank fand er eine Flasche Wasser. Er goss ein Glas voll und brachte es Erna. »Möchtest du auch etwas essen?«

»Nein … Ich kam rein, ich war oben bei der jungen Frau, der mit dem Trinker«, sie sprach zu sich selbst, sie erzählte sich selbst die Geschichte, »ich kam rein und sah ihn da am Schreibtisch. Und ich dachte, er ist eingeschlafen. Aber er war nicht eingeschlafen.« Plötzlich richtete sie sich kerzengerade auf und fragte empört: »Hat er dir gesagt, dass er gehen will?«

»Nein, Erna, nein. Wir haben noch telefoniert. So gegen sechs. Er war gut drauf, richtig fröhlich. Wir haben nur kurz geredet wegen meiner Protokolle, und er hat gesagt, er bekäme gleich Besuch.«

»Ja, er hatte mich gebeten, Tee für ihn und den Besucher zu kochen.«

»Du weißt nicht, wer es war?«

»Nein. Aber sie haben den Tee getrunken. In den Tassen waren noch Reste, als ich runterkam. Erich hat sie in die Küche getragen, die kleine Kanne war leer.«

»Hast du die Tassen schon ausgespült?«, fragte er schnell.

»Nein. Wieso? Ich kann doch nicht spülen, wenn Erich …«

»Schon gut«, murmelte Mann hastig. Er lief wieder in die Küche, die Tassen und die kleine Kanne standen auf einem Ablaufbrett neben dem Spülbecken. Mann riss Schubladen auf, um irgendetwas zu finden, in das er das Geschirr einwickeln konnte. Schließlich packte er jedes Stück einzeln in einen Gefrierbeutel und trug die drei Teile hinaus zu seinem Wagen.

Der Mann vom Verfassungsschutz stand immer noch hinter den geparkten Autos und beobachtete ihn, gelassen und stumm. Mann legte die Tüten in den Kofferraum. Dann ging er wieder zurück.

Erna Ziemann erschauerte, als wäre ihr kalt. »Das kann er doch nicht machen. Er kann doch mit mir reden. Er hätte doch mit mir reden können!« Ihr Gesicht verzog sich zu einer grotesken Maske und sie begann klagend zu weinen. Dabei schaukelte ihr Körper vor und zurück. Laut verfluchte sie ihren Erich.

Nur langsam beruhigte sie sich wieder und Mann nahm eine der Tabletten und das Wasserglas und bat sie, die Pille zu schlucken. Aber sie wollte nicht, sie begann wieder zu schreien, lauter und wütender noch als zuvor.

Plötzlich stand eine junge Frau in der Tür zum Flur und sagte zaghaft: »Die Wohnungstür war auf.«

»Kommen Sie nur herein«, nickte Mann. Ihre rechte Gesichtshälfte war blau und rot und das Auge zugeschwollen.

»Mein Gott, Erna!«, sagte sie und ließ sich auf die Knie neben dem Ledersessel nieder. »Das ist ja so furchtbar.«

»Sie muss eine Tablette nehmen«, beharrte Mann.

»Ach, das machen wir doch, was Erna?«, sagte die junge Frau zuversichtlich.

Endlich schluckte Erna Ziemann die Tablette und war ein paar Minuten lang still. Sie sah sich in dem Zimmer um, als habe sie es noch nie gesehen, und seufzte: »Ach, Corinna, Schätzchen. Dass ich dich habe.« Dann griff sie ein Papiertaschentuch und schnäuzte sich kräftig: »Kann mir jemand sagen, warum er das gemacht hat?«

»Niemand kann das«, murmelte Corinna. Sie sah Mann an. »Rauchen Sie?«

»Mein Tabak liegt in der Küche«, erklärte Erna sachlich.

»Drehen kann ich nicht, das weißt du doch«, sagte Corinna. Mann zündete eine Zigarette an und reichte sie der Frau über den Tisch.

»Er war so froh, Junge, dass er dich kennen gelernt hat.«

»Ja«, nickte Mann und fühlte sich elend.

Sie glitt zurück in ihr Meer aus Kummer, aber nun weinte sie leise, wiegte sich wieder vor und zurück. Irgendwann schlief sie ein und begann sogar zu schnarchen.

»Ich nehme an, das Medikament ist ein richtiger Hammer«, seufzte Mann.

»Das ist auch gut so«, nickte Corinna.

»Wie ist das eigentlich abgelaufen?«

»Erna kam so um halb sechs rauf zu mir und wir haben geredet. Ich hatte in der letzten Zeit Schwierigkeiten mit meinem Mann. Nun ist er weg … Erna und ich haben uns darüber unterhalten, ob ich mir einen Job besorgen soll und so. Sie erwähnte, dass Erich unten sei und Besuch habe. So gegen acht, glaube ich, sagte sie: Ich gehe eben runter und hole meinen Tabak. Dann ging sie und plötzlich hörte ich sie nur noch schreien. Das war so furchtbar, mein Gott! Ich bin sofort runtergerannt. Sie stand neben Erich und hat ihn geschüttelt. Und da war viel Blut und sie schrie, er soll aufstehen und nicht so einen Scheiß machen. Dann habe ich die Bullen gerufen.«

»Und kein Wort, dass Erich irgendwie deprimiert war oder dass das ein ganz besonderer Besucher war? Gefährlich vielleicht?«

»Wieso gefährlich? Nein, Erich hatte oft Besucher. Er arbeitete ja viel von zu Hause aus.«

»Also, der Besucher kommt. Sie trinken Tee, den Erna ihnen noch bereitet hat. Der Besucher geht und Erich schießt sich in den Kopf.«

»Ja, genau«, bestätigte Corinna ernsthaft, als sei das die einzig logische Abfolge der Ereignisse.

»Das ist völlig verrückt«, murmelte Mann.

»Hör mal, du musst nicht die ganze Zeit hier bleiben. Es ist halb fünf, die Nacht ist fast herum.«

»Was ist, wenn dein Mann nach Hause kommt?«

»Der kommt nicht mehr, der ist wahrscheinlich bei seiner Mutter in Marzahn.«

»Wenn sie wach wird, muss sie sofort eine neue Tablette nehmen. Und wenn irgendetwas ist, ruf den Hausarzt.«

»Ja, klar, bei dem bin ich auch in Behandlung. Mach dir keine Sorgen … Wer bist du eigentlich?«

»Ich bin Staatsanwalt, ich habe mit Erich bei dem Attentat zusammengearbeitet.«

»Ach, Erna hat von dir erzählt. Gibst du mir deine Telefonnummer?«

»Hier ist meine Karte«, sagte Mann.

Als er in seinem Auto saß, spürte er die Kühle des Morgens und fragte sich, wohin er fahren sollte. Einmal mehr entschied er sich für den Grunewald.

Er bemühte sich, leise zu sein, aber er stolperte vor dem Eingang. Als er die Tür aufschloss, stand John da und sah ihn erschrocken an.

»Du siehst aus wie ein Gespenst.«

»Ziemann hat sich erschossen«, stieß Mann aus und unvermittelt liefen ihm Tränen über das Gesicht.

John wusste nicht, wer Ziemann war, aber im Grunde war das gleichgültig. Er nahm Mann an die Hand und führte ihn in den Salon. »Setz dich auf die Couch, ich hole dir einen Kognak.«

»Keinen Alkohol«, winkte Mann ab und vergrub sein Gesicht in einem muffig riechenden Kissen. Er spürte, dass sich John in einen Sessel setzte und ihn still betrachtete.

Irgendwann schlief Mann ein.

Er wachte schweißgebadet auf, wusste aber nicht, was er geträumt hatte. Wo John gesessen hatte, saß jetzt Tante Ichen.

»Junge«, fragte sie, »was ist passiert? Was hat mir John da erzählt?«

Sie trug ihren ›Büroschmuck‹. Dezent, wie sie es nannte. Ein Brillant an der rechten Hand, einer an der linken, einer als Brosche gearbeitet. Und es mussten insgesamt sechs oder acht Karat sein. Sie wiederholte ihre Frage, weil Mann noch immer wirkte, als sei er nicht von dieser Welt. »Warum hat er sich erschossen?«

»Das weiß keiner.«

»Und wie geht es nun weiter? Ich meine, mit dir?«

»Auch das weiß ich nicht. Es ist schon nach eins. Ich muss zu meinem Chef.«

»Wer ist denn jetzt dein Chef?«

»Immer noch derselbe. Kolthoff, Jugendkriminalität.« Während er das sagte, wurde Mann klar, dass er sich selbst nicht mehr sicher war, ob das noch stimmte.

Mühsam und stockend erzählte Mann nun genau, was letzte Nacht passiert war. Er schloss: »Ziemann war so vital, Tante Ichen, so lebhaft, und er ... ich dachte, er sei jemand, dem das Leben Spaß macht. Und er ... ach Scheiße!«

Tante Ichen war diejenige, die es aussprach: »Kann es denn nicht sein, dass er sich gar nicht selbst umbrachte, sondern umgebracht wurde?«

»Wie soll das gegangen sein?«, fragte er zurück. »Und warum?«

»Na ja, warum ... Weil er vielleicht anders als andere gedacht hat? Wenn er zum Beispiel dachte, er könnte etwas beweisen, auf das diese Spezialstaatsanwälte, die die Bankgesellschaft untersuchen, nicht gekommen sind?«

Mann erwiderte nichts darauf.

Er rasierte sich nicht, sondern wechselte nur die Wäsche und verließ dann das Haus, in dem er sich immer noch zu Hause fühlte.

In Kolthoffs Büro hatte sich eine große Runde eingefunden, die heftig diskutierte. Mann stand in der Tür und sagte: »Entschuldigung. Ich komme später wieder.«

»Bleib da, Jochen«, sagte Kolthoff schnell. »Haut ab, Leute, wir machen nachher weiter.«

Als sie allein waren, setzte Mann sich in einen kleinen Sessel: »Tut mir Leid, ich bin erst um fünf ins Bett gekommen.«

»Ja, ich weiß. Du warst doch noch bei Ziemann.«

»Ich musste«, entgegnete Mann. »Wir waren so etwas wie ein Team.«

Sein Chef nickte. »Und? Ist dir irgendetwas aufgefallen?«

»Eigentlich nichts. Aber er hatte kurz vor seinem Tod einen Besucher. Kein Mensch weiß bisher, wer das war. Auch seine Frau nicht. Haben die Spurenleute was gefunden?«

»Ich weiß doch auch nicht viel. Sie sagen, er hat selbst geschossen, nach Lage der Fingerabdrücke auf der Waffe.«

»Sie waren schnell, aber nicht gründlich«, meinte Mann tonlos. »Die Kollegen haben zwei Teetassen und ein Teekännchen übersehen. Ich habe sie im Kofferraum. Was passiert jetzt mit mir?«

»Zuerst interessiert mich, wie es dir geht?«

»Wieso ist das wichtig?« Er hatte es nie gemocht, wenn Kolthoff so väterlich tat, obwohl er wusste, dass das durchaus ehrlich gemeint war.

»Glaubst du, das sei mir egal?«

»Entschuldige. Das war ein bisschen viel die letzten Stunden. Wie weit sind die Amerikaner?«

»Sie haben Unflat gesät und geben jetzt zögerlich zu, dass der Israeli wohl nicht gemeint war. Doch bis sie abziehen, wird es wohl noch ein paar Stunden dauern, diese Erkenntnis muss noch von ihren Vorgesetzten abgesegnet werden. Der israelische Botschafter ist jedenfalls schon wieder zurück in der Stadt.« Kolthoff starrte hinaus in die Bäume. »Ich habe lange nachgedacht. Ob es gut ist, wenn du jetzt Urlaub nimmst. Das habe ich wieder verworfen. Für lächerlich wenige Stunden war Ziemann dein Partner. Sein Nachfolger heißt Blum. Auch ein guter Mann, nicht so polternd wie Ziemann, ein sehr freundlicher Spötter. Mich geht die ganze Sache eigentlich nichts an, aber ich glaube, es ist besser, du bleibst noch ein bisschen länger in der Truppe, die rund um die Bombe ermittelt. Das ist besser auch für dich. Ansonsten bliebe in Bezug auf Ziemanns Tod vermutlich das Gefühl zurück, etwas versäumt zu haben. Was meinst du?«

»Ja, vielleicht hast du Recht«, sagte Mann.

»Blum lässt dir schöne Grüße bestellen, du sollst nach Frankfurt an der Oder fahren. Gemeinsam mit einem Kollegen sollst du dich um den Hintergrund des mutmaßlichen Bombenlegers kümmern. Der Mann heißt Huu Vinh, schreib dir das auf. Blum sagte, vor allem ist die Frage wichtig, wie der Mann an den Sprengstoff kam. Das war ein ganz seltener.«

»C4, ich weiß.«

»Du kannst dort bei einem Kollegen wohnen. Dann wird es billiger.«

»Ich suche mir selbst was«, sagte Mann. Er mochte die Vorstellung nicht, mit einer fremden Polizistenfamilie zusammenzusitzen und bei leutseligem Gespräch Schmalzbrote zu essen.

»Wie du willst. Dann pack ein paar Sachen und mach dich auf den Weg. Der Kontaktbeamte in Frankfurt heißt Frank Ossietzky.«

Ohne Umschweife fuhr Mann in die Kastanienallee, packte ein paar Sachen in einen Koffer und schrieb ein paar Zeilen an Katharina: *Liebe Katharina, es geht mir gut. Ich musste in der Attentatssache kurzfristig nach Frankfurt an der Oder reisen. Ich weiß nicht, wie lange das dauern wird, aber ich rufe dich zwischendurch an.*

Er verzichtete auf die Autobahn, bummelte auf der B 1 über Müncheberg bis nach Seelow und gab sich seiner Trauer hin. Er kannte diesen Weg, weil er mit Katharina früher oft in den Oderbruch nach Altlewin gefahren war.

Zwischendurch hielt er auf einem Parkplatz, rief seinen neuen Vorgesetzten Blum an und meldete, er sei unterwegs nach Frankfurt.

»Lassen Sie sich Zeit, mein Junge«, sagte Blum.

Schon wieder einer, der ›mein Junge‹ sagt, dachte Mann zynisch. »Gibt es etwas, was ich wissen sollte?«, fragte er.

»Ja. Nun ist definitiv bewiesen, dass dieser Vietnamese der Bombenleger war. Was eigentlich gar nicht zu dem Mann passt, normalerweise hat er sich nämlich sehr ortsfest verhalten, verließ die nähere Umgebung von Frankfurt nicht. Er galt als guter Familienvater und hatte nie mit Dingen zu tun, die Leib und Leben anderer Menschen bedrohten. Er hatte noch nicht mal Kontakte zu Gewalttätern, Huu Vinh hat sich ganz auf das Geschäft mit unverzollten Zigaretten beschränkt. Die Kollegen in Frankfurt legen sich da fest.«

»Was folgern Sie daraus?«

»Eine Theorie besagt, dass der Mann einen für ihn ungewöhnlich hohen Geldbetrag geboten bekommen hat. Und dass er sich erst auf den Weg nach Berlin machte, als er das Geld in der Hand hielt. Aber die Kollegen, die seine Wohnung durchsucht haben, haben nichts finden können.«

»Gut, ich rufe Sie an, wenn ich mehr weiß.«

»Der Ossietzky ist ein angenehmer Partner, Sie werden keine Probleme mit ihm haben. Viel Erfolg.«

In Seelow machte Mann die nächste Pause, setzte sich in ein Café am Markt und aß ein großes Eis mit Schlagsahne. Frustfraß, urteilte er selbstkritisch, als er feststellte, dass seine Gedanken ausschließlich um den toten Ziemann kreisten. Ziemann, du hast mein Leben ganz schön durcheinander gebracht. Wahrscheinlich sitzt du auf Wolke sieben und lachst dich über mich kaputt: Mann als investigativer, einsam forschender und trauriger Detektiv …

Er setzte seinen Weg auf der B 167 fort, bog dann aber ab nach Falkenhagen, weil er sich daran erinnerte, dass es dort ein kleines angenehmes Hotel gab. Er würde dort übernachten, bis Frankfurt waren es nur noch ein paar Kilometer.

Es begann zu regnen und das Zimmer kam ihm plötzlich sehr trist vor. Deshalb ging er hinunter in das Restaurant, bestellte sich eine Kleinigkeit zu essen und wählte die Nummer von Frank Ossietzky. Mann stellte sich vor und sagte, er würde morgens gegen acht Uhr im Präsidium sein.

»Sie hätten bei mir übernachten können, Kollege.«

»Ich bin in einem kleinen Hotel in Falkenhagen«, erklärte Mann. »Hier störe ich niemanden.« Er setzte hinzu: »Im Augenblick bin ich lieber allein.«

Kurz darauf rief Marion Westernhage an. Ihre Stimme klang unsicher. »Ich dachte, ich melde mich mal. Das, was mit diesem Ziemann passiert ist, ist ja furchtbar.«

»Ja«, bestätigte Mann. »Es hat mich umgeworfen. Ich mochte ihn sehr. Wie geht es dir?«

»Ganz normal. Mein Chef ist wieder da und hat beste Laune, weil er ein Geschäft mit Sittko gemacht hat.«

»Ich denke, er macht dauernd Geschäfte mit Sittko.«

»Ja, ja, aber das war halb privat.« Sie machte eine Pause. »Du musst wahrscheinlich alles an deine Kollegen weitergeben, was ich dir erzähle. Ich meine die, die im Fall der Bankgesellschaft ermitteln, oder?«

»Die Bankgesellschaft ist nicht mein Thema und die Geschäfte sind mir schnurz. Solange du mir nicht sagst, dass dein Chef irgendwo bündelweise Bares klaut ...«

»Wo bist du eigentlich? Zu Hause?«

»Nein. Ich bin in Falkenhagen, in der Nähe von Frankfurt an der Oder. Ein hiesiger Vietnamese hat die Bombe in Berlin hochgehen lassen. Was ist das für Geschäft, das Dreher da abgeschlossen hat?«

»Sittko hat für ihn ein halbes Dutzend ABC-Baumärkte gekauft, die jetzt in die Fonds gestellt werden sollen.«

»Und was ist daran bemerkenswert?«

»Daran ist bemerkenswert, dass diese Baumärkte vorher in Drehers Privatbesitz waren. Also eigentlich nicht in Drehers, aber seine furchtbare Frau ist Eigentümerin einer Baumarktkette. Hier im Haus geht das Gerücht, dass diese Baumärkte zum Teil ziemlich beschissen laufen. Und den Schrott hat Sittko Dreher jetzt im Auftrag der Bankgesellschaft abgekauft.«

»Das ist doch nicht möglich«, empörte sich Mann. »Ist denn niemand bei euch im Haus, der das anmahnt?«

Sie lachte. »Wer sollte das tun, wenn der Chef persönlich das Geschäft absegnet? Glaubst du im Ernst, dass da noch jemand den Mund aufmacht?«

»Aber das riecht doch nach Vorteilsnahme. Um nicht zu sagen nach Beschiss.«

»Dieser Laden hier läuft eben wie eine Frittenbude. Wenn was Geld bringt, wird es gemacht.«

»Wie kann so ein Geschäft Geld bringen?«, fragte er verwirrt.

»Da hängen doch Kredite dran! Solche Geschäfte laufen immer über Kredite und mit Krediten verdient eine Bank nun mal Geld.«

»Davon laufen die Baumärkte aber auch nicht besser«, stellte er sachlich fest. »Und wenn's schief geht, muss die Bank beziehungsweise am Ende dann der Steuerzahler für die Kredite aufkommen.«

»Ja, so ist das. Doch das ist erst mal unwichtig. Zunächst wird das große Rad weitergedreht und zunächst spült das Geld rein.«

»Wenn ich dir so zuhöre, gewinne ich den Eindruck, dass ich den falschen Beruf habe.«

Sie lachten zusammen, bis sie sagte: »Ich wünschte mir, ich wäre bei dir.«

»Dann setz dich in dein Auto und komm her.«

»Morgen früh muss ich wieder arbeiten«, sagte sie zögerlich. »Normalerweise wäre ich verrückt genug. Aber im Moment möchte ich hier ungern fehlen.«

»Wieso das? Wenn Dreher doch so gute Laune hat ...«

»Schon, aber es gibt Gerüchte. Dazu würde auch der Baumarkt-Deal passen. Gertchen, der normalerweise immer gut informiert ist, sagte heute Mittag in der Kantine, möglicherweise bereitet Dreher seinen Absprung vor.«

»Meinst du, dass dieser Blandin ihn abschießen will?«

»Nein, nein. Ich denke, Dreher weiß von allein ganz genau, wann es genug ist. Stört dich das eigentlich, wenn ich dich anrufe? Abends? Was ist, wenn deine Freundin das mitkriegt?«

Er überlegte einen Augenblick und sagte dann fest: »Ruf mich an, wann immer du willst. Ich bin schließlich erwachsen. Mach es gut.«

Zurück in seinem Zimmer legte er sich auf das Bett und schaltete den Fernseher ein. Irgendein Hollywood-Schinken lief, pathetisch und dumm. Mann zappte sich durch alle Programme, fand nichts, was ihn interessierte, und schaltete wieder aus. Dann döste er ein, wachte um zwei Uhr auf, dachte über sich und Marion nach. Ziemann hätte Hurra geschrien, wenn er auf Marion hätte zurückgreifen können, auf die Person, die einer Schlüsselposition in der Bankgesellschaft am nächsten saß. Gerne hätte Mann jetzt mit Ziemann darüber diskutiert. Ihm wurde bewusst, dass er sich einsam fühlte.

Es war drei Uhr, als sein Handy sich meldete. Er dachte sekundenlang, das könne nur Marion Westernhage sein, die ebenfalls nicht schlafen konnte. Aber es war sein Vater, der völlig betrunken herumtrompetete, er wisse genau, dass es mitten in der Nacht sei. Doch er fühle sich verpflichtet, seinem Sohn mitzuteilen, dass er immer schon an ihn und seine Karriere in der Justiz geglaubt habe.

Mann wurde scharf. »Du hast wieder gesoffen. Lass mich in Frieden, Vater!«

»Aha, ich verstehe. Der Sohn, der es zu was gebracht hat, kennt jetzt seinen Vater nicht mehr. Ist es so? Ist das der Dank für alles, was ich für dich getan habe?«

»Vater, du hast nichts für mich getan. Das weißt du. Also rede nicht so einen Unsinn.«

»Ich habe zugestimmt, dass du Jurist wirst. Oder etwa nicht? Habe ich nicht zu deiner Tante gesagt, dass du einen kühlen Kopf hast und als Jurist brillieren wirst?« Seine Stimme wurde weinerlich. »Hör zu, ich komme mit einem kleinen Problem. Ich meine, du warst ja jetzt wirklich ausführlich in den Medien zu sehen. Wegen dieser Terroristen da. Und natürlich kam ein Fernsehjournalist zu mir, nachdem sie rausgekriegt haben, dass du ein Mann bist, mein Sohn. Sie bieten uns ein gutes Honorar, wenn wir gemeinsam vor die Kamera gehen und den Leuten ein bisschen erzählen, wie das alles so war, wie du deinen Weg gemacht hast.«

»Wie viel Vorschuss haben sie dir bezahlt?«, fragte Mann kalt.

»Nur ein paar Hunnis, sie warten auf deine Zusage. Sie sagen, sie zahlen zweitausend, wenn du mitmachst.«

»Vater, ich bin Staatsanwalt. Ich stelle mich nicht mit dir zusammen vor eine Kamera, du Schweinekerl! Niemals! Und falls ich höre, dass du irgendetwas machst, was mit mir zu tun hat, dann kriegst du großen Zoff. Und jetzt lass mich in Ruhe!«

SECHSTES KAPITEL

»Das Einfachste ist, ich zeige Ihnen erst mal, wo Huu hauste, und erzähle Ihnen alles, was wir wissen.«

Frank Ossietzky erwies sich als ein kühler, korpulenter Mann mit langsamen Bewegungen und höchst misstrauischen Augen.

Die Zeit war zu kurz, um Misstrauen zu säen und Feindschaften zu gründen. Deshalb entgegnete Mann: »Wissen Sie, ich bin durch einen Zufall in diese Geschichte hineingeraten. Mein Feld ist eigentlich die Jugendkriminalität. Und ich weiß, dass Sie alles, was zu klären ist, allein klären könnten. Und alles, was Sie sagen, hätten Sie mir auch am Telefon berichten können.«

»Das sehe ich auch so«, sagte Ossietzky erleichtert. »Wir nehmen den Opel da.« Er schloss die Tür auf, setzte sich umständlich hinter das Steuer und aktivierte eine Funkverbindung, irgendwelche grünen und roten Lämpchen blinkten auf.

»Huu«, begann er bedächtig, »war einer der Besten. Sie kennen das Problem, nehme ich an. Die Vietnamesen arbeiten in Kneipen, in Küchen, in der Landwirtschaft, sie machen Frittenbuden auf, sie verkaufen nachts Blumen in schäbigen Betrieben, sie haben Obststände auf den Märkten. Sie sind entwurzelt worden. In Vietnam nicht mehr zu Hause, den Deutschen nach wie vor fremd. Einzig ihre Familien sind ein Ort der Heimat, wie eine kleine Zelle, in der sie sich sicher fühlen. Auch Huu hatte eine Familie. Die Kinder gehen hier zur Schule, die Frau ist freundlich und kümmert sich. Huu und seine Familie lebten davon, dass er Zigaretten verscheuerte. Er war sogar so etwas wie ein Obermotze. Aber wir können keine Verbindung zwischen ihm und irgendwelchen gewaltbereiten Kreisen herstellen.«

»Ist er aktenkundig?«, fragte Mann.

»Er war kurz in U-Haft. Es gab hier mal 'ne Phase, während der verzweifelt versucht wurde, Abschiebungsgründe zu finden. Gott sei Dank ohne viel Erfolg. Huu konnte den Zigarettenhandel betreiben, weil wir es letztlich zuließen. Dafür sagte er uns bei Gelegenheit, wo wir nachschauen mussten, wenn wir jemanden suchten. Als die Nachricht kam, dass es Huu sein könnte, der die Bombe in Berlin platzen ließ, habe ich gedacht, ich bin im falschen Film. Das passt nicht zu dem Mann, das passt überhaupt nicht.«

»Ja«, murmelte Mann. »Aber er ist es gewesen. War er vielleicht erpressbar?«

»Möglich, wissen tun wir nichts.«

»Wenn er Zigaretten verkaufte, wo machte er das?«

»Er hatte zwei Touren. Tagsüber im Wesentlichen drüben auf dem Markt in Slubice. Nachts manchmal an den Zollstellen, also da, wo die Fahrer ihm etwas abnehmen. Jeder kannte ihn, er war beliebt. Viele Fahrer warteten sogar extra, bis Huu kam.« Ossietzky stoppte den Wagen vor einer Ampel und setzte hinzu: »Ich gehe jede Wette ein, dass er die Bombe nicht hier gebaut beziehungsweise entgegengenommen hat, um sie dann nach Berlin zu transportieren. Ich denke, er hat sie in Berlin bekommen und dann in das Lokal gebracht. Seine Frau wusste von nichts, da bin ich mir sicher. Sie ist völlig durchgedreht, als wir ihr die Nachricht überbrachten.«

»Sie haben ihre Bleibe durchsucht?«

»Natürlich. Wir haben gestern sozusagen keinen Stein auf dem anderen gelassen. Aber ohne was zu finden, keine Hinweise auf einen Bombenbau, keine auf Geld, keine Spuren zu möglichen Kontaktleuten. Ich fahre Sie dahin, damit Sie sich selbst einen Eindruck verschaffen können.«

»Was ist mit Geld? War Huu der Typ, der ab einer bestimmten Summe alles macht?«

»So ganz auszuschließen ist das nicht. Die Vietnamesen spielen alle Lotto und Toto. Das ist so ein beständiger Traum, dass irgendwann die Millionen vom Himmel fallen.«

»Was ist denn für die viel Geld?«, fragte Mann.

»Ich würde sagen, fünftausend Euro sind eine dicke Stange. Zehntausend sind schon etwas nicht Fassbares. Und mehr könnten sie wahrscheinlich gar nicht aushalten. Sehen Sie da, da sind die Häuser, in denen auch Huu mit seiner Familie wohnte. Das ist eine aufgelassene Straße, hier sollte eine neue Siedlung entstehen. Die Häuser, es sind drei, waren schon geräumt. Dann ging der Gemeinde das Geld aus und der Plan wurde vertagt, bis bessere Zeiten kommen. Und schon waren Huu und seine Leute hier und richteten sich ein.«

»In allen drei Gebäuden?«

»Nein, in zweien. Das dritte ist unbewohnbar. Wollen Sie die Familie sehen?«

»Ja, aber Sie brauchen nicht auf mich zu warten, ich komme zu Fuß zurück. Wahrscheinlich fahre ich dann gleich wieder nach Berlin. Ich weiß nicht, was ich hier soll. Ich rufe Sie dann an«, versprach Mann und stieg aus.

Im Osten waren dunkle Wolken am Himmel, aber der Wind kam aus West und blies sehr sanft. Rechter Hand zeigten Kirchtürme die Stadtmitte an, links standen vor dem Waldrand die kleinen Häuschen wie freundliche helle Schatten. Mann sah noch zu, wie Ossietzky wendete und wegfuhr. Dann machte er sich auf den Weg.

Der Trampelpfad führte über eine Wiese, die mit kleinen Schwarzdornbüschen und mit Ginster besetzt war. Es roch sehr frisch und kein Mensch war zu sehen.

Mann kamen Zweifel, ob er die Familie wirklich in ihrer Trauer stören sollte. Was hätte wohl Ziemann getan? Unschlüssig musterte Mann seine Umgebung.

Da erfasste sein Blick Gisbert Brauer. Der Mann vom Verfassungsschutz hockte hinter einem Weißdorn und starrte gelangweilt auf die Stadt.

Ohne Betonung sagte er: »Ich grüße den Abgesandten aus der Hauptstadt. Was glauben Sie, was Sie hier finden können?«

»Keine Ahnung. Aber langsam stören Sie mich. Wieso tauchen Sie immer dort auf, wo ich zu tun habe? Und was hat der Verfassungsschutz mit alldem zu tun? Mit dem Attentat? Mit dem Tod Ziemanns?«

Gisbert Brauer kaute auf einem trockenen Grashalm herum. »Ich folge Ihnen nicht, wenn Sie das beruhigt. Sie wissen, dass es meine Aufgabe ist, Informationen zu sammeln. Und ich glaube, Ziemann und ich haben auf die gleiche Weise gedacht. Da der Vietnamese, der die Bombe in Berlin hochgehen ließ, aus diesem Häuschen da oben stammt und noch niemand eine Erklärung dafür hat, wieso ausgerechnet er das tat, treffen wir beide hier zusammen. Das ist ziemlich einfach.«

Mann ließ sich ebenfalls im Gras nieder. »Ist Gisbert Brauer eigentlich Ihr richtiger Name oder ein Arbeitsname? Egal. Standen Sie schon vor Ziemanns Haus, als er noch lebte?«

Brauer lächelte ironisch. »Das musste kommen. Obwohl meine prophetischen Gaben schlecht entwickelt sind. Nein. Als ich von seinem Tod erfuhr, dachte ich: Das muss ich mir ansehen. Ich bin erst nach Ihnen da aufgekreuzt.«

»Dann wissen Sie auch nicht, wer sein letzter Besucher war?«

»Nein, aber das interessiert mich natürlich auch. Ziemann war unbequem, er war vielen Leuten ein Dorn im Auge. Es gibt sogar bestimmte Staatsanwälte, die ihn gar nicht mochten. Wie geht es seiner Frau?«

»Sehr schlecht«, murmelte Mann. »Wie kommen Sie zu dem Schluss, dass er genau so dachte wie Sie?«

Brauer starrte in den Himmel und stellte fest: »Gleich wird es regnen. Wissen Sie, Ziemann war ein Berliner Kind. Er hat den Filz in dieser Stadt schon nicht gemocht, als Berlin noch eine Insel im kommunistischen Reich war. Und als die Bankgesellschaft immer mehr ins Gerede geriet und die ersten Staatsanwälte ermittelten, da sagte er zu mir: Weißt du, diese Staatsanwälte verlassen sich immer auf die Wirtschaftsprüfer und ihre Unterlagen. Sie bedenken aber nie, dass diese Unterlagen vollkommen falsch sein können.«

»Ach, Sie haben mit Ziemann gesprochen?«

»O ja. Oft. Es waren sehr gute Gespräche. Beide lauschten wir stets aufmerksam der Führungsriege der Banker, wenn sie erzählten, dass ihnen ihre Wirtschaftsprüfer und andere Fachleute bestätigten, dass sie alles richtig machten. Ziemann und ich haben uns gefragt, wie das möglich ist, dass diese Bankgesellschaft praktisch pleite ist und kein einziger der Verantwortlichen vor dem Kadi steht, wahrscheinlich nie stehen wird.«

»Sagen Sie mir, was Sie wissen, und ich wende mich an eine kompetente Stelle, die damit etwas anfängt.«

Brauer begann sanft zu lachen, sein Körper bebte regelrecht. »Ihr oberster Chef, der Generalstaatsanwalt, lieber Mann, hat der Führung der Bank so etwas wie einen Persilschein verpasst. Ihr oberster Chef wollte gar nicht, dass da jemand genau hinsieht. Das konnte er nicht wollen. Sonst hätte er sich selbst ein Bein gestellt. Er wäre der Erste gewesen, der wegen Strafvereitelung im Amt dran gewesen wäre. Und noch ist nicht sicher, ob er seinen Stuhl wirklich los ist. Also, an wen wollen Sie sich wenden?«

»Mir wurde zugetragen, dass diese Immobilienfonds mit Schrottbuden bestückt sind. Ist das wahr?«

»Das stimmt. Wollen Sie wissen, wie es dazu kam?«

»Ja klar.«

»Gut, dann erzähle ich Ihnen eine Geschichte: Eines Tages kam die Bankgesellschaft auf die Idee, Immobilienfonds unter die Leute zu bringen, und Sittko wurde losgeschickt, Immobilien zu kaufen und die Fonds zu füllen. Doch so viele lukrative Objekte gibt es gar nicht zu kaufen, warum sollte sich ein Besitzer von etwas trennen, was etwas einbringt? Daher kaufte man, um die Fonds füllen zu können, in zunehmendem Maß jeden Scheiß, der auf dem Markt war. Die wunderbaren und aufwändigen Vierfarbdrucke, die für die Fonds werben, erzählen natürlich nur, wie toll jedes Objekt ist. Sie erzählen aber nichts davon, dass man in manch eine Immobilie erst mal dreißig Millionen und mehr reinbuttern muss, damit das Ding überhaupt nutzbar ist.

Wobei – vielleicht würde die Investoren das sowieso nicht interessieren. Die interessiert vor allem eins: dass die Bankgesellschaft, beziehungsweise die für diesen Zweig zuständige Teilbank, die Mieten über fünfundzwanzig Jahre garantiert. Was am Ende natürlich bedeutet, dass der Steuerzahler für die Mieten geradestehen muss. Also: null Risiko für die Fondszeichner.«

»Sie regen sich ja richtig auf«, sagte Mann amüsiert. »Und was machen wir jetzt mit dem toten Huu Vinh?«

Brauer schwieg eine Weile, kaute wieder auf dem Grashalm. »Ich mach gar nichts mehr, ich weiß schon, dass ich wieder abgezogen werde«, erklärte er melancholisch. »Doch wir gehen wahrscheinlich beide davon aus, dass der Vietnamese die Bombe wegen einer großen Summe Geld gezündet hat. Und dass er das Geld vor der Tat bekommen hat. Ist das so?«

Mann nickte. »Doch die Kripo hat die Häuschen dort durchsucht. Und ich nehme an, sie waren wegen der Bedeutung des Falles mehr als pingelig. Sie haben nichts gefunden.«

»Der Vietnamese wird sich schon gut überlegt haben, wo er das Geld versteckte. Das ist nicht die Stecknadel im Heuhaufen, das ist ein Stecknadelkopf in hundert Heuhaufen. Ich hocke hier seit einer Stunde und sehe mir die Häuschen an. Nichts erhellt meinen Geist. Das Einzige, was mir klar geworden ist, ist, dass selbst wenn ich das Geld finde, ich immer noch nicht weiß, wer es dem Vietnamesen gab. Richtig?«

»Richtig. Und wahrscheinlich gleichzeitig falsch«, sagte Mann. »Wenn Huu die Bombe in Berlin übernommen hat, wird er das Geld auch erst dort bekommen haben. Entweder er hatte es bei sich und es ist pulverisiert oder er hatte noch Gelegenheit, es irgendwo zu deponieren. Die Generalfrage für mich ist: Wie geriet Huu Vinh an den Mann, der ihm sagte: Ich habe einen Auftrag für dich? Das kann nur hier passiert sein, denn soweit ich Ossietzky verstanden habe, verließ Huu die nähere Umgebung nicht. Er war regelmäßig in Slubice und an der Zollstelle, da, wo sich die Lkw-Fahrer sammeln. Das andere Ende der Bombenkette ist Dr. Walter Sirtel. Die Leute, die die Bombe in Auftrag gegeben haben, hatten also eine Verbindung zu Sirtel und zu dem Vietnamesen. Und noch etwas gilt es zu überlegen: Sirtel muss pausenlos beobachtet worden sein, sonst hätten sie nicht gewusst, dass er in dieses Restaurant ging. Jemand muss entschieden haben: Jetzt die Bombe!«

»Ich finde es nur merkwürdig, dass so ein verrückter Aufwand getrieben wurde«, erwiderte Brauer gemütlich. »Siebzehn Personen sind es nun, die tot sind. Eine Bombe bedeutet in jedem Fall eine Zerstörung vieler Leben. Warum also überhaupt eine Bombe? Wenn nur Sirtel gemeint war, warum nicht ein schneller Schuss?«

»Der Anfang einer Lösung liegt nicht hier. Aber vielleicht hat ja jemand gedacht: Wenn ich eine Bombe schmeiße, kann ich das wahre Ziel verdecken.«

»Das ist aber letztlich eine miese Tarnung gewesen, wie man sieht.«

»Wir können hier auf dieser etwas trostlosen Wiese noch viel weiter gehen«, meinte Mann leicht erheitert. »Wir können uns die Frage stellen, wer Ziemann erschossen hat. Wem war Ziemann so gefährlich wie Walter Sirtel? Und – wer könnte möglicherweise das nächste Opfer sein?«

Brauer grinste. »Ich würde Sittko vorschlagen. Der weiß genug, um mindestens zwanzig Bankvorstände auf die Anklagebank zu bringen. Ja, und er könnte Blandin vom Thron stoßen. Blandin ist meiner Ansicht nach der Übelste unter den Berliner Schätzchen. Also, ich tippe auf Sittko.« Er zog sich zusammen wie eine Katze und stand plötzlich auf seinen Füßen, ohne dass Mann hatte verfolgen können, wie er das Kunststück fertig gebracht hatte. Brauer sagte in den Himmel: »Können wir uns darauf einigen, Kumpel, dass du und ich, treue Beamte des Staates, in einem Schwall von Verdacht leben?«

»Das ist das Wort zum Sonntag. Bis demnächst also. Ach, sollen wir unsere Handynummern austauschen?«

Brauer nickte und ließ eine Karte flattern. Während er nach Manns Karte griff, sagte er: »Darf ich zum Schluss noch erfahren, was Marion Westernhage so erzählt hat? Ich meine, sie sitzt im Zentrum der Macht.«

»Ich will versuchen, sie rauszuhalten«, entgegnete Mann.

»Das dachte ich mir«, murmelte Brauer und ging über die Wiese davon.

Mann blieb noch eine Weile sitzen, rief Ossietzky an und teilte ihm mit, dass er sich vom Acker machen würde. Rief dann seinen neuen Chef Blum an und sagte entschieden: »Ich kann hier in Frankfurt nichts ausrichten, wir finden keinen Schlüssel zum Verhalten des Vietnamesen. Ich denke, Ossietzky und seine Leute sind gut und decken das Problem hier ab. Ich gebe allerdings einen wichtigen Punkt zu Protokoll: Die Bombe war viel zu gefährlich, um sie von Frankfurt nach Berlin zu transportieren. Der Vietnamese hat sie in Berlin übernommen. Ich würde vorschlagen, ich komme nach Hause.«

»Einverstanden … Können Sie morgen früh gegen elf Uhr in Mitte sein? Es gibt da eine Kneipe, die *Bei Bolle* heißt. Am Weinberg, Sie …«

»Ich wohne da«, warf Mann ein.

»Gut, sei also um elf da. Ich weiß gar nicht, warum ich dich sieze.«

»Solange du mich nicht ständig ›mein Junge‹ nennst, ist das in Ordnung«, sagte Mann trocken. »Ich komme.«

Es begann zu regnen und der Regen wurde schnell stark und peitschend. Mann hielt sein Gesicht zum Himmel gewandt und fühlte sich zum ersten Mal seit vielen Stunden wieder gut. Als er sein Auto in der Stadtmitte erreichte, war er triefend nass und summte: »We are the champions …«

Er fuhr zu seinem Hotel, zog sich um, zahlte und machte sich auf den Weg zurück in die Hauptstadt. Sein Verstand sagte ihm: Fahr zu Katharina. Du weißt, was du dort hast. Doch er entschloss sich, in den Grunewald zu fahren.

Unterwegs erreichte ihn Erna Ziemanns Anruf. Sie sagte

ruhig, als sei die Welt in Ordnung: »Ich würde mich freuen, wenn du hier mal vorbeischaust. Es ist wichtig für mich, mit jemandem über Erich zu sprechen. Mit seinen Kollegen kann ich nicht reden. Die sind schüchtern und hilflos. Ich möchte mit dir reden.«

»Ich melde mich. Heute noch«, versprach er.

Er fand Tante Ichens Haus leer, spazierte durch die Stille des Parks hinter dem Haus, lauschte den Tropfen, die noch von den Bäumen fielen, und kam ganz langsam bei sich selbst an. Er erinnerte sich daran, wie er als Junge im Schatten der großen Rotbuche eine große Menge winziger Frösche entdeckt hatte, die wie ein Spuk am nächsten Morgen wieder verschwunden waren.

Er ging in die Küche und wollte sich Eier in die Pfanne schlagen, als John hereinkam und energisch sagte: »Keine Übergriffe in mein Reich!«

»Wo ist Ichen?«

»Noch im Büro. Wir haben schließlich eintausendzweihundert Mietparteien zu verwalten. Irgendwann wird dir der ganze Ramsch gehören.«

»Ichen würde sagen: ein bisschen mehr Ehrfurcht, bitte!«

»Ich bin zu alt für Ehrfurcht.«

»Und ich will dieses Erbe nicht.«

»Es hat aber Vorteile«, konterte John spitz. »Was hältst du von holsteinischem rohem Schinken mit drei Spiegeleiern? Ich würde mir das Gleiche antun, damit du nicht allein essen musst.«

»Das ist ein Wort«, sagte Mann.

Wenig später saßen sie im Wintergarten und schwelgten in dem Bewusstsein, dass dies die mindestens dreihundertsten gemeinsamen Spiegeleier auf rohem holsteinischem Schinken waren. Dann rief Marion Westernhage an und der Tag veränderte sich schlagartig.

»Ich will dich nicht lange stören. Nur schnell Bescheid geben: In den nächsten Tagen bin ich nicht erreichbar. Ich muss ein paar Tage beruflich weg.«

»Wie, weg?«, fragte Mann.

»Weg eben«, sagte sie. »Na ja, es ist sehr wichtig und ich werde mich nicht melden können. Ich dachte ... Ach, Scheiße, Jochen, ich wollte, dass du das weißt.«

Er antwortete: »Du klingst, als hättest du Angst ...«

Hastig sagte sie: »Also, bis demnächst«, und kappte die Verbindung.

Mann blinzelte und murmelte beunruhigt: »Sie hatte eindeutig Angst.«

John kommentierte desinteressiert: »Das kommt vor«, und aß weiter.

Aber die Stimmung war dahin, Mann überlegte besorgt, wovor Marion Angst haben könnte.

John räumte das Geschirr ab, setzte sich dann wieder und zündete sich eine kleine Zigarre an. »Wann werdet Katharina und du endlich heiraten?«

»Das Thema lassen wir bitte«, sagte Mann abwehrend. »Erzähl mir lieber was von der Bankgesellschaft, warum gibt es die überhaupt? Du kennst dich doch auch mit diesen Sachen aus.«

»Na ja«, sagte John gemütlich. »Das ist, wie deine Tante sagen würde, eine gepflegte Filzgeschichte. Vielleicht ist Filz unvermeidlich, vielleicht sogar menschlich. Es fing damit an, dass diese Stadt die Frontstadt gegen den Kommunismus war, die Hauptstadt des Kalten Krieges. Die Bundesrepublik pumpte von Bonn aus jährlich sechzehn Milliarden nach Berlin und die wollten irgendwie verteilt sein. Und dafür war ein gewisser Ulf Blandin zuständig. Blandin hängt nämlich schon seit Jahrzehnten wie die Spinne im Netz im Zentrum des Filzes und wird immer mächtiger. Alle lassen es zu, die CDU sowieso, aber die SPD und die Liberalen sind keinen Deut besser. Jedenfalls hatte Blandin Geld zu verteilen und viele verdienten sich eine goldene Nase. Nehmen wir zum Beispiel die Bauunternehmer: In Berlin wurde grundsätzlich vierzig Prozent teurer gebaut als im Westen des Landes. Allerdings wurde nichts öffentlich ausgeschrieben, egal ob

Straßenbau, Wohnungsbau, Verwaltungen. Na ja, und eines Tages fiel die Mauer und Berlin wurde Hauptstadt – Schluss war es mit den hilfreichen Milliarden.« John lächelte dünn. »Die Kassen der Frontstadt waren leer und die Herren begannen sich Sorgen zu machen. Wie sollte das weitergehen? Natürlich fanden sie eine Lösung, sie sagten: Gründen wir doch eine Bank! Und zwar keine Popelsbank, sondern ein Institut, das einer Hauptstadt würdig ist. Also wurden die Pfandbriefbank Berlin, die Hannoversche Hypothekenbank, die Berliner Sparkasse, die Berliner Bank und die Weber-Bank in einer Holding zusammengefasst und das Ganze Bankgesellschaft Berlin genannt. Als Erstes kriegten die alten Freunde mal wieder Kredite. Nach welchen Kriterien die vergeben wurden, weiß ich nicht, aber dass ein Bauunternehmer der alten Betonfraktion mal eben zwei Milliarden Deutschmark Kredit bewilligt bekam, war nie ein Problem. Blandin konzentrierte sich von Beginn an auf Immobilien, also auf den Verkauf von Immobilienfonds. Denn wir waren ja gerade ein Volk geworden und im Osten gab es viel zu tun und liebliche Filetstücke an Grund und Boden – die man sich sogleich sicherte. Zwar versuchte die PDS zwischendurch, gegen Blandin anzustinken, aber erstens ohne Hilfe der anderen Parteien und zweitens mit unprofessionellen Mitteln. Es passierte also nichts. Doch im Lauf der Zeit wurden die Vorstände der einzelnen Teilbanken ein wenig nervös, denn fast jeder hatte Objekte am Hals, die seine Bank, und damit die Gesellschaft als Ganzes, in Schieflage brachte. Mietzahlungen blieben aus, Hauptmieter gingen Pleite, es entstanden gewaltige Leerstände. Das wollte man natürlich vertuschen. Und nun kam Sittkos großer Auftritt, denn er ist ein Meister des Vertuschens. Was tat der Sauhund? Er gab dem schiefen Objekt, für dessen Miete die Bankgesellschaft gegenüber den Fondzeichnern ja bis zu fünfundzwanzig Jahre lang garantierte, einen neuen Mietvertrag. Hauptmieter war er selbst beziehungsweise seine Unternehmen. Und damit war das Problem vom Tisch und die

Ehre der Vorstände gerettet. Natürlich bestehen die Schieflagen weiter und werden die Bankgesellschaft in verschärfter Form belasten, aber der Vorstand, der die Sache ursprünglich versaute, ist fein raus. Formal ist alles in Ordnung: Es gibt kaum Leerstände und die Mieten werden pünktlich bezahlt.« John grinste und erhob sich. »So, und jetzt wasche ich den Bentley.«

Mann blieb noch einen Moment sitzen, machte sich dann stadtfein und beschloss, nach Kreuzberg zu fahren.

Als er in einem Stau vor einer Ampel festhing, wählte er Marions Handynummer. Sie selbst ging nicht ran und die Ansage kam Mann merkwürdig vor. Marions Stimme sagte: »Hier ist Marion Westernhage mit einer neuen Ansage. Ich bin einige Tage weder zu Hause noch im Office erreichbar. Sobald ich in Berlin bin, rufe ich gern zurück.« Er wählte die Nummer erneut und hörte sich den Text ein zweites Mal an. Schließlich entschied er, dass das alles ganz normal sein konnte, und schalt sich einen Narren. Bis ihm einfiel, dass er etwas anderes probieren konnte.

Er nutzte die nächste Möglichkeit und bog ab in eine Seitenstraße. Neben einer Telefonzelle hielt er und suchte im Telefonbuch die Nummer der Bankgesellschaft.

»Ich möchte mit dem Vorzimmer von Herrn Dreher verbunden werden. Marion Westernhage.«

»Augenblick bitte. Ich weiß nicht, ob noch jemand da ist. O ja, ich verbinde.«

Ein Mann meldete sich: »Ja, bitte?«

»Entschuldigen Sie«, sagte Mann freundlich. »Ich würde gern Frau Westernhage sprechen. Es geht um was Privates.«

»Tut mir Leid. Frau Westernhage ist im Auftrag der Bankgesellschaft für einige Tage verreist.«

»Und wann wird sie wieder erreichbar sein?«

»Ich denke, in einer Woche«, sagte der Mann flach. »Mit wem spreche ich, bitte?«

»Schmitz, mein Name. Und entschuldigen Sie nochmal die Störung.«

Mann hängte ein, war beunruhigter als zuvor und mahnte sich zur Gelassenheit.

Vor Ziemanns Haus fand er sofort einen Parkplatz. Erna Ziemann stand hinter dem Küchenfenster und lächelte, als sie ihn erkannte.

Sie sah immer noch schlecht aus. »Mit mir ist nichts mehr los«, meinte sie. »Komm herein. Irgendetwas zu trinken?«

»Ein Wasser bitte«, sagte Mann. »Und kann ich mir eine drehen? Ich habe meine Zigaretten vergessen.«

»Aber ja, kein Problem.« Mit schwerfälligen Bewegungen hantierte sie am Küchenschrank herum. »Ich war heute vier Stunden im Krankenhaus. Mein Arzt wollte auf Nummer sicher gehen. Sie haben mich gründlich untersucht. Aber mir fehlt körperlich nichts. Mir fehlt nur Erich.« Sie mühte sich ab, nicht zu weinen, aber es gelang ihr nicht.

Mann stand auf und legte ihr die Hände auf die Schultern. Er sagte nichts.

»Weißt du, ich hocke hier und überlege und überlege und komme einfach nicht klar.«

»Das dauert. Du musst Geduld haben. Wo ist deine Tochter?«

»Sie und ihre Lebensgefährtin haben sich in einem kleinen Hotel einquartiert. Im Moment machen sie mal Pause von Mama Ziemann. Wie geht es dir? Kommt ihr voran?«

»Keine Spur«, sagte er. »Ist dir inzwischen eine Idee gekommen, wer der letzte Besucher gewesen sein könnte?«

»Nein.« Sie setzte sich auf einen Stuhl, drehte den Kopf zur Seite und sah aus dem Fenster. »Jemand aus seiner Truppe war es eindeutig nicht. Es kann nur jemand gewesen sein, der mit einem Fall zu tun hatte, an dem er herumknobelte. Das war so seine Art. Er sagte, die Leute reden lieber in einer häuslichen Atmosphäre. Na klar, so was ist nicht gestattet, aber er war nicht der Einzige, der das trotzdem machte. Ich habe nie gefragt, wer kommt.«

»Meinst du, es war jemand, der ihm im Fall Benny weiterhelfen konnte?«

»Das glaube ich eher nicht. Wenn es um Benny gegangen wäre, hätte er dich garantiert dazugebeten. Er hat dir doch von Benny erzählt, damit du nachdenklich wirst.«

»Damit hatte er Erfolg«, nickte Mann. »Weißt du etwas über seine Pläne? Was hatte er gestern, heute, morgen vor?«

»Morgen früh gibt's ein Treffen bei *Bolle*. Aber da wirst du ja dabei sein, nehme ich an. Sonst weiß ich von nichts.« Sie zündete sich eine Zigarette an und gab dann Mann Feuer. »Ich habe mit diesem Mann ein Leben lang gelebt, schöne Tage, schlechte Tage. Aber die meisten waren gut. Einmal, als er schwer krank war und in eine Klinik musste, weil seine Pumpe anfing zu stottern, da sagte er: Ich komme wieder heim, ich lass dich nicht allein zurück … Ich verstehe nicht, dass dieser Mann hingeht und sich erschießt. Sich ausgerechnet auch noch erschießt, wo er doch Schusswaffen so hasste. Erich war immer einer, der sich durchbiss. Und wenn es ihm mal beschissen ging, hat er darüber geredet. Mit mir. Er sagte immer: Wir haben Schwein miteinander, Erna, Riesenschwein. Und als ich alt und fett wurde, sagte er nur: Guck mich an, findest du meine weiße Wampe schön? Und dann haben wir gelacht. Jochen, warum macht er so was?« Sie wandte sich ihm zu und sagte mit breitem Mund: »In meiner Wut ist mir sogar schon der Gedanke gekommen, dass er sich gar nicht selbst erschossen hat. Aber natürlich soll man so etwas nicht denken.«

»Was hatte er eigentlich mit mir vor?«, fragte Mann.

Sie lächelte, während sie sich mit einem Papiertaschentuch über die Augen wischte. »Na ja, er wollte, dass du ihm hilfst. Aber er wollte dich wirklich überzeugen. Hat er dir die Geschichte von Sittkos Vermögensverzeichnis erzählt?«

»Nein, wie geht die?« Besorgt beobachtete Mann, wie zerbrechlich Erna wirkte. Er dachte, wenn sie von etwas anderem als Erich redet, wird sie das ablenken.

»Du weißt ja vielleicht, dass Sittko erst zu der Bankgesellschaft stieß, als es die schon ein paar Jahre gab. Er trat als Retter auf, bot ihnen eine Lösung, wie sie Bücher wieder schönschreiben konnten, indem er, Sittko, Hauptmieter der Objekte wurde, die Probleme bereiteten. Die Banker waren zwar sofort begeistert, haben ihn aber, der lieben Ordnung halber, gebeten, ein privates Vermögensverzeichnis einzureichen, damit die Seriosität des Herrn Sittko auch aktenkundig werden konnte. Tatsächlich nannte Sittko zehn oder fünfzehn, ich weiß nicht mehr genau, Immobilien sein Eigen, die zusammengenommen vierzig Millionen Euro wert sein sollten. Das entsprach ungefähr der Summe, auf die Sittko vorher schon geschätzt worden war. Guckte man die Aufstellung aber genauer an, dann las man bei der einen oder anderen Immobilie, dass dort nicht stand: Jahresmieteinnahmen sechshunderttausend Euro. Stattdessen stand da: Bei Vermietung sind sechshunderttausend Euro Jahresmiete zu veranschlagen. Nachdem Erich das bewusst geworden war, war er sehr aufgeregt und wandte sich an einen befreundeten Banker. Er legte ihm Sittkos Verzeichnis vor und bat ihn, das Vermögen zu bewerten. Das Ergebnis lautete: Mit großem Wohlwollen beläuft sich das Vermögen dieses Mannes auf etwa vier Millionen Euro. Wahrscheinlich eher weniger. Der befreundete Banker hatte sich die Immobilien sogar angesehen und Fotos gemacht. Das waren zum Teil schrottreife Kästen, unvermietbar. Das Vermögensverzeichnis von Sittko war nicht das Papier wert, auf dem es stand. Obwohl ja nicht Sittko selbst die Bewertung vorgenommen hatte, sondern ein Wirtschaftsprüfer, der garantiert eine Menge Knete für diesen Unsinn eingestrichen hat.«

»Gibt es dazu Unterlagen? Unten in seinem Keller?«

»Aber sicher«, sagte sie. »Dort stehen zwei oder drei Ordner mit der Aufschrift *Was übrig bleibt.* Wenn du willst, holen wir sie.«

»Das wäre wirklich gut.«

»Du kannst alles haben, was das unten ist. Erich braucht es ja doch nicht mehr.«

Wieder übermannten sie die Tränen und leise schluchzend ging sie voran, hinunter in den Keller. Sie entriegelte die

Schlösser, stieß die Tür auf und sagte leise und beinahe feierlich: »Alles zu deiner Verfügung, mein Lieber!« Dabei knipste sie das Licht an.

Im nächsten Moment schrie sie auf und ihre dicken weißen Arme schossen in die Höhe, als wollte sie sich an der Kellerdecke festhalten. Dann sackte sie zusammen, sank auf den Boden und fiel auf die Seite. Ihr Atem ging flach und gepresst.

Einen Augenblick stand Mann stocksteif in der Kellertür, dann rannte er die Treppe wieder hinauf. Das Telefon stand im Flur der Wohnung unter einer Pinnwand. Mann suchte und fand unter den Zetteln auch einen mit der Nummer eines Arztes. Er drückte die Ziffern in das Telefon und keuchte: »Los, geh ran, verdammt nochmal!«

»Praxis Dr. Steffen«, sagte eine Frau.

»Schnell zu Frau Ziemann!«, rief er. »Sie ist zusammengebrochen.«

»Na, wäre sie mal besser im Krankenhaus geblieben«, murmelte die Frau. »Der Doktor kommt sofort.«

Mann rannte zurück in den Keller.

Erna Ziemann lag nun auf dem Rücken, ihre Augen waren geschlossen und immer noch atmete sie stoßweise und keuchend, als bekäme sie nicht genug Luft.

»Der Arzt kommt«, flüsterte Mann hilflos. »Mach jetzt bloß keinen Scheiß, Erna. Nur ein paar Minuten, er muss gleich hier sein.«

Ihr Kopf fiel zur Seite und einen panischen Augenblick lang dachte Mann, sie habe aufgehört zu atmen.

»Ganz ruhig, Erna. Wie heißt denn das Hotel, in dem deine Tochter ist?«

Sie antwortete nicht, auf der Stirn bildeten sich Schweißtropfen.

»Hör zu«, redete er weiter auf sie ein. »Wir beide gehen zusammen den Fall durch. Wir finden heraus, was mit Erich passiert ist.«

Später konnte er nicht mehr sagen, wie lange es gedauert

hatte, bis der Arzt kam. Irgendwann hörte er Stimmen im Treppenhaus und rief laut: »Hier unten im Keller.«

Dann war der Arzt da, bückte sich, öffnete seine Tasche, zog eine Spritze auf und befahl: »Krankenwagen. Los, alarmieren Sie einen Wagen. Sie hat nicht mehr viel Zeit. Herrgott!«

Als wenig später die Sanitäter die Trage mit Erna Ziemann die enge Kellertreppe hinaufbugsierten, murmelte der Arzt befriedigt: »Sie wird es schaffen.«

Nachdem er die Abfahrt des Krankenwagens beobachtet hatte, schloss Mann die Haustür und ging zurück in die Wohnung. Hektisch suchte er den Zettel mit Blums Nummer.

»Blum«, meldete sich der gemütlich.

»Mann hier. Ich denke, du solltest zu Ziemann kommen. Und bring Spurenleute mit. Kennst du das Privatarchiv von Erich?«

»Na sicher. Was ist damit?«

»Es ist weg. Kein Blatt Papier mehr da. Ich warte in der Wohnung auf euch.«

»Halt! Warte besser vor dem Keller!« Blum wurde aufgeregt. »Und lass niemanden nach unten. Auch dann nicht, wenn ein Mieter in einen anderen Keller will.«

Also suchte Mann den Wohnungsschlüssel, schloss ab und wartete vor dem Kellerniedergang. Erneut versuchte er Marion zu erreichen, stieß aber nur auf die Stimme der Mailbox.

Als jemand die Haustür aufschloss, schreckte er zusammen. Zwei Frauen betrachteten ihn misstrauisch im fahlen Restlicht des Tages.

»Sind Sie Frau Ziemann?«, fragte er.

»Ja«, nickte die Blonde. »Darf ich fragen, was …? Wer sind Sie?«

»Ihre Mutter ist im Krankenhaus. Sie hatte einen Schwächeanfall. Allerdings weiß ich gar nicht, in welches Krankenhaus sie gebracht wurde. Da müssten Sie Dr. Steffen fragen. Die Nummer steht auf einem Zettel an der Pinnwand.« Er hielt ihr den Schlüsselbund hin.

»Und wer sind Sie?«

»Mein Name ist Jochen Mann, Staatsanwaltschaft. Bei Ihren Eltern im Keller ist wohl eingebrochen worden. Ich warte auf die Kriminalbeamten.«

Die Tochter war eine hübsche Frau in den Dreißigern und sie blieb misstrauisch. »Sie kannten meinen Vater?«

»Ja. Ich habe ihn im *Francucci's* kennen gelernt, als die Bombe hochgegangen ist.«

»Ach, der sind Sie.«

»Genau.«

Die Frau wirkte nun ein wenig beruhigt. »Wir müssen ins Krankenhaus«, sagte sie resolut zu ihrer Begleiterin und schloss die Wohnungstür auf. Den Schlüssel gab sie Mann wieder. »Ich habe selbst einen.«

Er hörte, dass sie telefonierte, dann traten die beiden Frauen wieder in den Flur. Die Blonde verabschiedete sich: »Also dann, wir sind bei meiner Mutter.«

Es dauerte noch weitere zwanzig Minuten, bis Blum eintraf, und Mann rief noch vier Mal Marion Westernhage an, sagte jedes Mal die Uhrzeit und bat sie, ihn zurückzurufen, egal wann.

Blum wirkte zäh und energisch, er überragte Mann um einen Kopf, sein Gesicht war schmal, ausgemergelt, fast wie das eines Magenkranken. Er sagte hastig: »Ging nicht schneller. Gleich kommen noch zwei Kollegen.«

Sie hockten sich nebeneinander auf die Treppe.

»Was kannst du sagen?«, fragte Blum. Fahrig griff er in eine Zigarettenschachtel, nahm eine heraus und zündete sie an.

»Ziemann hat mir sein kleines Archiv im Keller am Abend vor seinem Tod gezeigt. Er hat mir erzählt, dass er alles Mögliche sammelt, was die Stadt betrifft und die Leute, die hier ihr Geld verdienen oder es verlieren. Da unten steht ein uralter Riesenschreibtisch, davor zwei ganz normale Stühle. Links und rechts an der Wand befinden sich einfache Regale. Und darauf standen Aktenordner. Es waren nicht weniger als hundert, eher mehr. Und heute habe ich seine Frau besucht. Wir haben auch über Erich und seine Recherchen gesprochen. Sie bot mir an, einen Blick in die Ordner zu werfen. Wir gingen in den Keller, und nachdem sie das Licht angemacht hatte, erlitt sie einen Schwächeanfall. Jedenfalls ist der Raum jetzt leer, kein Aktenordner mehr. Ziemanns Frau ist im Krankenhaus. Die Tochter und deren Freundin sind bei ihr.«

»Du hast nichts angefasst?«

»Nur die Tür.«

Aus Ziemanns Wohnung hörten sie das Läuten des Big Ben.

Zwei junge Männer, Guido und Franz, standen vor der Haustür und grinsten Mann an.

»Leute, ich will, dass ihr den Keller auseinander nehmt. Jeden Quadratzentimeter. Und wenn es bis morgen früh dauert. Langsam arbeiten, richtig pingelig. Wo ist der Schlüssel?« Blum wirkte ein wenig angespannt, Mann fiel auf, dass er die Zigarette nicht rauchte, sondern paffte.

»Hier. Jetzt fällt mir ein – die Vorhängeschlösser, die waren geschlossen. Erna hat sie aufschließen müssen.«

Guido und Franz nahmen den Schlüssel und verschwanden die Kellertreppe hinunter. Mann schlug Blum vor, in Ziemanns Wohnung zu gehen. Sie setzten sich in die Küche.

»Was könnte denn deiner Meinung nach passiert sein?« Blum war ein hartnäckiger Frager.

»Ich kann dir nicht dienen. In der Nacht, als Erich sich erschossen hat, waren ziemlich viele Leute hier. Erna wurde betreut von einer Frau, die im ersten Stock wohnt. Dann reiste die Tochter an. Der Arzt war hier. Ach ja, und Erna war heute Morgen für ein paar Stunden in einer Klinik. So gesehen, kann es nicht schwer gewesen sein, unbemerkt in das Haus zu kommen, die Schlösser im Keller zu öffnen, die Aktenordner herauszutragen. Mithilfe eines Wäschekorbes dauert das nicht lang.«

Blum sah ihn an und nickte. Unvermittelt fragte er: »Gibt es hier was Trinkbares im Haus? Kognak oder so was?«

»Das weiß ich nicht, musst du selbst suchen.«

»Whisky!«, verkündete Blum kurz darauf. »Immerhin ein guter.« Er nahm zwei Gläser aus dem Schrank und goss ihnen ein.

»Was weißt du von diesem Archiv?«, fragte Mann.

»Das war sein ganz persönlicher Schatz, so viel steht fest! Das kleine Archiv war einem Außenstehenden nur schwer zugänglich. Wirklich umgehen damit konnte nur Erich, vielleicht noch seine Frau. Inzwischen habe ich ein schlechtes Gewissen, weil Erich wahrscheinlich Recht hatte. Wir andern haben ihn immer nur sanft verspottet, wir Arschlöcher. Jetzt sieht es so aus, als sei das kleine Archiv für den Filz dieser Stadt gefährlich geworden.«

»Und jemand hat es geklaut«, ergänzte Mann kühl. »Verdammt nochmal, Blum, was können wir tun?«

»Was hat er zu dir über die Bankenaffäre gesagt?«

»Dass die Fassade bröckelt. Er meinte, die Bankgesellschaft beginnt zusammenzubrechen.«

Blum nickte. »Seit heute Morgen ist bekannt, dass die Bank das Land Berlin mit rund zweiundzwanzig Milliarden Euro belasten wird. Tendenz steigend. Zweiundzwanzig Milliarden! Das musst du dir mal vorstellen! Das Land muss für die Sünden der Manager bürgen und eines Tages muss es bezahlen. Und da das Land eine solche Summe nicht stemmen kann, wird der Bund herhalten müssen. Damit wird das Ding Kanzlersache. Ein Wahnsinn! Und nun, wo die Bombe hochgegangen ist, werden die Ratten noch eben schnell von Bord gehen. Da bin ich mir sicher. Hat deine Spezialzeugin, die Westernhage, etwas über die Stimmung in der Bank gesagt?«

»Sie hat erzählt, dass es Gerüchte gibt, Dreher plane seinen Abgang.«

Blum musterte Mann mit stechenden dunklen Augen. »Hast du was dagegen, wenn ich mit ihr spreche?«

»Überhaupt nicht. Das wird aber trotzdem nicht gehen. Sie ist in Sachen Bankgesellschaft ein paar Tage verreist und komischerweise auch über ihr Handy nicht erreichbar.«

»Hm«, machte Blum. »Sollte uns das etwa nachdenklich machen?«

»Mich macht es nachdenklich. Aber was kann ich tun? Wie lange wird das hier dauern?«

»Wahrscheinlich die ganze Nacht«, sagte Blum. »So ein Scheiß!«, brach es plötzlich aus ihm heraus. »Wahrscheinlich werde ich es trotz des Einbruchs nicht durchbringen, dass Erichs Selbstmord angezweifelt wird! Und wir werden weiterhin nicht wegen des Verdachts auf Mord ermitteln können.«

»Was soll das heißen?«, fragte Mann irritiert.

»Der Generalstaatsanwalt und der Leiter Kapital waren schon immer der Meinung, dass an der ganzen Bankenaffäre eigentlich nichts dran sei. Bist du mit dem Fall Benny vertraut?«

Mann nippte an dem Whisky, er war warm und schmeckte ihm nicht. »Vor ein paar Tagen habe ich eine Welt betreten, die ich nie betreten wollte. Nun will ich sie mit einigermaßen sauberen Füßen wieder verlassen.«

»Du willst zurück zu deinen kriminellen Jugendlichen?«, fragte Blum.

»Ja. Will ich.«

Blum seufzte, griff in die Innentasche seines Jacketts und zog die postkartengroße Fotografie einer jungen Frau heraus. Er warf sie auf den Tisch, wo sie kreiselte und dann liegen blieb. »Weißt du, wer das ist?«

Es war das schlecht fotografierte Porträt einer etwa Dreißigjährigen, die vor einem lichtblauen Vorhang gequält in die Kamera lächelte. Das Gesicht war schmal und umrahmt von dunklen gewellten Haaren.

Blum wartete Manns Antwort nicht ab, sondern räusperte sich, als käme etwas Besonderes. »Erichs Methode war immer die gleiche. Alles, was man ihm vorsetzte, durchforstete er im Hinblick auf Unlogisches, nicht Erklärbares. Er hat sich mit Bennys Vater unterhalten. Und der fragte: Wo ist eigentlich Trudi? Erich hatte keine Ahnung von Trudi und der Vater klärte ihn auf. Trudi Sahm ist eine Kindergartenfreundin von Benny, aus Hamburg. Im Verlauf seines Erpressungsversuchs verzog sich Benny für rund zwei Monate nach Hamburg. Und er kehrte nicht allein nach Berlin zurück, sondern in Begleitung von Trudi. Drei Tage später war Benny bekanntlich tot. Und nun stellte sich Erich die große Frage: Wo ist eigentlich Trudi? Sie muss irgendwo hier sein, irgendwo unbeachtet zwischen vier Millionen Berlinern leben, verstehst du?«

Mann nickte. »Was ist mit den Fahndern?«

»Ich kann sie nicht einsetzen, denn offiziell gibt es keinen Fall Benny mehr.« Er grinste. »Und deshalb kriegst du jetzt inoffiziell den offiziellen Auftrag, diese junge Frau zu suchen! Benny hat sie irgendwo in Berlin untergebracht, bevor er loszog, um zu sterben. Ich kann dir nur einen Anhaltspunkt nennen, wo du die Suche beginnen kannst: die alte Wohnung von Benny in Moabit in der Osnabrücker Straße. Verdammte Hacke, ich hätte eher auf Erich hören sollen! Also, geh jetzt schlafen und mach dich dann auf die Socken.«

»Was ist morgen früh mit der Besprechung?«

»Das geht auch ohne dich. Sobald du die Frau hast, meldest du dich bei mir. Außerdem wäre es gut, wenn du herausfinden könntest, wo sich die Westernhage aufhält. Ihr Verschwinden kommt mir merkwürdig vor.«

»Na ja, vielleicht sie ja nur auf einer Weiterbildung oder so.«

Blum trank den Rest seines Whiskys und verzog sein Gesicht in reiner Ironie. »Ich sage dir mal was. Ich glaube inzwischen auch, dass einiges auf die Bankgesellschaft zukommt, dass da einige Veränderungen anstehen. Und wenn ausgerechnet zu so einem Zeitpunkt eine Vorstandsassistentin spurlos auf Reisen geht, dann werde ich verdammt hellhörig.«

»Ja, ich weiß«, murmelte Mann. Er war verunsichert und fühlte Angst.

SIEBTES KAPITEL

Als er den Salon im Grunewald betrat, sagte Tante Ichen, vornehm in hellblauer Seide gekleidet: »Deine Katharina hat hier angerufen, vier Mal, und ich konnte ihr auch nicht sagen, wo du bist!«

»Tut mir Leid«, sagte er. »Sie ist so. Ich habe eine Bitte an dich.«

»Du willst die Festung einer älteren Verwandten einnehmen?«

»Ja«, lächelte er.

Dann begann er von Marion Westernhage zu erzählen. Er verschwieg jedes persönliche Detail, spielte den unnahbaren Staatsanwalt und sagte am Ende: »Als sie mich das letzte Mal anrief, heute gegen Nachmittag, hatte sie eindeutig Angst. Obwohl sie eigentlich ja nur eine Dienstreise machen sollte. Und nun sucht sie die Ziemann-Kommission, ich suche sie, wir brauchen sie dringend für mehrere Auskünfte, auch zu bestimmten Vorgängen in der Bankgesellschaft.«

»Nun mal langsam, mein Junge, und immer auf dem Teppich bleiben. Wie heißt sie? Und in welcher Weise soll ich dir helfen?«

»Sie heißt Marion Westernhage, warte, ich schreibe dir den Namen auf – so. Und wir würden gerne wissen, wo sie ist, wie wir sie erreichen können. Meinst du, du kannst da was in Erfahrung bringen? Du kennst doch die Leute von der Bankgesellschaft.«

»Vielleicht«, nickte Tante Ichen. »Und was machst du jetzt?«

»Ich muss gleich wieder los, ich such noch eine andere junge Frau.« Er hatte sich entschieden, mit der Suche nach Trudi sofort zu beginnen. Die Tageszeit war genau richtig für so ein Unterfangen, erfahrungsgemäß sammelten sich nun die Viertel zur Nacht.

Die Osnabrücker Straße zu finden war kein Problem. Unten im Erdgeschoss des alten sechsstöckigen Wohnhauses befand sich ein verkommenes kleines Ladenlokal. Darin musste Benny gehaust haben. Das Licht war diffus. Mann versuchte etwas durch die großen verdreckten Scheiben zu erkennen. Er sah einen Tisch, auf dem eine Kerze stand. Dann einen alten, zerschlissenen Sessel, vielleicht von dunkelroter Farbe. Das war alles. Nein, eine Stehlampe stand da noch, ein uraltes Ding, reif für den Trödel. Wahrscheinlich war das so wie in der heimischen Kastanienallee: Man hatte ein Wohnzimmer zur Straße hin und schlief in dem dahinter liegenden Kabuff.

Ob das wohl noch Bennys Möbel waren? Vielleicht war die Wohnung ja inzwischen auch neu vermietet worden.

Mann fiel ein, dass er nicht einmal wusste, wie Benny ausgesehen hatte. Unprofessionell, dachte er ärgerlich.

Es war noch früh genug, er konnte noch irgendwo im Haus schellen. Auf der Klingel für die unterste Wohnung stand kein Name, darüber wohnte jemand namens *Halenbach*. Es ist egal, wo ich beginne, dachte er und drückte den Knopf. Der Summer ertönte, er stieß die Tür auf und ging die Treppe hoch.

In der Wohnungstür im ersten Stock wartete ein kleiner gebeugter Mann, sicherlich älter als siebzig, vielleicht sogar älter als achtzig. Seine Augen waren hell und wissbegierig und er hielt den Kopf schräg, um Mann ansehen zu können.

Er sagte: »Ja?«

»Ich bin wegen des jungen Manns unter Ihnen hier, Herr Halenbach …«

»Nein, nein, Halenbach, das ist meine Schwester, ich heiße Wilke, Albert Wilke. Der unter uns? Na, der ist doch tot. Hat sich selbst hingemacht. Habe ich gelesen. War ja ein ruhiger Vertreter, nie Krach und so. Was wollen Sie denn von dem?« Seine Stimme war krächzend.

»Gar nichts; ich suche nur Leute, die ihn gekannt haben. Kannten Sie ihn?«

»Nee. Na ja, man sagt ja mal Guten Tag, aber das ist es denn auch. Wie das heute eben so ist. Sie müssen mal rüber zu Gerti gehen. Da treffen sich die jungen Leute. Schmalzbrot und Bier. Ich weiß das, weil ich mir da manchmal eine Flasche Bier kaufe.«

»Ich danke Ihnen, Herr Wilke.« Mann machte kehrt und marschierte die Treppe hinunter. Er trat auf die Straße, bemerkte tatsächlich ein kleines grellgelbes Kneipenschild, auf dem *Bei Gerti* stand, und überquerte die Fahrbahn.

Die Kneipe war winzig und brechend voll. Mann arbeitete sich langsam bis zu der Theke vor und rief: »Ein Bier, bitte!«

Die Frau hinter den Zapfhähnen musste Gerti sein. Ein echtes Mannweib, ein hartes Gesicht unter kurzen blonden Haaren und vermutlich war sie in der Lage, alle vierzig Gäste eigenhändig auf die Straße zu prügeln. Sie war die einzige Frau im Raum.

Das Bierglas war schmierig, aber Mann trank daraus und richtete sich darauf ein, warten zu müssen, bis sich die Kneipe leerte.

Dicht vor ihm tauchte plötzlich ein Männergesicht auf. Sechs-Tage-Bart, zerstörte Zähne, irgendwie fröhlich verkommen, mit wasserblauen Augen.

Das Gesicht sagte: »Fremdling, woher kommst du geritten?«

»Aus Alabama«, antwortete Mann. »Woher denn sonst?«

»Aus Alabama!«, strahlte das Gesicht und krähte trunken: »Ey, Gerti, das musst du gehört haben. Er ist aus Alabama hierher geritten.«

»Ach Scheiße, Ferdi!«, sagte Gerti mit einer zu ihr passenden tiefen Stimme. »Hör mit dem Kokolores auf!«

»Wie ist das, fremder Reiter? Schmeißt du eine Runde?«

Mann nickte. »Was willst du denn trinken?«

»Na ja«, trompetete Ferdi, »was man hier so trinkt. Whisky.«

»Ferdi«, mahnte Gerti mütterlich.

»Whisky«, wiederholte Ferdi.

»Also, zwei Whisky«, sagte Mann.

»Der Ferdi macht mich an und hin«, schimpfte Gerti. Sie goss aus einer fragwürdigen Flasche jeweils einen Schluck in kleine Kognakschwenker und kredenzte den Fusel zwischen Ferdi und Mann auf dem schmalen Brett. »Dann ist aber Schluss!«, sagte sie energisch.

»Nee, mal ehrlich, wo kommst du her?«, fragte Ferdi.

»Aus Berlin, aus Mitte«, sagte Mann. »Ich suche jemanden.«

»Wen denn?«, fragte Ferdi.

»Benny«, antwortete Mann etwas lauter als nötig.

»Benny? Der ist doch tot.« Ferdi sagte es so, als könne er es immer noch nicht fassen.

»Das weiß ich. Ich suche Leute, die ihn gekannt haben.«

»Dann bist du hier richtig«, stellte Ferdi pathetisch fest. »Wir haben ihn nämlich alle gekannt. Alle hier.«

»Red nich so 'nen Scheiß, Ferdi!«, sagte Gerti abweisend.

»Ist doch so!« Ferdi trank den Whisky aus.

»Noch ein Bier für mich und eins für Ferdi«, sagte Mann.

Unverhohlen machte sich Misstrauen auf Gertis Gesicht breit und überzog es mit einem Schatten. Aber sie sagte nichts.

Es war wohl besser das Thema zu wechseln und kein Interesse mehr an Benny zu zeigen. Irgendwann würde ihn die Wirtin von selbst darauf ansprechen.

»Haben Sie eine Bulette? Mit Senf?«, fragte Mann.

»Selbst gemachte«, pries Gerti an. »Eine? Zwei?«

»Zwei«, sagte Mann. »Und da steht ein Glas mit Gurken. Davon bitte auch zwei.«

Die Bulette war wirklich gut. Dann griff Ferdi mit größter Selbstverständlichkeit nach dem zweiten Fleischklops und biss hinein. Mann musste weggucken, Ferdi mampfte mit offenem Mund, es sah ekelhaft aus.

»Ferdi«, sagte Gerti mahnend, »du frisst wie ein Schwein.«

»Hah!«, antwortete Ferdi an der Bulette vorbei. »Ich bin ein Schwein.«

Unvermittelt wurde er weinerlich und beklagte sich lautstark über eine gewisse Carmen. Sie sei ein viel größeres

Schwein und würde mit jedem in der Straße ficken, der gerade Lust hätte. Und er sei so dumm gewesen, sie zu heiraten, obwohl alle seine Freunde gesagt hätten: Lass die Finger von der!

»Was soll das?«, empörte sich Gerti. »Jeden Tag säufst du dir die Hucke voll, gehst nach Hause und schmeißt Carmen in die Ecke. Du bist doch wahnsinnig, Mann!«

»So isses nicht!«, brüllte Ferdi.

»Aber sicher ist es so«, keifte Gerti. »Keinen Cent gibst du Carmen, nicht mal was zu essen kann sie sich kaufen. Scheiße, Mann, das ist die Wahrheit.« Auch sie hatte zu brüllen begonnen.

Ein Mann am anderen Ende der Theke mischte sich ein: »Beruhige dich, Gerti. Er ist doch wieder voll!«

»Dann schaff ihn raus!«, forderte Gerti grollend.

Mann bekam einen energischen Stoß in die Seite, flog ein Stück nach links und erlebte hautnah mit, wie ein großer, dicker Kerl Ferdi hochnahm wie ein Puppe und ihn zum Ausgang schleppte.

»Ist doch wahr«, seufzte Gerti.

Mann bestellte noch eine Bulette und eine Gurke und ließ sich eine Schachtel Zigaretten geben. Er war jetzt seit fast einer Stunde hier und überzeugt davon, an der richtigen Stelle zu sein. Er machte ein möglichst freundliches Gesicht und keiner kümmerte sich mehr um ihn. Das war ihm recht.

Dann gab es noch einen kleinen Zwischenfall: Eine Frau mit zwei kleinen Kindern stand plötzlich in der Tür, sagte kein Wort, starrte nur wütend in eine Ecke.

»Kalli!«, schrie Gerti. »Du wirst abgeholt.«

Als Kalli weg war, beugte sich Gerti zu Mann hinüber und sagte erstaunlich sanft: »Komisch ist das schon. Du bist nicht der Erste. Vorgestern waren schon zwei Jungs hier, die nach Benny gefragt haben.«

»Das juckt mich nicht«, murmelte Mann in sein Bier. »Weißt du, Benny war ein erstklassiger Computermann. Und er hat mir ein Programm versprochen. Jetzt frage ich mich, wo seine Sachen geblieben sind. Oder ob jemand seine Computersachen übernommen hat. Er muss doch Freunde gehabt haben. Vielleicht hatte er das Programm ja schon fertig.«

»Die beiden, die vorgestern nach Benny fragten, waren todsicher keine Bullen. Bist du ein Bulle?«

»Sehe ich so aus?«, fragte Mann empört. »Was wollten denn die beiden Typen?«

»Sie haben behauptet, Benny schulde ihnen Geld. Das waren so richtige Schläger, nichts in der Birne, aber garantiert Waffen dabei. Doch Benny schuldete nie im Leben irgendwem Geld. Benny verdiente nämlich gut.«

»Kann sein«, nickte Mann und tat so, als würde er wieder jedes Interesse verlieren. Er bestellte das fünfte Bier.

Nach zwanzig Minuten sagte Gerti: »Das mit Benny ist merkwürdig. Ich glaube nicht, was in der Zeitung stand. Benny hat doch keine Bank erpresst! Das ist doch Stuss! Benny war ein guter Kumpel.«

»Tja«, sagte Mann wegwerfend, »davon habe ich keine Ahnung. Ich hatte ihm schon einen Tausender für das Programm angezahlt. Und dann höre ich: Der hat sich aufgehängt.«

»Er war noch einmal hier«, erzählte Gerti eine Weile später, während sie pausenlos Bier zapfte. »Hier bei mir drin. Morgens, die Putzfrau war grad da. Er kam rein und sagte: Wie geht es denn so? Ich war richtig froh, dass er wieder da war. Natürlich habe ich geglaubt, er wohnt wieder gegenüber. War aber nicht so.«

»Und dann?«, fragte Mann neugierig.

»Na ja, dann rückte er damit raus, dass er woanders untergekommen ist. Er sagte, es sind Leute hinter ihm her.«

»Ach, du Scheiße!«, sagte Mann erstaunt.

Sie nickte ihm bedeutungsvoll zu und trug ein Tablett mit Bier aus.

»Das habe ich auch gesagt«, fuhr sie fort, als sie wieder an ihren Zapfhähnen stand. »Ich habe ihn gefragt, was er jetzt macht. Sagt er: Ich habe eine Ausweiche in Marzahn. Und dann sagte er noch etwas: Gerti, halt aber den Mund. Wenn irgendwas los ist bei mir, wenn jemand nach mir fragt, dann sag nichts. Du weißt nichts! Aber merk dir meine Adresse: Rhinstraße 56. Wenn was ist, setz dich in ein Taxi, komm dahin, ich bezahle. Ich habe richtig Angst bekommen, weißt du. Na ja, ein paar Stunden später war sowieso alles zu spät. Da hatte er sich dann aufgehängt.« Plötzlich, wie mit jäh aufwallender heimlicher Liebe fragte sie: »Glaubst du, dass so ein Netter sich aufhängt? Also ich nicht!«

Mann blieb noch eine Anstandszeit bei ihr stehen, wollte wissen: »Hast du den Schlägertypen die Adresse gegeben?«

»Doch nicht diesen Heinis.«

Wenig später zahlte Mann und sagte: »Vielleicht komme ich mal wieder vorbei.«

»Ja«, nickte sie mit leichter Bitterkeit, weil sie wohl endlose Erfahrungen mit solchen Versprechen gemacht hatte.

Mann stand auf der dunklen Straße und war sehr aufgeregt.

Es war 1.03 Uhr, als er von Moabit aus in Richtung des äußersten Ostens der Stadt startete. Unterwegs überlegte er, ob er sicherheitshalber Blum Bescheid geben sollte, dass er die neue Adresse von Benny herausgefunden hatte. Aber er nahm Abstand von dem Gedanken. Er würde erst einmal das Gelände sondieren, gucken, ob er jemanden fand, der etwas zu sagen hatte. Es würde immer noch genug Zeit bleiben, Blum zu alarmieren.

Es war ein wenig kompliziert, die richtige Ausfahrt zu finden. Links von ihm befanden sich jetzt riesenhafte Plattenbauten. Zweimal fuhr er falsch ab und endete vor Gebäuden mit zu hohen oder zu niedrigen Hausnummern. Die Umgebung wirkte trostlos und betongegossen. Zwischen den Steinen auf den Wegen, die zu den Häusern führten, waren Sträucher und hohes Gras gewachsen, einmal musste Mann sechs große Müllcontainer umkurven, die jemand umgeworfen hatte. Zwei Hochhäuser waren eindeutig unbewohnt, die Zentraleingänge mit schweren Ketten und

Vorhängeschlössern versehen, nahezu alle Fenster eingeworfen, zertrümmert. Mann dachte mit einem Seufzer: Hier würde ich schnell kaputtgehen. Nein, vorher würde ich abhauen.

In den bewohnten Komplexen waren hier und da Lichter hinter den Fenstern zu erkennen, gelbes schwaches Licht. Die Nummer 56 war ein Bau der uralten Art, nichts war hergerichtet, nichts restauriert. Mann fand die Messingplatte mit den vielen Klingelknöpfen und er erinnerte sich, gelesen zu haben, dass die Wohnungen gern von Firmen benutzt wurden, um darin billig Arbeiter unterzubringen. Entsprechend las er viele Namen von Firmen, aber auf den gestanzten Plastikstreifen war nicht ein Personenname verzeichnet. Und auch von einer Frau namens Trudi Sahm keine Spur.

Über den Klingeln war mit Klebestreifen eine weiße Pappe angebracht. *Hausmeister in der 58!!!* stand da. Mann entschloss sich, den Kerl aus dem Bett zu holen.

Inzwischen war es zwei Uhr.

Neben einem überfüllten Müllcontainer, dessen Deckel hoch wie ein scharfer Scherenschnitt in die Luft ragte, standen drei Männer. Sie verhielten sich still, hielten die Köpfe gesenkt und linsten zu Mann herüber, als der langsam an ihnen vorbeiging.

Mann blieb jäh stehen, schwenkte um neunzig Grad und ging auf die drei zu. Wider jede Vernunft.

»Guten Morgen«, sagte er aufgeräumt. »Haben Sie eine Ahnung, wo ich Trudi Sahm finden kann?«

»Welches Namen?«, fragte der Jüngste von ihnen in hartem Deutsch. Er war vielleicht zwanzig Jahre alt.

»Trudi Sahm«, wiederholte Mann leichthin. »Sie wohnt in der Sechsundfünfzig.«

»Nix wissen«, sagte der Zweite. »Wir fremd hier.«

»Na dann«, sagte Mann, nickte ihnen freundlich zu und ging weiter.

Der Hausmeister hieß Krause und wohnte im Parterre. Nachdem Mann geschellt hatte, dauerte es eine Weile, bis jemand verschlafen oder betrunken »Ja? Was ist denn?« brüllte.

»Staatsanwaltschaft«, sagte Mann.

»Scheiße«, murrte die Stimme. Ein Summer ertönte, Mann trat ein.

Der Hausmeister namens Krause stand nur mit Boxershorts bekleidet in der offenen Tür. »Was ist denn nun schon wieder?«, fragte er gelangweilt. Aus den Räumen hinter ihm schallte Gelächter und Musik. »Kann man nicht mal in Ruhe Geburtstag feiern?«

»Herzlichen Glückwunsch«, sagte Mann. »Ich suche Trudi Sahm. Sagen Sie nicht, dass Sie sie nicht kennen. Ich weiß, dass sie in der Sechsundfünfzig wohnt. Also, ziehen Sie sich was an, nehmen Sie Ihren Schlüsselbund und kommen Sie mit!«

Krause ließ die Tür hinter sich weit aufschwingen, die Musik und das Gelächter wurden lauter. »Sind nur Freunde«, lallte er. »Wir feiern. In der Sechsundfünfzig wohnt keine Trudi ... Trudi wie?«

»Trudi Sahm«, wiederholte Mann geduldig. Er nahm das Foto aus der Tasche und hielt es dem Mann vor das Gesicht. »Das ist sie.«

Krause war etwa dreißig Jahre alt und wahrscheinlich war Hausmeister ein fantastischer Job für ihn; er hatte ein Einkommen, keine festen Arbeitszeiten, viele Bekannte und niemand störte es, wenn er alles um sich herum verrotten ließ.

»Das ist nicht Trudi ... So heißt sie nicht. Das ist Tamara. Und außerdem ist das Foto Scheiße, sie sieht ganz anders aus, weil sie andere Haare hat.«

»Dann eben Tamara«, lächelte Mann immer noch freundlich. »Bringen Sie mich rüber und schließen Sie mir auf. Den Rest erledige ich schon selbst.«

»Ich steh gut mit den Bullen«, erklärte Krause großkotzig. »Ich lasse nichts Kriminelles durchgehen.«

»Das ist auch gut so. Und jetzt ist Schluss mit unserer Diskussionsrunde, wir zwei gehen jetzt rüber zu Tamara.«

Plötzlich kam Mann ein Gedanke und er fragte: »Sagen Sie, wem gehört eigentlich dieser Bau?«

»Na ja, dem Meier-Doppel«, antwortete Krause. »Die wollten hier sanieren und groß rauskommen. Die Wohnungen verkaufen. Und ich sollte den Hausmeister machen in drei Blocks. Eine Sekretärin haben die mir versprochen für den ganzen Papierkram und so. Und was war? Scheiße war, erst sahnen sie ab und dann machen sie Pleite! War eigentlich klar, wer will schon eine Plattenwohnung in dieser Gegend?« Er grinste heiter und listig. »Du brauchst nicht zu Tamara rüber, du kannst sie hier haben. Sie sitzt da mit meinen Kumpels im Wohnzimmer.«

»Ach, so ist das«, murmelte Mann und drückte sich an dem Geburtstagskind vorbei in den kleinen Flur. Durch die offene Tür konnte er in das Wohnzimmer sehen.

Die Gäste waren fünf Männer und eine Frau. Drei der Männer saßen auf einem Sofa in typisch geknickter Haltung, die Frau lag lang gestreckt auf ihren Schößen. Sie war nackt und räkelte sich mit geschlossenen Augen. Ihre Haare waren orangerot gefärbt und sehr lang. Zwei Männer saßen mit dem Rücken zu Mann in kleinen Sesseln.

»Kleiner Budenzauber«, sagte der Hausmeister hinter Mann. »Dagegen ist ja wohl nichts einzuwenden.«

»Absolut nicht«, sagte Mann. »Schöner Budenzauber.«

»Und das da ist Tamara«, stellte Krause unnötigerweise vor.

Auf dem Tisch standen Batterien leerer Bierflaschen, halb volle Schnapsflaschen, Gläser mit abgestandenen Resten.

»Der Herr ist von der Staatsanwaltschaft«, erklärte der Hausmeister fröhlich. »Er will mit Tamara reden.«

Einer der beiden, die mit dem Rücken zu Mann saßen, fuhr hoch und drehte sich zu ihm um. Auch er war um die dreißig und trug ein schwarzes T-Shirt mit der roten Aufschrift *Ich liebe Goebbels*. Er war ein Muskelmann mit ganz kurz geschorenen Haaren, seine Augen waren zu schmalen Schlitzen zusammengekniffen. Im Gegensatz zu allen anderen wirkte er nüchtern.

»Wieso Staatsanwalt?«, fragte er mit hoher, ein wenig kieksender Stimme.

»Keine Panik«, sagte Mann beruhigend und hob beide Hände.

»Was will er?«, fragte Tamara mit hohler Stimme, aber sie öffnete nicht einmal die Augen.

»Ich will nur zehn Minuten mit Ihnen reden«, sagte Mann. »Nur ein kurzes Gespräch, kein Verhör.«

»Und wieso das, mitten in der Nacht?«, nuschelte sie. »Das ist doch unanständig!« Die Männer, auf deren Schößen sie lag, lachten lauthals.

»Also, was ist?«, fragte Mann sachlich.

»Ich will Ihren Ausweis sehen«, sagte der mit dem Goebbels-T-Shirt. »Jeder kann behaupten, er käme von der Staatsanwaltschaft. Schließlich sorge ich für Tamara.«

»Hier«, sagte Mann und hielt ihm seinen Dienstausweis hin.

Der Muskeltyp betrachtete die Plastikkarte und warf sie auf den Boden. »Die kann auch falsch sein«, sagte er voller Verachtung.

»Sie haben die Wahl«, sagte Mann. »Ich kann auch einen Kübel Mannschaft rufen.«

»Lass ihn, ich sprech mit ihm«, sagte Tamara knatschig und stand wackelig auf: »Wo sind denn meine Klamotten? Und mein Geld? Peterchen, die Nummer mit dir schieben wir morgen.«

Der Hausmeister in Manns Rücken meinte: »Zehn Minuten sind ja nicht lang. Wir warten auf dich, Mäuschen.«

»Ich gehe mit«, sagte der mit dem T-Shirt.

»Das tun Sie nicht«, sagte Mann. »Und heben Sie meinen Dienstausweis auf und geben Sie ihn mir wieder.«

»Mach es dir doch selbst, du Arsch!«

»Na, warte, ich heb den kostbaren Ausweis auf«, sagte Tamara. Sie hatte sich einen Slip, einen Rock und einen grellgrünen Pullover übergestreift. Als sie sich bückte, geriet sie ins Straucheln und fiel auf die Knie.

»Blöde Kuh!«, schnauzte der mit dem T-Shirt. »Mach schnell, sonst mach ich dich hin, wenn du wiederkommst. Und lass den nicht an dich ran. Von wegen schnelle Nummer mit dem Staatsanwalt.«

Gelächter und Grölen.

Mann nahm den Ausweis und steckte ihn ein. Dann sagte er: »Danke, kommen Sie«, und ging voran.

Plötzlich spürte er eine schnelle Bewegung, die Frau schrie spitz – der Mann mit dem Goebbels-T-Shirt stand hinter Mann und hatte beide Arme erhoben. Seine Handkanten fuhren wie Beile herunter.

Mann spürte den Schlag auf dem gekrümmten Rücken, drehte sich um, ließ reflexartig das Knie hochschnellen und traf den Schläger im Schritt. Eine Sekunde lang war es totenstill, dann begann der Mann zu schreien, hoch und unkontrolliert. Als er sich nach vorn beugte, schlug ihm Mann mit aller Gewalt ins Gesicht. Tamaras Beschützer ging endgültig zu Boden und atmete rasselnd.

Mann keuchte scharf: »So ein Scheiß!«, und sagte dann zu Tamara: »Kommen Sie, es dauert nicht lange.«

Sie warf einen mitleidigen Blick auf ihren Beschützer und fügte sich. Auf hohen Korksohlen stakste sie hinter Mann her und musste sich an den Wänden abstützen. Wahrscheinlich war sie nicht nur betrunken, sondern auch voller Drogen.

Draußen nieselte es.

»Das ist ja scheußlich«, sagte sie.

»Wir setzen uns in meinen Wagen«, bestimmte Mann mit unbewegtem Gesicht. Im Inneren war er alles andere als abgebrüht. Er hatte noch nie jemanden verprügelt. Er war gegen Gewalt, aber anscheinend bestimmte Gewalt diese Welt. Einmal mehr wünschte sich Mann an seinen alten Schreibtisch zurück.

»Dort ist mein Wagen«, zeigte er. »Ich mache die Heizung an.«

Sie stieg ein und saß so artig neben ihm wie ein Sonntagskind. »Willst du mir Vorwürfe machen, dass ich anschaffe?

Das stimmt. Aber, was soll ich machen? Ich habe doch niemanden.«

»Darum geht es nicht«, sagte er freundlich. »Ich interessiere mich für Benny. Du heißt in Wahrheit Trudi, du kommst aus Hamburg, du bist gemeinsam mit Benny nach Berlin gefahren. Wie viele Tage wart ihr in Berlin, bis Benny starb? Und was ist während dieser Tage geschehen? Das will ich wissen, aber nur ganz privat für meine Ohren. Ich lasse kein Tonband laufen, ich mache nicht mal Notizen.«

»Benny ist doch tot«, sagte sie tonlos. »Ich bekomme ihn nicht wieder. Seitdem lebe ich wie auf dem Mond. Als das Geld alle war, das er mir gegeben hat, habe ich mit dem Hausmeister gefickt. Ich musste ja wenigstens was essen ... Und der Hausmeister hat Steffen angeschleppt und gesagt: Dem kannst du trauen! Der ist gut. Und seitdem läuft das so.«

»Hat Benny dir gegenüber die Berliner Bankgesellschaft erwähnt?«

»Ja, das hat er. Er hat gesagt, dass er von denen Geld kriegen würde.«

»Hat er auch gesagt, wie viel?«

»Er meinte, fünfhunderttausend Euro wären das Mindeste. Wir wollten zusammen nach Prag oder vielleicht auch nach Moskau. Benny sagte: Da kann man noch was reißen. Er war ein Spezialist für Computer, musst du wissen.«

»Hat er vor jemandem oder etwas Angst gehabt?« Mann wurde plötzlich unsicher. Stellte er die richtigen Fragen? Er hatte so wenig Erfahrung in diesen Dingen. Wie gut wäre es jetzt, jemanden wie Ziemann neben sich zu wissen.

»Natürlich. Ihm war klar, dass sie ihn töten würden, wenn sie ihn schnappten. Ich habe das auch geglaubt. Nun ist er ja auch tot.«

»Wen meinst du mit ›sie‹? Ich meine, wer wollte ihn töten?«

»Na, die Leute von der Bank.«

»Das ist mir zu ungenau«, sagte Mann sanft. Er machte eine weiche, beruhigende Bewegung mit beiden Händen.

»Lass es uns anders versuchen. Benny kommt aus Berlin nach Hamburg und nimmt sich vermutlich in einem kleinen Hotel ein Zimmer. Ist das richtig? Gut. Wann hast du ihn getroffen?«

»Da war er schon eine Woche da. Und es war Zufall. Ich stand beim Aldi an der Kasse und wollte bezahlen, da legt er mir die Hand auf die Schulter und sagt: Erzähl jetzt bloß nicht, dass du Trudi bist.« Sie versuchte zu lachen, aber sie schluchzte. »Wir hatten bis dahin nie was miteinander, musst du wissen. Das Schärfste, was wir getan hatten, war, dass ich ihm als kleine Göre meine Möse gezeigt habe. Er wurde knallrot vor Verlegenheit. Na, das änderte sich nach dem Aldi. Und ich zog in sein Hotelzimmer ein. Zu der Zeit ging es mir nicht so gut, ich hatte keinen Kerl und war arbeitslos.«

»Was hat er dir erzählt? Ich meine, von Berlin.«

»Na ja, er sagte, er hätte einen sehr guten Job gehabt. Bis er sich dachte: Wenn andere absahnen, kann ich das auch. Und er hätte der Bankgesellschaft Material angeboten, das für die Bankleute gefährlich war. Briefe, Kontoauszüge und so Zeugs. Jedenfalls wusste Benny genau, wo die Geld für sich gebunkert hatten. Er sagte, die Bank sei ganz heiß darauf und ein Rechtsanwalt hätte gesagt, er könne beruhigt sein, die Bank würde eine Anerkennung zahlen. So nannten die das. Fünfhunderttausend.«

»Und dann ist er nach Hamburg gefahren? Weil er dachte, dort wäre er sicherer?«

»Ja, so war das. Der Rechtsanwalt von der Bank meinte, er soll aufpassen, dass ihn niemand mit dem Material erwischt.«

»Deshalb hat er das Material, bevor er nach Hamburg flüchtete, am Flughafen Tegel in der Gepäckaufbewahrung abgegeben?«

In der Nähe hupte ein schwerer Lkw und sie sahen ihn wie einen Schatten auf der Schnellstraße vorbeischießen.

»Nein«, sagte Trudi. »So war das nicht.« Sie zitterte: »Mir ist kalt.«

»Ich lasse den Wagen an, dann wird's gleich warm«, sagte Mann und startete den Motor.

»Hast du eine Zigarette?«

»Ja, klar. Da im Handschuhfach sind welche. Wie war das? Er hat das Material nicht in Tegel abgegeben?«

»Warum sollte er so was Dummes tun?«, fragte sie leicht aufgebracht. »Gepäckaufbewahrung! Die Fächer werden doch irgendwann geleert. Nein, den Teil, den er dem Anwalt gezeigt hatte, hat er mitgenommen und den Rest in seiner alten Wohnung in Moabit versteckt. Das war ja noch ein ganzer Rucksack voll. Der lag dann in einem stillgelegten Schornstein.«

Mann hatte nun Mühe, sich auf die nächsten Fragen zu konzentrieren. »Wie ging das in Hamburg denn weiter?«

»Eigentlich ganz gemütlich. Benny rief ein paarmal den Rechtsanwalt an, wann die Bank endlich zahlen wollte. Und der sagte immer: Halten Sie sich bereit, es kann nicht mehr lange dauern.«

Mann starrte geradeaus in das diffuse Licht, Nebel zog auf, der Regen hatte aufgehört. Leise sagte er: »Bis der Anwalt dann eines Tages tatsächlich sagte, es sei so weit, nicht wahr?«

»Korrekt. Benny ließ sich die langen Haare abschneiden und blond färben und dann fuhren wir von Hamburg nach Berlin.«

»Mit dem Material?«

»Klar. Ich trug das dann immer. Benny sagte: Falls mich jemand erkennt und auf mich zukommt, tun wir so, als hätten wir nichts miteinander zu tun. Du nimmst das Zeug und gehst in Moabit zu einer Wirtin, die Gerti heißt. Die weiß schon, wie sie dir helfen kann.«

»Hattet ihr ein Auto?«

»Nein, wir haben den Zug genommen. Er ist ja auch mit dem Zug nach Hamburg gekommen.«

Der Verkehr auf der Schnellstraße wurde immer dichter, der Lärm konzentrierter.

»Wie ging es weiter?«

»Benny telefonierte mit jemandem und anschließend sagte er, wir könnten in die Wohnung hier. Also sind wir hierher.«

»Mit dem Material aus Hamburg?«

»Mit dem Material aus Hamburg, korrekt. Wir sind sofort hierher. Mit dem Bus. Dann hat Benny gesagt, er fährt noch schnell nach Moabit in seine alte Wohnung, um den Rucksack mit den anderen Sachen zu holen. Tatsächlich war er so nach drei, vier Stunden wieder zurück. Dann hat er telefoniert.«

»Mit wem? Das ist jetzt wichtig!«

»Mit dem Anwalt natürlich. Er hat ihm gesagt, er wäre jetzt zur Übergabe bereit. Aber nur gegen das Geld.«

»Was hat der Anwalt geantwortet?«

»Das wäre okay, die Bank würde zahlen.«

»Wie sollte das ablaufen?«

»Benny wollte sich wieder melden. Er ist immer extra zwei Stationen mit dem Bus gefahren, um dann zu telefonieren. Von einer Öffentlichen aus. Damit man ihn nicht über seine Handys finden konnte. Dann haben wir zwei Tage gewartet. Wir haben uns kaum aus der Wohnung wegbewegt, viel geredet. Und am Morgen des dritten Tages hat Benny den Anwalt wieder angerufen und bestimmt: Die Übergabe ist heute, ich bringe das Material, Ihre Leute bringen das Geld. Ohne Geld kein Material. Der Anwalt war einverstanden. Benny sollte am Abend gegen elf Uhr am KaDeWe sein.« Sie schwieg, dann fluchte sie plötzlich. »Verdammte Scheiße, was soll ich denn jetzt machen? Ich kann hier nicht leben und ich will nicht nach Hamburg zurück. Wo soll ich denn hin?«

»Er ist jedenfalls abends in die Stadt rein. Mit allen Unterlagen«, sagte Mann leise.

»Ja. Er hat mir einen Haufen Kohle gegeben und gesagt, ich soll den Mund halten und mich nicht rühren, egal was passiert. Wieder habe ich gewartet, aber nun allein. Einen Tag, zwei Tage, sechs Tage. Einen Monat, zwei Monate. Ich wusste doch nichts. Ich wusste nicht, dass er sich aufgehängt hat. Bis dann dieser Artikel erschien. Und als ich den gelesen hatte, dachte ich, das darf doch alles nicht wahr sein! Wieso soll er sich aufhängen, wenn er in die Stadt gefahren ist, um sein Geld zu kassieren?« Sie schluchzte wild und stemmte die Hände gegen das Armaturenbrett.

»Er hat sich gar nicht selbst aufgehängt«, murmelte Mann. »Vielleicht haben sie geglaubt, es gäbe noch Komplizen, und wollten die verschrecken. Er hat sich nicht selbst aufgehängt, Trudi.«

Sie starrte ihn fassungslos an. »Willst du damit sagen, dass er ...«

»Ja, wir denken, dass er ermordet wurde. Deshalb wollte ich mit dir reden. Du schließt die Lücken in unserer Information. Das Ding mit Tegel war getürkt. Nichts daran war wahr, das Zeug war niemals in Tegel. Aber: Es musste notfalls dokumentiert werden können, dass man auf rechtlich einwandfreiem Weg an die Unterlagen gekommen ist. Klar, die Zwei-Monats-Frist in Tegel. Ein wunderbarer Einfall.«

»Ich verstehe nicht, wie du das meinst.«

»Ich erkläre es dir ein anderes Mal. Was wirst du jetzt machen?«

»Was wohl? Benny ist tot und ich ficke gegen Geld mit wildfremden Kerlen. Was sonst?«

»Ich finde eine Lösung für dich. Ich melde mich. Und nun geh in deine Wohnung und schlaf erst mal ein paar Stunden.«

»Ihr wollt mich kassieren, eh?«

»Nein«, Mann schüttelte den Kopf. »Wir sind nämlich dankbar, dass es dich gibt. Du hörst von mir. Heute noch.« Er dachte an die Wirtin Gerti, und dass zwei Schlägertypen behauptet hatten, Benny schulde ihnen Geld. »Du hörst von mir, ich verspreche es.«

Trudi stieg aus und bewegte sich mühsam auf das Hochhaus zu, als trüge sie eine allzu große Last.

Der Morgen graute schon und Mann sah die Stadt erwachen, als er zurückfuhr. Die Parks lagen noch dunkel und grün, aber am Himmel, hinter grauen Wolken, kämpfte sich langsam die Sonne vor.

Bevor er aus dem Auto stieg, wählte er wieder die Nummer von Marion Westernhage und sprach erneut nur mit ihrer Mailbox.

So leise wie möglich schlich er in Tante Ichens Haus, zog sich aus und legte sich in das Bett. Irgendwann döste er ein, hatte wilde Träume, in denen Trudi eine Rolle spielte und mit blutendem Kopf endlose Gänge entlangstolperte, während ein Mann hinter ihr herlief, den er nicht erkannte, weil er nur seinen Rücken sehen konnte.

Er wachte auf, trank durstig einen Schluck Leitungswasser und legte sich wieder hin. Als sein Handy sich meldete, war es elf Uhr.

»Ja, bitte?«

»Blum. Hast du was ausrichten können?«

Mann berichtete schnell und konzentriert und legte Blum nahe, Trudi aus dem Hochhaus herauszuholen.

»Was ist mit der Westernhage?«

»Kein Kontakt«, sagte Mann. »Aber ich weiß nicht, was meine Tante herausgefunden hat. Ich habe sie gebeten, Erkundigungen einzuziehen.«

»Deine Tante?«, fragte Blum verwundert.

»Mein Tante.« Mann musste lachen. »Meine Tante verwaltet zwölfhundert Mietparteien, die Dame ist recht wohlhabend. Ganz alter Berliner Adel. Und wenn einer einen schnellen Kontakt zur Spitze der Bankgesellschaft bekommen kann, dann ist das meine Tante Maria. Wenn sie etwas erfahren hat, rufe ich dich gleich zurück. Sonst irgendetwas Wichtiges?«

»O ja«, sagte Blum. »Kann deine Tante mir eine größere Wohnung verschaffen?«

»Das nehme ich stark an«, sagte Mann. »Gibt es was Neues über die Bombe?«

»Wir haben einen Kontakt des Vietnamesen ausfindig gemacht. Und nun darfst du raten, wie dieser Kontakt aussieht.«

»Ich bin noch nicht wach genug.«

»Der Kontakt, ein privater Kontakt, ist ein Fahrer des Transportunternehmers Sascha Sirtel. Der Mann war am Tag des Attentats morgens gegen sieben Uhr bei dem Vietnamesen zu Hause zu Besuch.«

»Sascha Sirtel? Der Sohn? Der Sohn sprengt doch nicht seinen Vater in die Luft!«

»Nein«, sagte Blum. »Da hast du wahrscheinlich Recht. Aber er ist kein so unabhängiger Unternehmer, wie er das wahrscheinlich selbst von sich glaubt.«

Mann stand auf und duschte lange. Dann ging er hinunter, um seine Tante zu suchen. John arbeitete in der Küche und war seltsam einsilbig. »Willst du etwas Besonderes?«

»Nur ein Stück Graubrot, getoastet, bitte. Ich habe gestern zu viel Bier getrunken.«

Tante Ichen saß im Wintergarten und las einen handgeschriebenen Brief. Als sie Mann sah, legte sie ihn beiseite. »Du bist erst um halb sechs heimgekommen. Wo treibst du dich herum?«

»Ich habe doch erzählt, dass ich eine Frau suchte. In Marzahn habe ich sie gefunden. Das war ein schwieriges Stück Arbeit.«

Sie bereitete ihm einen Rührkaffee und er musste beim ersten Schluck husten. »Hast du etwas über die Dienstreise von Marion Westernhage herausgefunden?«

»Nicht direkt. Oder vielleicht doch. Weißt du, in der zweiten Führungsebene der Bankgesellschaft gibt es ein paar sehr nette Männer, die immer wissen, was gespielt wird. Also, am Selchower See gibt es ein Nest namens Kehrigk. Und dort betreibt die Bankgesellschaft ein so genanntes Fortbildungszentrum. Das muss traumhaft liegen, ganz verschwiegen, ganz einsam. Zurzeit haben die hohen Herren dort acht Damen versammelt. Und man munkelt, sie bereiten Akten auf und korrigieren gewisse Geschäftsvorgänge. Ein Notar leistet ihnen dabei Gesellschaft. Kannst du damit etwas anfangen?«, fragte sie mit unschuldiger Vögelchenstimme.

»Sie trimmen Geschäftsvorgänge, sie trimmen Aussagen«, Mann war beeindruckt. »Das ist sicher?«

»Ich denke, ja«, nickte Tante Ichen. »Was fängst du mit dieser Information an?«

»Das weiß ich noch nicht, darüber muss ich noch nachdenken. Auf jeden Fall sind die Frauen ja wohl freiwillig da. Hat dein Informant auch gesagt, wie lange die Zusammenkunft dort dauern soll?«

»Er meint, eine Woche. Allerdings heißt es, dass das mit der Freiwilligkeit der acht Frauen nicht so weit her ist. Ein Sicherheitsdienst kreist rund um die Uhr um das Haus. Und dass das Personal beschränkt ist auf Leute, die sowieso für die Bank arbeiten. Das ist alles, was ich erfahren konnte. Heute Abend gehen wir beide übrigens zu Blandins Sommerfest. Er hat ein Zelt vor dem Bundeskanzleramt gemietet. Dreihundert Gäste sind geladen und du kannst dann alle sehen, die du immer schon einmal sehen wolltest. Und gestern habe ich übrigens beschlossen, keine Geschäfte mehr mit der Bankgesellschaft zu machen. Wie findest du das?« Wieder diese Vögelchenstimme.

»Da wird Blandin aber beleidigt sein.«

»Das, mein Junge«, entgegnete sie hoheitsvoll, »geht mir am Arsch vorbei.«

»Ich muss meinen Chef anrufen«, entschuldigte sich Mann und stand auf.

Blum meldete sich seltsam abgehackt. »Ja?«

»Mann hier. Es wird etwas wirbelig und …«

»Du kommst sofort hierher! Und zwar zügig.«

»Wie bitte?«

»Wir sind in der Wohnung von Trudi Sahm. Heb deinen Arsch und komm hierher.«

»Ja«, stammelte Mann.

Sekunden später saß er in seinem Wagen, drückte das Gaspedal durch und betete innerlich: Lass ihr bitte nichts passiert sein, verdammt nochmal!

Aber irgendetwas Schreckliches musste geschehen sein,

denn vor dem Haus standen zwei Streifenwagen, zwei Ambulanzen, zwei Wagen der Kriminalbereitschaft und viele Gaffer.

Mann lief ins Treppenhaus, wartete angespannt auf den Aufzug und erinnerte sich, dass er gar nicht wusste, in welchem Stockwerk Trudi wohnte. Er wandte sich an einen Mann vom Roten Kreuz, der gerade vorbeikam, und fragte: »In welchen Stock muss ich?«

»Sechster«, antwortete der.

Als Mann aus dem Lift trat, stieß er auf zwei Tragen auf hohen Füßen, die seltsam verwaist wirkten.

Blum kam ihm entgegen: »Hatte sie einen Lover oder einen Zuhälter?«

»Steffen, ja, Steffen, Nachname weiß ich nicht. Was ist passiert?«

»Erschlagen. Beide erschlagen. Ein richtiges Blutbad. Kannst du die vorläufige Identifikation machen?«

»Ja, natürlich.«

»Sei vorsichtig wegen der Spuren.«

Mann betrat zögernd die Wohnung. Rechts war das Bad, die hellen Fliesen mit Blut bespritzt, unter dem Waschbecken Steffen in gekrümmter, beinahe fötaler Haltung und nackt. Sein Kopf war zerschmettert, seine linke Hand umkrampfte eine Tube Zahnpasta.

»Wo ist Trudi?«, fragte Mann laut.

»Hier, im Schlafzimmer«, antwortete jemand.

Trudi lag auf dem Rücken im Bett, auch sie war nackt, die Beine seltsam verwinkelt, blutbesudelt. Ihr Kopf schien schwer getroffen, lag in einer Lache trocknenden Blutes.

»Ja, das sind Trudi Sahm und Steffen Sowieso. Den Nachnamen weiß ich nicht«, sagte Mann und wiederholte: »Was ist hier passiert?«

»Sie haben erst die Wohnungstür eingeschlagen«, antwortete Blum hinter ihm. »Dann haben sie die beiden durch die Wohnung gejagt und getötet. Die Wohnung wurde gefilzt, das ist sicher. Allerdings nicht besonders gründlich, es sieht so aus, als sollte ein Einbruch vorgetäuscht werden.« Er schnaufte. »Außerdem war hier sowieso nichts zu holen.«

»Es gibt in der Achtundfünfzig einen Hausmeister namens Krause«, erzählte Mann. »Und gestern Abend war Trudi mit noch vier anderen Männern in Krauses Wohnung. Krause muss her.«

»Guido!«, schrie Blum. »Geh zur Achtundfünfzig, hol den Hausmeister namens Krause. Dalli.« Er schüttelte sich, wandte sich wieder Mann zu. »Was glaubst du?«

»Die beiden, die in Gertis Kneipe in Moabit nach Benny gefragt haben. Die könnten das gewesen sein. Es könnte sein, dass sie losgeschickt wurden, um Trudi zum Schweigen zu bringen. Trudi wusste immens Wichtiges, das hätte die Benny-Geschichte umgekrempelt. Wie ... also, ich meine ...«

»Der Arzt sagt, sie haben einen Hammer benutzt, wie Dachdecker sie verwenden. Eine Seite lang und spitz, die andere stumpf.«

»Scheiße!«, fluchte Mann. »Warum habe ich Trudi nicht gleich mitgenommen?«

»Wohin denn? Zu dir nach Hause?«, fragte Blum bitter. Er begann zu stöhnen: »Und ich habe jetzt die gottverdammte Pflicht und Schuldigkeit, meinen Leitenden Oberstaatsanwalt anzurufen und zu sagen, dass ich einen hübschen Doppelmord für ihn habe. Einen, der zu Benny zurückführt, einen, der zu Ziemann zurückführt, einen, der eine Linie zu Sirtel hat und der uns dazu zwingt, eine Dringlichkeitskonferenz einzuberufen und zu überlegen, was wir mit dem ganzen Durcheinander anstellen sollen. Und mein Leitender Oberstaatsanwalt wird rumbrüllen und mich fragen, wieso wir im Fall Benny noch ermitteln? Der Fall Benny ist abgeschlossen, wird er brüllen. Selbstmord! Mein lieber Himmel, das hätte mir mal jemand gestern Abend sagen sollen. Ach, übrigens: Dein Oberchef, der Generalstaatsanwalt, hat sein Dringlichkeitsverfahren zur Wiedereinsetzung ins Amt durchgesetzt. Wahrscheinlich hast du schon nächste Woche einen neuen Chef, nämlich den alten.«

»Was soll ich jetzt tun?«, fragte Mann. »Irgendwelche Befehle, Ratschläge, Eingebungen?«

»Gib mir eine halbe Stunde«, entgegnete Blum. »Auf jeden Fall brauche ich deine Aussage über das Gespräch mit Trudi.«

Mann verließ die Wohnung wieder, fuhr mit dem Aufzug hinunter und setzte sich auf eine niedrige Mauer. Er versuchte erneut Marion Westernhage zu erreichen, und wieder verkündete nur die Maschinenstimme, dass sie nicht da sei. Er war verkrampft, was war noch wichtig, was war unwichtig? Und er hatte keine Vorstellung darüber, wie es weitergehen könnte. Noch schlimmer: Er hatte das Gefühl, nichts würde weitergehen, die Welt im Zustand des Schreckens verharren.

Mann hätte nicht sagen können, wie lange er so saß. Irgendwann gesellte sich Blum zu ihm und sagte: »Der Oberstaatsanwalt ist im Anflug. Es wäre besser, dich aus der Schusslinie zu haben.« Er setzte sich neben Mann auf die Mauer.

»Wieso das?«, fragte Mann verunsichert.

»Der Fall Benny war abgeschlossen, tote Akte, fiel absolut nicht in Ziemanns Ressort, wurde aber von Erich weiterverfolgt. Du hast nun in Ziemanns und Bennys Schatten gearbeitet, wenn ich das so poetisch ausdrücken darf, und Trudi gefunden. Jeder, der da genau drauf guckt, wird sich fragen, warum macht dieser Mann das? Der Oberstaatsanwalt, der gleich kommt, wird das sehr genau wissen wollen. Offiziell untersuchst du nur den toten Vietnamesen und da gibt es im Augenblick keinen Fortschritt zu verzeichnen, dead end. Verstehst du?« Er sah Mann eindringlich an.

»Ich verstehe nicht, auf was du hinauswillst«, sagte Mann. Aber er ahnte es und es machte ihn wütend.

»Das ist doch ganz einfach«, sagte Blum in einem Ton, als sei Mann ein widerborstiges Kind, das einfach nicht begreifen wollte. »Ich ziehe dich da raus.«

»Heißt das, ich soll an meinen angestammten Schreibtisch zurückkehren und so tun, als sei nichts geschehen?« Seine Stimme wurde lauter und stieg höher.

»Nein, nein, nein«, widersprach Blum schnell. »Wie kommst du auf so einen Scheiß? Du bist ein Pfund, mit dem ich wuchern kann. Ich habe endlich eine Karte in der Hinterhand. Und du machst deine Sache gut! Ich brauche jemanden, der sich um die losen Enden kümmert ... Offiziell behaupte ich, er macht den Vietnamesen. Tatsächlich aber ziehst du los und guckst dir an, was Marion Westernhage im Auftrag der Bankgesellschaft treibt. Und dann will ich das nächste lose Ende geklärt haben: Sirtel. Und dann Väterchen Koniew. Immer schön der Reihe nach. Vielleicht finden wir dann heraus, warum Erich sterben musste. Vielleicht können wir dann endlich irgendwen zur Verantwortung ziehen für die ganzen Schweinereien, die hier passieren. Aber – pass auf dich auf, Jochen.« Blum grinste anzüglich. »Ich erwarte jeden Tag drei bis sechs Anrufe. Wie weit du bist, was dir fehlt und wie das nächste lose Ende aussieht.«

»Du traust dem Ganzen hier nicht, nicht wahr?«

»Ja«, sagte Blum hart. »Die Staatsanwaltschaft schwimmt. Von den versprochenen fünfundzwanzig Anklagen gegen hohe Bankmanager ist nichts übrig geblieben. Ich bin kein Spezialist in diesen Wirtschaftsdingen. Aber allmählich verstehe ich, was Erich bewegt hat. Eines Tages werden wir gefragt werden, ob wir alle gepennt haben. Ja, du hast Recht. Ich will mich absichern, ich will meinen Kindern nicht eines Tages sagen müssen, wir hätten alle den Kopf eingezogen, die Augen zugemacht und gebetet, dass es vorübergehen möge.«

Blum wartete nicht auf eine Reaktion Manns, er stand auf und verschwand durch die Haustür ins Innere des Plattenbaus.

Mann blieb noch einen Augenblick sitzen, dann lief er zu seinem Wagen und fuhr zurück in den Grunewald.

»Ich dachte schon, du kommst zu spät oder du kommst gar nicht«, begrüßte ihn Tante Ichen milde lächelnd, »und würdest die Vorstellung der schönen reichen Welt verpassen.«

»Ich weiß nicht«, meinte er. »Ich habe keinen Anzug hier, ich müsste rüber in meine Wohnung und einen holen.«

»Das brauchst du nicht«, sagte sie. »Ein sehr schöner grauer hängt noch im Schrank.«

»Wann müssen wir los?«

»Wir fahren etwas später, damit man uns sieht, wenn wir kommen. Ich denke, wir starten nicht vor neun. Ist dir das recht?« Sie setzte hinzu: »Natürlich hat Katharina wieder angerufen. Ich hatte den Eindruck, dass sie mir nicht glaubte, dass du an einem Samstag arbeiten musst. Ruf sie endlich an, sonst laufen wir Gefahr, dass sie hier vorm Haus steht.«

»Ich kann jetzt nicht mit ihr reden, Tante Ichen. Es geht einfach nicht. Ich weiß nicht, wie ich ihr sagen soll, dass das mit uns vorbei ist.«

»Sag es ihr gar nicht, sie wird es merken.«

»Na, Klasse!«, erwiderte er wütend. »Ich lege mich hin, ich bin müde. Ich werde rechtzeitig fertig sein. Ach so, hat mein Vater dich eigentlich angerufen?«

»Nein. Aber dafür, nun höre und staune, deine Mutter. Sie war voll Zorn. Dein Vater hat nämlich sie angerufen und gesagt, er bekäme von irgendeinem Fernsehsender viel Geld. Das würde er mit deiner Mutter teilen, wenn sie mit ihm zusammen als das Elternpaar auftritt, das so einen fantastischen Sohn gezeugt hat, der am Ort des Attentats als Einziger die Nerven behielt und Spuren sicherte. Warum fragst du nach deinem Vater?«

»Weil er mich betrunken und mitten in der Nacht angerufen hat, mit derselben Bitte. Hat meine Mutter noch etwas anderes gesagt?«

»Ich soll dich grüßen, es geht ihr gut. Nichts sonst. Wenn mich nicht alles täuscht, die erste zarte fernmündliche Berührung nach sechs Jahren. Willst du sie sehen?«

»Weiß nicht. Vielleicht wäre das mal gut. Wie heißt dieser Ort nochmal, wo die Bankgesellschaft das Fortbildungszentrum hat?«

»Kehrigk. Du willst doch nicht etwa dorthin?«

»Warum nicht?«, sagte er. »Wir wollen lose Enden verweben.«

»Die Bank scheint sich auch um ihre losen Enden zu bemühen. Die Aktenvernichter surren seit vielen Wochen, hört man. Und nicht nur in der Bank, sondern sie surren auch bei den Steuerberatern, bei den Anwaltskanzleien, den Wirtschaftsprüfern. Und eine Anekdote muss ich dir noch erzählen: Die Bank hat versucht, einige profitable Teile der Bank an sich selbst zu verkaufen. Ich sage nur: Caymann Islands.«

»Was ist da gelaufen?«

»Na ja, sie haben auf den Inseln eine Gesellschaft gegründet. Und an die haben sie die besten Immobilienteile abgegeben. Bei dem Versuch, Teile der Immobilienbank an sich selbst zu verkaufen, sind rund fünfzig Millionen Euro an Provisionen verbuttert worden. Nun verlangt der Aufsichtsrat die Rückabwicklung. Das kostet natürlich auch wieder Geld. Hach, darauf freue ich mich heute Abend: Wir sehen sie alle und sie werden sich bemühen, hoffnungsfrohe Gesichter zu zeigen und vor allem zu dokumentieren: Ich hab von nichts gewusst, die Fachleute haben mir gesagt, alles ist okay. Hat der Dreher doch gegenüber dem *Tagesspiegel* behauptet, die Lage sei beherrschbar! Also das finde ich frech. Aber ich habe immer schon gesagt, dass man dem Leiter von ein paar Baumärkten nicht die Leitung einer Bank geben soll.«

Mann musste grinsen und kommentierte: »Sie hätten dir die Leitung geben sollen.«

»Das hätten sie nie getan. Ich bin zu ehrlich. Und jetzt ruh dich endlich aus!«

Mann benutzte Tante Ichens Computer, um sein Gespräch mit Trudi Sahm zu protokollieren. Schließlich druckte er den Bericht aus, steckte ihn in einen Umschlag und schrieb Blums Dienstadresse darauf. Er würde John bitten, das Protokoll zu überbringen. Dann legte er sich auf das Bett.

Ein Heer von blutigen Köpfen wanderte durch seine wilden Träume und mehrfach schreckte er mit wildem Schrei hoch. *Ich hatte panische Angst vor dem Einschlafen. Weil dann die Träume kommen,* hatte Marion erzählt. So ging es ihm jetzt auch.

Er wählte wieder erfolglos ihre Nummer, riskierte es dann, Kolthoff anzurufen, der mit seinen Kindern irgendwo im Umland der Stadt hockte und grillte.

»Ich soll lose Enden verknüpfen«, erklärte Mann hohl.

»Blum hat mir Bescheid gesagt, ich weiß. Keine schlechte Taktik, finde ich. Aber pass auf dich auf. Das wird bestimmt kein Spaziergang.«

»Ich will wissen, ob ich dich anrufen kann, wenn ich mal nicht weiterweiß.«

»Kein Problem. Aber ich kann dich beruhigen, Blum weiß genau, was er tut.«

»Im Zweifelsfall werde ich keine Freunde mehr haben«, murmelte Mann, als er aufgelegt hatte. »Ziemann hatte auch wenig Freunde.«

ACHTES KAPITEL

»So ähnlich muss das auf der Titanic gewesen sein. Nur wissen hier die meisten, dass spätestens in ein paar Tagen der Eisberg vorbeikommt.« Tante Ichen lächelte beglückt.

Das Zelt, auf berlinisch ›Tipi‹ genannt, war brechend voll und die Leute schienen sich grenzenlos zu amüsieren. In der Zeltglocke herrschte ein fast schmerzhafter Lärm und die Musiker bewegten sich tapfer in einem Takt, den niemand hören konnte.

»Wer sitzt außer uns noch an diesem Tisch?«, fragte Mann. Es standen fünf Stühle um den Tisch.

»Niemand«, beschied ihn seine Tante. »Die drei Stühle sind für Besucher bestimmt. Du wirst sehen, wer mich mag. Und du hättest doch besser eine Krawatte umgebunden.«

»Ich hasse Krawatten.«

»Sieh mal, da ist Markus Sittko. Und sieh mal, wen er mitgebracht hat. Ist der Kleine nicht süß!«

Sittko war ein mittelgroßer, braun gebrannter Mann mit kurzen dunklen Haaren und Händen, die dauernd in Bewegung waren. Er erzählte seinem jungen Begleiter etwas, lachte, beschrieb mit den Händen weiche Linien, lachte wieder, wedelte dann mit diesen Händen, als bekäme er zu wenig Luft. Am kleinen Finger der rechten Hand schimmerte ein schlichter Goldring. In der Linken hielt er ein Sektglas, entdeckte plötzlich Tante Ichen, knickte seltsam abrupt und theatralisch in der Hüfte nach vorn ein und deutete eine Verbeugung an, die wie eine turnerische Übung wirkte.

»Meine Liebe!«, flüsterte er sonor über drei Tische hinweg. »Wir sehen uns noch!«

»Wir sehen uns«, nickte Tante Ichen aufgeregt. Ohne die Lippen zu bewegen, zischte sie: »Den er da bei sich hat, nennt er einen Junior Consultant. Wir nannten das früher Lehrling. Er hat jede Menge von diesen Junioren. Und wenn so ein Junge brillant im Bett ist, darf er übermorgen für die Fonds ein Einkaufscenter in Dresden-Südwest kaufen. Der Kleine da fährt schon einen 3er BMW.«

»Das ist doch ein Spielzeug für Kinder und du bist eine gehässige alte Frau.«

»Das mag sein, mein Lieber. Aber wenn man aus absolut sicheren Quellen weiß, dass sich Aufsichtsräte drei Stunden lang über die Wagen unterhalten, die sie gestellt bekommen, und nicht wenige von ihnen gleich drei davon fahren, dann kann man ermessen, welche Bedeutung diese Blechbüchsen für manche Leute haben. Und Sittko ist eine einsame Spitzenkraft, was die Dienstwagen seiner so genannten Nachwuchskräfte anlangt. Die Bank genehmigt nur das blanke Autochen. Aber Sittko biegt es so hin, dass das Autochen bei den nächsten Inspektionen so weit aufgerüstet wird, dass es zum Schluss doppelt so teuer ist wie ursprünglich eingekauft. Na, ist das nicht eine soziale Tat, verdient er dafür nicht ein ungeheures Maß an Liebe?«

»Du bist trotzdem eine gehässige alte Frau«, sagte Mann und strich ihr liebevoll über den Arm. »Übrigens sieht dieser Sittko ausgesprochen fade aus.«

Auftritt Ulf Blandin, die Mikrofone wurden in die richtige Höhe gebracht. Blandin wirkte gelassen, lächelte leicht, aber in seinem Blick war so etwas wie Verachtung zu lesen. Er begann: »Liebe Freunde, liebe Begleiter auf meinem langen Lebensweg ...« Dank, führte er leicht nuschelnd aus, könne man nicht erwarten, auch wenn man ein Leben lang im Dienste dieser Stadt unterwegs gewesen sei, auch wenn man vielen dabei geholfen habe, hier ein Zuhause zu finden, hier arbeiten zu dürfen. Fehler, sagte er, seien zutiefst menschlich, seien auch ihm passiert. Und trotzdem: Hätte er die Möglichkeit, er würde alles genauso wieder machen, wie er es gemacht hatte. »Ich wünsche Ihnen allen von Herzen eine beschwingte Sommernacht. Und denken Sie daran, die Häme der anderen ist nichts als Neid. Neid auf Ihre fantastische Arbeit!«

Dann trat Dreher an das Rednerpult, ein Mann ohne jede erkennbare besondere Eigenschaft, gerade wie ein Ladestock, so erschreckend perfekt in Anzug, Weste und Krawatte, dass niemand ihm eine Falte wünschen konnte. Sogar sein Gang war ohne persönliche Note.

»Wir geben nun bald den Stab ab. Wir geben den Stab an die Nächsten weiter und wünschen ihnen Glück auf dem Weg und eine ruhige, sichere Hand.«

Er werde für Berlin immer einen Platz in seinem Herzen freihalten, Berlin müsse in jedem deutschen Herzen einen besonderen Platz einnehmen. Auch wenn die Bank ihre Eigner nicht immer mit Gewinnen überschütte, so seien doch die ersten wichtigen Schritte unternommen worden, diese Bank zu einer festen Größe im Wirtschaftsleben der Bundesrepublik Deutschland, ja, Europas zu machen. Dreher schloss: »Meine Arbeit hat mir viel Freude gemacht. Ich sage also, auch im Namen meiner Frau: Auf Wiedersehen, Berlin!«

Mann war platt: Mit diesem Spazierstock war Marion ins Bett gegangen? Das war unmöglich! Und noch unmöglicher schien ihm die Vorstellung, dass dieser Spazierstock ihr die Wohnung gekauft und geschenkt hatte und sie so ... Aber so war es!

In den Rest des abklingenden Applauses sagte Tante Ichen empört: »Na, hoffentlich nicht!« Dann flüsterte sie: »Das hältst du im Kopf nicht aus: der kleine Sirtel!«

»Wo?«, fragte Mann sofort.

»Am Eingang«, gab sie zurück. »Da, wo diese Blonde steht, die nur ein Schürzchen anhat oder so was.«

Sascha Sirtel war ein großer, schlanker Mann, gekleidet in edlem Schwarz. Er mochte um die dreißig sein. An seiner Seite stand eine zarte blonde Puppe, ebenfalls in Schwarz. Die Blonde hatte einen Chihuahua im Arm, sie wiegte ihn wie ein Baby.

»Der Vater ist noch nicht mal unter der Erde!«, regte sich Tante Ichen auf. »Wie kann der hierher kommen?«

»Hier sitzen wahrscheinlich seine Geschäftspartner«, versuchte Mann eine Erklärung. »Ist dieser Russe auch hier?«

»Koniew? Um Himmels willen!«, sagte Tante Ichen. »Das macht Blandin nicht. Der Russe gehört zur Unterwelt, der ist nicht akzeptabel. Jedenfalls nicht, solange er kein Bargeld unter dem Arm trägt.«

»Also ist sein Geld gutes Geld«, sagte Mann.

»Es stinkt nicht«, stellte seine Tante sachlich fest. Spitz setzte sie hinzu: »Aber Leute, die was auf sich halten, achten schon darauf, woher das Geld des Nachbarn stammt.«

»Du gestattest Zweifel«, grinste Mann. »Sieh mal, Sascha kommt hierher.«

»Ich kannte ihn schon, da hat er noch seine Windeln beferkelt. Hallo, mein Lieber!« Sie reichte Sascha Sirtel den rechten Arm. »Und das ist also deine Gefährtin! Nein, wie reizend! Und wie ist Ihr Name, meine Liebe?«

»Manuela«, antwortete die Frau mit etwas schriller Stimme. Sie hatte Kulleraugen, grau und groß, und sie war eine ausgesprochene Schönheit, wie aus Porzellan gegossen. Ihr Hund betrachtete Tante Ichen misstrauisch aus hochgezüchteten Glupschaugen.

»Manuela! Nein, wie schön!«, strahlte Tante Ichen. »Nehmen Sie doch Platz. Das ist mein Neffe, Jochen Mann. Setzt euch doch, Kinderchen, setzt euch.« Sie winkte einer Bedienung und befahl peinlich herrisch: »Schampus und zwei Gläser!« Dann wandte sie sich zu Sascha Sirtel und beugte sich vor, ganz liebevolle Oma: »Du trauerst sicher noch, Sascha! Mein Gott, wie hat uns das alle getroffen! So entsetzlich schroff aus heiterem Himmel! Kommst du damit zurecht?«

»Absolut nicht«, antwortete Sascha Sirtel brav mit Trauerflor um die Stimmbänder. »Das war ein entsetzlicher Schock. Aber, was soll man machen? Die Geschäfte laufen leider weiter.«

»Ein gewaltiger Schock«, kiekste die Blondine namens Manuela.

»Ich hörte, Sie arbeiten bei der Staatsanwaltschaft«, sagte Sirtel zu Mann.

»Das ist richtig«, erwiderte Mann neutral. »Aber ich habe nichts mit dem Fall der Bankgesellschaft zu tun. Dafür sind andere zuständig.«

Sirtel strahlte. »Ich nehme an, wenn Sie etwas mit den Ermittlungen gegen die Bank zu tun hätten, wären Sie nicht hier.«

»Gut beobachtet«, lobte Mann. Er war versucht boshaft hinzuzusetzen, dass er in dem Fall wahrscheinlich Sirtels Büro zu durchsuchen hätte. Aber er ließ es, vielleicht konnte er diesen Sirtel noch gebrauchen. »Wann wird die Beerdigung Ihres Herrn Vaters sein?«

»Voraussichtlich nächste Woche.« Sirtel musste pfundweise Gel in sein Haar geschmiert haben, denn die kecke Locke über der Stirn wirkte wie betoniert und bewegte sich nicht, wenn er den Kopf theatralisch hin- und herdrehte.

»Das Kleidchen ist entzückend«, säuselte Tante Ichen. »Und dieses Hündchen! Nein, was für ein Hündchen!«

»Ich trage normalerweise kein Schwarz«, antwortete die blonde Dame.

Sie hat einen Spitznamen, erinnerte sich Mann. Wie war das noch ... richtig! Das Ritzchen!

»Ich habe Sie im Fernsehen gesehen«, sagte Sascha Sirtel zu Mann gewandt. »Ich selbst war nicht in Berlin, als es passierte. Ich hatte in Moskau zu tun.« Er lächelte gewinnend.

»Mir wurde erzählt, Ihre Lkws fahren regelmäßig nach Moskau«, sagte Mann. »Ist das nicht sehr gefährlich? Die langen einsamen Straßen?«

»Durchaus nicht«, widersprach der Spediteur. »Lang, ja. Aber die Straßen sind voller Lkws.«

»Was transportieren Sie denn so?«

»Alles«, antwortete Sirtel. »Alles, was anliegt.«

»Alles, was Koniew nach Moskau liefert. Und alles, was er in Moskau einkauft, nehme ich an.«

»Sehr richtig.« Sirtel grinste wieder, nahm ein Sektglas

und spreizte tatsächlich den kleinen Finger ab. »Wissen Sie, in der Hinsicht ist Berlin tiefste Provinz. Kaum erwähnen Sie den Namen Koniew, zucken alle wohl erzogenen Menschen zusammen. Aber alle nehmen Koniews Geld. Und mein Geld nehmen sie auch.«

»So ist die Welt«, nickte Mann. »Koniew muss ein interessanter Mensch sein.«

»Ach, im Grunde ist er unspektakulär«, sagte Sirtel. »Ein guter deutscher Staatsbürger. Aber mit einem erstklassig funktionierenden Gehirn. Wollen Sie ihn kennen lernen?«

»Geht denn das?«, fragte Mann naiv.

»Warum nicht?«, sagte Sirtel. »Wir wollen sowieso nachher zu ihm. Er sitzt mit seinem Clan im *Smirnow*. Wenn Sie wollen, nehmen wir Sie mit.« Er beugte sich vertraulich vor und murmelte: »Wissen Sie, diese alten Leute, diese konservativen Geldsäcke hier, sind langsam out. Die haben doch mit ihren überholten Ansichten nichts mehr zu melden. Du kriegst heutzutage von keinem Banker Geld, wenn du nicht jemanden kennst, der älter ist und die Bank an die Wand drücken kann. So sieht das doch aus, machen wir uns nichts vor. Mein ganzes Leben lang hat mein Vater gepredigt: Entscheidend ist, wie deine Bonität aussieht. Ja, Scheiße! Heute zählt nicht mehr die Bonität, sondern der Fakt, dass du eine Gruppe hinter dir hast, die auf dich setzt. Für die Bank ist Bonität doch auch langsam ein Fremdwort. Wenn du sagen kannst: Ich will das und ich habe Koniew hinter mir!, dann kriegst du, was du willst. Wie ich Sie einschätze, ist Ihnen das klar. Sicher, Sie sind Beamter. Aber Sie denken doch auch wie einer, für den es sich rechnen muss. Oder nicht? Bevor wir zu Väterchen fahren, sage ich Ihnen Bescheid und Sie kommen mit.«

»Wunderbar«, strahlte Mann. »Dann lerne ich endlich die Unterwelt Berlins kennen.«

Sirtel sah ihn eine Sekunde lang misstrauisch an, begriff dann die Ironie und lachte etwas verzerrt. Er sagte: »Komm, Liebling, machen wir die Runde.«

»Gerne«, flötete die Frau. Sie gab Tante Ichen auf jede Wange ein Küsschen und wiederholte die Geste bei Mann. »Schön, Sie kennen gelernt zu haben!« Das Pärchen schlenderte davon, grüßte nach rechts, grüßte nach links, sie bewegten sich wie Sieger. Passenderweise spielte die Band gerade *The Girl From Ipanema.*

»Du willst mit dem Kleinen zu Koniew?« Tante Ichens Stimme war trunken vor Aufregung.

Mann nickte.

»Du bist Staatsanwalt!«, protestierte sie.

»Ja, eben. Motz nicht rum, hol uns Sittko an den Tisch. Ich bin auch ganz brav und gut erzogen.«

Sie überlegte einen Moment, stand dann auf. Sie bummelte durch das Zelt, traf Bekannte, stand herum, lachte, legte Leuten vertraulich die Hand auf den Arm, verharrte eine Weile am Stuhl von Ulf Blandin, schwebte über allen tückischen Wassern und erreichte schließlich Sittko. Aber sie bekam einen Korb. Er hörte ihr zuvorkommend zu und schüttelte den Kopf.

Sie kehrte zurück. »Er will nicht, er sagt, du bist kein guter Umgang für ihn.«

»Das ist verdammt klug!«, seufzte Mann.

»Er ist klug«, nickte sie. »Und er ist schwer zu fassen.«

»Sag mal, was ist eigentlich mit seinen Bettgenossen? Nicht alle sollen doch voller Überzeugung unter Sittkos Decke schlüpfen. Außerdem muss es doch auch mal Eifersüchteleien geben. Würde einer von denen reden?«

Tante Ichen überlegte. Sie nickte langsam: »Da gibt es den Robert. Robby genannt. Zweiundfünfzig. Seine Frau, so wird gesagt, habe ihn zwanzig Jahre lang mit Sittko geteilt. Angeblich hatte sie keine Ahnung. Aber das glaube ich nicht, so dumm kann keine Frau sein. Nein, Robby ist doch nicht gut, das ist ja auch einer von den Eifersüchtigen. Er weiß, dass sein Herr und Meister auf den Touren quer durch Europa immer Frischfleisch neben sich hat. Aber du solltest mit seiner Frau reden, mein Lieber! Frauen sind sowieso die besseren Gesprächspartner. Die beiden sind ja nun geschieden. Als Ersatz hat Sittko der Frau ein Versicherungsbüro geschenkt.«

»Kannst du ein Treffen arrangieren?«

»Ich kann es versuchen.«

»Wieso entscheidet eigentlich die Bank darüber, wer in Sittkos Laden welchen Dienstwagen bekommt? Ich denke, die Firma gehört ihm?«

»Oh, da hast du was falsch verstanden. Die Bude gehörte Sittko, aber dann hat die Bankgesellschaft seine Immobilienfirma gekauft. Für fünfzig Millionen Deutschmark. Und zwar zu einem Zeitpunkt, so sagen böse Zungen, als er gerade auf dem Zahnfleisch ging und keine Gehälter mehr zahlen konnte.«

»Und wieso zahlte ihm die Bankgesellschaft fünfzig Millionen, wenn er quasi pleite war?«

»Das, mein Junge, sollte deine Behörde untersuchen, nicht so eine kreuzbrave Frau wie ich. Aber deine Behörde ist genauso zahnlos wie die Bankenaufsicht.«

»Ich werde dich meinen Leuten von der Wirtschaftskriminalität empfehlen.« Mann lachte. Dann wurde er wieder ernst. »Sittko hat doch hin und wieder sicherlich falsch gespielt, oder nicht?«, fragte er.

»Schon, aber nicht sehr offensichtlich. Sehr komisch ist die Sache mit den Altenheimen. Wusstest du, dass die Bankgesellschaft vierundzwanzig Altenheime gekauft hat? Nein, hast du nicht gewusst, du steigst ja niemals in die Tiefen der ganz normalen Gesellschaft ab. Also, Sittko hat einem Altenheimbetreiber im Namen der Bank vierundzwanzig Altenheime abgekauft und sie in die Fonds gestellt. Sittko selbst hatte in seiner Privatschatulle ebenfalls zwei Altenheime. Die Verwaltung aller sechsundzwanzig Altenheime wurde weiter dem früheren Besitzer anvertraut. Eine Altenheimhand wäscht sozusagen die andere. Und dann passierte ein wirklicher Witz: Der Altenheimbetreiber fiel sofort von einer Bargeldlücke in die andere und …«

»Tante Ichen, das ist ...«

»Nun hör doch mal zu! Also: Fast alle Heime waren in einem sehr schlechten Zustand, machten sich aber als Anlageobjekte in den Fonds hervorragend. Das weiß ja jeder: Mit alten Menschen ist Geld zu verdienen. Anfangs bekam der Altenheimbetreiber deshalb auch noch tolle Kredite aus Berlin, um die Dinger aufzumöbeln. Aber eines Tages war Sabbat, keine Kredite mehr, weil dann doch irgendein kluger Kopf in der Bank sagte: Da stimmt was nicht. Der Mietrückstand wuchs und wuchs, zurzeit beträgt er dreißig Millionen Euro. Worüber sich aber niemand wunderte und schon gar nicht die Leute von der Staatsanwaltschaft. Es war so, dass ausschließlich Sittkos Heime die Miete kontinuierlich überwiesen. Hätte aber nicht sein dürfen. Na ja, der Altenheimbetreiber war halt ein dankbarer Freund ...«

»Tante Ichen! Das sind Managementfehler.«

»Nicht so ganz, mein Junge. Der Clou ist nämlich: Sittkos zwei Heime standen leer.« Sie lächelte sanft und liebreizend und sagte dann energisch: »Ich habe Hunger.«

»Ich besorge dir etwas.« Mann erhob sich und schlenderte in Richtung des Büfetts.

Ob Ziemann wohl zu Koniew gegangen wäre? Wahrscheinlich nicht, oder nur mit einem Haufen unanfechtbarer Zeugen. Aber ich muss, sonst komme ich nicht weiter.

Sein Handy meldete sich.

»Blum hier. Ich habe dir doch erzählt, dass ein Fahrer von Sascha Sirtel den Vietnamesen besucht hat, am Morgen vor dem Attentat ...«

»Ja, und? Ich habe mich gerade mit Sirtel junior unterhalten. Gleich begleite ich ihn zu Koniew.«

»Was?!«

»Na ja, ich will den Mann kennen lernen. Was ist denn nun mit dem Fahrer?«

»Streich das wieder aus deinem Gedächtnis. Wir können nicht beweisen, dass das einer von Sirtels Truckern war. Und sei vorsichtig bei Koniew.«

»Geht klar.«

Plötzlich schlug Mann jemand auf die Schulter und er starrte in ein wildfremdes Männergesicht. »Hab ich Sie nicht neulich im Fernsehen gesehen? Wie war das denn so, die Toten waren wohl ganz schön zerfetzt, was?«, schnarrte der Fremde.

»Lassen Sie mich«, sagte Mann abwehrend und steuerte mit zwei Tellern zurück zu Tante Ichen, die sich gerade mit einem älteren Mann unterhielt. Sie stellte ihn als einen bedeutenden Notar vor, Mann hatte den Namen noch nie gehört. Der Notar verließ den Tisch mit der Bemerkung, es werde nun eine neue Seite im Buch der Stadt aufgeschlagen, worauf Tante Ichen fromm erwiderte: »Hoffentlich kann die Stadt lesen.«

Sie aßen und Tante Ichen erzählte von irgendwelchen erfreulichen Transaktionen, die sie getätigt hatte. Plötzlich flüsterte sie: »Da kommt Heiner! Der kluge Heiner!«

»Wer ist das schon wieder?«

»Ach, guck gar nicht hin, er sieht sowieso aus wie ein Stück trockenes Brot. Heiner bezeichnet sich als Immobilienfachmann, hat aber eigentlich keine Ahnung. Eines Tages, so vor einem Vierteljahr, tauchte Heiner bei der Bankgesellschaft auf und behauptete, er habe eine Immobilie in Dresden von der Planung bis zur Fertigstellung begleitet. Und nun hätte er gern seine Provision. Klar, sagte die Bank und gab ihm einen Scheck über eins Komma sechs Millionen. Heiner bedankte sich und ging. Wenig später sagte ein leitender Angestellter der Bank, er hätte gern seine Provision, denn er habe die Immobilie in Dresden bis zur Fertigstellung betreut. Daraufhin wollte die Bank natürlich die eins Komma sechs Millionen von Heiner zurück. Aber der sagte: Tut mir Leid, Leute, oder möchtet ihr eure Namen in der Zeitung lesen? Die Bank schwieg verlegen und Heiner hat nun viel Geld.« Dann sagte Tante Ichen flach: »Da kommt der kleine Sirtel wieder. Ich wünsche dir viel Vergnügen!«

»Hier ist es langweilig«, befand Sascha Sirtel. »Lassen Sie uns fahren.«

Sein Auto war ein alter Daimler in dem richtigen Grün und mit den richtigen Ledersitzen in Beige. Die hübsche Blondine stand mitsamt dem Chihuahua schon neben dem Auto und sicherheitshalber gab sie Mann wieder ein Küsschen rechts und ein Küsschen links.

Irgendwo an der Kantstraße in der Nähe des Savignyplatzes befand sich das *Smirnow*. Von außen machte der Laden einen recht bescheidenen Eindruck und kam mit einer billigen Bierreklame aus. Hinter der soliden weinroten Eingangstür begann ein langer schmaler Gang. Der Gang wurde versperrt von zwei Männern, die wie Schläger aussahen.

»Tut mir Leid«, sagte Sascha Sirtel. »Aber das ist hier Vorschrift.« Er glitt an die Wand und machte den zwei stummen Männern Platz, die Mann fachgerecht abtasteten und dann nickten, als sie nichts gefunden hatten.

Hinter der nächsten Tür öffnete sich das Restaurant. Es war gähnend leer. Aber jeder Tisch war höchst kunstvoll eingedeckt, die Blumen waren echt.

Eine weitere Tür führte in einen anderen Raum, in dem die Möbel kreisförmig angeordnet waren. In dem Zentrum des Kreises tanzte eine Bauchtänzerin zu den Klängen eines Orchesters aus der Konserve.

»Väterchen liebt Bauchtanz«, erklärte die Blondine. »Ich liebe es auch. Ich kann selbst bauchtanzen.« Begeistert rief sie: »Ah, Väterchen!«, und schoss vorwärts, geriet ins Straucheln, fing sich wieder und landete vor einem dicklichen Mann mit einem höchst vergnügt wirkenden glänzenden Gesicht.

Der Mann war nicht allein, links, ein paar Meter entfernt, saßen Frauen in einer Gruppe zusammen, zwei von ihnen stickten auf weiße, in Rahmen gespannte Tücher. Rechts hockten Männer unterschiedlichen Alters, rauchten dicke Zigarren und tranken eine klare Flüssigkeit aus einfachen Wassergläsern.

»Mein Freund Sascha!«, polterte der Dicke fröhlich. »Was sagt die Welt?«

»Nichts, Väterchen«, antwortete Sirtel. »Absolut nichts Neues. Nur das, was du sowieso schon weißt. Das hier ist Jochen Mann, der Staatsanwalt. Er wollte dich mal kennen lernen.«

»Bitte, setzen Sie sich zu mir«, strahlte der Russe.

»Sehr freundlich«, murmelte Mann. Jemand stellte ein Wasserglas vor ihn hin und goss aus einer Schnapsflasche ein.

»Wodka«, erklärte Koniew. »Sie müssen davon probieren. Sie wissen ja, wir Russen trinken jeden Abend so viel davon, dass wir anschließend die ganze Nacht weinen müssen. Habe ich mir jedenfalls sagen lassen. Genauso, dass wir Männer jenseits der zwanzig Väterchen nennen.«

»Wunderbar«, nickte Mann höflich.

Koniew machte eine weit ausholende Geste mit dem rechten Arm und befahl etwas auf Russisch. Die Männer rechts und die Frauen links standen auf und verließen den Raum. Merkwürdig fand Mann, dass auch der junge Sirtel und seine Braut verschwanden.

»Jetzt ist das Reden einfacher«, sagte der Russe. »Nehmen Sie einen Schluck. Der Wodka stammt aus dem Dorf, in dem ich geboren wurde. Er schmeckt scheußlich, er ist nicht gut gefiltert, aber er ist mein Zuhause.« Er lachte, seine Welt war offensichtlich behaglich: »Ich besitze eine kleine Wodkafabrik, die einwandfrei Scheiße ist. Sagen Sie, wie war das für Sie, da im *Francucci's*, nachdem das Lokal explodiert ist?«

»Es war wie in einem schlechten Film. Und selten bin ich mir so allein vorgekommen.«

»Das war idiotisch, das mit der Bombe. Was glauben Sie, war der alte Sirtel gemeint?«

»Es wäre eine Möglichkeit«, sagte Mann.

Der Russe bekam schmale Augen und schien lautlos zu lachen. »Können Sie mir freundlicherweise sagen, welche anderen Möglichkeiten es gibt?«

»Vielleicht war es jemand, der voller Hass auf jemanden war. Oder jemand, der einfach mal herausfinden wollte, wie das ist, wenn man auf andere Menschen Bomben schmeißt. Ein Verrückter. Sie wissen vermutlich, wie schwierig es ist, einen solchen Täter aufzuspüren.«

»Was für ein Sprengstoff war es genau?«

»Es gab zu wenig Rückstände, um das festzustellen.«

Der Russe blinzelte nicht einmal. »Meine Leute sagen, es war C4. Und meine Leute sind gut.«

»Wenn es C4 gewesen sein sollte, dann fragen wir uns, woher es stammen könnte«, formulierte Mann bedachtsam. »C4 gibt es nur im militärischen Bereich. Und da sollte es streng bewacht sein.«

»Wieso sollte der militärische Bereich immun sein gegen bare Dollar oder Euro?«, meinte Koniew freundlich.

»Das ist richtig. Doch wo sind die Soldaten, die das Geld genommen haben?«

»So ziemlich überall. Zumindest in Osteuropa.« Er grinste Mann offen ins Gesicht. »Wie sind Sie an den kleinen Sascha geraten?«, fragte er dann.

»Ich habe ihn heute Abend bei Blandins Fest kennen gelernt. Er war so freundlich, mich mit hierher zu nehmen.«

»Und was halten Sie von ihm?«

»Er ist ein Jungunternehmer«, antwortete Mann ausweichend.

Koniew lachte schallend. »Das ist gut, das ist sehr gut. Und wie war Blandin? Hat er gut geredet?«

»Na ja, wie es zu erwarten war. Dreher hat auch geredet. Für beide schien es eine Art Abschiedsrede gewesen zu sein. Meine Tante war ganz angetan.«

Der Russe hatte offensichtlich Freude an dem Gespräch. »Ihre Tante Maria ist eine gute Frau. Wie sagt Ihr Deutschen: ein Pfundsweib. Sie imponiert mir und jetzt hat sie der Bankgesellschaft Adieu gesagt. Das war sehr gut.«

»Woher wissen Sie das?«, fragte Mann überrascht.

»Ich lebe in dieser Stadt«, entgegnete Koniew mit einer

wegwerfenden Handbewegung. »Sagen Sie, junger Freund, etwas anderes interessiert mich noch: Wie war das mit Ziemann?«

»Das war sehr schlimm, auch für mich«, antwortete Mann einfach. »Niemand versteht es.«

Das Gesicht des Russen versteinerte sich plötzlich, die glänzende Fröhlichkeit war dahin, die Augen schienen ausdruckslos wie die einer Echse. »Sie kannten ihn nur ein paar Stunden«, sagte er, es klang tatsächlich mitfühlend.

»Ja«, nickte Mann.

»Einige von Ihnen denken jetzt, dass er sich gar nicht selbst tötete.« Das kam so selbstverständlich daher, dass es Mann nicht einmal erstaunte.

»Natürlich. Ich auch. Aber ich kann nichts anderes beweisen. Ziemann hatte einen Besucher an jenem Abend. Wir wissen nicht, wer das war. Wir wissen nicht einmal, ob es ein Mann oder eine Frau war.« Unvermittelt fragte er: »Sie wissen anscheinend über alles Bescheid, was hier in Berlin so vor sich geht – haben Sie denn eine Vorstellung, was da geschehen ist?«

»Noch nicht«, antwortete Koniew kühl und unbewegt. »Aber ich arbeite daran.«

»Das kapiere ich nicht.« Mann war verunsichert. »Was interessiert Sie an Ziemanns Tod?«

»Mitdenken, mein Freund, mitdenken. Ich lebe in dieser Stadt, ich verdiene hier mein Geld. Nehmen wir an, etwas ist faul an Ziemanns Tod. Nehmen wir das nur an. Auf jeden Fall ist er tot. Und dieser Benny? Ist auch tot. Beide wussten viel, jetzt sind sie tot. Ich weiß auch viel. Wann bin ich tot? Ich will wissen, was läuft, ich muss wissen, was läuft. Denn ich will weiterleben, und zwar hier in Berlin. Diese Stadt hat so etwas wie eine lange russische Tradition.«

»Ich verstehe«, murmelte Mann nachdenklich und setzte hinzu: »Benny hat sich zweifelsfrei nicht selbst erhängt.« War das klug, ihm das zu sagen? Andererseits musste Mann Koniew ein paar Brocken hinwerfen, sonst würde der Russe früher oder später zumachen. Also fuhr Mann fort: »Es gibt da einen komischen Zeugen, einen Türken, der in einem Fitnessstudio arbeitet. Der Mann hatte angeblich um die gleiche Zeit, als Benny aufgehängt wurde, ein Schäferstündchen mit einer Frau, von der er auch angeblich den Namen nicht weiß. Im Jagen 59 im Grunewald. Er hat gesagt, dass er Benny nirgendwo hat hängen sehen. Dieser Türke gefällt mir nicht.« Er ließ die letzten Worte in der Luft hängen.

Koniew räusperte sich, nickte dann und fragte: »Was gefällt Ihnen nicht an dem Zeugen, der keiner ist?«

»Alles. Dass er zum Beispiel den Namen der Frau nicht weiß.« Er wedelte hilflos mit beiden Händen. »Ist es nicht möglich, dass der Türke eine ganz andere Funktion hatte?«

»Welche denn?«, kam es scharf von Koniew.

»Er war der Aufpasser«, erwiderte Mann. »Er sah nach, ob alles seine Richtigkeit hatte.«

»Nicht schlecht. Ein Zeuge für die Killer und gleichzeitig ein Zeuge für die Polizei, der vollkommen unnötig war.« Koniew stand plötzlich erstaunlich beweglich auf und brüllte etwas.

Ein junger Mann kam herein, blieb respektvoll in einigem Abstand stehen und wartete. Koniew sagte etwas auf Russisch, der junge Mann nickte eifrig und verschwand wieder.

»Ich wollte nicht irgendwie stören«, sagte Mann etwas hilflos.

»Es ist besser, so etwas gleich zu klären. Sie brauchen keine Furcht zu haben, wir sind sehr diskret. Leider sind die Herren von der Bankgesellschaft nicht so diskret.«

Mann lächelte. »Mit wie viel Geld sind Sie in die Fonds eingestiegen?«

Koniew schmunzelte. »Nicht mit sehr viel. Ihre wunderbare Tante hat da sicherlich mehr reingesteckt.« Schroff folgte die Frage: »Und was treibt Marion Westernhage?«

»Woher wissen Sie von der?«

»Ich bin ein Dreher-Kunde«, sagte er. »Ich mag ihn nicht, aber ich habe ein paar Geschäfte über ihn abgewickelt. Und ich weiß, dass die Westernhage seine Geliebte ist. Ich sagte schon, ich lebe in dieser Stadt. Was ist mit ihr?« Er lachte guttural. »Ich weiß natürlich auch, dass Sie die Frau auf dem Lokus gefunden haben. Was treibt sie so?«

»Das weiß ich nicht«, gestand Mann. »Vermutlich befindet sie sich in einem Fortbildungszentrum der Bankgesellschaft in einem Ort namens Kehrigk. Das ist im Spreewald. Zusammen mit ein paar Kolleginnen. Angeblich werden sie auf die Befragungen durch die Staatsanwaltschaft vorbereitet.« Bitter fügte er an: »Und wahrscheinlich werden Geschäfte aus der Welt geschafft und andere erfunden. So ist das nun mal auf einem sinkenden Schiff.«

»Viele bedeutende Leute möchten gern Geschäfte ungeschehen machen, mit denen sie viel Geld verdient haben, aber auch viel Geld vernichteten. O ja, das kann ich gut verstehen.« Koniew beugte sich vor. »Wissen Sie, Ihr Deutschen seid komisch. Erst schreibt ihr alles pingelig über eure Geschäfte auf, um zu beweisen, wie toll ihr seid. Und dann braucht ihr sehr viel Arbeitskraft, um alles wieder zu vernichten. Und am Ende wird trotz allem in irgendeinem Computer die ganze versammelte Scheiße überleben.«

Mann grinste. »Die Frage ist nur, ob sich jemand die Mühe macht, im richtigen Computer nachzusehen.«

»Na, ja«, feixte der Russe. »Das sollte Ihre Behörde doch wohl tun!« Er lachte wieder schallend und strich dem erstaunten Mann über den Rücken. »Und wir beide entwickeln dann den richtigen Fragenkatalog für Ihre Kollegen!« Er lachte noch lauter, goss sich noch mehr schlechten Wodka ein und trank davon, als sei es Wasser.

Dann schoss er gedankenschnell nach: »Sie wollen also an die Westernhage ran?«

»Aber ja!«, antwortete Mann. Er beugte sich vor und legte eine Hand neben die Linke des Russen. »Ich denke, die Frau ist gefährdet. Auch sie weiß viel.«

»Und sie ist eine schöne Frau, nicht wahr?«

Mann wurde nicht einmal verlegen. »Ja, das ist sie.«

Der Russe musterte eingehend das Wodkaglas und murmelte: »Das ist wirklich ein Scheißzeug! Gut, mein Freund. Ich schenke Ihnen die Westernhage.« Ehe Mann reagieren konnte, brüllte er wieder auf Russisch einige Befehle.

Ein anderer junger Mann erschien, blond, Ende zwanzig und mittelgroß. Er hatte ein breites slawisches Gesicht, freundlich und mit leicht geschlitzten Augen. Er lächelte erst Koniew an, dann Mann, deutete Respekt an, aber keine Spur von Unterwürfigkeit.

»Das ist Peter«, erklärte Koniew. »Peter ist ein naher Verwandter, ein Schwestersohn. Peter ist klug, er weiß, wie der Hase läuft. Ihr zwei setzt euch jetzt ins Auto und schaut nach der Westernhage.«

»Moment mal«, protestierte Mann, »das geht so nicht. Ich bin Staatsanwalt, ich kann nicht mit Ihnen kooperieren!«

»Was ist? Wollen Sie die Frau sehen oder nicht?« Koniew grinste und wirkte ein wenig wie ein Monster. Dann wurde sein Gesicht weich. »Jochen Mann, Sie sind Staatsanwalt, gut. Ich biete Ihnen einen Führer zu Marion Westernhage an. Pjotr, so heißt mein Neffe auf Russisch, wird nicht mit einer Schnellfeuerkanone in dieses wunderbare Fortbildungszentrum stürmen, er wird niemandem ein Haar krümmen. Okay? Sie wollen die Westernhage? Sie kriegen sie – wenn Sie wollen. Sie müssen sich entscheiden. Setz dich, mein Junge. Der Mann muss sich erst selbst noch etwas fragen.«

»Das kann ich nachvollziehen«, sagte Peter ernst und nahm Platz.

»Warum können Sie nicht eine Höflichkeit von mir annehmen? Haben Sie Angst, dass Sie eines Tages mit meiner Aussage konfrontiert werden: Herr Richter, ich habe diesem Staatsanwalt geholfen?«

Mann hatte das Gefühl, in seinen Unsicherheiten zu ertrinken, sich auf schlammigem Grund zu bewegen. Wie hatte Blum gesagt? *Du bist mein Mann im Hintergrund. Du wirst lose Enden verknüpfen. Du bist das Pfund, mit dem ich wuchern kann.*

»Ich denke drüber nach«, sagte er schließlich und wollte aufstehen.

»Nein, nein«, sagte Koniew schnell. »Wenn, dann müsst ihr sofort fahren.« Er sah Mann eindringlich an: »Ich gelte als König der Unterwelt, der Chef sämtlicher Gangster zwischen Berlin und Moskau. Und mit mir redet niemand, ich bin nicht sauber. Das ist es, nicht wahr, Herr Staatsanwalt?«

»Ja«, gab Mann zu.

»Gut«, nickte Koniew. »Ich erzähle Ihnen mal eine Geschichte. Darf ich? Also: Ich bin niemals von Dreher oder Blandin oder einem der anderen hohen Herren in ihrem Haus empfangen worden. Aber sie haben mein Geld genommen, sie haben es sogar gern genommen. Eines Tages wollten sie sich mal erkenntlich zeigen. Also luden sie den etwas schmutzigen Koniew ein. Zu einer Party in den Spreewald. Sie ließen vorher sogar anfragen, welchen Typ Frau ich denn besonders mag. Ich sagte: Ich brauche keine Frau, ich brauche nur eine Flasche Wodka. Ich bin nämlich glücklich verheiratet. Peter hier hat mich nach Kehrigk gefahren. Es wurde eine wilde Party, mit vielen jungen, hübschen Frauen. Blandin hat sogar eine kleine Rede gehalten und alle waren sehr freundlich. Sie haben mir neue Möglichkeiten eingeräumt, mein Bargeld bei ihnen unterzubringen. Keine Probleme mehr.« Er strahlte plötzlich. »Ach, übrigens, das Ritzchen war auch auf der Party. Dreher mochte sie sehr. Sie hat ihn in den Pool gestoßen und Dreher, der wirklich keinen Humor hat, fiel mit seinem ganzen gottverdammten schönen Anzug ins Wasser. Trotzdem hatte er sehr viel Spaß mit Ritzchen. Im Übrigen war ich nicht der einzige Ehrengast. Ein Türke aus Kreuzberg, ein Spezialist für antike Möbel, war noch da. Und ein Albaner, hinter dem die Staatsanwaltschaft her ist, weil er angeblich Kokain ins Land bringt. Und es gab einen Rumänen, einen Gebrauchtwagenhändler. Das war eine schöne Party, nicht wahr, Pjotr?«

»Sehr schön, Väterchen«, nickte Peter. »Und man brauchte vor nichts Angst zu haben, denn es gab jede Menge Sicherheitsleute mit sehr viel Waffen. Da kam niemand rein, der nicht eingeladen war.«

Mann schwankte immer noch. Möglicherweise bekam er mit Marion einen Schlüssel in die Hand. Aber möglicherweise würde sie auch sagen: Was soll das? Ich tue hier meinen Job! Und außerdem: Wurde er dadurch erpressbar? Nein, entschied Mann, das wohl nicht.

»Okay«, nickte er. »Wann fahren wir los?«

»Jetzt«, sagte Koniew.

»Wer wird davon wissen?«, fragte Mann. »Ich möchte nicht, dass Sascha Sirtel davon erfährt. Sascha Sirtel ist ein Schwätzer.«

»Er wird nichts davon mitbekommen«, versprach Koniew. »Dann verabschiede ich mich, mein Freund. Wir haben hier gleich noch eine Besprechung. Leben Sie wohl, und wenn ich Ihnen nochmal helfen kann, rufen Sie mich einfach an.« Er reichte Mann die Hand.

»Danke«, murmelte Mann.

Er ging hinter dem blonden Peter her.

Vor der Tür saßen sechs Männer, die einen etwas verlegenen Eindruck machten und allesamt von den Stühlen hochfuhren, als sich die Tür öffnete.

Er empfängt Bittsteller, der König hält Hof. Von wegen Besprechung. Du lieber Himmel, das glaubt mir kein Mensch.

Im Hinterhof des *Smirnow* stand ein Golf. Mann setzte sich neben den jungen Russen und beobachtete fasziniert, wie der sich ein paar schwarze Lederhandschuhe überstreifte.

Zur Erklärung sagte er: »Weißt du, meine Hände sind mir wichtig. Wenn meine Hände kaputt sind, gehe ich kaputt.«

Mann wollte eine ketzerische Frage stellen, verzichtete aber darauf. »Wie lange bist du schon in Deutschland?«

»Seit zwölf Jahren. Aber wir haben schon zu Hause Deutsch gesprochen. Jetzt sind wir alle hier.« Peter hatte eine angenehme Stimme.

Und er hatte einen eleganten, flüssigen Fahrstil. In Köpenick lenkte er den Wagen auf den Zubringer zur A 13, auf der sie bis zur Abfahrt Teupitz blieben.

Erst als der Golf wieder über eine Landstraße rollte, fragte Peter: »Hast du eigentlich eine Waffe dabei?«

»Nein. Ich möchte nicht mit Waffen umgehen.«

Von Märkisch-Buchholz an war die Straße schmal und Mann fühlte sich zunehmend unbehaglich.

»Was, zum Teufel, wollen wir nachts an diesem Haus? Ich meine, die Leute schlafen alle.«

»Wir gucken uns in Ruhe um, dann entscheiden wir. Oder willst du klingeln und sagen: Ich bin von der Staatsanwaltschaft?«

»Zunächst nicht«, sagte Mann. »Du hast Recht, lass uns erst einmal schauen, wie es dort aussieht. Morgen ist Sonntag, vielleicht haben sie ja frei und ich kann Marion während des Kirchgangs ansprechen?« Die Vorstellung war merkwürdig und sie lachten zusammen.

»Was machst du an normalen Tagen? Was ist dein Beruf?«, fragte Mann.

»An normalen Tagen bin ich für Koniew da. Jeden Tag, vierundzwanzig Stunden. Ich achte darauf, dass ihm nichts passiert.«

»Was ist eigentlich sein Job?«

»Er macht Geschäfte. Er besitzt sechs Bars, siebzehn Spielsalons, drei Hotels. Und dann die anderen Sachen.«

»Die anderen Sachen? Was meinst du damit?«

»Export. Von Automobilen zum Beispiel. Nach Russland. Oder von medizinischen Einrichtungen.«

»Ist dein Onkel schon mal verhaftet worden?«

»Noch nie«, sagte Peter stolz. »Das wird auch nicht passieren. Er hält die Waage, die Waage zwischen Gut und Böse. Er muss ein bisschen mit den Guten sein und ein bisschen mit den Bösen. Die Waage ist wichtig.«

»Wenn du noch eine Minute weitersprichst, wird Koniew ein Heiliger«, sagte Mann.

»Ach nein«, erklärte Peter lachend. »Ein Heiliger ist er nicht. Aber vielleicht ein halber. Du musst wissen, er ist streng, aber er sorgt für uns, mindestens für hundert Leute.«

»Was ist mit Prostitution?«

»Damit hat er kaum zu tun.«

»Und Drogen?«

Peter musterte Mann von der Seite und kicherte: »Kaumer!« Unvermittelt wurde er ernst: »Du bist Staatsanwalt und ich bin Koniews Mann. Okay?«

»In Ordnung«, nickte Mann.

Peter parkte den Wagen in einer schmalen Straße, die zur Kirche führte. »Da fällt er nicht auf. Wir müssen zu Fuß gehen, wir sollten schlendern.« Peter sagte das sehr bestimmt.

»Meinetwegen. Aber es ist Nacht, das Dorf schläft doch sowieso.«

Peter lächelte. »Ein Dorf schläft nie. Man sieht die Leute nicht, das ist wahr, aber es gibt sie. Alte Leute, zum Beispiel, schlafen oft nur ein paar Stunden. Und jedes Geräusch weckt sie auf. Wir müssen nach Osten.«

Mann hatte keine Ahnung, wo Osten war, aber Peter wirkte sehr sicher. Sie liefen durch eine schmale Gasse auf Kopfsteinpflaster.

»Hast du schon mal mit Marion Westernhage gesprochen?«

»Ja, habe ich. Aber das war kurz nach dem Attentat und ich kannte die wichtigen Fragen noch nicht genau. Hast du eine Vermutung, wer hinter der Bombe steckt?«

»Das muss ein sehr dummer Mann gewesen sein. Ich weiß nicht, wer es war. Koniew war es auf jeden Fall nicht. Ihm eine solche Dummheit zu unterstellen kann gefährlich sein.«

»Dass Koniew es nicht war, weiß ich«, stellte Mann klar.

»Man schmeißt in Deutschland eigentlich keine Bomben«, sagte Peter. »Man macht es anders. Ein Schuss vielleicht oder eine Klaviersaite.«

»So würde ich das auch sehen«, nickte Mann. »Wie weit ist es noch?«

»Halber Kilometer, schätze ich. Siehst du da den kleinen Wald?«

»Ja, natürlich.«

»Da müssen wir hin. Das ist eine gute Zeit, um sich umzusehen. Und dann überlegen wir, was wir machen, wie wir am besten an die Westernhage herankommen.«

»Ich denke, du schellst, jemand öffnet, du ziehst eine Kalaschnikow, machst das Personal platt und lässt dich anschließend als Befreier feiern.«

»So mache ich das immer!«, bestätigte Peter. »Und manchmal mache ich auch noch die Befreiten platt.«

Sie schweigen eine Weile.

»Jetzt mal im Ernst, was passiert gleich?«, fragte Mann.

»Immer mit der Ruhe. Ruhe ist wichtig. Diese Sicherheitsleute, das sind Profis. Ich denke, wir sollten zusehen, dass wir auf Bäume kommen. Das Gelände ist umgeben von einer hohen Mauer. Obendrauf sind jede Menge Kameras. Ich vermute, dass sie einzeln geschaltet sind, nicht in Reihe. Das wäre zu billig. Unter Umständen gibt es auch Hunde. Wir sollten also auf einen Baum klettern und uns einen Überblick verschaffen.« Scharf setzte er hinzu: »Oder findest du das falsch?«

»Ich habe keinerlei Erfahrung mit so was«, sagte Mann. »Erst mal von oben reingucken ist vielleicht nicht schlecht.«

»Wir machen jetzt einen kleinen Umweg, falls es auch Kameras gibt, die die Straße überwachen. Lass uns über diese Wiese da laufen und dann von hinten an das Haus heranschleichen.«

So machten sie es.

Der Tau lag schwer auf dem Gras und nach wenigen Schritten waren ihre Schuhe nass. Einmal überquerten sie einen Bachlauf, mussten dann, wenige Meter weiter, durch ein seichtes Flüsschen waten. Als sie die Rückfront des Gebäudes erkennen konnten, gingen sie in direkter Linie darauf zu. Bald darauf befanden sie sich in der totalen Finsternis eines Gehölzes.

»Langsam«, mahnte Peter. »Die Augen an die Dunkelheit gewöhnen. Still stehen, fünf Minuten still stehen. Nie einen Ast beiseite drücken, immer darunter herbücken. Langsam. Und nicht mehr reden.«

Er benimmt sich wie ein Guerillakämpfer, als mache er das jeden Tag zwei Mal, dachte Mann. Wieso mache ich, ein deutscher Staatsanwalt, eigentlich so einen Schmonzes? Warum gehe ich nicht zur Vorderseite, schelle und sage: Ich möchte gern Marion Westernhage sprechen, und zwar sofort! Na ja, wenn ich das mache, bringe ich sie vielleicht in Gefahr. Also spielen wir Pfadfinder.

Das Licht im Osten wurde intensiver, der Tag kam angekrochen. Mann konnte zunehmend Äste erkennen, die in seinen Weg hineinragten. Dann standen sie plötzlich vor einer roten Backsteinmauer, vielleicht zwei Meter hoch.

Peter deutete schweigend erst nach links, dann nach rechts oben. Tatsächlich waren da kleine Kameras installiert, die winzigen roten Kontrolllampen waren deutlich zu sehen. Die Kameras bewegten sich nicht.

Peter stellte sich unter die linke und verschränkte die Hände im Schoß. Dann deutete er auf Mann.

Mann folgte seinem Beispiel und ließ Peter in seine Hände steigen. Es dauerte nur Sekunden, dann war die Linse der Kamera dreckverschmiert, durch einen Erdklumpen funktionslos geworden. Das gleiche Spiel mit der rechten Kamera.

Peter huschte leise an der Mauer entlang. Sie erreichten den Knick, der nach links führte, und Peter deutete auf eine günstig stehende Eiche.

»Die nimmst du«, hauchte er. »Ich nehme einen Baum gegenüber, dahinten. Wir geben Zeichen. Handfläche bedeutet alles okay, Faust Vorsicht, Handfläche hin- und herbewegen heißt: runter.«

Mann nickte und hatte sogleich ein Problem: Er stellte sich mit seinem rechten Fuß in eine spitzwinklige Gabel und bekam den Fuß nicht mehr frei. Es dauerte eine Weile, bis er wieder Herr über alle seine Gliedmaßen war. Als er schließlich etwa anderthalb Meter höher stand, konnte er die Rückfront des Hauses und den Garten gut überblicken.

Der Garten bestand zu großen Teilen aus freien Flächen, die mit hellem Kies belegt waren. Dazwischen Rasenflächen, an der Hausmauer standen zwei Gartenbänke aus Holz. Das Haus lag ohne einen Laut.

Ungefähr fünfzig Meter entfernt, jenseits des Gartens, tauchte Peter in einem Baum auf und zeigte seine Handfläche.

Mann kam das alles plötzlich sehr grotesk vor. Was sollte er eigentlich tun, wenn sich im Haus oder Garten etwas regte? Und was, wenn er in den Füßen Krämpfe bekam? Sich einfach fallen lassen und hoffen, dass es beim Beinbruch blieb?

Plötzlich entdeckte er in einem Fenster des Dachgeschosses Licht. Hinter den klaren Scheiben bewegte sich eine Gestalt. Ohne Zweifel handelte es sich um eine Frau, sie war nackt.

Peter musste sie auch gesehen haben, denn er reckte eine Faust und deutete lebhaft zum Haus hin.

Die Frau lief geschäftig hin und her, wenngleich nicht zu erkennen war, was sie tat. Dann trat sie an das Fenster und öffnete es. Es war nicht Marion Westernhage, diese Frau war korpulenter. Sie verharrte ein paar Sekunden und verschwand dann, um mit einem Pullover wieder aufzutauchen, den sie sich über den Kopf zog. Sie schien nicht allein in dem Zimmer zu sein, denn sie wandte sich um und gestikulierte mit den Armen. Dann drehte sie sich zum Fenster zurück und schloss es. Das Licht erlosch wieder.

Über eine Stunde lang geschah nichts, während Mann lernte, von Zeit zu Zeit den Standpunkt der Füße zu wechseln und leicht auf und nieder zu wippen, um den Kreislauf in Gang zu halten.

Um exakt fünfzehn Minuten nach sieben tat sich etwas im Garten. Ein Mann trat aus einer grün lackierten schmalen Tür und ließ einen Hund ins Freie.

Der Schäferhund begann zu tollen, der Mann lachte und

sagte: »Du bist ein Irrer.« Der Hund streckte sich mit den Vorderläufen flach auf die Erde, schob seinen Kopf weit vor und sprang dann wieselflink auf den Mann zu. Der bückte sich, aber es war zu spät und der Hund prallte gegen ihn. Der Mann schrie und begann nach dem Hund zu treten. Er traf ihn erst an der Schnauze, dann mitten in den Leib. Der Hund jaulte hoch. Der Mann trat weiter, der Hund flüchtete ins Haus, der Mann rannte hinter ihm her. Im Haus gab es großen Lärm, aber es war nicht auszumachen, was dort drinnen geschah. Wahrscheinlich, so dachte Mann, bezog der Hund weiter Prügel.

Wieder war es still, kein Laut aus dem Haus, niemand an irgendeinem Fenster, keine Bewegung.

Nach etwa zwanzig Minuten zeigte Peter eine schnelle Faust. Die grün lackierte Tür öffnete sich und vier Frauen kamen nacheinander heraus. Sie liefen geradewegs zu der abgelegenen Gartenbank und setzten sich. Sie hielten Kaffeebecher in den Händen und wirkten nicht sehr fröhlich. Marion Westernhage war die dritte in der Reihe. Die Frauen trugen bequeme Freizeitkleidung, Hosen, T-Shirts, leichte Pullover. Von dem, was sie miteinander redeten, war nichts zu verstehen, sie sprachen zu leise.

Dann betraten drei junge Männer den Garten. Sie liefen langsam an den Frauen vorbei und gingen dann auf einem der Kieswege weiter.

Wieder eine Faust von Peter.

Die Männer schritten an der Mauer entlang und Mann konnte unendliche Sekunden lang nicht sehen, was sie taten, weil sie sich im toten Winkel befanden. Sie schienen nicht miteinander zu reden und seltsamerweise starrten die Frauen zu ihnen hinüber, als tue sich etwas Überraschendes.

Endlich waren sie wieder in Manns Blickfeld. Sie rauchten und ihre Schritte knirschten deutlich hörbar in dem Kies.

»Ich möchte wenigstens in Ruhe meinen Kaffee trinken!« Das war eindeutig Marion Westernhages Stimme. »Nicht immer in Gesellschaft von diesen Affen da.«

»Halt die Schnauze, du Hure!«, schrie einer der Männer wütend.

»Ja, ich weiß«, sagte eine andere Frau, die neben Marion Westernhage saß, »wir sind alle Huren und Dreckschweine und was weiß ich noch. Und du bist ein Arsch mit Ohren, mein Lieber!«

»Fick dich selbst«, sagte ein anderer Mann zornig.

»Wenn ich dich so ansehe, dann ist das die beste Lösung«, sagte eine dritte Frau.

In diesem Moment öffnete sich erneut die grüne Tür und der Mann, der Streit mit dem Hund gehabt hatte, kam heraus und marschierte wütend auf die Frauen zu.

»Seid still!«, sagte er roh. »Ihr seid hier, um zu arbeiten, und nicht, um euch mit den Jungs zu amüsieren.«

»Du bist wirklich ein klasse Einpeitscher!«, sagte Marion Westernhage voller Verachtung. »Und so ein schöner Mann!«

Der Verhöhnte machte zwei schnelle Schritte und Mann konnte Marion nicht mehr sehen, weil jener sie verdeckte. Dann hob er die Hand und schlug zu. Erst links, dann rechts, dann noch einmal links.

Marion Westernhage fiel auf die Knie und lag dann lang auf dem Rasen.

Sie schlagen sie!, dachte Mann fassungslos. Das darf doch wohl nicht wahr sein!

»Rein jetzt! An die Arbeit!«, schrie der Einpeitscher.

Die drei Frauen erhoben sich, Marion Westernhage rührte sich immer noch nicht.

Der Mann, der geschlagen hatte, drehte sich zu den drei jungen Männern um, die auf dem Kiesweg stehen geblieben waren. »Tragt das Stück Dreck ins Haus. Einmal Badewanne mit kaltem Wasser!«

Sie hoben die Frau auf, wollten sie zwingen, selbst zu laufen. Aber das funktionierte nicht, Marions Beine knickten ein. Schließlich trugen sie sie zu zweit ins Haus.

Es war, als sei ein Spuk vergangen.

»Was sollen wir tun?«, fragte Peter, der schon unten am Stamm stand, als Mann sich herunterließ.

»Ich bin dafür, dass wir sie da rausholen«, sagte Mann entschlossen.

»Das ist gut«, nickte Peter.

NEUNTES KAPITEL

»Sie dürfen hinterher keine brauchbaren Bilder aus den Kameras haben«, erklärte Peter sachlich. »Also, erst die Kameras, dann gehen wir zum Haupteingang. Wir müssen ihnen die Wege versperren.« Er wandte sich nach links und Mann folgte ihm. Ihn interessierte gar nicht mehr, wie der junge Deutschrusse die einzelnen Schwierigkeiten meistern wollte. Er wollte sie erledigt sehen.

Unterhalb jeder Kamera musste sich Mann wie gehabt aufstellen und Peter trat in seine Hände, um die Kamera ihrer Funktion zu berauben. Dieses Mal knipste er jeweils einen der Drähte mit der kleinen Zange eines Schweizer Offiziersmessers ab.

»Das werden sie aber merken«, sagte Mann. »Die Bildschirme werden flimmern.«

Peter antwortete gelassen: »Die haben im Moment andere Probleme. Sie werden sich auf die Stimmung im Haus konzentrieren, nicht auf irgendwelche Bewegungen hier draußen.«

Sie umrundeten das Anwesen und setzten insgesamt acht Kameras außer Gefecht. Mann war es ein wenig unheimlich, dass Peters Vorgehen nicht die geringste Hast verriet.

»Müssen wir uns nicht beeilen?«

»Weshalb? Sie werden frühstücken, dann werden sie arbeiten. Und die Sicherheitsleute müssen auf die Frauen aufpassen, dass sie nicht abhauen, sondern ihren Job erledigen. Damit, dass jemand von außen versucht reinzukommen, rechnen die doch nicht. Jetzt kommt die Haupttür. Pass auf, dass du nicht von einem Fenster aus gesehen werden kannst.« Er huschte voran.

In die Mauer war an der Frontseite eine schwere, ebenfalls grün lackierte Metalltür eingelassen worden. Sie war mit zwei Sicherheitsschlössern versehen und hatte keine Klinke.

»Was nun?«

»Wir sperren sie ein, mit einem kleinen Stückchen Holz«, flüsterte Peter. »Papier ginge auch, aber Holz ist besser. Du drückst einfach einen kleinen Span in den Schlüsselschlitz. Sieh her. Es reicht, dass er zwei oder drei Millimeter tief drinsteckt. Dann brichst du den Span ab. Wenn du ganz sichergehen willst, spuckst du vorher auf den Span. Er quillt dann auf und nach zehn Minuten kriegst du keinen Schlüssel mehr in das Schloss. Wenn auf der Innenseite der Gegenschlüssel in einem parallelen Zylinder geführt wird, wendest du dort das gleiche Verfahren an. Wir müssen uns auch um die Autos kümmern. Sie haben mindestens sechs, wenn nicht acht im Hof stehen. Bist du bereit, können wir rein?«

»Okay«, nickte Mann. »Was machen wir, wenn plötzlich jemand vor uns steht und Guten Morgen sagt?«

»Das entscheiden wir, wenn es so weit ist. Wir gehen da rüber, da ist Gebüsch. Außerdem ist hier die Küchenseite, siehst du da die Aluminiumrohre auf der Außenwand? Ich steige rauf, lege mich auf die Mauerkrone und zieh dich hoch.«

Keine Zeit für Zweifel und herkömmliche Höflichkeiten. Wahrscheinlich würde Peter auf die gleiche Weise den Buckingham-Palast aufrollen.

Es war wesentlich einfacher, als Mann befürchtet hatte. Sie saßen auf der Mauer und starrten hinunter auf die mit weißer Blendfarbe übertünchten Fenster des Küchentraktes. Zwei standen leicht geöffnet.

»Such dir ein Stückchen Holz und kümmer dich um die Schlösser im Tor! Ich steche derweil die Autoreifen ab.«

Der Innenhof des Anwesens war wie zu erwarten recht groß und Peter hatte Recht gehabt: Neun Autos standen auf dem Katzenkopfpflaster. Sie huschten zwischen die Wagen, Mann lief den direkten Weg zum Tor und drückte Holzspäne in beide Schlösser, nachdem er das Holz zuvor mit seiner Spucke befeuchtet hatte. Dann schlich er zurück zwischen die Autos. Sie trafen sich neben einem Jeep Cherokee und grinsten sich zu wie kleine Jungen, die dem Lehrer ein Schild mit der Aufschrift *Ich bin doof* auf den Rücken geklebt hatten.

»Jetzt wird es ernst«, sagte Peter leise. »Ich weiß noch nicht genau, durch welches Fenster wir reingehen, aber wir gehen rein. Ich bleibe immer vier Schritte vor dir. Wenn ich stehen bleibe, bleibst du auch stehen. Vier Schritte. Am besten nehmen wir eines der Frontfenster, da ist es am stillsten.«

Er eilte voraus und Mann hielt sich an die vier Schritte, so gut es ging.

Die großen Flügeltüren zur Eingangshalle waren verschlossen.

»Hat keinen Zweck«, meinte Peter leichthin, als habe er fest damit gerechnet. Er hob einen der Begrenzungssteine auf, die die Auffahrt säumten. Doch er warf ihn nicht, sondern drückte ihn fest gegen den rechten Flügel eines großen Fensters. Es knackte scharf, dann fielen Scherben nach innen in die Halle. In Manns Ohren war es ein mörderischer Lärm.

Peter kletterte durch die Öffnung und bedeutete Mann mit einer schnellen Handbewegung, ihm zu folgen. Der Deutschrusse verschwand hinter dem Sofa einer schwarzen Ledergarnitur. Mann folgte zügig und duckte sich ebenfalls hinter das Möbel.

»Achtung, der Hund!«, murmelte Peter und stand auf.

Das Tier blieb still, es hechelte nicht einmal. Es hatte die beiden Männer fest im Blick, senkte den Kopf und zeigte seine Zähne. Ein lautes Knurren kam aus seiner Kehle, voller Angriffslust.

Peter lockte: »Komm her.« Dann zog er eine Waffe und schoss. Es gab ein leises Plopp und das Tier fiel um.

»Okay!«, sagte Peter und lief los. Er rannte auf eine doppelte Glastür zu und drückte den rechten Flügel auf. Die Tür führte zu einem Gang. Peter winkte Mann nachzukommen.

Mann fühlte Panik und war gleichzeitig wütend. Das war nicht abgesprochen, eine Waffe war gar nicht angesprochen, nicht diskutiert worden.

»Verdammte Scheiße!«, zischte er.

Peter drehte sich zu ihm: »Was hast du geglaubt? Dass das ein Spaziergang wird? Los jetzt. Vier Schritte!« Er wandte sich nach rechts in den schmalen Gang hinein.

Plötzlich öffnete sich vor ihm eine Tür, ein Mann trat in den Flur und sagte in den Raum zurück: »Ich habe meine Zigaretten oben liegen lassen.«

Die Tür war kaum geschlossen, da war Peter schon bei dem Mann und schlug ihm mit der Waffe in das Genick. Der Mann brach zusammen und Peter achtete sorgfältig darauf, dass beim Fall kein Laut entstand. Er griff dem Bewusstlosen in den Gürtel und zog ihn zwei Meter weiter, von der Tür weg.

Mann kam nach.

»Ganz ruhig«, murmelte Peter, als sei das Ganze nicht mehr als eine Showeinlage gewesen.

»Keinesfalls auf Menschen schießen!«, forderte Mann wütend.

»Das habe ich nicht vor«, flüsterte Peter. »Jetzt gehen wir durch diese Tür!« Er deutete auf die Tür, durch die der Mann gekommen war. »Mach sie auf!«

Mann stieß sie auf.

Mit einer unglaublichen Schnelligkeit glitt Peter über die Schwelle und sagte ohne jede Form von Erregung: »Langsam, Leute. Wir mögen euch, aber wir schießen auch!« Ruhig setzte er hinzu: »Komm rein!«

Mann trat in den Raum. »Wir sind sofort wieder weg«, sagte er. »Wo sind die Frauen?«

Der Raum war offensichtlich so etwas wie eine kleine Kantine. Drei Männer hatten sich um einen kleinen Tisch versammelt, auf dem Kaffeekannen, Becher und Brötchenkörbe standen. In der Mitte saß der, der den Hund so übel getreten hatte. Er war der älteste.

Einer der jüngeren sagte rau: »Die Frauen sind oben.«

»Wie schön. Dann geh mal rauf und hol sie runter«, sagte Peter heiter. »Und denk dran: Wir schießen, wenn du Scheiße baust.«

Der Junge stand auf und bewegte sich unsicher. »Ich kann sie ja rufen. Es gibt eine Rufanlage.«

»Du Arsch!«, sagte der Ältere.

»Sehr gut«, sagte Mann. »Dann komm ganz vorsichtig her zu mir. Bis auf zwei Schritte, dann bleibst du stehen. So ist es gut. Ich weiß, Kleiner, du hast Angst. Aber du bleibst ja am Leben, wenn wir das wollen. Und noch wollen wir.«

»Und nun zeig meinem Kumpel mal die Rufanlage«, bat Peter freundlich.

»Die ist gegenüber in Raum eins.«

»Na, fein«, sagte Mann. »Dann gehen wir in Raum eins. Und mach dir nicht in die Hose, das riecht so streng.« Etwas fassungslos fragte er sich, wie er einen solchen Unsinn reden konnte. Aber wahrscheinlich gehörte das dazu.

Der Junge schritt vorsichtig an Mann vorbei in den Gang. Hinter seinem Rücken machte Mann eine schnelle Bewegung.

Der Junge zuckte heftig zusammen und fuhr mit beiden Händen hoch in die Luft.

»Er ist nervös«, stellte Peter fest.

Der Junge ging drei Schritte weiter und blieb dann vor einer Tür stehen.

»Mach sie auf«, sagte Mann ganz sanft.

Der Junge wandte den Kopf zur Seite: »Dahinter ist der Hund. Wenn der Fremde sieht ...«

»Der Hund ist tot!«, sagte Peter laut.

»Nun mach schon«, drängte Mann.

Der Junge öffnete die Tür und erklärte: »Da ist die Rufanlage. Zu allen Zimmern.«

»In welchem Zimmer befindet sich Marion Westernhage?«, fragte Mann.

»In der Drei«, sagte der Junge. »Sie und Hühnchen sind in der Drei.«

»Wieso Hühnchen?«, fragte Mann.

»Wir nennen sie so«, gab der Junge zittrig zur Antwort.

»Mach schnell«, rief Peter. »Die werden hier langsam nervös.«

Mann drückte auf den dritten Knopf und sagte: »Marion und Hühnchen bitte runter, bitte schnell. – Und jetzt zurück zu deinen Kumpels.«

Sie erreichten wieder den Frühstücksraum.

»Wo kommen die Frauen her?«, fragte Peter.

»Aus der anderen Tür da drüben«, sagte der Älteste. »Falls das stimmt und ihr meinen Hund gekillt habt, werde ich Frikadellen aus euch machen.«

»Sieh mal einer an«, staunte Peter fröhlich.

»Wie viele Leute sind in der Küche?«, wollte Mann wissen.

»Zwei«, antwortete der Junge. »Jonny und Elfriede. Aber die tun nichts.«

Die Tür ging auf. Zuerst kam eine etwas korpulentere Frau herein, dann Marion.

»Sind Sie Marion Westernhage?«, fragte Mann laut.

Sie starrte ihn einen Augenblick lang an. Dann nickte sie. »Die bin ich.«

»Sie werden einigen wichtigen Leuten ein paar Fragen beantworten müssen«, sagte Mann scharf. »Ihre Kollegin wird Hühnchen genannt. Haben Sie auch einen normalen Namen?«

»Ich heiße Krautwert«, entgegnete die Frau kühl. »Sie können mir mit Ihrem Maschinengewehr überhaupt nicht imponieren.«

»Das will auch keiner«, murmelte Peter. »Was ist, nehmen wir sie auch mit?«

»Ich will gar nicht mit«, sagte die Frau sofort. »Ich steh das hier durch, ich bin allein erziehende Mutter, ich muss meinen Job behalten.«

»Klare Aussage«, nickte Mann. »Dann kommen Sie mal, Frau Westernhage!«

Marion Westernhage war blass und ihre rechte Augenbraue war aufgerissen und hatte heftig geblutet.

»Du bist der Chef, nicht wahr?«, fragte Peter den älteren Mann. Er mochte um die vierzig sein und seine Augen waren hellwach und ohne Furcht.

»Ja«, bestätigte er.

»Wer sind deine Auftraggeber?«, fragte Mann.

»Die Bankgesellschaft«, antwortete der Sicherheitsmensch.

»Falsch!« Mann wurde scharf. »Ich will einen Namen hören! Wer hat mit dir gesprochen?«

»Die Bankgesellschaft«, wiederholte der andere.

Peter schoss, es machte erneut Plopp, die Kaffeekanne vor dem Mann machte einen Satz und fiel mit viel Lärm vom Tisch. »Du sollst antworten«, befahl Peter ruhig.

»Mal Dreher, mal Blandin«, murmelte der Mann.

Peter wandte sich an Mann: »Kumpel, du gehst jetzt mit der Frau in den Garten. Links an der Hauswand steht eine Leiter. Stell sie an die Mauer. Ich komme gleich nach.«

Mann nickte und fasste Marion Westernhage leicht am Arm. »Gehen Sie langsam vor, junge Frau. Und nicht abhauen, sonst fange ich an zu schießen. In den Garten.«

Marion lief nach links, dann nach rechts durch eine Tür, durchquerte einen Raum, in dem es mehrere Sitzecken gab, und öffnete eine Terrassentür.

»Links ist die Leiter«, flüsterte Mann. Laut sagte er über die Schulter zurück: »Wir haben die Leiter!«

»Gut«, rief Peter. »Ich komme.«

Mann nahm die Leiter, trug sie schnell durch den Garten und lehnte sie an die Mauer.

»Dass du kommst!«, keuchte Marion hinter ihm.

»Ich musste«, sagte er. »Rauf mit dir. Auf der anderen Seite musst du dich runterlassen. Mach schnell.«

Sie verharrte einige Sekunden auf der Mauerkrone und ließ sich dann herunterfallen. Ironisch meldete sie: »Der Adler ist gelandet!«

»Na fein«, sagte Mann und kletterte die Leiter hinauf.

Er beobachtete, dass Peter die Terrassentür durchschritt und sich dann mit einer schnelle Drehung an die Hauswand presste.

Hinter ihm schoss der Chef der Sicherheitstruppe ins Freie und schrie: »Verdammte Schweine, ich mache euch fertig.« In der Rechten hielt er eine schwere Waffe.

»Du machst gar nichts mehr«, sagte Peter kühl in seinem Rücken und drückte den Abzug.

Der Mann griff sich an den linken Oberschenkel und jaulte auf. Dann brach er zusammen.

Peter rannte zur Mauer, erklomm die Sprossen, zog die Leiter hoch und kippte sie auf der anderen Seite hinunter.

»Das war nicht nötig, verdammt nochmal!«, erregte sich Mann.

»Doch, das war es«, widersprach Peter. »Oberschenkelschuss. Wird sie davon abhalten, irgendetwas zu unternehmen. Sie sitzen jetzt hier fest, sie werden sich nicht mal mehr in den Garten trauen. Du warst übrigens wirklich gut, Kumpel.«

»Na ja«, sagte Mann und ließ sich von der Mauer fallen. »Was machen wir, wenn die die Polizei rufen?«

»Nie im Leben rufen die die Polizei«, sagte Peter und landete neben Mann. Dann reichte er Marion die Hand und stellte sich vor: »Mein Name ist Peter, ich bin das Sondereinsatzkommando.«

»Guten Tag«, sagte sie hilflos. Plötzlich begann sie zu weinen, zitterte und stammelte laut: »Scheiße!«

»Das sind die Nerven«, befand Peter. »Wir gehen jetzt auf dem kürzesten Weg nach Kehrig. Ich werde vorauslaufen und den Schlitten holen, damit die ältere Generation sich nicht so anstrengen muss.« Schon war er unterwegs.

»Warum hast du das gemacht?«, fragte Marion aufgebracht und wischte sich über die Wangen. »Das war sehr gefährlich. Diese Männer hatten Waffen.«

»Ich hatte Peter«, entgegnete er trocken. »Und jetzt lass uns gehen. Es ist sowieso die Zeit, in der die Leute hier zur Kirche gehen.« Er nahm sie an der Hand.

»Ich habe was geträumt«, murmelte sie. »Ich habe geträumt, du bist mein Held und kommst mit einem Hubschrauber aus den Wolken, um mich zu retten.«

»Ich mache so was lieber zu Fuß. Das ist sicherer«, grinste er.

»Ist dieser Peter auch ein Staatsanwalt?«, fragte sie.

»Das würde ich verneinen wollen«, antwortete er.

»Also ein Bulle?«

»Das noch weniger«, sagte Mann.

»Irgendwie vom Geheimdienst?«

»Er ist Koniews Leibwächter«, klärte Mann sie auf.

Sie blieb stehen und lachte ungläubig. »Das ist nicht wahr?«

»Doch«, sagte er. Ein jähes Glücksgefühl überwältigte ihn. »Es ist jedenfalls wunderbar, dich wiederzuhaben. Obwohl ich dich nie hatte. Wie geht es dir?«

»Beschissen«, antwortete sie. »Ich glaube, ich habe gerade mein altes Leben verloren. Wie bist du darauf gekommen, Koniew um Hilfe zu bitten?«

»Das ergab sich so«, sagte er leichthin. »Ich werde dir später alles ausführlich erzählen.«

»Ich will jetzt heim, ich brauche neue Klamotten und ich will duschen.«

»Das kannst du dir abschminken. Du kannst jetzt nicht zurück in deine Wohnung.«

»Aber wieso denn nicht? Die Bank schmeißt mich nun raus und das war's.«

»Ich bin gar nicht mal so sicher, dass sie dich rausschmeißen«, widersprach er. »Die Bank wird auf jeden Fall versuchen wollen, dich vom Reden abzuhalten. Also werden sie erst mal sehr generös und liebenswürdig zu dir sein.«

Sie waren erst wenige Meter die Straße entlang gelaufen, als Peter mit dem schwarzen Golf heranrollte und winkte, dass sie einsteigen sollten.

»Ich muss noch eben telefonieren«, sagte Mann.

»Wir sollten aber verschwinden«, mahnte Peter.

»Zwei Minuten«, sagte Mann und ging außer Hörweite.

Er rief Blum an und berichtete: »Wir haben Marion Westernhage. Ich habe sie mit einem Mitarbeiter von Koniew aus dem Fortbildungszentrum herausgeholt. Der Mann hat mir sehr geholfen, aber er musste einen Schäferhund töten, weil der uns angegriffen hat, und er musste einem Mann in den Oberschenkel schießen, um uns die Flucht zu ermöglichen. Wir befinden uns jetzt auf einer Landstraße bei Kehrigk im Spreewald.«

»Ist die Westernhage aussagewillig?«

»Ich denke schon. Sie haben ihr die Augenbraue aufgeschlagen, sie ist ziemlich durcheinander. Zuerst mal muss ich eine Entscheidung treffen, wo wir uns jetzt verkriechen.«

»Was ist, wenn Koniew ein Gegengeschenk fordert?«, fragte Blum düster.

»Lieber Gott, Blum. Das musste ich riskieren«, antwortete Mann schnell. »Wir werden noch viel mehr riskieren müssen. Ich melde mich wieder.«

»Heute noch«, bat Blum. »Um Gottes willen heute noch. Wir müssen uns sehen, wir haben viel zu besprechen. Ich habe jetzt eine Ahnung, wer der letzte Besucher bei Ziemann war.«

»Du lieber Himmel! Wer?«

»Ein Oberstaatsanwalt«, sagte Blum. »Schluss jetzt. Sucht euch einen sicheren Bunker und melde dich.«

Mann war verwirrt: Wieso ein Oberstaatsanwalt? Was konnte der von Ziemann gewollt haben? Und wieso hatte er ihn nicht zu sich bestellt?

Mann setzte sich neben Peter. »Wir können fahren.«

»Das ist ja schön und gut«, sagte Peter. »Aber wohin?«

»Ich weiß es nicht«, sagte Mann mutlos.

»Was ist los?«, fragte Marion.

»Später!«, sagte Mann.

»Moment«, sagte Peter. »Ich rede kurz mit meinen Leuten.« Auch er stieg zum Telefonieren aus. Marion und Mann konnten beobachten, wie er ruhig etwas erklärte, dann hörte er lange Zeit zu, nickte und steckte das Handy in die Tasche.

Als er wieder hinter dem Lenkrad saß, sagte er: »Väterchen will, dass wir erst einmal auf Nummer sicher gehen. Er will abwarten, wie die Bankleute reagieren, und mit ein paar Leuten reden. Ich soll euch zu Schürmanns Grab bringen.« Er startete den Wagen.

»Das klingt nicht besonders gut«, meinte Marion.

»Das klingt nicht gut, ist aber sicher«, erklärte Peter. »Im Übrigen – an der ersten Raststätte bestehe ich auf ein Frühstück. Es muss fettig sein, mindestens drei Spiegeleier enthalten und zwei Liter schwarzen Kaffee und andere wilde Sauereien.«

»Das ist eine gute Idee«, sagte Mann. »Aber erzähl doch kurz, was Schürmanns Grab ist, dann halte ich auch den Mund.«

»Das tust du niemals«, antwortete Peter. »Aber, na gut. Es gab mal einen Betrüger in Berlin, der richtig gut abgesahnt hatte. Er hatte sich mit sehr viel Erfolg auf reiche Witwen spezialisiert. Aber dann begann er Fehler zu machen, achtete nicht mehr richtig auf seine Deckung und dann waren die Bullen hinter ihm her. Soweit wir das wissen, hatte er gut zwei Millionen angehäuft. Und die wollte er natürlich behalten und in Ruhe genießen. Also beschloss er eines Tages, sich unsichtbar zu machen. Und er landete in Alt-Gaarz. Da fahren wir jetzt hin. Schürmann bezog ein kleines Häuschen, er war der sechste Einwohner der Ortschaft und nannte sich Meier, Wilhelm Meier. Ob ihr es glaubt oder nicht, Schürmann verbrachte dort etwa elf ruhige Jahre. Dann fiel er auf. Und zwar deshalb, weil er einen Kinderwagen aus dem See zog, mit einem Baby drin. Die lokale Gazette berichtete über den Lebensretter von Alt-Gaarz und ein Kripomann sah das Bild und dachte: Den Herrn kenne ich doch. Da war es dann aus mit Schürmann. Später hat Väterchen das Haus billig gekauft, weil er Schürmanns Geschichte so schön findet. Und jetzt dürft ihr dort wohnen. Das ist eine Ehre.«

»Und wo befindet sich dieses Alt-Gaarz?«, fragte Marion.

»Sozusagen in der Müritz, da ist absolutes *lands end*. Geradeaus Wasser, links Wasser, rechts Wasser. Das ist sozusagen der Schürmann-Bau Mecklenburg-Vorpommerns.« Peter pfiff ein fröhliches Liedchen.

»Das kannst du uns nicht antun«, protestierte Mann.

»Das muss ich sogar!«

Peter fuhr zügig, blieb auf der linken Spur. Wollte jemand nicht ausweichen, fluchte er wild. Sie wechselten auf die Autobahn Richtung Rostock. Kurz darauf, beim Anblick eines Raststättenschildes, seufzte Peter zufrieden: »Aah, Frühstück!«

Sie machten eine Stunde Rast und Peter machte alle seine wilden Ankündigungen wahr, sodass Marion leicht angewidert kommentierte: »Das kann man doch nicht essen: vier Spiegeleier mit Schinken! Und drei Scheiben Brot und einen halben Camembert.«

»Was schätzt du, wie lange wir in Schürmanns Haus bleiben sollten?«, fragte Mann.

»Das weiß ich nicht. Ich hole euch, sobald wir wissen, dass die Luft rein ist. Es wäre jetzt nicht gut, durch Berlin zu tigern und irgendwelchen Leuten zu begegnen, die euch nicht mögen.«

»Was haben wir denn an uns?«, fragte Marion aufgebracht. »Wer sollte zum Bespiel mir was tun? Und warum? Weil ich meine Arbeit im Stich gelassen habe? Das ist doch Blödsinn!«

»Junge Frau, wir kennen uns kaum«, erwiderte Peter langsam. »Deshalb kann ich Sie ruhig beleidigen. Ich finde es bodenlos leichtsinnig von Ihnen, sich als harmlos einzuschätzen. Sie sitzen seit vielen Jahren auf dem Schoß des Mächtigen! Wir wissen schon von fünf Toten: Sirtel, Benny, seine Freundin und ihr Zuhälter sowie Ziemann. Das muss Ihnen doch zu denken geben!«

Als sie wieder in dem Golf saßen, drehte sich Mann zu Marion um und fragte: »Hat sich Dreher eigentlich mal bei dir gemeldet?«

»Nein. Aber ich weiß nun sicher, dass er dabei ist, seinen Vorstandsstuhl zu räumen. Na ja, der wird schon was Neues in Aussicht haben. Obwohl er als Banker eigentlich unter Mittelmaß ist. Ich weiß, über was ich da rede.«

Auf dem Schild der Abfahrt stand *Röbel*. Über Landstraßen ging es weiter in Richtung eines Städtchens namens Mirow. Dann jähes Bremsen, rechts einbiegen, anhalten.

»Ich möchte euch bitten, die Köpfe runterzunehmen«, sagte Peter.

»Das ist doch überflüssig«, sagte Mann.

»Ist es nicht«, widersprach Peter. »Ich komme allein in Alt-Gaarz an. Ich schaue nach dem Haus, mich kennen sie. Ich fahre in die Garage, schließe sie hinter mir und dann dürft ihr aussteigen.«

»Das ist auch nicht besser als in dem Fortbildungszentrum«, murmelte Marion.

»Das Einfachste ist, ihr setzt euch beide nach hinten und ich lege eine Decke über euch. Bitte, das klingt lächerlich, aber es ist wichtig, dass hier geglaubt wird, dass ich allein komme und allein wieder abhaue. Hier heben die Leute die Köpfe, wenn ein Auto vorbeifährt.«

Mann stieg aus und setzte sich neben Marion. Peter breitete eine Decke über sie aus, dann fuhr er weiter.

»Dürfen wir etwa das Haus nicht verlassen?«, fragte Mann.

»Das wäre am besten«, bestätigte Peter.

»Ach, vielleicht gibt es Schlimmeres«, sagte Marion und nahm Manns Hände in die ihren.

»Ich beschreib mal, was ihr sehen würdet, wenn ihr könntet. Links befindet sich ein alter Flugplatz, auf dem die Russen ihre MiGs stationiert hatten. Die Straße ist schmal, rechts und links stehen uralte, meterdicke Weiden. Jetzt kommt eine scharfe Kehre nach rechts und nun sind wir auf einer noch schmaleren Straße, die nach Neu-Gaarz führt. Der Weg ist mit Betonfertigplatten belegt, wie ihr merkt, aber gleich ist damit Schluss, dann fahren wir auf Sand… Nun sehe ich eine wunderschöne alte Holzkirche, die es schon seit zwölfhundert geben soll. Drei Häuser, eins davon ist eine Töpferei, das ist alles. Ihr bewohnt das vierte Haus, das steht rechts des Weges. Hinter dem Haus gibt es eine Wiese, die in einer Bucht mit vier Bootsschuppen endet. Ein Schuppen ist umgekippt. Nur, damit ihr nicht glaubt, ihr sitzt im Dunkeln. Meine Ansage ist übrigens kostenpflichtig, fünf Euro pro Person.«

»Ich sitze im Dunkeln«, sagte Marion dumpf.

Peter lachte. Der Wagen stoppte, die Fahrertür ging auf und zu und sie hörten, wie etwas quietschte, dann kehrte Peter zurück und setzte den Wagen ein paar Meter weiter vor. »Wir sind da«, stellte er fest, stieg aus und schloss das Tor der Garage.

»Du wirst erzählen, dass wir Freunde sind, die hier ein paar Tage Urlaub machen«, entschied Mann resolut. »Es ist idiotisch, dass wir diesen Bunker nicht verlassen sollen. Vielleicht sollen wir uns auch nicht an den Fenstern zeigen? Das ist schon paranoid!«

»Das war der Wunsch von Väterchen. Aber vielleicht ist es tatsächlich übertrieben.« Peter war leicht verlegen. Dann wandte er sich an Marion. »Soll ich dir was aus deiner Wohnung holen?«

»Das wäre gut«, nickte sie. »Ich schreibe dir auf, was ich brauche. Allerdings habe ich keinen Wohnungsschlüssel mehr, keinen Ausweis, keinen Führerschein, kein Geld, ich habe gar nichts. Meine Handtasche ist in Kehrigk geblieben.«

»Wunderbar«, seufzte Mann. »Aber irgendwie werden wir auch das Problem lösen.« Er schaute sich in der Garage um. An der Wand Regale mit dem üblichen Zeug, das Autobesitzer scheinbar haben müssen, um die nächsten Tage zu überstehen.

»Durch diese Tür da geht es ins Haus«, erklärte Peter. »Ich muss nochmal mit Väterchen telefonieren.«

»Schöne Grüße«, sagte Mann.

Im Erdgeschoss des Hauses gab es eine geräumige Küche und nach hinten heraus einen Wohnraum mit Blick auf eine große Wiese. Eine enge Holztreppe führte nach oben, dort befanden sich drei Schlafzimmer und ein kleines Bad.

Es war unheimlich still. Nur Möwen waren zu hören, sie kreischten und hockten arrogant auf Zaunpfählen.

»Im Keller sind Konserven. Genug für ein halbes Jahr«, teilte Peter mit. Er hatte das Handy immer noch am Ohr und ging im Wohnzimmer hin und her.

»Wo ist das Bad? Und es ist verdammt kalt hier«, sagte Marion.

»Das Badezimmer ist oben. Inklusive eines Durchlauferhitzers für heißes Badewasser«, sagte Mann, der gerade von oben wieder herunterkam.

Er ging in die Küche, setzte sich an den Tisch auf eine Eckbank und starrte aus dem Fenster auf den Dorfweg, der zehn Meter vor dem Haus verlief. Geradeaus erblickte er einen Bauernhof. Es war nicht zu erkennen, ob dort jemand lebte.

Auch Mann nahm sein Handy zur Hand und wählte Blums Nummer. »Wir sind nun an der Müritz. Am Arsch der Welt in einem uralten Haus, das Koniew gehört. Das Nest heißt Alt-Gaarz, mit Doppel-A. Ich denke, wir sind sicher hier.«

»Ja, vielleicht«, erwiderte Blum. »Aber Koniew hat euch auch sicher, oder? Du musst aufpassen, mein Junge, der Russe ist ein listiger alter Vogel, der weiß genau, was er tut.«

»Was ist denn nun mit dem Oberstaatsanwalt bei Ziemann? Wer war das?«

»Geht jetzt nicht, wir hocken gerade bei *Bolle.* Merk dir mal eine andere Handynummer.« Er diktierte sie. »Das ist ein privates Handy, ich will das Diensthandy nicht mehr als nötig verwenden. Ruf mich in sechs Stunden wieder an. Dann kann ich dir mehr sagen und wir haben Ruhe. Eine Frage noch an dich: Was passierte da in dem Fortbildungsschuppen? Was sollten die Frauen tun?«

»Das weiß ich noch nicht. In sechs Stunden kann ich mehr erzählen. Ich muss vorsichtig sein. Diese Aktion kann die Westernhage ihren Job kosten. Sie ist nicht gerade in einer beneidenswerten Lage. Also, bis später.«

Marion rief: »Wie willst du denn in meine Wohnung reinkommen? Hier ist der Zettel.«

»Das schaff ich schon«, antwortete Peter selbstbewusst. Er hatte aufgehört zu telefonieren und war ebenfalls in die Küche getreten. »Ich habe die Heizung eingeschaltet, ihr müsst sie nur noch regulieren.«

»Was sagt Koniew?«, fragte Mann.

»Nichts Besonderes: Glück auf dem Weg! Ich muss nach Hause, ich habe noch viel zu erledigen. Brauchst du auch was, Kumpel?«

Mann schüttelte den Kopf. »Und was auch immer passiert: Vielen Dank.«

»Ja«, sagte Peter. »War irgendwie schön.«

Wenig später fuhr er aus der Garage und war verschwunden.

Marion nahm ein Bad, Mann hörte sie einen Schlager singen, den er nicht kannte. »Ich bin vor dem Haus!«, rief er.

Der Schlüssel steckte innen, er steckte ihn nach außen. Direkt hinter dem Haus gab es einen winzigen Garten mit alten Johannisbeer- und Stachelbeersträuchern. Rittersporn strahlte leuchtend blau, der Rest war eine Wildnis, in der sich jahrelang kein Gärtner hatte blicken lassen.

Mann marschierte bis zum Ende des Gärtchens. Der Zaun zur Wiese war stark verrostet – soweit überhaupt noch vorhanden. Er lief in die Wiese hinein auf den blauen Streifen des Sees zu.

Rechts befanden sich die Bootsschuppen, der umgekippte sah grotesk aus, als sei er gestorben. Mann setzte sich in das Gras, starrte in den Himmel und genoss die Stille.

Schließlich ließ er sich auf den Rücken fallen, nahm einen Grashalm und kaute darauf herum. Er sah eine weiße Wolke segeln und freute sich, dass irgendwann vielleicht Marion auftauchen würde, um zu sagen: Wie geht's dir?

Wie würde sich Ziemann wohl an seiner Stelle verhalten? Wahrscheinlich würde er in das Haus gehen und Marion erklären: Junge Frau, jetzt wird es ernst, jetzt sollten Sie anfangen zu erzählen, was Sie alles wissen. Dabei würde er freundlich lachen und versuchen eine Bindung zu der Frau aufzubauen. Vielleicht würde er erst mal von sich erzählen und sich über sich selbst ein wenig lustig machen, um Marion das Gefühl von Sicherheit zu geben. Er würde da hocken wie ein freundlicher alter Rabe und sich anhören, was sie zu sagen hatte, natürlich ohne Aufzeichnungsgerät und ohne sich Notizen zu machen. Und wenn sie etwas sagte, was ihr selbst gefährlich werden könnte, würde er den Zeigefinger heben und murmeln: Vorsicht, junge Frau.

Aber so kann ich es nicht machen, Ziemann, dachte Mann. Ich habe irgendwann begonnen, diese Frau zu lieben. Das macht das alles etwas komplizierter und ich weiß nicht, ob ich meiner Aufgabe gerecht werden kann.

Plötzlich stand sie hinter ihm und sagte atemlos: »Ich weiß, ich sehe furchtbar aus, aber meine Wäsche hängt auf der Leine und ich habe nichts anderes gefunden.« Sie trug ein schäbiges rot kariertes Männerhemd und eine an den Knien mit brauner Erde beschmierte Männerhose. Weil die Hose zu lang war, hatte sie die Beine hochgekrempelt. Sie setzte sich neben Mann und fragte: »Hast du eigentlich an mich gedacht?«

»Jeden Tag, jede Stunde«, antwortete er. »Auf deiner Mailbox müssen vierzig bis sechzig Nachrichten von mir sein.«

»Ich habe eben in der Badewanne festgestellt, dass ich es gar nicht schlimm finde, meinen Job zu verlieren.«

»Du hast Erspartes«, riet er gutmütig.

»Habe ich. Und nicht zu knapp. Eigentlich bin ich froh, dass es vorbei ist. Und dass ich nichts mehr mit Dreher zu tun habe. Er soll zu seiner Frau zurückgehen. Das ist Strafe genug.«

Er stand auf. »Ich gehe jetzt auch duschen. Und danach würde ich gern wieder hier sitzen und den Abend kommen sehen. Es wurde Zeit, diese Wiese zu finden. Gibt es eigentlich einen Fernseher oder ein Radio?«

»In der Küche habe ich ein Radio gesehen. Das muss mindestens fünfzig Jahre alt sein und ich habe nicht herausgefunden, wie man es anstellt. Dann geh dich waschen, ich suche inzwischen was Essbares.«

Sie stellte sich vor ihn hin und sagte leise: »Bitte, denkst du immer daran, dass ich ... dass ich verletzlich bin?«

Mann war verlegen, wusste nichts zu erwidern. Also nickte er nur und stakste über die Wiese davon.

Das Badezimmer war eng, Mann konnte sich kaum um die eigene Achse drehen. Er ließ Wasser in die kleine Wanne laufen und rätselte, wie er in dem engen Behälter sitzen und gleichzeitig sicherstellen konnte, dass er überall nass wurde. Er fand keine Lösung und quetschte sich in die Wanne.

Dann nahm er das Handy und begann zu telefonieren.

Punkt eins auf der Liste war seine Tante. Forsch sagte er: »Hallo!«, was er sonst nie sagte. »Gibt es etwas Neues?«

»Und ob«, erwiderte sie aufgeregt. »Das Fernsehen, also das lokale Fernsehen, hat gerade gemeldet, dass eine Bande Bulgaren die Fortbildungsakademie der Bankgesellschaft im Spreewald überfallen hat. Zu Schaden ist niemand gekommen. Wahrscheinlich, so denkt die Polizei, wollten die Bulgaren das Haus ausrauben. Doch sie fanden es bewohnt und verschwanden wieder. Jetzt frage ich mich, ob du eine Bande Bulgaren bist?«

»Möglich ist vieles«, entgegnete er vorsichtig. »Niemand kam zu Schaden, sagst du?«

»Ja. Wo steckst du, Junge?«

»In der Müritz«, alberte Mann.

»Ist diese Frau, diese ... diese Sowieso bei dir?«

»Ja. Wir sind hier in einem Hotel abgestiegen. Schönes Haus, guter Service, nichts auszusetzen.«

»Und was treibt ihr da?«

Mann grinste. »Ich muss diese Frau verhören, Tante Ichen. Deshalb habe ich sie hierher gebracht.«

»Sagt sie denn was? Also ich an ihrer Stelle würde den Mund nicht aufmachen!«

»Denkst du an die Ehefrau dieses Robbys? Du wolltest mir einen Kontakt verschaffen.«

»Ach so, ja. Das habe ich natürlich schon erledigt. Sie ist bereit, mit dir zu reden. Du kannst sie anrufen.« Tante Ichen fuhr nahtlos fort: »Dann hat Katharina mal wieder angerufen und gefragt, wann sie dich erreichen kann. Aber dieses Mal sagte sie, ihr wäre klar, dass die Sache zu Ende ist. Sie will wissen, ob sie die Wohnung behalten kann. Sie klang eigentlich ganz vernünftig. Sag mal, diese Frau da aus dem Vorzimmer vom Dreher, kann die überhaupt was erzählen, ohne selbst auf der Anklagebank zu landen?«

»Das werde ich herausfinden, Tante Ichen. Ich melde mich wieder.«

Die Nächste war Erna Ziemann.

Ihre Tochter war am Apparat: »Mama ist noch im Krankenhaus. Sie wollen sie noch ein paar Tage beobachten. Sicherheitshalber. Aber ich soll Ihnen ausrichten, sie sei gut drauf und sie würde sich über Ihren Besuch freuen.«

»Ich komme bald«, versprach Mann. »Bestellen Sie ihr schöne Grüße.«

Nun war Kolthoff dran, Manns Anker in einer anderen Welt. »Ich wollte nur Hallo sagen. Ohne Hiobsbotschaft.«

»Wo bist du?«

»Ich habe eine Zeugin aus dem Fortbildungszentrum der Bank geholt und …«

»Ach, es hieß doch, Bulgaren hätten die Einrichtung überfallen?«

»Ich hatte einen Helfer, den Koniew mir mitgegeben hat. Er hat einem der Sicherheitsleute in den Oberschenkel geschossen. Aber sie müssen der Polizei eine ganz andere Geschichte erzählt haben.«

»Ist die Zeugin denn ergiebig?«

»Ja, ich denke schon.«

»Hör mal. Ich muss Schluss machen, meine Frau hat Geburtstag, es hat gerade geklingelt.«

»Grüß sie schön.«

Dann rief Mann Katharina an. »Du hast darum gebeten, dass ich mich melde.«

»Ja. Immer habe ich deine Tante an der Strippe, die mich nicht gerade liebt. Aber das ist nicht mehr wichtig. Wenn ich das richtig beurteile, ist unsere Geschichte zu Ende.«

Er überlegte ein paar Sekunden. »Meine Liebe zu dir ist zu Ende. Das trifft es besser. Ich weiß nicht warum, ich weiß nur, es ist passiert.«

»Wieso? Was habe ich falsch gemacht?«

»Nichts«, sagte er. »Ich glaube nicht, dass man was falsch machen muss, um eine Liebe zu verlieren.«

»Na schön«, sagte sie kühl, »wie geht es weiter? Kann ich die Wohnung behalten?«

»Du kannst die Wohnung haben, du kannst alles haben. Ich hole mir nur irgendwann meine persönlichen Sachen ab. Zahnbürste und so was.«

»Nun trittst du wahrscheinlich das Erbe an und verwaltest eintausendzweihundert Mietparteien.« Das klang giftig.

»So ist das nicht«, widersprach er. »Ich bin Staatsanwalt und bleibe es. Aber ich denke, es hat keinen Zweck, jetzt darüber zu sprechen. Du bist sauer, genau wie ich. Lass uns ein andermal über alles reden.«

»Du meinst also, es ist nicht reparierbar?«, fragte sie, plötzlich eine Oktave höher.

»Ja. Lass uns aufhören, das quält nur.«

»Schuld ist diese blöde Bombe!«, schimpfte sie.

»Nein. Schuld ist die Routine. Und jetzt mach es gut.«

»Ich bin die nächsten Wochen bei meinen Eltern«, sagte sie noch schnell.

»Ja«, erwiderte Mann nur und unterbrach die Verbindung. Es war wie erwartet, er fühlte sich elend und kam sich in dem Wasserbottich nun lächerlich vor.

Es gab kein Rasierzeug, keine Zahnbürste, keine frische Unterwäsche und kein Handtuch. Er fluchte, zog den Stöpsel aus der Wanne. Unvermittelt stand Marion in der Tür und hielt ihm ein Handtuch hin.

»Es ist alles hier«, sagte sie munter. »Man muss es nur finden. Sogar ein Bademantel für dich ist da.«

»Ich bin hungrig«, sagte er und nahm ihr die Sachen ab.

»Mit wem hast du telefoniert?«

»Mit meinem alten Chef, mit meiner Tante Ichen, mit Katharina, mit der Tochter von Erich Ziemann. Ich musste Bescheid geben, dass ich noch lebe.«

»Was ist mit Katharina?«

»Sie sagt, sie hat begriffen, dass es vorbei ist. Sie will die Wohnung und sie kriegt sie. Mehr kann ich nicht tun. Das alles ist beschissen.«

»Ja«, murmelte sie und wandte sich der Treppe zu. »Du solltest dir mal den Keller anschauen, was wir alles haben. Das ist der reinste Tante-Emma-Laden. Was willst du essen?« Auf der untersten Stufe drehte sie sich plötzlich um, flog die Treppe wieder hinauf und sagte atemlos: »Wir tanzen den ganzen Tag umeinander herum und benehmen uns wie Idioten. Ich sage dir, Jochen Mann, dass ich es leid bin, mich über Dosenfutter im Keller und fehlende Handtücher zu unterhalten. Ich habe mich so riesig gefreut, als du aufgetaucht bist … Was ist eigentlich los mit uns?« Als er sie umarmen wollte, hob sie den rechten Zeigefinger. »Ich warne dich: Missbrauche mich nicht.«

»Ich missbrauche dich nicht«, versprach er.

»Ich habe ein altes, aber sauberes Bettlaken gefunden«, teilte sie aufgeregt mit. »Und …«

»Das ist mir scheißegal«, sagte er, küsste sie und drehte sie ein wenig, sodass sie mit dem Rücken zu einem der Schlafzimmer stand. Er drängelte sie rückwärts durch die Tür, warf sie auf das Bett und hatte den Eindruck, als ob ihr Körper Staubwolken aufwirbeln würde. Als er sich neben sie fallen ließ, stellte er fest, dass es wirklich Staub war. Sie mussten beide husten und gleichzeitig lachen.

Marion sagte: »Halt mich fest, halt mich einfach nur fest.«

»Zieh dir erst diese furchtbaren Klamotten aus«, bat er. »Sieh mich an, ich bin nackt.«

Sie handelte schnell und gierig. Sie zog seinen Kopf zwischen ihre Beine, forderte erstickt: »Geh mit dem Mund auf mir spazieren.« Dann schrie sie sanft, ihr Rücken versteifte sich für eine kleine Ewigkeit, sie griff ihn an den Schultern und drehte ihn um, sie ritt ihn, schien Kraft zu haben ohne Ende, und als er laut stöhnte, murmelte sie: »Das ist gut. Das ist gut.«

Einen Augenblick lag sie keuchend neben ihm. Bewegte

ihre Hände auf seinem Kopf, legte sich auf den Rücken, zog ihn auf sich, schlang ihre Beine um ihn. »Ich habe immer an dich gedacht, jede Stunde, jede Minute.« Dann entzog sie sich ihm wieder, biss ihm sanft in den Bauch, saß auf ihm, zeigte ihm all ihre Sehnen, wie er es niemals gesehen hatte. Und er dachte an all die Jahre in seinen harmlos keuschen Betten und stellte voll Glück fest, dass es einen Menschen wie sie gab.

Irgendwann murmelte er: »Das Bett quietscht wie eine alte Kommode.«

»Das ist eine alte Kommode«, gab sie zurück. »Gleich wird es zusammenbrechen. Und ich habe Sand zwischen den Zähnen.«

»Das ist Staub. Schau dir die Decke an. Da sind vier Weberknechte, die uns beobachten.«

»Spanner!«, sagte sie voll Verachtung.

»Sie wollen was lernen«, nuschelte er.

»Was würdest du jetzt essen wollen?«

»Dich«, sagte er. Er küsste ihre Brüste und spürte, wie sie sich aufs Neue erregte, wie sie sich zusammenzog, streckte, nach ihm tastete, ihn ganz fest umfasste.

Ein Schauder überlief ihren Körper und sie klagte: »Ich will dich schon wieder!«

»Ich habe nichts dagegen einzuwenden«, lächelte er. »Das gehört zum Service.« Dann sah er ihr in die Augen und sagte: »Danke!«

Sie strahlte ihn an, wurde aber unvermittelt ernst. »Ich werde uns daran messen, ob wir das Glück ein wenig halten können. Die Chinesen sagen: Glück ist immer ein Augenblick. Wir müssen versuchen viele solcher Augenblicke zu sammeln.«

Als Mann aufwachte, war der Platz neben ihm leer. Er hörte Marion unten in der Küche hantieren und die leisen Geräusche stimmten ihn zärtlich. Im nächsten Moment überfiel ihn ein Schrecken, dass er die telefonische Verabredung mit

Blum versäumt hatte. Aber die Uhr beruhigte ihn, er hatte noch eine Stunde Zeit.

Gleich werde ich ihr die erste Frage stellen müssen, dachte er. Hoffentlich mache ich nichts kaputt.

ZEHNTES KAPITEL

Eine Nachbarin hatte Marion Kartoffeln und paar Eier geschenkt. So waren es Bratkartoffeln mit Spiegeleiern geworden und merkwürdigerweise hatte Marion eine Dose Spargelspitzen geöffnet. Sie saßen in der Küche, waren still, vergnügt, erschöpft. Und wann immer es ging, berührten sie sich.

»Ich muss dir ein paar Fragen stellen«, begann Mann schließlich behutsam. »Ich bin verpflichtet, meinen derzeitigen Vorgesetzten darüber zu informieren, was ihr Frauen in Kehrigk eigentlich zu tun hattet.«

Sie nickte, dann sagte sie leise: »Es ist nicht fair, mich aus meinem Himmel zu holen.«

»Mit welchem Auftrag seid ihr dort versammelt worden?«

»Wir sind dort hingebracht worden, um die Rechner von insgesamt siebenundzwanzig Vorstandsmitgliedern auf eine Linie zu bringen. Das heißt, dass die Festplatten dieser Computer, auf denen natürlich besondere Leckerbissen versammelt sind, genau durchgesehen und dann alles vernichtet werden musste, was eventuell das Interesse der Strafverfolger erregen könnte.« Sie senkte den Kopf und fragte ironisch: »Habe ich das deutlich genug formuliert?«

»Ja, danke«, antwortete er sachlich. »Ist das eine langwierige Aufgabe?«

»Ja, das ist es. Das dürfte noch die ganze kommende Woche dauern.«

»Gibt es ein Beispiel für so einen ›Leckerbissen‹?«

»Hm ... Kennst du den Lausitzring, diese Rennstrecke?«

»Klar«, nickte er.

»Gut. Die Rennstrecke war ein Politikum. Die Regionalpolitiker von Berlin und Brandenburg wollten der Bevölkerung eine Rennstrecke schenken. Finanziert werden sollte das Ganze mit Geldern von der Europäischen Union. Aber die zweihundertvierzig Millionen – damals noch D-Mark –, die Brüssel bewilligt hatte, reichten nicht. Also schossen wir, die Bankgesellschaft, weitere einhundertzwanzig Millionen in das Projekt. Dadurch wurde die Bank der Betreiber einer Rennstrecke. Kurz nach der Fertigstellung war die Rennstrecke pleite. Dieser ganze Vorgang ist natürlich auf den Rechnern der Vorstände dokumentiert. Aber – und jetzt kommt der entscheidende Punkt – dokumentiert sind auch die Meinungen der Kritiker, Gegengutachten. Die Gegengutachter hatten Folgendes ausgeführt: Rennstrecken wie der Hockenheimring oder der Nürburgring stoßen im Umkreis von etwa zwei Autostunden auf etwa dreißig bis fünfunddreißig Millionen Menschen. Der Lausitzring hat bestenfalls ein Einzugsgebiet von den vier Millionen Berlinern und dann kommt noch die Landbevölkerung in der Lausitz hinzu, aber die hat sowieso kein massives Interesse an Autorennen. Es gibt dort auch zu wenig Motorsportklubs, die das Geschäft unter Umständen beleben könnten. Ferner fehlen Hotels und Konzepte für alternative, interessante Events wie zum Beispiel Rockkonzerte. Fazit ist: Die Bank hat ein Projekt mitfinanziert, von dem schon im Vorfeld klar war, dass es scheitern musste. Darauf haben genügend Fachleute rechtzeitig hingewiesen. Leuchtet dir das ein?«

»Ja, natürlich«, sagte er.

»Der Lausitzring ist die reinste Geldvernichtungsmaschine. Allerdings haben natürlich einige reichlich an dieser Geldvernichtung verdient. Ein Großteil der dreihundertsechzig Millionen ist auf ganz bestimmte Firmen niedergeregnet, die wussten schon im Vorhinein, dass sie die Aufträge bekommen würden. Diese Firmen gehören allesamt zu einer Bauträgergesellschaft, der Sittko bedenklich nahe steht. Die Frage ist nun: Kann irgendjemand kontrollieren, wohin die Gelder tatsächlich geflossen sind? Die Antwort lautet: Nein. Und zwar deswegen, weil niemand es kontrollieren will. Zwar schreien die Bürokraten in Brüssel: Wir brauchen Belege! Die bekommen sie. Denn die Baufirmen schicken die Verwendungsnachweise an eine Kanzlei, die im offiziellen Auftrag der EU und der Berliner Bankgesellschaft die Belege prüft. Aber: Stimmt das Ergebnis dieser Prüfungen? Die Antwort lautet wieder: Nein. Denn niemand aus der Kanzlei geht hin und schaut nach, ob tatsächlich sechzig Bagger und nicht nur fünfundvierzig im Einsatz waren oder ob sie siebenhundert Stunden pro Tagesschicht gebaggert haben und nicht nur dreihundert. In der Lausitz geht das Gerücht, dass am Bau der Rennstrecke eine Hand voll Leute mit einem einzigen Auftrag so viel Geld gescheffelt hat, dass es für den Rest ihres Leben reicht. Wahrscheinlich stimmt das. Es gab merkwürdige Firmen, die schon bald nach ihrer Gründung wieder auf Nimmerwiedersehen verschwanden. Das alles konntest du dir aus den Daten auf den Rechnern der Vorstände zusammenreimen. Wir haben die Daten rausgefiltert, verglichen und für immer gelöscht – sofern sie zum Nachteil der Bank ausgelegt werden konnten. Wir haben die Gegengutachten gelöscht, wir haben alles vernichtet, was jemandem in der Spitze der Bank schaden könnte. Übrigens hat uns die Kanzlei, die die Verwendungsnachweise zu prüfen hatte, natürlich eine Rechnung reingereicht: eine Million Euro für beglaubigte Unterschriften auf einem total, undurchschaubaren Durcheinander. Und nun gehen wir alle gemeinsam hin und beerdigen die Rennstrecke. Jeder in der Bankspitze, der gefragt wird, wie es dazu kommen konnte, hat den gleichen Satz parat: Meine Wirtschaftsfachleute haben mir gesagt, dass der Ring laufen wird. Ein kluger Mann in der Bank hat einmal formuliert, dass die internen Spezialisten, wenn sie eine Rolle Lokuspapier analysieren müssten, zu dem Ergebnis kommen würden, dass die Bank ein paar hundert Millionen Euro Kredit geben sollte … Ich möchte allerdings betonen, dass wir nichts vernichten, was wirklich einen Betrug beweisen würde. Das Ganze dient nur dazu, die Tatsache zu verschleiern, dass alle Beine, auf denen dieses Kreditinstitut bisher gestanden hat, aus Pudding waren. Und falls du dich fragst, ob nicht Gefahr besteht, dass zum Beispiel ein Mensch aus der Controlling-Abteilung hingeht und auspackt: Hallo, wir haben aber gewarnt! Diese Gefahr besteht nicht. Die Controller gehören einer Abteilung an, die jahrelang weder gefragt noch überhaupt zu Beratungen hinzugezogen wurde. Insofern hatten sie nie die Chance, vor irgendwas zu warnen. Die Bankbosse haben ganz allein entschieden. Und zum Schluss habe ich noch ein Schmankerl für dich, wie die Bayern sagen. In Österreich ist eine mit dem Lausitzring vergleichbare Rennstrecke für ein Drittel der Kosten gebaut worden. So, und wenn du bedenkst, dass die Politiker, die den Lausitzring protegiert haben, immer noch gewählt werden, dann darfst du mich nicht fragen, ob ich diese Demokratie mag.« Sie schüttelte sich.

»Ja«, nickte er wieder. »Wie viele solcher Vorgänge gibt es wohl?«

»Schwer zu sagen. Sicherlich mehr als hundert. Wenn ich in Kehrig geblieben wäre, hätte ich es dir Ende nächster Woche sagen können.«

»Sag mal, würdest du über deine Erfahrungen und Kenntnisse, aber auch über deine Tätigkeit einem Ermittler Rede und Antwort stehen? Ich weiß, das ist eine schlimme Frage, aber ich muss sie stellen.«

Sie sah ihn gequält an. Sie griff nach seinen Händen und hielt sie so fest, dass ihre Knöchel weiß wurden. »Kannst du beeinflussen, wer mich befragen wird?«

»Allenfalls ein bisschen. Zum Beispiel könnte ich vorschlagen, dass es eine Frau ist, die mit dir spricht.« Er stellte sich vor, wie Marion sich fühlen würde, wenn sich gleich ein halbes Dutzend gieriger Ermittler mit ihren Fragen auf sie stürzen würde. Er setzte hinzu: »Und es wäre wichtig durchzusetzen, dass dich immer nur dieselbe Person befragt.«

»Kann ich das entscheiden, wenn ich die Frau gesehen habe? Und mit ihr gesprochen habe?«

»Ich versuche das zu arrangieren«, versprach er.

»Wirst du auch dabei sein?«

»Wahrscheinlich nicht. So viel Einfluss habe ich nicht. Aber ich werde zu Hause auf dich warten und dir Bratkartoffeln mit Spiegelei und Spargelspitzen bereiten.«

»Wir haben doch gar kein Zuhause«, murmelte sie.

»Das könnten wir uns schaffen«, sagte er sanft. »Ich würde gerne noch etwas wissen. Habt ihr auch Akten durchsehen müssen, also echten Papierkram?«

»O ja, natürlich. Ein Lastwagen hat ungefähr tausend Ordner aus Berlin gebracht. Darin sind im Wesentlichen Briefe und Memos.«

»Gut. Dann eine weitere Frage. Wie war die Stimmung im Haus? Ich habe gesehen, dass du geschlagen wurdest …«

»Ja, es war schrecklich. Die Aufseher waren dazu angehalten worden, uns Druck zu machen. Ich bin nicht die Einzige, die geschlagen worden ist. Man hat den Aufsehern Prämien versprochen, wenn wir zügig vorankommen.«

»Ich werde jetzt mit dem Leiter der Kommission sprechen. Ich will das hinter mich bringen. Gibt es noch etwas, was ich wissen sollte?«

»Nein. Im Moment fällt mir nichts ein.«

Mann ging hinaus in den verwilderten Garten und rief Blum an. »Also, sie ist zu einem Gespräch bereit, Einzelheiten müssen wir später absprechen. Die Frau ist schwer angeschlagen. Dass sie gegen ihren langjährigen Arbeitgeber aussagen soll, belastet sie.«

»Und dich auch«, bemerkte Blum hart. »Schließlich hast du was mit ihr.«

»Ja, das stimmt«, gab Mann zu. Dann berichtete er, was im Fortbildungszentrum vor sich ging, und kam zu der für ihn wichtigsten Frage: »Wer war bei Ziemann?«

»Ein Oberstaatsanwalt. Nun ist es zweifelsfrei, denn er hat es heute Morgen zugegeben. Natürlich bestreitet er, Druck auf Ziemann ausgeübt zu haben, der dazu hätte führen können, dass er sich das Leben nahm.«

»Weshalb war er denn bei Ziemann?«

»Es ging wohl das Gerücht, dass Ziemann sein privates

Archiv einem Nachrichtenmagazin zur Verfügung stellen wollte. Wohlgemerkt: natürlich nicht gegen Honorar!«

»Und nun wollte die Staatsanwaltschaft das Archiv haben?«

»Ja, so war es wohl.«

»Und wie haben sie sich getrennt?«

»Der Staatsanwalt behauptet, Ziemann habe eingesehen, dass sein Archiv zum Schaden der Stadt Berlin gelesen werden könnte. Und er sei damit einverstanden gewesen, dass der Staatsanwalt eine Sicherheitsfirma beauftragte, das Archiv auszuräumen und in die Staatsanwaltschaft zu bringen.«

»Das stinkt doch!«, sagte Mann wütend. »Und was heißt ›zum Schaden der Stadt Berlin‹? Das ist ein immer wieder gern genommenes Argument! Schon als ich noch ein Kind war, haben die, die kritisierten, wie sich in Berlin Leute an den Geldern des Bundes bereicherten, zu hören bekommen, Berlin sei die letzte Bastion gegen den internationalen Kommunismus und die führenden Berliner Politiker seien durch die Bank Helden.«

Blum lachte: »Das Schlimme ist, dass ein Teil der Berliner das sogar glaubte.«

»Was passiert mit diesem Oberstaatsanwalt?«

»Er ist vom Dienst suspendiert, die Verhöre gehen weiter.«

»Was glaubst du?«

»Ich glaube, dass jemand dieses Archiv unbedingt haben wollte, weil es gefährlich werden konnte. Und der-, oder wahrscheinlich besser: diejenigen haben auch in Kauf genommen, dass Ziemann starb. Ich glaube an Mord.«

»Aber die Beweislage ist dürftig.«

»Sehr richtig. Was unternimmst du jetzt?«

»Ich werde noch ein wenig hier bleiben und mich mit Marion unterhalten, aber so, dass sie sich nicht ausgefragt vorkommt. Wenn du mich brauchst, sag mir Bescheid. Ich kann in zwei Stunden in Berlin sein.«

Mann hockte sich auf einen von Moos überwachsenen Stein und starrte über die Wiese. Vom See her zog ein feiner Dunst über das Land, der Tag wollte sich verabschieden.

Marion kam vom Haus her. »Wie geht es nun weiter?«

»Erst einmal bleiben wir hier. Mein Vorgesetzter meldet sich wieder.«

»Es gab so viele Stunden in deinem Leben, von denen ich nichts weiß. Magst du mir ein wenig von dir erzählen?«

Mann nickte zögernd. »Warum nicht ... Weißt du, seit ich Ziemann getroffen habe, ist nichts mehr in der alten Ordnung.«

»Du kanntest ihn nur ganz kurz, nicht wahr?«

»Ja ... Trotzdem war er für mich fast so etwas wie ein Vater oder wie ein Freund. Ich weiß nicht genau. Jedenfalls war er plötzlich sehr wichtig. Ziemann führte eine Art Kreuzzug gegen das korrupte Berlin. Wahrscheinlich hat er dreißig oder vierzig Jahre seines Lebens damit verbracht, genau hinzuschauen, was mit dieser Stadt passierte. Er war ein verrückter Kerl, ein listiger Fuchs. Und ich habe erst gar nicht begriffen, dass er mich zu seinem Zauberlehrling machen wollte.« Mann lachte unterdrückt, beugte sich vor und griff nach ihrer Hand. Plötzlich stiegen ihm Tränen in die Augen und er ließ es geschehen, dass er tränenblind über den Garten schaute. Dabei quetschte er Marions Hand so sehr, dass sie vorsichtig murmelte: »Das tut weh!«

Er streckte seinen Rücken durch; einhellig stellten sie fest, dass vom See eine feuchte Kühle hochzog, und sie gingen ins Haus, setzten sich in der Küche wieder auf die Eckbank. Mann erzählte nun von allem, was ihm in den letzten Tagen begegnet war. Dann war es eine lange Zeit sehr still.

Endlich sagte sie, mehr zu sich selbst: »Fünf Morde sind ziemlich heftig.«

»Ja, das denke ich auch. Haben Dreher und Blandin sich eigentlich auch privat bereichert?«

»Das weiß ich nicht genau. Aber sie verdienen ja so schon unanständig viel Geld. Und solchen Leuten geht es nicht mehr in erster Linie um ihren Kontostand. Denen geht es um Macht. Macht macht Spaß, weißt du.« Sie lachte. »Ich muss zugeben, dass mir die Macht auch Spaß gemacht hat.«

»Wie kommen die beiden denn miteinander aus?«, fragte er.

»Na ja, wie schon? Blandin zeigt den Weg und Dreher geht ihn ohne Widerspruch.«

»Du hast mal gesagt, Dreher sei als Banker Mittelmaß. Meinst du, er ist ein wenig dumm?«

»Nein, das nicht. Das ist so ein bauernschlauer. Aber Bildung ist bei dem kein großes Thema. Es ist nicht auszuschließen, dass er Julius Cäsar mit Rommel vergleicht und den amerikanischen Präsidenten für den Erleuchteten des Christentums hält. Das muss man einfach durchstehen, hat ein Abteilungsleiter mal zu mir gesagt. Das Bezeichnendste ist ja, dass Dreher auf dem Chefsessel der Bankgesellschaft sitzt und Blandin nur Chef einer Teilbank ist. Trotzdem ist Blandin eindeutig der Boss und Dreher nur sein Adjutant. Aber Dreher hat den Job sowieso nur bekommen, weil er zugesichert hat, dass er Blandin nicht auf den Teller spuckt.«

»Das klingt nach Absprache?«

»Das war eine Absprache. Es gab ein Treffen der beiden in Frankfurt am Main, ein Vierteljahr bevor Dreher in Berlin seinen Job antrat. Doch das ist nicht illegal. Ich meine, wenn Dreher sich auf so was einlässt, ist das sein Problem, oder?«

»Das bedeutet aber doch, dass alle, die sich von Dreher erhofft hatten, dass er der Bankgesellschaft einen Kurswechsel verordnen und die Bank sanieren würde, von Beginn an die Betrogenen waren?!«

»Richtig«, nickte sie.

»Hast du Beweise für diese Absprache?«

Sie sah ihn an und lächelte dünn.

»Du warst dabei«, stellte er fest.

»Ich war dabei«, bestätigte sie. »Das heißt, ich war nicht im Raum, aber ich habe Dreher anschließend den Vertrag zur Unterschrift vorgelegt.«

»Bist du dir eigentlich im Klaren darüber, wie gefährlich du für die Herren bist?«, murmelte Mann betroffen.

»Ach, Scheiße«, sagte sie verächtlich. »Ich bin doch nur die Tippse aus dem Vorzimmer.« Sie schauderte: »Und jetzt will ich nichts mehr hören von dieser Bank. Das macht mich ganz kribbelig, das tut meiner Gesundheit nicht gut.«

»Gibt es Wein im Haus oder so was?«, fragte er.

»Im Zweifelsfall musst du in den Keller runter.«

Mann ging in den Keller und entdeckte Wein, Sekt und Schnaps. »Der Sekt ist zweiundzwanzig Jahre alt«, rief er nach oben. »Sollen wir das riskieren?«

»Besser nicht«, rief sie zurück. »Nimm lieber den Wein. Wenn der nichts taugt, nehmen wir den nächsten.«

Mann wählte einen Weißwein von der Mosel. Er schmeckte noch recht ordentlich.

»Du bist in Bremen geboren. Wie kamst du nach Berlin?«

»Ich habe geheiratet. Einen Juristen. Schau mich nicht so an, das stimmt.« Sie lachte. »Er war Rechtsanwalt, angestellt bei der Stadt. Ein sehr trockener Typ, so ein humorloser Erbsenzähler. Aber nett. Die Ehe hielt nur drei Jahre. Danach habe ich es nicht mehr versucht, es war mir zu riskant.«

»Und wie bist du zur Bank gekommen?«

»Abendgymnasium, Ausbildung als Bankkauffrau. Mit der Zeit stellte sich heraus, dass ich mich im Vorzimmer ganz gut machte.«

»War Dreher dein erstes Vorzimmer?«

»Nein, ich war schon bei seinem Vorgänger. Es war eigentlich ein gutes Leben. Ein gutes Gehalt, Weihnachts- und Urlaubsgeld, zwei Mal im Jahr eine Reise. Ich konnte mich nicht beklagen.«

Sie tranken den Wein, hingen ihren Gedanken nach, wurden zunehmend schweigsamer, bis Mann sagte: »Wir sollten vielleicht langsam in die alte Bettwäsche kriechen. Ich bin müde.«

Sie liebten sich sanft, die Wildheit der ersten Begegnung ließ sich nicht zurückrufen, und sie wollten sie auch nicht.

»Wir müssten ein Jahr lang Pause machen können«, flüsterte er. »Wir müssten schnipp machen können, um auf irgendeiner Sonneninsel aufzuwachen.«

Als Manns Handy sich meldete, war es zwei Uhr nachts.

Ohne Einleitung sagte Peter: »Sascha Sirtel ist mit einem seiner Trucks tödlich verunglückt. Auf einer Straße, auf der er nichts zu suchen hatte. Auf der B 2, die von Schwedt zum Grenzübergang Stettin führt. Sagt dir das was?«

»Nein. Wann ist das passiert?«

»Vor anderthalb Stunden. Ich hätte dich gern dabei. Ich möchte mir angucken, was da passiert ist.«

»Okay. Hol mich ab.« Mann war aufgeregt. Als er aus dem Bett sprang, stieß er einen Stuhl um.

»Was ist passiert?«, fragte Marion sachlich.

Er berichtete es ihr.

»War dieser Sirtel-Sohn denn wohl gefährlich?«, fragte sie.

»Weiß nicht«, sagte er. »Aber ein wenig merkwürdig finde ich es schon, dass er ausgerechnet jetzt einen Unfall hat.«

»Mein Gott, nun muss Peter mehr als hundert Kilometer bis hierher fahren. Und anschließend habt ihr weitere hundertachtzig vor euch. Das ist doch Wahnsinn!« Sie maulte und sah keck hoch: »Das fängt ja gut an mit uns beiden.« Dann grinste sie. »Ich mach dir einen Kaffee.«

Nach erstaunlich kurzer Zeit war Peter da, blieb hinter dem Steuer sitzen und wartete nicht einmal, bis Mann sich angeschnallt hatte.

»Was meinst du damit, dass er auf der Straße nichts zu suchen hatte?«, fragte Mann. »Und wieso fährt er seinen eigenen Laster?«

»Er machte öfter Touren, er war ein wenig verrückt. Und auf diese Straße gehörte er nicht, weil er diese Nacht laut Plan über Frankfurt an der Oder nach Berlin zurückfahren sollte.«

»Na ja, aber es war sein Lkw«, sagte Mann. »Eigentlich konnte er ja machen, was er wollte. Vielleicht hat er da oben eine Braut.«

»Nicht Sascha. Sascha-Schätzchen hat immer auf Väterchen gehört. Und jetzt so was.«

Sie schwiegen, bis Mann sagte: »Ich finde, du solltest ein

wenig langsamer fahren. Es macht keinen Sinn, wenn wir auch verunglücken.«

Peter reduzierte das Tempo, aber nach wenigen Kilometern war er wieder der Schnellste.

Sie rasten weiter durch die Nacht. Irgendwann musste Peter tanken und sie kauften sich Schokoriegel und aßen sie, während sie weiterfuhren.

»Hast du eigentlich Familie, also eine Frau und Kinder?«

Peter nickte. »Zwei Töchter.«

»Wie alt sind sie?«

»Sechs und neun.« Er lachte. »Sie gefallen mir gut. Deutschland ist besser für sie als Russland. Ihr habt gute Schulen und Berufsaussichten. Es war gut, hierher zu kommen. Ich will bleiben und die deutsche Staatsbürgerschaft annehmen.«

Als sie bei Gramzow die B 166 erreichten, waren weniger als zwei Stunden vergangen. Es regnete leicht, der Himmel war grau, das Land düster. Schließlich gelangten sie auf die B 2, auf ihr fuhren sie weiter Richtung Norden.

»Wir müssten gleich da sein«, sagte Peter.

Es sah ein wenig so aus, als habe ein Krieg stattgefunden. Offensichtlich war der Lkw vollkommen ausgebrannt. Das Fahrerhaus war zudem auf die Seite gekippt und eingedrückt. Darin konnte kein Mensch überlebt haben. Vor dem Laster stand quer zur Fahrbahn ein gewaltiger gelber Bagger.

Mann und Peter hatten den Golf hundert Meter hinter der Unfallstelle gestoppt und schlenderten langsam zum Unglücksort zurück.

»War der Bagger auf dem Truck verladen?«, sprach Mann einen erschöpft aussehenden Feuerwehrmann an.

»Nein. Was der hier auf der Fahrbahn zu suchen hat, keine Ahnung. Wer sind Sie?«

»Ich bin auf dem Weg nach Stettin«, sagte Mann.

»Es ist viel Sprit ausgelaufen; als wir kamen, war nichts mehr zu machen.«

»Und der Fahrer?«

»Der wird nichts mehr gemerkt haben. Der Lkw kam mit

hoher Geschwindigkeit um die Rechtskurve. Und da stand dann plötzlich in dreißig Meter Entfernung der Bagger. Das schaffen die besten Bremsen nicht. Der Mann vom TÜV sagt, der Lkw ist mit mindestens neunzig auf den Bagger drauf. Frontal. Wir haben den Mann rausgeschnitten, aber der war vollkommen verkohlt. Soll ja der Spediteur selbst gewesen sein, ein junger Kerl.«

Die vielen Blaulichter machten Mann nervös.

»Weiß man denn, woher der Bagger stammt?«

»Fünfhundert Meter weiter wird die Fahrbahn verbreitert. Da war das Teil im Einsatz. Der TÜV-Mann sagt, der Bagger war kurzgeschlossen. Wir nehmen an, dass es Jugendliche waren. Besoffen wahrscheinlich. Und wahrscheinlich sind sie weggerannt, als sie den Truck kommen sahen. Dann passierte es eben.«

Mann bewegte sich langsam durch das Chaos.

»Sie kenne ich doch«, sagte plötzlich ein Mann neben ihm, offenbar ein Techniker. »Sie gehörten doch zu den Ermittlungsbeamten bei dem Attentat. Ich habe Sie im Fernsehen gesehen.«

Nicht schon wieder!, dachte Mann. Er wandte sich dem anderen zu. »Ich bin nur zufällig hier«, wiederholte er lahm. »Was hatte der Truck geladen, wissen Sie das?«

»Angeblich antike Möbel aus Moskau. Aber das ist alles verbrannt.«

Mann murmelte etwas zum Abschied und ging weiter. Er beobachtete, dass auch Peter am Rand der Straße Meter um Meter vorrückte, als dürfe er sich keine Kleinigkeit entgehen lassen. Manns Handy gab ein Signal.

»Du wirst es nicht fassen«, sagte Blum gewohnt gelassen. »Sascha Sirtel ist tödlich verunglückt.«

»Ich weiß, ich bin am Unfallort.«

»Wie machst du das?«, fragte Blum verblüfft.

»Der Mann von Koniew hat mich angerufen. Ob ich mitkommen wolle. Da habe ich natürlich Ja gesagt. Dieser Unfall kann durchaus etwas Gewolltes sein. Plötzlich stand ein

Bagger quer auf der Straße. Mitten in der Nacht und es regnete. Der Bagger wurde kurzgeschlossen.«

»Mein lieber Mann!«, schimpfte Blum. »Stell dir mal vor, Koniew wird gefragt, ob er etwas mit den Lkws von Sascha Sirtel zu tun hat. Koniew wird zugeben müssen, dass Sascha Sirtel für ihn fuhr. Und stell dir weiter vor, Koniew sagt aus, dass er genauso überrascht war von diesem Unfall wie die Ermittler. Und dass er garantiert nichts damit zu tun hat. Denn seine kostbarste Ladung ist dabei draufgegangen. Deshalb hat er dann auch gleich seinen besten Mann an den Unfallort geschickt, der nachsehen sollte, was passiert ist. Und der wurde begleitet von dem Staatsanwalt Joachim Kurt Mann aus Berlin. Wie gefällt dir das?«

»Ach du Scheiße«, sagte Mann bedrückt.

»Richtig«, sagte Blum. »Sieh zu, dass du da heil rauskommst. Und keinen Kontakt mehr zu Koniew. Auch nicht zu dem netten Kerl, der dein Mädchen rausgeholt hat.«

Was bin ich nur für ein Idiot!, dachte Mann. Koniew hat mich aufs Kreuz gelegt. Ich schmeiße diesen Job hin, ich bin diesem Mist nicht gewachsen.

Es regnete nun stärker und Mann fühlte dankbar die Nässe in seinem Gesicht. Langsam lief er zu Peters Wagen zurück und setzte sich hinein. Er wollte eine Zigarette rauchen, hatte aber keine dabei. Im Osten kroch der Tag ans Licht, das Bild auf der Straße veränderte sich nicht, es blieb gleichermaßen brutal und unwirklich.

Peter setzte sich neben ihn.

»Lass uns fahren«, meinte Mann hohl. »Was ich sehen wollte, habe ich gesehen.«

»Was hast du gesehen?«

»Dass irgendwelche Leute Sascha gekillt haben.«

»Das waren Jugendliche«, sagte Peter. »Das ist doch typisch. Sie saufen und dann kommt einer auf die Idee, sollen wir nicht mal Bagger fahren. Und dann passiert es.«

»Ja, dann passiert es. Hoffentlich war die Ladung gut versichert.«

»Väterchen ist immer gut versichert«, erklärte Peter hochzufrieden.

»Wahrscheinlich besitzt er auch ein eigenes Versicherungsbüro«, sagte Mann sarkastisch.

»O ja, das haben wir«, antwortete Peter. »Wir versichern sehr viele Leute. Nicht nur Russen.«

»Das ist nicht dein Ernst!«, regte Mann sich auf.

»Natürlich, warum nicht. Willst du zurück zu Marion?«

»Nein. Setz mich irgendwo in Berlin ab. Ich habe viel zu erledigen.«

»Bist du sauer?«

»Ja, bin ich. Das ist ein ganz faules Ding, mein Freund. Superfaul.«

»Du meinst, dass …«

»Genau das meine ich«, sagte Mann wild. »Das alles stinkt zum Himmel. Sascha war ein Schwätzer. Habe ich selbst zu deinem Väterchen gesagt. Und was passiert? Der Schwätzer fährt frontal auf einen Bagger. Platsch! So einfach lassen sich Schwätzer aus der Welt schaffen.«

Eine Weile steuerte Peter schweigend den Wagen. Endlich sagte er gefährlich ruhig: »Du wirst nicht annehmen, dass Väterchen den Unfall arrangiert hat.«

»Doch, das tue ich. Das nimmt Väterchen einen Haufen Sorgen ab. Kein Schwätzer mehr, kein Zeuge mehr.«

»Sirtel besaß eine Spedition, er fuhr für uns. Das ist alles.«

»Pass auf: Eines Tages kommt Sascha zu Dreher und will einen Kredit. Und Dreher sagt: Du kriegst nichts. Daraufhin geht Sascha eine Tür weiter zu Blandin und erhält nach wenigen Minuten die Kreditzusage. Denn Koniew bürgt und hält seine väterliche Hand über Sascha, verschafft ihm Fracht. Nur ist Sascha ein richtiges Arschloch, er redet zu viel. Er gibt an wie ein Sack Seife und erzählt, dass Väterchen Koniew seine schützende Hand über ihn hält. Und da soll ich glauben, dass dieser Unfall ein normaler Unfall ist?«

»Woher weißt du das mit dem Kredit?«, fragte Peter scharf.

»Ich weiß es, das reicht doch. Halt bitte an der nächsten Raststätte. Ich muss pissen und ich brauche Zigaretten.«

Peter verfiel in muffiges Schweigen. Als er an der nächsten Tankstelle hielt, murmelte er: »Ich hab sowieso kein Benzin mehr, also geh pissen!«

Mann ging in den Waschraum und rief Blum an: »Kannst du veranlassen, dass die Papiere des Trucks überprüft werden? Am Zoll in Frankfurt muss es Unterlagen geben. Und noch etwas: Die Brandrückstände würde ich ebenfalls untersuchen lassen.«

»Worauf?«

»Drogen«, antwortete Mann elend. »Was denn sonst? Ich bin jetzt auf dem Rückweg nach Berlin und melde mich, wenn ich da bin.«

Er kaufte sich eine Schachtel Zigaretten und sah, dass Peter sich einen Kaffee abfüllte. Mann nahm sich ebenfalls einen Becher und sagte: »Entschuldigung, dass ich dich persönlich angegriffen habe.«

»Ja, ja«, sagte Peter säuerlich. »Es ist ein echtes Elend mit den Russen. Die hinterlassen überall Leichen.«

»Wenn Koniew mich vor den Kadi als Zeugen zitiert, dann röste ich ihm die Eier!«, erklärte Mann fröhlich.

Peter blickte ihn erstaunt an, erwiderte aber nichts.

Mann ließ sich absetzen, sobald er den ersten Taxistand sah.

»Ich kann dich doch nach Hause bringen!«, sagte Peter beleidigt.

»Danke, du hast mich genug kutschiert«, sagte Mann. »Mach es gut und melde dich, wenn du etwas Neues weißt.«

»He, was ist mit Marion? Soll ich ihr die gewünschten Sachen aus ihrer Wohnung bringen?«

»Das erledige ich schon«, erwiderte Mann. Er drehte sich nicht mehr um, als er auf ein Taxi zusteuerte, aber er hörte, dass Peter die Reifen quietschen ließ.

Das Haus im Grunewald lag schweigsam und unnahbar. Mann war erschöpft. Er wollte Marion anrufen, wollte ihr sagen, dass alles in Ordnung war, erinnerte sich dann, dass sie gar kein Telefon hatte.

Als er die Treppe in den ersten Stock erklomm, erschien plötzlich John hinter ihm. Er wirkte verschlafen, aber er grinste. »Da ist ja der verlorene Sohn. Wie geht es dir?«

»Gut, aber ich bin kaputt. Ich muss schlafen.«

»Wo kommst du her? Ich frage bloß, weil deine Tante mich gleich fragen wird.«

»Der junge Sirtel ist mit einem Truck tödlich verunglückt. Ich komme gerade von der Unfallstelle.«

»Erst der Vater, dann der Sohn«, sagte John betroffen. »Das wird Wirbel machen. Willst du geweckt werden?«

»Ja. Bitte um zehn.«

»Das ist doch lächerlich! Das sind nur zweieinhalb Stunden.«

»Mehr Zeit habe ich nicht«, sagte Mann.

Er zog sich nicht aus und schlief sofort ein.

Als Tante Ichen ihn weckte, war es kurz nach zehn.

»Wieso willst du denn schon aufstehen?«

»Bei *Bolle* findet eine Konferenz statt«, sagte er. »Da muss ich hin. Kannst du John zwei Stunden entbehren?«

»Wenn er keine Hühner klauen soll.«

»Er soll nur in eine Wohnung gehen und die Sachen einer Dame in einen Koffer packen.«

»Aha«, seufzte sie. »Ich verstehe. Marion Westernhage.«

»Richtig«, nickte er. »Stralauer Straße 13. Allerdings habe ich keine Schlüssel. Das ist ein Problem.«

»Wahrscheinlich ist es keines für meinen lieben John. Gut, ich schicke ihn hin. Ich hörte, Sascha Sirtel ist tot.«

»Ja. Er ist in seinem eigenen Truck verbrannt.«

»Die arme Mutter«, murmelte Tante Ichen. »Ist an dem Unfall etwas unklar?«

»Nicht dass ich wüsste«, antwortete Mann zurückhaltend. »Und jetzt muss ich los … Wo steht eigentlich mein Auto?«

»Vor der Tür«, erklärte sie hoheitsvoll. »Falls du dich erinnerst, hat uns John zu diesem Zelt gefahren.«

Das schien Tage her zu sein.

Mann machte sich fertig, aß im Vorübergehen ein Brötchen, trank den furchtbaren Kaffee seiner Tante und begab sich dann auf den Weg zu *Bolle*.

Hundertmal war er schon an dieser Kneipe vorbeigegangen, hatte sie aber nie betreten. Das Innere war ein langer, schmaler Schlauch mit einer Theke so lang wie der ganze Raum. Ein Pappschild mit der Aufschrift *Erstklassige Buletten. Selbst gemacht!* stach Mann als Erstes ins Auge. Daneben thronte Blum auf einem Hocker und trank Wasser.

»Wahrscheinlich hast du auch nicht geschlafen«, sagte er zur Begrüßung. »Das ist schon ein Scheißberuf. Heute Morgen sind vier da. Wir können sofort anfangen.«

Mann sah sich um und war verwirrt.

Blum grinste: »Es gibt ein Hinterzimmer. Ziemann hat dieses Etablissement schon vor zehn Jahren aufgetan.«

Mann ließ sich ein Tellerchen mit zwei Buletten und Senf geben. Dazu bestellte er eine Tasse Kaffee.

»Und wer versammelt sich hier?«

»Na ja, ursprünglich war das ein Kegelklub. Lauter Kollegen. Mit der Zeit wurde es dann ein Debattierverein. Und heute tauschen sich hier einige Leute über bestimmte Fälle aus. Das ist gut, das bringt was. Seit Ziemann tot ist, kannst du hier jeden Tag ein paar von uns treffen.«

»Ein Elite-Treff?«, fragte Mann ironisch.

»Wenn du so willst«, nickte Blum. Er ging voran.

Der Raum hatte eine sehr niedrige Decke. Er wirkte wie eine Rumpelkammer, weil Stapel von Plastikstühlen herumstanden, alte Tische aufeinander getürmt waren, uralte Plakate an den Wänden moderten.

»Leute«, sagte Blum. »Das ist Jochen Mann. Der da, der Rothaarige, ist Stephan, der daneben heißt Otto, dann kommt Ulrich und dahinten sitzt Gerhard.«

Mann nickte ihnen zu und suchte sich einen Platz.

»Wir verfolgen die Vorgänge in dieser Stadt ja schon ein bisschen länger. Daher wäre es gut, wenn wir zuerst deine

Einschätzung hören könnten. Deine Eindrücke sind vielleicht noch ein bisschen unvoreingenommener«, bat Blum.

»Meine Einschätzung«, sagte Mann, »ist so, dass ich keine Einschätzung habe. Ich stecke erst seit ein paar Tagen in dieser Sache und ich finde den Komplex vollkommen chaotisch. Ziemann hat mir quasi im Vorbeigehen zu verstehen gegeben, dass alles irgendwie zusammenhängt: die Bankgesellschaft und ihre merkwürdigen Immobiliengeschäfte, die Pleite der Stadt, der Filz unter Politikern und den Wichtigen, und dass der kleine Bürger mit seinen Steuern für alle Schweinereien geradestehen muss. Ich habe Leute wie Sittko, Dreher und Blandin einmal im Leben gesehen und kann daraus keine Schlüsse ziehen. Ich höre von linken Geschäften mit Plattenbauten und Baumärkten, mit Einkaufscentern und so weiter. Aber wirklich dingfest scheint das alles nicht zu sein, und ...«

»Hört, hört«, grinste Blum.

Mann war plötzlich verärgert. »Blum, hör zu, ich habe mich nicht hierher gedrängt. Ich kann nichts damit anfangen, dass mir jemand mit Kulleraugen erklärt, hinter dem ganzen Immobiliengeschäft steckten ein durchgeknallter Schwuler und sein Netzwerk. Das interessiert mich nicht. Ich kann auch nichts dazu sagen, dass Leute wie Blandin oder Dreher ein immer größeres Rad auf Kosten der Berliner gedreht haben.«

»Und was ist mit den Toten?«, fragte der Rothaarige, der Stephan hieß.

»Das ist etwas anderes«, räumte Mann ein. »Ich bin mir ziemlich sicher, dass das nicht unter dem Durcheinander zu sehen ist, mit dem die Bank eingenebelt wurde. Mord ist Mord. Ich kann helfen, diese Fälle zu klären, aber ich bin dafür, die Untersuchungen der Wirtschaftsleute nicht zu stören, sich da nicht einzumischen. Offensichtlich ist es doch so, dass es nicht so einfach ist, rechtliche Hebel zu finden, mit denen man Blandin und Konsorten vor den Kadi bringen kann – so verwerflich ihr Umgang mit der Verantwortung für die Bankgesellschaft auch ist«, Mann kam ins

Stocken, ihm fiel etwas ein. »Na ja, allerdings hat Ziemann dazu etwas gesagt, was mir zu denken gegeben hat. Er sagte, dass die Ereignisse um die Bank irgendwann eine Schwelle überschreiten und dass dann hochkriminelle Taten begangen werden würden. Und seiner Meinung nach war der Zeitpunkt nun gekommen.«

Mann wandte sich an Blum: »Jetzt will ich aber auch was wissen. Gibt es inzwischen irgendwelche neuen Erkenntnisse in einem der Mordfälle?«

»Nicht direkt. Aber es geht das Gerücht von einer bisher unbekannten Gruppe. Fünf Männer, Weißrussen, Exilkroaten, Kosovo-Albaner oder so. Rüde Typen, zu denen ein Mord wie an Benny oder Trudi und ihrem Zuhälter passen könnte.«

»Was heißt ›Gerücht‹?«

»Ich pflüge die Stadt um, aber diese Gruppe ist noch nicht greifbar.« Es war der Rothaarige, der antwortete.

»Also was können wir nun tun?«, fragte Blum.

»Ich werde mit einer Frau reden, deren Ehemann zwanzig Jahre und länger nicht nur für Sittko arbeitete, sondern auch mit ihm ins Bett ging«, entgegnete Mann. »Vielleicht ist sie bereit, mir diesen Sittko, seine Denkweise, sein Leben zu erklären.«

»Was machen wir mit Marion Westernhage?«

»Ich fahre gleich zu ihr«, sagte Mann. »Sie ist bereit auszusagen. Allerdings wäre ihr am liebsten eine Frau. Kann man das einrichten?«

»Das muss gehen«, nickte Blum. »Aber lass sie erst einmal dort, wo sie ist. Hat sie ein Handy? Ist sie erreichbar?«

»Im Moment nicht. Ich werde ihr ein Handy bringen.«

»Gut, Leute. Dann war's das für heute. Bis zum nächsten Mal.«

Die merkwürdige Gesellschaft löste sich auf und Mann aß endlich seine Buletten und trank seinen kalten Kaffee.

»Du fährst jetzt also zu Marion. Und dann?« Blum war zurückgeblieben.

»Morgen will ich zu dieser Frau.«

»Hör zu«, sagte Blum eindringlich. »Ich weiß, dass es nahe liegend wäre, die Westernhage mitzunehmen. Aber verkneif dir das. Stell dir vor, was daraus wird, wenn sie eines Tages vor dem Richter steht …«

»Ich habe es verstanden«, nickte Mann. »Es wird nicht passieren.«

»Gut. Fröhliche Jagd! Ach ja, ich soll dich von Kolthoff grüßen. Den habe ich vorhin bei Gericht getroffen. Ich soll dir ausrichten, Kemal ist mit einem blauen Auge davongekommen.«

»Das tut gut«, sagte Mann erfreut.

Er fuhr zurück zu Tante Ichens Haus, um erst nochmal ein paar Stunden zu schlafen.

Als er wach wurde, erkannte er am Stand einer diffusen Sonne, dass es Nachmittag war – des gleichen Tages wie beim Einschlafen, hoffte er. Auf seinem Nachttisch hatte John Kaffee und Backwerk drapiert. Daneben lag ein Zettel: *Habe mir mithilfe der Hausverwaltung Einlass verschafft und wichtige Details eines Frauenlebens in einen großen Koffer gepackt, der im Foyer steht. Gruß J.*

Das Haus war leer, niemand war da. Mann nahm den Koffer und machte sich unverzüglich auf den Weg zurück zu Schürmanns Grab, nachdem er unter Tante Ichens zahlreichen Handys eines herausgesucht hatte, das eingeschaltet und geladen war.

Er freute sich auf Marion, glücklich schlug er den Takt zu den Brandenburgischen Konzerten auf das Lenkrad.

Eine zurückhaltende Abendsonne beleuchtete die Landschaft, über dem Seen machte sich sanfter Nebel breit, die Stimmung war sehr friedlich. Er verpasste die Abfahrt zu den Dörfern in der Müritz und musste wieder ein Stück zurückfahren.

Das kleine Haus lag einsam und verlassen und einige Sekunden lang glaubte Mann, es sei etwas Furchtbares geschehen. Aber dann stand Marion in der Tür und lachte.

»Das ist nicht mein Koffer.«

»Nein, das ist einer von Tante Ichen, die sehr neugierig ist.«

»Wie geht es dir?«

»Gut. Ich habe dir ein Handy mitgebracht. Du hast mir gefehlt. Was hast du getan am Ende der Welt?«

»Ich habe nachgedacht. Lass dich in die Arme nehmen.« Sie klammerte sich an ihn, als sei Bedrohliches geschehen, als habe sie sehr lange hinter der Brustwehr ihrer Angst gestanden. Sie murmelte: »Es war gar nicht gut, so allein hier.«

Sie gingen ins Haus. Auf dem Tisch in der Küche stand ein Strauß aus Wiesenblumen auf einer fast altertümlichen weißen Leinentischdecke.

»Das ist ja wie neunzehnhundertfünfzig.« Mann nahm den Koffer und schleppte ihn die enge Holztreppe hinauf. Über die Schulter zurück erzählte er: »Sie haben zugesagt, dass es eine Frau sein wird, die dich befragt. Und ich habe an einer Art Konferenz mit Leuten teilgenommen, von denen ich nicht weiß, wofür sie zuständig sind.«

»Was war denn mit diesem Unfall?«

»Das war schrecklich. Da stand mitten in der Nacht bei Regen ein mächtiger Bagger hinter einer Kurve. Für mich sah es aus wie eine Hinrichtung. Aber es war falsch von mir, mit Peter dorthin zu fahren.«

Er legte den Koffer auf ein Bett. »Ein Mitarbeiter meiner Tante hat die Sachen zusammengesucht. Ich hoffe, es ist alles da, was du brauchst.«

Sie kramte in dem Koffer herum und lachte: »Sogar Tampons. Der unbekannte Helfer ist aber sehr umsichtig.« Dann, als sei es ungemein wichtig, die unbequemen Dinge sofort zu erledigen: »Hast du etwas gehört von Kehrigk?«

»Nein. Vermutlich werden sie einfach weitermachen. Die Reißzähne der Aktenschlucker müssen ja weiterlaufen.«

Marion begann ihre Sachen in einen Schrank zu räumen und andere in das Badezimmer zu tragen. »Unten steht Bier.

Die Nachbarin war einkaufen und hat uns was mitgebracht. Nur bezahlen konnte ich sie nicht.«

»Dich bedrückt etwas, nicht wahr?«

»Ja«, nickte sie und hielt eine Bluse gegen das Fenster. »Mir ist klar geworden, dass mich die Sache noch jahrelang verfolgen wird. Sobald mich der Erste als Zeugin benannt hat, werden zehn andere folgen, und ich werde damit beschäftigt sein, von Gericht zu Gericht zu fahren. Das wird wie eine Achterbahn und du kannst nicht aussteigen.«

»Wir finden einen Weg«, versuchte er sie zu trösten.

»Hast du einen Weg für dich gefunden?«

»Nein.«

»Siehst du«, murmelte sie. »Die Schatten werde ich nicht mehr loswerden. Jeder Piesepampel wird sagen: Habe ich Ihnen damals nicht die Akte gegeben, Frau Westernhage? Wieso ist die verschwunden, Frau Westernhage?«

»Aber du warst keine Entscheidungsträgerin«, wandte er ein.

»War ich nicht?«, fragte sie zornig und schmiss die Bluse auf das Bett. »Und was bin ich, wenn man mir zwei Millionen Euro in einen Aktenkoffer packt und ich das kleine Geschenk einem Rechtsanwalt in Brüssel übergeben muss? Und was bin ich, wenn ich dafür sorge, dass es Meier und Meier privat gut geht?«

»Moment mal, was hast du getan?«

Marion atmete tief durch. »Um Blandin ein bisschen zu entlasten, hat es das Büro Dreher übernommen, bestimmte Kunden zu pflegen, Meier und Meier gehörten dazu. Ich habe lange darüber nachgedacht, wie man diesen geplagten Kreditnehmern zu etwas mehr Lebensfreude verhelfen kann. Und ich erfand einen Makler auf den britischen Kanalinseln, der den beiden die Plattenbauwohnungen vermittelte. Dadurch machten sie einen rein privaten Reibach von rund siebzehn Millionen Euro, denn den Immobilienmakler gab es ja gar nicht und sie waren die Einzigen, die an die Provision rankamen. Außerdem war ich Meier und Meier bei der

Gründung einer Energie-GmbH behilflich. Denn sie wollten nicht direkt mit der Gesellschaft in Verbindung gebracht werden können. Sie haben dann ihren Mietern den Strom zu einem leicht überhöhten Preis verkauft. Ich will dich nicht mit Zahlen langweilen, aber da kamen locker pro Jahr runde zwanzig Millionen Euro Reingewinn zusammen. Die Masse macht's. Und alle diese Vorschläge, wie man ein bisschen mehr Privatgeld aus dem Kreditgeld machen kann, habe ich formuliert und mit freundlichen Grüßen versehen. Und die Herren waren dann so nett, mir einen Blumenstrauß zu schicken. Und auf einem meiner Konten waren plötzlich zwanzigtausend Euro mehr. Da freut man sich doch, oder?« Sie ließ den Kopf hängen und weinte.

Mann nickte langsam und sagte leise: »Wir werden das gemeinsam durchstehen. Komm mit zurück nach Berlin. Ich werde Tante Ichen um Asyl bitten.«

ELFTES KAPITEL

Sie hatten plötzlich Schwierigkeiten miteinander. Etwas stand zwischen ihnen, die wichtigsten Bemerkungen waren nicht gefallen, die schroffsten Sätze nicht gesagt, die traurigsten Rückschlüsse nicht gezogen.

Marion stand mit hängenden Schultern in dem kleinen Schlafzimmer und murmelte: »Vielleicht irre ich mich, vielleicht ist alles falsch. Vielleicht sollte ich nicht aussagen. Ich will weiterleben, in Ruhe. Ich muss doch nicht aussagen, oder?«

»Nein, das musst du nicht«, versicherte er. »Du kannst dich darauf berufen, dass eine Aussage dich möglicherweise selbst belasten könnte. Aber du musst dich nicht jetzt entscheiden. Du hast Zeit. Komm, lass uns in die Küche gehen und ein Bier trinken.«

»Ja«, nickte sie. »Es ist nicht so, Jochen, dass ich keinen Mut hätte. Aber es ist auch nicht so, dass ich unzerbrechlich bin.«

»Ich weiß.« Er nahm sie in den Arm. »Ich liebe dich!«

Sie saßen auf der Eckbank, hielten sich an den Händen und ließen das Bier schal werden.

»Es hilft nichts, wir müssen es angehen«, sagte er endlich und wählte die Nummer seiner Tante. »Ich weiß, es ist schon spät, aber hier tut sich etwas, mit dem Frau Westernhage und ich nicht so recht zurande kommen. Könnte sie eventuell ab morgen das große Zimmer im Turm haben?«

»Wann kommt ihr denn?«

»Im Laufe des Vormittags, denke ich. Und ich wollte dich bitten, mir einen Termin bei dieser Frau zu machen, von der ich nicht einmal weiß, wo sie wohnt.«

»In Braunschweig, mein Lieber, in Braunschweig. Wann denn? Morgen, am frühen Abend?«

»Ja, das wäre gut. Und danke.«
»Ach, du lieber Gott!«, sagte Tante Ichen und legte auf.
»Wie ist denn deine Tante?«, fragte Marion.
»Sie wird dir gefallen«, beruhigte er sie. »Sie ist ein Unikum. Und solange man sie nicht ärgert, tut sie einem nichts.«

Sie standen im Morgengrauen auf, sie gaben einander nicht zu, schlecht geträumt zu haben. Wortlos packten sie ihre Sachen zusammen, beluden das Auto und legten der Nachbarin Geld und ein Dankesschreiben auf den Tisch.

Das Turmzimmer war eigentlich immer Lenchens Zimmer gewesen, obwohl Mann nur eine verschwommene Erinnerung an sie hatte. Lenchen war eine Frau aus Johns Heimat Friesland gewesen. John hatte sie eines Tages mitgebracht und behauptet, sie könne fantastisch kochen und sei ungemein fleißig. Beides hatte sich nicht bewahrheitet, aber sie wurde zu einer schweigenden Weggefährtin Tante Ichens. Still, ungemein bemüht, von Herzen zurückhaltend und furchtbar ungeschickt. Eines Tages war Lenchen mit heftigen Bauchschmerzen zu einem Arzt gebracht worden, der sie sofort in ein Krankenhaus überwies. Krebs, sagten die Spezialisten. Sie war still gekommen und nun ging sie an ein stilles Sterben, weit entfernt von der Landschaft, die sie ihre Heimat nannte. Tante Ichen pflegte zu sagen: Wenn Lenchen um mich herum war, wurde ich ruhig und die Zeit hatte einen anderen Fluss.

Das Turmzimmer hieß Turmzimmer, weil ein etwas schräger Architekt einmal behauptet hatte, das Haus brauche auf der rechten Seite einen architektonischen Schlusspunkt. Niemand hatte das nachvollziehen können, aber weil zu jener Zeit die Hoffnung bestand, dass Manns Mutter eines Tages einziehen würde, war der Turm gebaut worden. Manns Mutter hatte das Zimmer jedoch nie gesehen.

Als sie im Grunewald ankamen, schien die Sonne und Tante Ichen stand neben John in der offenen Haustür und sagte strahlend: »Willkommen!« Sie reichte Marion beide

Hände und setzte hinzu: »Kindchen, wenn ich das richtig sehe, brauchen Sie Pflege und viel Schlaf. Das ist John, er wird über Sie wachen.«

John sagte eilfertig: »Ich koche einen Tee.«

»Ich trinke nie Tee«, sagte Marion etwas verunsichert.

»Dann fangen Sie heute damit an«, bestimmte Tante Ichen. »In diesem Haus gibt es nämlich einen besonderen Tee.«

Mann lachte und stellte fest, dass seine Anwesenheit wohl überflüssig sei.

Er zog sich in sein Zimmer zurück und rief Blum an, um ihn darüber zu informieren, dass Marion jetzt im Haus seiner Tante untergebracht war.

Während er noch auf seinem Bett lag und nachdachte, schlief er ein und wachte erst am frühen Nachmittag auf.

Als er erfrischt ins Erdgeschoss kam, sah er die beiden Frauen im Wintergarten sitzen und sich leise miteinander unterhalten. John werkelte in der Küche herum und bemerkte, seine Tante habe einen guten Eindruck von Marion. »Und übrigens, da vorne auf dem Tisch liegt ein Zettel mit der Adresse von der Frau aus Braunschweig. Sie erwartet dich zwischen fünf und sechs.«

Wenig später machte sich Mann auf den Weg. Er fuhr ohne Zeitdruck. Hielt sogar zweimal auf Rastplätzen, rauchte in Ruhe und überlegte sich Fragen an die Frau.

Das Haus der Familie von Robby lag in einem Siedlungsgebiet im Außenbezirk der Stadt. Es war aus rotem Klinker gebaut, schien sich unter einem grauen Himmel zu ducken. Neben der dunkelbraunen Eingangstür hatte jemand ein Tonschild an die Wand gedübelt, auf dem stand: *Hier wohnen Esther, Maria und Ana Kellermann.*

Zwei Töchter, dachte Mann, die sicherlich keine Sehnsucht haben nach einem Mann und eigenen Kindern. Dann fand er seine Einschätzung idiotisch, weil auch das Gegenteil der Fall sein konnte.

Die Frau, die ihm öffnete, hatte das Gesicht eines Raubvogels, sehr schmal, sehr hager mit einer ausgeprägt großen

Nase und dunkelbraunen Augen, die wie Punkte in dem Gesicht saßen. Sie war vermutlich um die fünfzig, und der erste Eindruck mahnte Mann zur Zurückhaltung.

Emotionslos begann sie: »Ihre Tante hat gesagt, Sie wollen irgendwelche Auskünfte. Und das Ganze hätte keine Folgen für uns.« Sie trug einen schwarzen Pulli, eine schwarze Hose, schwarze Lackslipper, alles an ihr war schwarz bis hin zu einer Halskette aus unregelmäßig geformten Steinen. Nur die dünne Kette, an der eine Brille baumelte, was aus Gold.

»Das ist richtig«, nickte Mann. »Mein Name ist Jochen Mann.«

Sie ließ ihn in einen Vorraum eintreten.

Der Kitsch war überwältigend. Zwei Fenster an den Seiten waren drapiert mit farbigen Schals, die man über gehämmerte Eisenstangen gewunden hatte. Darunter stand jeweils ein schwerer Holzstuhl, auf dem Porzellanpuppen saßen, die Kleider aus dem Rokoko trugen und gläsern lächelten. Auf den Fensterbänken Tiere: Igel, Enten, Gänse aus Ton.

»Meine Töchter lieben Puppen über alles«, stellte die Frau fest.

Dann ging sie voran in einen großen Wohnraum, hinter dem sich der Garten anschloss. Auch hier sorgsam über gedrehte Eisenstangen gehängte Schals, Puppen mit Schleifchen und Bändern überall, Tiere aus Ton, alles ganz allerliebst.

»Nehmen Sie Platz!« Sie sank auf die vordere Kante eines Sofas, dabei wirkte sie hellwach, misstrauisch und vorsichtig.

Mann setzte sich in einen Sessel, der mit dunkelgrünem plüschigem Stoff bezogen war. »Wie meine Tante Ihnen sicher gesagt hat, bin ich Staatsanwalt. Aber ich bin nicht in amtlicher Eigenschaft hier. Das heißt, wir können offen miteinander reden.«

Sie sah ihn nur an, hielt die Hände im Schoß gefaltet und wartete. Dann geschah etwas Merkwürdiges. Neben ihr hockte auf einem roten Samtkissen ein kleiner Plüschbär. Nach dem griff sie nun, setzte ihn sich auf das Knie, hielt ihn an beiden Ärmchen fest und ließ ihn ›Hoppe, hoppe, Reiter‹ machen. Dabei wandte sie nicht den Blick von Mann.

Mann wurde klar: Das wird ein schwieriges Gespräch. »Sehen Sie, ich bin mehr oder weniger durch einen Zufall in den Fall um die Bankgesellschaft Berlin geraten. Nur deshalb, weil ich Zeuge des Bombenattentats wurde. Anschließend beauftragte mich meine Behörde, mich um einige Nebenaspekte des Falls zu kümmern. So erfuhr ich von Herrn Sittko und …«

»Herrn Dr. Sittko«, berichtigte die Frau.

»Ja, natürlich, Herrn Dr. Sittko. Das, was man mir erzählte, war etwas merkwürdig. Es hieß, Dr. Sittko sei homosexuell. Und es hieß, wenn ich das mal so frei interpretieren darf, Homosexualität sei gewissermaßen eine Grundvoraussetzung für eine Einstellung in seiner Firma. Dann hörte ich von Ihrem Mann …«

»Exmann«, berichtete sie erneut.

»Dann hörte ich von Ihrem Exmann. Und zwar hieß es, er habe schon jahrzehntelang eine homosexuelle Beziehung zu Herrn Dr. Sittko, sei gleichzeitig mit Ihnen verheiratet gewesen und habe zwei Töchter. Und jetzt würden meine Fragen folgen, denn ich kann, was sicherlich leicht begreifbar ist, mir nicht vorstellen, wie eine solche Ehe über so viele Jahre hinweg funktioniert …«

Der Plüschbär machte noch immer ›Hoppe, hoppe, Reiter‹, aber seine Bewegungen waren langsamer geworden. »Danach sollten Sie eigentlich meinen Exmann fragen.«

»Richtig«, nickte Mann freundlich. »Ich werde mich um ein Gespräch bemühen. Aber ich höre gern beide Seiten.«

»Herr Dr. Sittko war sehr häufig hier. Meistens am Sonntagabend, bevor am Montag der Stress wieder losging. Er aß hier, spielte mit meinen Töchtern, wir unterhielten uns. Es ging um Geschäftliches und Privates, es war ein sehr freundschaftliches Verhältnis, fast gehörte er schon zur Familie. Und als ich eines Tages sagte, nun sei Schluss, ich würde mich scheiden lassen wollen, hat er das arrangiert. Also, ich meine, die wirtschaftliche Seite, die Versorgung meiner Kinder, das Haus hier und derartige Sachen.«

»Mir ist zu Ohren gekommen, dass Herr Dr. Sittko Ihnen ein Versicherungsbüro geschenkt hat. Ist das richtig?«

»Na ja, ich wollte unabhängig sein. Von meinem Mann. Herr Dr. Sittko wusste zufällig, dass jemand ein Versicherungsbüro wegen Erreichens der Altersgrenze abgeben wollte. Mitsamt dem Kundenstamm, wie das so üblich ist.«

»Haben Sie jemals mit Ihrem Exmann darüber gesprochen, wie es zu diesem, nun, einigermaßen ungewöhnlichen Leben gekommen ist?«

»Mit meinem Mann kann man über so etwas nicht sprechen.«

»Was ist denn das für ein Gefühl, neben einem Mann im Ehebett zu liegen, der wöchentlich einmal oder wie oft auch immer mit seinem Chef schläft?«

Plötzlich war sie sichtlich erheitert. Sie sah Mann offen an und antwortete: »Eigentlich ist da nur das Gefühl, dass da keine Gefühle mehr sind.«

»Seit wann wussten Sie von dem Verhältnis der beiden?«

»Seit zehn Jahren bestimmt.«

»Wie kann man das so lange durchhalten?«, fragte Mann erstaunt.

»Ich habe zwei Töchter, ich musste sie durch die Schule bringen, sie sollten Abitur machen und studieren. Das war Anstrengung genug.«

»Offensichtlich hat es geklappt«, sagte er.

»Das hat geklappt.« Sie nickte heftig.

Mann begriff auf einmal, dass sie sich als Siegerin fühlte. Sie hatte ein halbes Leben lang geopfert und gedarbt. Und jetzt war der Mann aus ihrem Leben verschwunden und sie war die Siegerin.

»Bekommen Sie Versicherungsaufträge von Herrn Dr. Sittko?«

»Manchmal denkt er an mich«, bestätigte sie.

»Gibt es sonst noch etwas, was er für Sie tut?«

»Ich bin Komplementärin in einigen der Fonds«, sagte sie wegwerfend, als sei das vollkommen normal. »Die suchen immer welche, die haben die Fonds so schnell hintereinander aufgelegt, dass sie nicht genug Leute haben. Aber ich habe eine Freistellungserklärung. Die hat eigentlich jeder.«

»Was bedeutet das?«

»Nun, ich werde bei den Fondsverwaltern in einer Liste geführt, dass ich persönlich haftender Gesellschafter sein kann. Gleichzeitig werde ich aus der persönlichen Haftung entlassen. Ich bin in drei Fonds Komplementär. Das Fondsvolumen, das ich vertrete, beläuft sich auf etwas mehr als drei Komma vier Milliarden Euro. Man kriegt als Aufwandsentschädigung eine Einmalzahlung von rund zweihunderttausend Euro und ist dann Geschäftsführer einer solchen Gesellschaft. Man hat mit dem Geschäft in Wirklichkeit nichts zu tun, aber auf dem Papier nimmt man eben die Position eines Geschäftsführers ein. Kleinvieh macht eben auch Mist, wie man so sagt.« Sie nagte mit den Zähnen auf der Unterlippe und murmelte schnell: »Das ist natürlich alles vollkommen legal.«

»Natürlich.« Mann beobachtete, dass sie mit dem Plüschbären hantierte, als sei er ein lebendiges Wesen. »Ich nehme an, das Versicherungsgeschäft ernährt Ihre kleine Familie.«

»Wir können nicht klagen.«

»Und mit Ihrem Exmann haben Sie nichts mehr zu tun?«

»Nein. Wollen wir nicht. Auch die Töchter nicht. Wissen Sie, das hier ist eine Siedlung, in der viel geredet wird. Und so was können wir nicht gebrauchen.«

»Haben die Leute denn darüber geredet: Der Kellermann ist ein Schwuler?«

»Hier und da ist das aufgeklungen. Aber das legt sich wieder, wenn man nicht darauf einsteigt und so tut, als habe man nichts gehört.«

Aufgeklungen ist es, dachte Mann. Eine schöne Formulierung. »Was macht Ihr Mann eigentlich genau bei Herrn Dr. Sittko?«

»Inzwischen ist er der Verwalter des Privatvermögens von Herrn Dr. Sittko«, erklärte sie geziert, als sei das eine immens wichtige Position. »Herr Dr. Sittko besitzt ja Immobilien im Wert von mindestens fünfzig Millionen Euro.«

»Donnerwetter«, sagte Mann anerkennend. »Ja, das ist wahrscheinlich ein harter Job.« Hatte nicht Erna Ziemann erklärt, dass das Vermögen Sittkos nicht einmal ein Zehntel dieses Wertes betrage, wenn man genau hinguckte?

»Wie war denn eigentlich die Stimmung so, in dieser doch recht großen Firma?«

»Ein wenig komisch war die schon«, gab sie zu. »Die Youngster waren ja alle scharf auf den großen Chef. Einmal mit dem im Bett und du warst der King. Das gilt wahrscheinlich immer noch. Und ich hatte hier einen Ehemann zu Hause, der von morgens bis abends nur ein Thema hatte: Was macht mein geliebter Chef mit diesen jungen Schnöseln? Später war mir ja dann klar, das war die pure Eifersucht.«

»Um Gottes willen«, staunte Mann. »Und Ihre Töchter? Wie haben die reagiert?«

»Na ja, als sie klein waren, haben sie ja nichts verstanden. Doch mit der Zeit haben sie ihren Vater verachtet, regelrecht gehasst. Sie haben mir zugesetzt: Lass dich scheiden, Mami, wir können auch ohne den!« Der Bär ritt wieder auf ihrem rechten Knie, alles war in Ordnung.

»Haben Sie sich eigentlich nie jemandem anvertraut. Einer Freundin zum Beispiel?«

»Ich brauche keine Freunde«, sagte sie stolz. »Ich habe alles allein gemacht und allein geschafft.«

»Aber mit Herrn Dr. Sittko haben Sie noch geredet, auch als Sie schon wussten, was da lief? Wie geht das?«

»Das war manchmal schon schwierig, besonders weil er sich ja kümmerte. Der Mann ist schwer zu begreifen. Aber das hat natürlich mit seiner Jugend zu tun.«

»Inwiefern?«

»Na ja, seine Mutter war wohl eine verwöhnte, reiche Frau. Sie wollte ihn irgendwann nicht mehr und hat ihn zu

Pflegeeltern gegeben. In die Schweiz. Da war er sechs Jahre. Das muss man sich mal vorstellen! In einem für die Entwicklung so wichtigen Alter muss der Junge erfahren, dass seine Mutter ihn nicht will. Im Übrigen hat mir mein Therapeut bestätigt, dass dieses Kümmern dadurch zu erklären ist. Er hatte keine Mutter, die für ihn da war. Aber er hat sie sich erträumt und wurde irgendwie selbst diese Mutter. Und seitdem kümmert er sich.«

Sie kicherte erheitert und der Bär auf ihrem Knie ritt gefährlich schnell. »Sie kennen doch sicher die Geschichte von Detlev?«

»Nein, ich kenne viel zu wenig Geschichten«, murmelte Mann.

»Also, Detlev ist einer der Youngster. Ich glaube, sechsundzwanzig ist er. Und verheiratet. Natürlich sehr ehrgeizig und natürlich bildete er sich ein, dass er mit dem großen König schlafen konnte. Macht ja schließlich nichts, mal die Betten zu wechseln. Also, Detlev sieht gut aus und wollte was für die Karriere tun. Doch sein Pech war, dass er jedes Mal, wenn Herr Dr. Sittko mit ihm schlief, am ganzen Körper rote Flecken bekam. Und die blieben ein paar Tage. Das war natürlich peinlich, weil Detlev seiner Frau das nicht erklären konnte. Bei seiner Frau kriegte Detlev niemals rote Flecken. Doch die Frau war clever. Sie witterte eine Rivalin in Berlin, denn dort hatte Detlev oft zu tun, wenn auch Dr. Sittko in Berlin war. Die Frau stellte sich abends an die Bar vom *Interconti*, wo Herr Dr. Sittko residierte. Und sie beobachtete, dass ihr Mann gemeinsam mit Dr. Sittko die Bar verließ, um nach oben zu fahren. Als Detlev wieder runterkam, war sein Gesicht voller roter Flecken. Sie kapierte sofort, was da lief. Sie fuhr nach Hause, wartete geduldig, bis ihr Mann heimkam, und sagte dann: Na? War es hübsch mit Markeline Sittko?« Frau Kellermann sah Mann eindringlich an, ob er den Witz auch kapiert hatte, sie zitterte vor Lachen. Peinlicherweise setzte sie hinzu: »Er heißt ja Markus mit Vornamen. Er hörte dann auf, mit Detlev zu schlafen, weil die ganze Firma jedes Mal Bescheid wusste, wenn Detlev rote Flecken hatte.«

»Wirklich köstlich! – Sagen Sie mal, soweit ich das verstanden habe, ist Herr Dr. Sittko ein Mensch, der nicht jeder Million hinterherrennt, der sich dafür sehr um andere sorgt. Aber sorgt Herr Dr. Sittko denn gar nicht für sich selbst? Reicht es ihm völlig aus, nur der große Kümmerer zu sein?«

Sie blickte einen Moment lang zur Seite und sagte langsam: »Da sind wir an einem schwierigen Punkt, da darf ich Ihnen eigentlich nicht weiterhelfen.«

»Nein, nein, nein!«, wehrte Mann theatralisch ab. »Ich will Sie hier nicht zu Äußerungen treiben, die Sie in Schwierigkeiten bringen könnten. Das ist nicht meine Absicht.« Friss es, dachte er, friss es oder erstick dran!

»Ich will ja nichts erzählen, was nur auf Gerüchten beruht«, sagte sie im Grunde mehr zu sich selbst als zu Mann. »Wissen Sie, Herr Dr. Sittko ist wirklich ein hochintelligenter Mann.« Sie kicherte wieder und auch das Plüschbärchen schien sehr vergnügt. »Ich habe schließlich fast ein Leben lang mit dem Mann gelebt, der jetzt für die Rente des Herrn Dr. Sittko zuständig ist. Ich weiß, wie die beiden funktionieren. Außerdem kommt das sowieso bald raus, weil die Bankgesellschaft ein leckgeschlagenes Schiff ist. Also, die Immobilienobjekte wurde ja erst leicht übertuert an die Bank verkauft und dann leicht übertuert an die Fonds weitergegeben. Diese Verteuerungen kamen dadurch zu Stande, dass Makler an den Verkäufen beteiligt waren. Wenn man genau hinsieht, dann war es in vielen Fällen immer die gleiche Maklerfirma. Und die gehört, um sechs bis acht Ecken herum, Herrn Dr. Sittko. Das Geld wandert erst mal ins Ausland, wird von einem Trust verwaltet, der es wieder an andere Banken ausleiht, die selbst mit Bankbürgschaften arbeiten. Und so kommt eins zum anderen. Über lange Wege fließt das Geld zurück an meinen Exmann, der ja das Privatvermögen von Herrn Dr. Sittko verwaltet. Und dann wird es in eine Gesellschaft auf den Cayman Islands abgeschoben, wo es wiederum in Bewegung gesetzt und Banken zur Verfügung gestellt wird, die es für die üblichen drei Prozent in Anspruch nehmen können. Das läppert sich, wie Sie sich vorstellen können. Ich denke, dass die beiden, also mein Exmann und Herr Dr. Sittko nicht am Hungertuch nagen werden, wenn sie irgendwann einmal beschließen sollten, in den Ruhestand zu gehen.« Sie lächelte mädchenhaft. »Ich muss es wissen, Herr Mann. Ich bin jedes Mal mit zwei Prozent dabei.« Und dann brach sich ungehemmt die Bewunderung für die eigene Person Bahn. Sie schlug sich sogar auf das linke Knie, weil das rechte immer noch von dem Bärchen besetzt war, und lachte ein dreckiges Lachen.

»Das nenne ich clever«, beglückwünschte Mann sie. »Aber ehrlich gestanden, habe ich nur begriffen, dass Ihr Mann etwas zurücklegt, für den Ruhestand des Herrn Dr. Sittko. Aber mehr muss ich ja auch nicht verstehen. Die Hochfinanz ist nichts für mich.«

»Aber, aber«, prustete sie. »Sie werden doch eines Tages unermesslich viele Wohnungen in Berlin besitzen.« Sie hob den Zeigefinger und wurde schelmisch. »Sie werden es schon noch lernen. Glauben Sie mir, es kann sogar Spaß machen.« Sie schlug sich mit der Hand vor den Mund. »Du lieber Himmel, ich habe Ihnen noch gar nichts zu trinken angeboten. Ein Kognäkchen, Herr Mann, ein ganz kleines?«

»O nein, danke, ich muss noch fahren. Ein reizendes Haus haben Sie hier.«

»Alles nur für die Kinder«, versicherte sie. »Alles für meine beiden Prinzessinnen.«

»Ich danke Ihnen sehr«, rang Mann sich ab und stand auf. »Ich mach mich dann mal wieder auf den Weg.«

Sie begleitete ihn vor das Haus. Er winkte ihr zu, bevor er abfuhr, und war froh, dieses wunderbare Teddyheim verlassen zu haben.

Eine unglaubliche Frau! Was würde sie wohl tun, wenn die beiden Prinzessinnen ihr eines Tages sagen würden, dass sie überflüssig sei. In eine Depression abrutschen? Nach

Mallorca in ein Seniorenstift auswandern? Wahrscheinlich beides nicht. Wahrscheinlich würde sie versuchen ihre Prinzessinnen zu erpressen. Sie hatte mit Erpressungen schon beachtliche Erfolge erzielt.

Ungefähr in Höhe von Magdeburg erwischte ihn Blums Anruf. »Ich brauche die Nummer deiner Tante!«, verlangte Blum grob.

»Meiner Tante?«, fragte Mann verblüfft.

»Marion Westernhage ist doch da, sagtest du. Die Nummer bitte!«

Er nannte sie und fragte schnell: »Was ist denn?«

»Ihre Wohnung ist in die Luft geflogen. Wo bist du?«

»Auf der Autobahn. Bei Magdeburg.«

»Blockiere die Nummer deiner Tante jetzt nicht. Komm schnell her.«

Mann fuhr den nächsten Parkplatz an, seine Hände hinterließen nasse Spuren auf dem Lenkrad. Er fühlte sich vollkommen hilflos und war seiner Fantasie ausgeliefert. War Marion in ihre Wohnung gegangen? Hatten sie dort auf Marion gewartet? Er hielt es nicht länger als zehn Minuten aus, dann rief er bei Tante Ichen an.

»Ist bei euch alles in Ordnung?«

»Ach, Junge«, sagte John erleichtert. »Wo bist du?«

»Auf dem Weg nach Hause. Was ist passiert?«

John räusperte sich. »Passiert ist hier nichts. Aber Unbekannte sind in die Wohnung von Frau Westernhage eingedrungen. Die Putzfrau war gerade da und jetzt ist sie tot.«

»Marion!«, drängte Mann. »Was ist mit ihr?«

»Nichts, es geht ihr gut. Sie ist hier. Ein Mann namens Blum hat eben hier angerufen und gesagt, sie soll sich nicht von der Stelle rühren. Kommst du her?«

»Nein. Ich fahre erst in die Stralauer Straße. Ich melde mich.«

Er fühlte unsägliche Erleichterung und wischte sich den Schweiß aus dem Gesicht. Seine Hände zitterten so, dass er den Öffnungshebel der Wagentür nicht sofort fand.

Nachdem er dreimal um sein Auto herumgelaufen war, fühlte er sich etwas besser und ließ den Motor wieder an. Um sich abzulenken, schaltete er das Radio ein. Der Moderator verkündete: »Die Hits von heute sind auch immer die Hits von morgen. Und jetzt Leute, wollen wir uns auf die Nacht vorbereiten …« Mann machte das Radio wieder aus und legte die CD *Live at Marians* von Christian Willisohn ein. Er schlug den Takt zum Piano und seine Seele hellte sich wieder etwas auf.

In der Stralauer Straße standen noch viele Einsatzfahrzeuge der Polizei, der Feuerwehr und der Rettungsdienste. Aber die Blaulichter kreisten nicht mehr und die Medien waren nur mäßig vertreten.

Er zeigte seinen Dienstausweis, um durchgelassen zu werden. Das Schloss an der Haustür war herausgebrochen.

Auf der Treppe hockte Blum mit dem zwergenhaften Sprengstoffspezialisten, an dessen Namen Mann sich nicht mehr erinnern konnte.

»Schau es dir nur an«, nickte Blum. »Diesmal haben sie solide amerikanische Eierhandgranaten benutzt. Schöne Scheiße ist das.«

Mann ging vorsichtig in die Wohnung.

Einer der Kriminaltechniker sagte heiter: »Sieh da, man trifft immer dieselben Leute. Die Putzfrau ist im Wohnzimmer, falls Sie nach der suchen.«

Die Frau lag in einer bizarren Haltung halb auf dem Sofa und halb auf einem benachbart stehenden Sessel. In einem spitzen Winkel neben ihr stand ein Staubsauger.

Sie hat wahrscheinlich nichts gehört, dachte Mann, weil der Staubsauger lief.

Verletzungen waren an der Leiche auf den ersten Blick nicht festzustellen, aber ihr Blut hatte zwei grüne Kissen schwarz gefärbt. Sie hatte graue kurze Haare und ihre Hände wirkten wie die eines Mannes, schwer und abgearbeitet.

Der Tisch in der Mitte der Sitzgruppe war zertrümmert, der Teppichboden bis in den Beton hinein aufgerissen.

»Sie haben drei Granaten geworfen«, erläuterte einer der Techniker leidenschaftslos. »Eine hier, eine im Vorbeigehen ins Schlafzimmer, die dritte ins Bad. Ich frage mich, was das für Leute waren.«

Die Granate im Schlafzimmer hatten sie auf das Bett geworfen, die im Badezimmer hatte all den Prunk von Marmor und Blattgold beiseite gefegt.

Blum war Mann gefolgt. »Es ist unsagbar dumm gewesen«, sagte er ratlos. »Keine Überlegung, kein genaues Hinsehen. Die haben die Granaten gezündet und sind sofort wieder weg.«

»Fast könnte man sagen, da haben wir noch einmal Schwein gehabt«, entgegnete Mann mit trockenem Mund. »Wahrscheinlich haben sie ein Ziel genannt bekommen, aber sie haben sich nicht vergewissert, dass sie die Richtige getroffen haben. Das ist unprofessionell.«

»Ja«, nickte Blum. »Aber das macht sie umso gefährlicher. Ein Opfer mehr oder weniger ist denen egal. Die Westernhage darf nicht mehr auf die Straße. Was hast du bei der Frau von Sittkos schwulem Kofferträger gelernt?«

»Die raffen alle, sie erpressen auch schon mal, sie reden sich die Geschäfte schön, sie tun alles, um an mehr Geld zu kommen. Diese Frau selbst übrigens auch. Sie war eine Zumutung. Du hast nichts versäumt. Was hat die Untersuchung der Brandrückstände bei dem Sirtel'schen Truck ergeben?«

»Du hattest Recht. Er hatte Heroin und Kokain an Bord. Der junge Sirtel ist übrigens erst in Frankfurt an der Oder auf den Bock gestiegen. Wir haben den Fahrer aufgetrieben, der den Truck bis dahin gefahren hat. Nach deinem Gesichtsausdruck zu schließen, hast du Ähnliches erwartet. Würdest du mir freundlicherweise sagen, was du dahinter vermutest?«

»Können wir ins Treppenhaus gehen? Hier stinkt es so.«

Sie setzten sich auf die Treppe, Mann zündete sich eine Zigarette an. Er nahm ein paar Züge, es schmeckte nicht und er zerdrückte die Zigarette auf den Marmorstufen.

»Vielleicht täusche ich mich ja auch. Aber ich habe Folgendes überlegt: Es war Rauschgift auf dem Truck und Sascha Sirtel wusste davon. Nun gibt es zwei Möglichkeiten: Entweder gehörte das Rauschgift zur Ladung, gehörte also Koniew. Oder Sirtel hat das Drogenzeug ohne Wissen Koniews transportiert. Letzteres scheint mir eher unwahrscheinlich, denn ein solches Geschäft im Alleingang zu unternehmen wäre bodenlos leichtsinnig von Sirtel gewesen. Er war von Koniew ja mit Haut und Haaren abhängig. Gehen wir also davon aus, dass die Drogen Koniew gehörten. Sirtel wird wahrscheinlich auch nicht durch die Nacht gebraust sein, um das Zeug anderweitig zu verhökern. Wahrscheinlich fuhr er da draußen durch die Pampa, um jemanden zu treffen. Peter, also Koniews Mann, rief mich an und sagte, Sirtel sei auf der Bundesstraße hinter Schwedt verunglückt und in seinem Truck verbrannt. Woher wussten die das so schnell? Nun, wenn der Truck mit GPS ausgestattet war, konnten sie jederzeit rausfinden, wo er steckte. Sie entdeckten also, dass er parallel zur polnischen Grenze fuhr, auf einer Straße, die absolut nicht vorgesehen war. Sie fragten sich: Was macht der da? Und der Trottel Sirtel kapierte seine eigene Lage nicht. Dann raste er ungebremst auf einen Bagger. Ende der Episode. Rauschgift hin oder her: Sirtel muss irgendeinen Grund gehabt haben, dort an der polnischen Grenze durch die Nacht zu fahren. Lassen die Rückstände irgendeinen Schluss auf die Menge zu?«

»Nur indirekt. Das Zeug war in Plastiksäcken eingeschweißt. Die Rückstände lassen auf kräftige Plastiktüten schließen, wie sie gewöhnlich für etwa zwei Kilo benutzt werden. Es müssen also größere Mengen gewesen sein.«

»Wie auch immer«, murmelte Mann. »Wir sollten herausfinden, ob es im Umfeld dieser Bundesstraße jemanden gibt, den Sirtel hätte treffen wollen. Vielleicht fahre ich da noch einmal hin. Sag mal, weißt du eigentlich, wo Erich seinen Dienstausweis und seine Waffe aufbewahrt hat?«

»Nein, wieso fragst du?«

»Weil ich mich dauernd mit diesem Treffen beschäftige. Also: Da kommt ein Oberstaatsanwalt und will, dass Ziemann sein Archiv rausrückt, seinen Schatz. Ich kann mir nicht vorstellen, dass Ziemann bereit war, es herauszurücken. Und auch nicht, dass er mit dem Gedanken gespielt hat, es einem Nachrichtenmagazin zu übergeben. Ziemann sagt also Nein. Was kann der Oberstaatsanwalt an Argumenten bringen, um Ziemann vom Gegenteil zu überzeugen? Nichts, denke ich. In meiner Fantasie hat Ziemann dem Oberstaatsanwalt gesagt: Sie kriegen das Archiv nicht! Nicht einmal dann, wenn Sie mir drohen, mich zu feuern. Und er hat dem Mann den Ausweis und die Waffe auf den Tisch gelegt. Wie in einem schlechten Western. Erkundige dich also bitte, wo er diese Waffe und seinen Dienstausweis aufbewahrte.«

»Eine interessante Fantasie, die du da hast«, nickte Blum langsam.

»Wie wird die Sache hier verkauft?«, wollte Mann wissen.

»Häuslicher Unfall«, antwortete Blum düster. »Wir behaupten, da ist eine Gasflasche explodiert.«

»Solange niemand auf die Idee kommt, sich zu fragen, was eine Gasflasche in diesem Haus zu suchen hat, ist das eine prima Ausrede.«

Mann verabschiedete sich und fuhr zu Tante Ichens Haus. Er fand seine Tante und Marion im Salon. Vor ihnen standen zwei Gläser und eine Flasche Moselwein, den Ichen so liebte.

»Das ist gut, wenn es euch gut geht«, seufzte er und setzte sich zu ihnen. »Das mit deiner Putzfrau ist scheußlich. Wenn es ein Trost ist – ich denke, sie war sofort tot.«

Marion nickte. »Die Frau machte den Job schon seit zwei Jahren. Die Hausverwaltung hat sie mir vermittelt. Eine liebe Frau, sie kam aus Montenegro und sie hat mir erzählt, wie der Krieg ihr Land kaputtgemacht hat.« Ihr stiegen Tränen in die Augen. Wütend sagte sie: »Sag selbst, Jochen, ist das nicht alles vollkommen bescheuert?«

Mann kam nicht zu einer Antwort, sein Handy meldete sich.

»Du glaubst es nicht!«, haspelte Blum erregt. »Du glaubst nicht, was passiert ist: Jemand hat sich Dreher gekrallt und verlangt von der Bankgesellschaft fünf Millionen Euro in kleinen gebrauchten Scheinen. Das wird ein Höllentanz. Wir treffen uns bei *Bolle*. Sofort.«

ZWÖLFTES KAPITEL

»Ich muss nochmal weg«, erklärte Mann. »Marion, bleib bitte im Haus. Es ist besser, wenn niemand mitbekommt, dass du hier bist.«

»Der Mann, der angerufen hat, der wollte doch was«, sagte Tante Ichen spitz, als habe sie ein Recht darauf, zu erfahren, was passiert war.

»Nichts Besonderes«, sagte Mann lächelnd und wollte den Raum verlassen. »Bis später.«

»Nein!«, sagte Marion explosiv. »So nicht, mein Lieber. Kann ich dich unter vier Augen sprechen?«

»Na gut«, lenkte er ein und marschierte vor ihr her in die Halle. Er drehte sich zu ihr um: »Es ist etwas geschehen und ich muss los, um meine Kollegen zu treffen.«

»Was ist geschehen?« Ihre Augen sprühten Funken. »Ich weiß, Ehefrauen und andere Menschen haben kein Recht …«

»Sie haben«, sagte er schnell. »Dreher wurde entführt. Sie verlangen fünf Millionen Euro.«

»Wer – sie?«

»Das weiß man doch noch nicht. Aber sag mal, hast du mitbekommen, ob Dreher Kontakte zur Unterwelt hatte? Oder sind dir in seiner Nähe Fremde aufgefallen? Ich meine, diese Entführer müssen ihn und seine Lebensweise genau studiert haben. Ohne das zieht man so eine Entführung nicht durch. Kannst du da mal drüber nachdenken?«

»Mach ich. Wobei ich ja in der letzten Zeit nicht mehr viel von seinem Leben mitbekommen habe. Meldest du dich? Ich meine, vor Ablauf der nächsten fünf Wochen?«

»Klar. Kommst du mit Tante Ichen zurecht?«

»Ja. Kein Problem. Und jetzt küss mich gefälligst. Das tun Helden immer, bevor sie in den Krieg ziehen.«

Er umarmte und küsste sie, dann zog er die Tür hinter sich zu.

Ihm fiel ein, dass es eigentlich ein wenig seltsam war, dass sich eine Truppe von Kriminalisten in einer Kneipe traf, statt an Einsatzkonferenzen teilzunehmen und durch die Stadt zu streifen, um dem Verbrechen ein Ende zu setzen.

Im Hof stand John vor dem Bentley und schien besorgt um Chrom und Glanz.

»Hör zu«, sagte Mann, »pass auf Marion auf. Sie darf das Haus und das Grundstück nicht verlassen. Und lass keinen Fremden rein.«

»Nur über meine Leiche«, nickte John.

»Lieber nicht«, murmelte Mann.

Er beeilte sich zu *Bolle* zu kommen. Er nahm wieder zwei Buletten mit in den hinteren Raum und trank ein Wasser.

Vier Leute waren da, Blum und der Rothaarige waren ihm bekannt, die beiden anderen hatte er noch nie gesehen.

»Ich bin ein wenig spät«, sagte er. »Ging nicht schneller.«

»Schon gut«, winkte Blum ab. »Stephan kennst du schon. Der Lange da ist Bert und der leicht Behäbige ist Dietmar. Ich will schnell ein paar Sätze darüber verlieren, wie diese Runde mit wechselnder Besetzung arbeitet. Niemand hier im Raum, mit Ausnahme deiner werten Person, ist von irgendeiner Tagesarbeit befreit. Wenn wir etwas klären wollen, dann klären wir es außerhalb der offiziellen Arbeit. Das ist eine Tradition, die Ziemann eingeführt hat. Es gab immer schon Dinge, die uns sauer aufstießen und die wir klären wollten. Ich muss dir nicht erzählen, dass es verfolgungsgeile Staatsanwälte gibt, die sich verrennen. Deren Entscheidungen müssen ebenso korrigiert werden wie die verrückt gewordener Polizisten, die sich in Täter verbeißen, die es gar nicht gibt. Wir sind sozusagen ein Meckerklub oder der Klub der wahren Helden, der Klub ohne Ziel oder der Klub der Irren und Unbelehrbaren.«

»Kapiert«, nickte Mann. »Was ist nun von Dreher bekannt?«

Der rothaarige Stephan ergriff das Wort: »Es ist jetzt offiziell, dass Dreher entführt wurde. Es ist inzwischen auch bestätigt, wann das passierte. Heute Nachmittag etwa gegen siebzehn Uhr. Dreher war zu Hause. Er saß auf der Terrasse und telefonierte ohne Unterbrechung. Laut Aussage seiner Frau ein ganz normales Verhalten: Er ließ sich von seinem Fahrer bringen, setzte sich in sein Arbeitszimmer oder sonst wohin und telefonierte. Mal eine Stunde, mal drei Stunden, manchmal nur eine halbe Stunde. Wenn er fertig war, rief er wieder seinen Fahrer und der holte ihn postwendend ab. Für diese Telefonorgien gab es keine Norm. Wenn Dreher das Gefühl hatte, er müsse allein sein, fuhr er nach Hause und erledigte sein Pensum von dort aus. Ich habe den Kollegen, der mir das erzählt hat, an die Wand gedrückt, ob dahinter vielleicht etwas anderes stecken könnte: geheime Kontakte Drehers, von denen niemand etwas mitkriegen sollte. Das ist wohl nicht der Fall. Heute Nachmittag arbeitete die Ehefrau im Garten, sie schnitt Rosen oder so was. Um zehn Minuten vor siebzehn Uhr, das weiß sie genau, saß ihr Mann noch in einem Korbsessel auf der Terrasse und telefonierte. Als sie zwanzig Minuten später wieder auf die Terrasse trat, war er weg. Sie hat sich keinerlei Sorgen gemacht, sie hat gedacht, er hat sich wieder abholen lassen. Auch dass er sich nicht verabschiedete, war normal. Um achtzehn Uhr schellte das Telefon. Sie hatte bei der Gartenarbeit ein schnurloses bei sich. Jemand sagte: ›Wir haben Ihren Mann.‹ Nur diesen einen Satz. Und um die gleiche Zeit ging ein Anruf bei der Bankgesellschaft ein, der besagte: ›Wir haben Dreher! Wir verlangen fünf Millionen Euro! Wir melden uns wieder!‹ Das ist der Stand der Dinge. Sobald sich etwas Neues ergibt, erhalte ich Nachricht. Natürlich sind sicherheitshalber alle Behörden eingeschaltet, die möglicherweise helfen können. Die Leitung liegt beim BKA.«

»War es dieselbe Stimme? Zu Hause und bei der Bank?«, fragte Mann.

»Nein, es müssen zwei gewesen sein. Ein Vergleich ist nicht möglich. Aber der, der mit der Ehefrau sprach, klang angeblich östlich, was immer das heißen mag. Der Anrufer bei der Bank sprach Hochdeutsch.«

Blum bemerkte: »Das Beste wird sein, wir hören uns um, was die Buschtrommeln sagen. Stephan franst sich weiter durch die Ausländerszene, Dietmar geht die Verbindungen in Kreuzberg durch und Bert die einschlägigen Kneipen in Mitte. Ich selbst muss noch drei Verhöre in einer anderen Sache führen, dann höre ich mich um, was die Einsatzkonferenz sagt. Und an dich, Jochen, haben wir die Bitte, dich an Koniew zu wenden beziehungsweise an deinen Verbindungsmann.«

Mann nickte. »Okay, ich versuche es. Was ist mit der Höhe der Forderung? Sind fünf Millionen vollkommen überhöht oder durchaus angemessen?«

»Durchaus angemessen. Ich persönlich würde behaupten, dass Dreher nicht so viel wert ist, aber gemessen an dem, was er weiß, ist die Forderung in Ordnung. Wir bleiben in Kontakt, tauscht die Handynummern aus. Ich muss jetzt los, Kinder, ich habe keine Zeit mehr.«

Blum nickte in die Runde und ging. Mann widmete sich seinen Buletten.

»Ich hol mir auch welche«, sagte Stephan mit Blick auf Manns Teller. »An drei Quellen komme ich sowieso erst nach Mitternacht ran. Falls überhaupt. Hm, und ich trinke einen Pfefferminzlikör, einen dreifachen.«

»Och, nicht das schon wieder«, sagte Dietmar angeekelt.

»Lass ihn doch«, meinte Bert. »Das ist seine Art, sich so etwas wie einen Charakter zu geben.«

»Durch Pfefferminzlikör?«, grinste Mann breit.

»Ja, ich nehme an, es ist wie bei Einstein. Der spielte Violine, um gesellschaftlich anerkannt zu werden. Kein Mensch kam auf die Idee, auf sein Hirn zu achten.«

»Und das ist wie bei dir«, sagte Stephan giftig. »Nur kannst du nicht mal Violine spielen.«

Sie aßen in Ruhe und tauschten ihre Handynummern. Dann bezahlten sie und jeder für sich tauchte in die Stadt ein, um das Unmögliche zu versuchen. Die Generalfrage würde lauten: »Sag mal, Jonny, kennst du rein zufällig jemanden, der den Vorstandsvorsitzenden der Bankgesellschaft Berlin, Gerhard Dreher, verschleppt hat und fünf Millionen für ihn verlangt?«

Es war inzwischen Mitternacht. Die Wetterfrösche würden sagen, es war eine laue Nacht, geeignet für einen Biergartenbesuch oder das strebsame Saufen um den Grill. Die Bewölkung lag bei drei Achtel.

Bevor Mann zum *Smirnow* startete, rief er Marion an.

»Gibt es schon eine Nachricht von Dreher?«, wollte sie gleich wissen.

»Nein«, antwortete er.

»Und was treibst du jetzt?«

»Ich versuche mit Koniew zu reden. Könnte sein, dass er etwas weiß und stinksauer ist auf die Erpresser. Sie gefährden seine Sicherheit, verstehst du?«

»Natürlich. Banker denken genauso, die dulden auch niemanden neben sich. Mir ist übrigens zu Dreher nichts eingefallen. Außer dass seine Frau mir mal erzählt hat, dass sie ihren Garten von Schwarzarbeitern in Schuss halten lässt. Ich glaube, sie sagte, das seien Osteuropäer und die seien sowieso schon billig, aber man könne ihre Stundenpreise immer noch weiter nach unten drücken. Aber ich denke, dass Hobbygärtner wohl nicht als Entführer infrage kommen.«

»Wahrscheinlich nicht«, lachte er. »Ich dachte, die Bank sei Eigentümerin der Villa. Was interessiert es Frau Dreher da, was die Gartenpflege kostet?«

»Du verstehst da was nicht«, entgegnete Marion altklug. »Frau Dreher holt die Polen, oder woher die auch immer kommen, damit sie für kleines Geld bei ihr arbeiten. Dann lässt sie sich von einer Gärtnerei eine fette Rechnung über Gartenarbeiten ausstellen und die wird dann mit der Bank abgerechnet. Man muss sich schon was einfallen lassen, mein lieber Jochen, um an das Geld anderer Leute zu kommen. Aber eigentlich ist es gar nicht so schwer.«

»Das ist ja widerlich«, kommentierte er. »Grüß mir Ichen und John.«

Vor dem *Smirnow* standen an diesem Abend eine Reihe teurer Autos, keines unter vier Litern. Mann schellte und jemand öffnete vorsichtig die Tür. Ein junger, ungemein dicker Mann linste misstrauisch durch den Spalt.

»Mein Name ist Jochen Mann. Herr Koniew kennt mich. Ich muss ihn sprechen. Es ist dringend.«

»Das ist kaum möglich«, antwortete der Dicke polterig. »Wir haben einen Tschetschenen-Abend.«

»Was, bitte, ist ein Tschetschenen-Abend?«

»Na ja, was soll das schon sein? Ein Treffen von Tschetschenen.« Er grinste hinterhältig. »Väterchen hat etwas ins Leben gerufen, was Väterchen Putin in Moskau nicht gelingen will: einen Tschetschenen-Abend. Besser, Sie kommen in vier Stunden wieder.«

»Verdammt nochmal!« Mann wurde ärgerlich. »Nehmen Sie meine Karte, bringen Sie sie Väterchen. Und richten Sie ihm aus: Jetzt! Nicht in vier Stunden, nicht in einer Stunde.« Er drückte dem Dicken eine Visitenkarte in die Hand. Das fett gedruckte Wort *Staatsanwalt* würde hoffentlich seine Fantasie anregen.

Der junge Mann betrachtete die Karte, schüttelte den Kopf ob der Verständnislosigkeit der Welt und verschwand. Nach wenigen Minuten kehrte er zurück und erklärte verwundert: »Sie hatten Recht, Väterchen hat jetzt Zeit.«

»Sag ich doch.«

Mann folgte dem Dicken, der wie eine Ente vor ihm herwatschelte. Das Lokal war wieder leer, wahrscheinlich war es immer und grundsätzlich leer.

»Warten Sie bitte hier«, sagte der Dicke und rückte ihm einen Stuhl hin.

Mann setzte sich, in ihm machte sich ein wenig Panik breit. Er hatte nicht die geringste Vorstellung, wie er Koniew angehen sollte. Er fand keinen freundlichen Satz, keinen Schlüssel in die Welt der Koniew'schen Macht. Was, zum Teufel, tue ich eigentlich hier? Was soll ich ihm sagen? Wahrscheinlich wird er mich mit mitleidigen Augen betrachten und jeder seiner Gedanken wird sein: Ach, du lieber Gott, schon wieder ein Trottel, der keine Ahnung hat.

Grischa Koniew trat auf. Er flog wie eine Kanonenkugel durch die Tür, ließ sie hinter sich zuknallen und rief etwas atemlos: »Ich hoffe, mein Freund, Sie bringen eine frohe Botschaft.«

»Wie soll die aussehen?«, fragte Mann. »Dreher ist gekidnappt worden, das wissen Sie. Und mich interessiert Ihre Meinung: Wer kann das getan haben? Das Gespräch dient uns beiden. Ich habe eine gute Meldung und Sie haben Ihre Ruhe.«

»Ich habe keine Idee«, sagte er und es klang beinahe mutlos. Er setzte sich auf den benachbarten Stuhl und schrie: »Ich will einen Wodka!« Hastig schoss eine junge Frau in einem viel zu kleinen schwarzen Kleid durch eine Schwingtür und stellte eine Flasche mit zwei Gläsern auf den Tisch. Sie verschwand ebenso schnell, wie sie hereingekommen war.

Weil Mann ein etwas verdutztes Gesicht machte, begann Koniew kehlig zu lachen. »Tolle Figur, eh? Und tolles Kleidchen. Fast nichts an Stoff, aber immerhin noch ein paar Zentimeter zu viel. Ja, ja, meine Freunde aus Tschetschenien mögen das, sie kriegen nie genug davon. Vorher übe ich mit den jungen Damen, wie sie sich vorbeugen müssen, weit vorbeugen, um dem Gast alles recht zu machen.«

»Leben diese Leute alle hier in Berlin?«

»Na ja, manchmal ja, manchmal nein. Das kommt darauf an, wo sie gerade Geschäfte machen.« Er fuhr beide Arme wie Geschützrohre nach außen, drehte die Handflächen und erklärte: »Ja, wer hat Dreher?« Wieder lachte er, explodierte geradezu in einem ungezügelten heiteren Gebrüll. »Also ich, ich möchte den Kerl nicht haben. Ich möchte nicht mal neben dem im Pissoir stehen.«

Er macht es mir einfach, dachte Mann erleichtert. Er weiß, auf was ich aus bin. »Grischa Koniew, Sie kennen die Szene, Sie kennen sie gut. Deshalb frage ich Sie, ob Sie Leute kennen, denen so eine Aktion zuzutrauen wäre?«

Koniew nahm seine Ellenbogen vom Tisch und goss Wodka in beide Gläser. Eines reichte er Mann, dann sagte er: »Zum Wohle!«

Sie tranken und der Russe überlegte ein paar Sekunden. Dann schüttelte er den Kopf. »Nein, ich kenne keine solchen Leute. Aber – nehmen wir an, junger Freund, es wäre anders. Dann können Sie davon ausgehen, dass ich … na ja, Sie wissen schon.«

»Ich weiß nichts«, sagte Mann leicht empört.

»Ich würde mit den Leuten reden. Ich weiß, wie man das macht. Und ich würde ihnen Dreher abkaufen. Verstehen Sie?«

»Abkaufen«, wiederholte Mann hohl.

»Sicher.« Er gestikulierte wieder wild mit seinen Händen. »Diese Leute wollen Geld. Deshalb haben sie das schließlich gemacht, nicht wahr?«

»So kommen wir nicht weiter«, stellte Mann fest.

»Heißt das, dass Sie mir nicht glauben?«

»O nein, das ist es nicht. Ich dachte, Sie würden mir helfen. Und helfen heißt in diesem Fall: Wir überlegen gemeinsam. Aber Sie überlegen nicht, Sie machen sich über mich lustig.«

»Ich werde immer fröhlich, wenn die Lage beschissen ist«, murmelte der Russe todernst. »Was bleibt mir anderes übrig? Sehen Sie, in dieser Stadt treffen jeden Tag Leute ein, die hier ihr Glück machen wollen. Viele von ihnen stammen aus osteuropäischen Ländern und sie glauben zunächst, sie seien hier im Himmelreich. Bis sie das erste Mal keine Miete mehr zahlen können oder nichts mehr zu essen haben. Wer soll diese Leute kontrollieren? Ich, Väterchen Koniew? Unmöglich. Niemand kann sie kontrollieren. Und jetzt überlegen wir weiter, wir lachen nicht, wir stellen uns vor, dass zum Beispiel ein Rudel hungriger junger Männer in die Stadt kommt. Und sie hören: Dieser Dreher ist wichtig, er ist mächtig! Also sagen sie sich, haben wir Dreher, haben wir Geld. Diese Leute denken einfach, verstehen Sie?«

»Ich denke auch einfach«, sagte Mann. »Wie sollen solche Leute an Dreher herankommen können?«

»Das ist doch nun wirklich kein Problem«, antwortete Koniew ruhig. »Die Leute in Grunewald reden eine Menge. Sie sagen: Dreher von der Bankgesellschaft? Ja, der wohnt hier. Gleich um die Ecke, Hausnummer zehn. Und einer von den Hungrigen hört das. So einfach geht es zu auf dieser Welt, mein Freund. Dabei finde ich die Sache wirklich nicht lustig. Es wundert mich, dass noch kein leitender Staatsanwalt hier erschienen ist, der von mir wissen will, wo ich Dreher habe.«

»Lieber Gott, Sie können mir doch nicht erzählen, dass Sie keine Leute kennen, die in der Lage sind, sich so etwas einfallen zu lassen?!«

»Leute, denen so etwas einfällt, kenne ich einen ganzen Haufen. Aber die waren es nicht. Mit denen habe ich schon gesprochen. Schauen Sie, meine Jungs telefonieren seit fünf Uhr heute Nachmittag. Sie telefonieren mit Gott und der Welt. Das kostet richtiges, eckiges Geld. Und sie sagen mir: Väterchen, kein Hinweis, niemand weiß etwas.«

»Aber von Sascha Sirtel wussten Sie erstaunlich schnell«, wagte Mann anzugreifen.

Koniews Gesicht blähte sich auf, wurde rot und rund und wütend. »Junger Freund, Sascha Sirtels Trucks gehören mir. Und sie sind mit der modernsten Technik ausgestattet. Wir konnten die Fahrt des Trucks genau verfolgen. Und wir erlebten, dass Sascha Sirtel in Frankfurt das Steuer übernahm, als der Lkw frisch aus Moskau kam. Sascha fuhr nicht direkt nach Berlin! Und wir fragten uns: Was zum Teufel will er da oben im Norden, an der polnischen Grenze? Wir haben ihn angerufen und angefunkt, wir wollten doch nur wissen: Sascha-Schätzchen, wo willst du hin? Wird man doch fragen dürfen, wenn einem der Truck gehört, oder? Na ja, Sascha antwortete nicht. Und dann passierte diese furchtbare Sache mit dem Bagger, der auf einmal auf der Straße stand. Wir waren alle sehr traurig, das müssen Sie glauben.«

Mann lächelte leicht. »Grischa Koniew, der Truck hatte Rauschgift an Bord. Heroin und Kokain. Die Rückstände sind eindeutig nachgewiesen worden. Und natürlich wird der zuständige Staatsanwalt sich fragen, ob das Ihr Zeug war. Kann man dem Mann nicht verübeln, nicht wahr?«

Koniew sah Mann einige endlose Sekunden ausdruckslos an, wandte dann den Kopf und sagte leise: »Ach, so ist das. Ich wusste schon immer, dass Sascha ein Arschloch war.«

»Warum haben Sie dann für die Trucks gebürgt?«

»Weil Saschas Mutter zu mir kam und mich bat: Sorgen Sie für meinen Sohn, bitte. Verhelfen Sie ihm zu einer eigenen soliden Existenz! Sie saß da und weinte, weil ihr Junge dreißig Jahre lang nur Scheiße gebaut hatte und weil der Vater diesen Sohn immer wieder aus den Scheißhaufen hatte herausholen müssen. Nun wollte der Vater aber nicht mehr, begann stattdessen, die Bankgesellschaft auszuspionieren. Er wollte mit dem ganzen Mist an die Öffentlichkeit, die Schweinereien publik machen. Dabei hatte er überhaupt nicht verstanden, was da wirklich ablief.«

»Was lief denn da wirklich ab?«

»Das werde ich Ihnen nicht verraten. Auf jeden Fall habe ich weder mit dem Attentat noch mit den anderen Todesfällen etwas zu tun. Aber wenn ich mich nicht rechtzeitig aus der Schusslinie bringe, bin ich erledigt. Reicht Ihnen das an Information?« Sein Gesicht war nur noch vierzig Zentimeter von Manns Gesicht entfernt. Koniew war ein wütender, ein böser Koniew und etwas von seiner Macht umgab seinen Kopf wie ein Helm.

»Dann hat Sascha Sirtel die Drogen ohne Ihr Wissen transportiert?«

»Korrekt.«

»Können Sie das beweisen?«

»Nein, kann ich nicht. Wie denn? Sascha ist tot.«

»Aber Sie haben geahnt, dass Sascha Mist baut?«

Koniew spitzte den Mund. »Sagen wir mal so: Wir haben befürchtet, dass er ein Ding dreht, mit dem er sich ins Unglück stürzt. Ich habe versucht ihn zu lenken, ihm klar zu machen, dass er ein seriöser Spediteur zu sein hat. Ich habe ihm sogar ein Mädchen beschafft. Die zwar nur eins wirklich gut und oft kann: ficken. Aber sie ist treu. Und das brauchte er.«

Natürlich, er hatte Sascha Sirtel geholfen, weil er dadurch Zugang zu den feinen Berliner Kreisen bekommen hatte, kapierte Mann. »Aber Sie müssen doch wenigstens eine Vermutung haben, wohin Sascha mit dem Truck wollte?«

»Nein, haben wir nicht. Das mit dem Rauschgift ist mir neu. Allerdings nehmen wir an, dass er auf der Strecke von Schwedt nach Norden jemanden treffen wollte. Sonst würde sein Ausreißer keinen Sinn ergeben. Gut, jetzt können wir vermuten, dass das Rauschgift bestellt war, dass er einen Abnehmer hatte, dem er das Zeug übergeben wollte und von dem er im Gegenzug das Geld bekommen sollte. Aber normalerweise laufen diese Geschäfte anders. Die Drogen kommen rein. Der Fahrer hat oft keine Ahnung, was er da an Bord hat. Die Drogen werden ausgeladen und an Leute übergeben, die sich auf die eine oder andere Weise ausweisen müssen. Damit ist der reine Transportteil des Geschäftes erledigt. Der finanzielle Teil läuft parallel, unabhängig vom Transport. Und nur zwischen Leuten, die sich kennen und sich vertrauen. Das Geld geht auf ein Konto, das meinetwegen auf den Bahamas zu Hause ist. Sascha hat in seiner unglaublichen Naivität wahrscheinlich beides in einem Abwasch durchziehen wollen: Stoff abliefern und gleich kassieren.«

»Gibt es da oben in der Gegend Leute, die Sie kennen?«

»Junger Freund, Koniew kennt überall Leute. Allerdings ist die Gegend dort fast menschenleer.«

»Aber nur fast!«, widersprach Mann. »Sie überlegen nicht und Sie sind mir heute überhaupt zu melancholisch. Als Sascha Sirtel in seinem Truck starb, hatte das Treffen noch nicht stattgefunden, denn das Rauschgift war noch an Bord. Das heißt, der Treff lag auf der Route vor ihm. Ich vermute, dass er in Storkow zurück auf die A 11 und dann Richtung

Berlin wollte. Dazwischen bleibt nicht viel Auswahl, vielleicht Hohenfelde, Kunow, Groß Pinnow oder Heinrichshof.«

»Sie haben sich das genau überlegt, nicht wahr?« Das kam fast vorwurfsvoll.

»Selbstverständlich«, nickte Mann. »Also, kennen Sie dort jemanden?«

»Hm, vielleicht Marko. Marko sitzt in Damitzow, das liegt schon an der B 113. Er züchtet Orchideen und schreibt Gedichte, furchtbare Gedichte. Marko ist allerdings schon um die neunzig.« Koniew warf die Arme mit großer Geste nach vorn. »Und was hat das alles mit dem verschwundenen Dreher zu tun?«

»Was ist mit Ihnen los? Denken Sie doch mal nach! Sascha Sirtel war ein dummer Angeber. Er führte gern große Reden und war damit der ideale Gesprächspartner für Leute, die nach oben wollen. Ist das richtig?«

»Das ist richtig«, nickte Koniew düster.

»Sie selbst haben von diesen jungen hungrigen Menschen erzählt, die jeden Tag nach Berlin kommen. Vielleicht wollte Sirtel genau solchen Leuten die Drogen übergeben. Ich gehe davon aus, dass er sie in Berlin kennen gelernt hat. Und dass er natürlich auch in ihrer Gegenwart angegeben hat wie ein Sack Seife. Er hat über Sie gesprochen und erzählt, dass Sie ihn beschützen. Und über Blandin geredet, dass er ihm in fünf Minuten eine Kreditzusage über Millionen gegeben hat. Und über Dreher, dieses Arschloch, der den Kredit verweigert hatte, weil er den genialen Sascha Sirtel nicht begriff. Klingt das logisch?«

»Das kling ziemlich gut. Weiter!«

»Geben Sie mir Peter mit. Wir versuchen es. Und zwar jetzt.«

»Was habe ich davon?«

»Ihre Ruhe«, antwortete Mann. »Es sollte dasselbe unauffällige Auto sein.«

Koniew sah ihn plötzlich strahlend an. »Wenn Sie mal ohne Job sind, wenden Sie sich an mich. Ich hätte da was.«

Sie lachten und stießen nochmal mit dem Wodka an.

»Sagen Sie dem alten Marko erst Bescheid, wenn wir in der Gegend sind und uns melden. Und bitte erzählen Sie ihm nicht, um was es geht.«

»Gut. Ist sowieso besser, wenn Marko nicht vorgewarnt wird, sonst regt er sich auf und seine Pumpe kommt ins Stolpern. Und dann macht er ein Gedicht, in dem die ersten Zeilen lauten: ›Mein Herz! Was schlägst du so schnell? Hast du die Liebe gerochen?‹ Er schreibt dauernd so einen Mist.«

Peter kam durch die Tür, grinste süffisant, verbeugte sich tief und sagte: »Großer Meister, ich harre deiner Befehle.«

»Hast du die Kalaschnikows eingepackt?«

»Nein, was Besseres.«

»Dann lass uns aufbrechen.«

»Moment«, sagte Koniew nachdenklich. »Was meint ihr, soll ich eine Wanne voll guter Leute hinter euch herschicken?«

»Auf keinen Fall«, gab Mann schnell zurück. »Erstens ist das Ganze ja nur ein sehr vager Verdacht. Und zweitens bin ich Staatsanwalt, ich kann nicht mit einer privaten Schutztruppe das Land aufräumen.«

»Wie bedauerlich«, murmelte Koniew. »Dann nehmt wenigstens eine Flasche von dem widerlichen Wodka mit! Vielleicht ist der eine Hilfe.«

Kurz darauf saßen sie in dem Golf. Mann telefonierte mit John und informierte ihn, dass er sich auf eine Landpartie begeben würde.

»Wie geht es Marion?«, fragte Peter.

»Nicht gut«, erwiderte Mann. »Ihre Wohnung ist in die Luft geflogen, ihre Putzfrau wurde dabei getötet.«

»Das bedeutet, dass sie auch hinter ihr her sind.«

»Richtig«, nickte Mann. »Was weißt du über diesen Marko?«

»In seinem Pass steht als Geburtsort irgendein Nest in Georgien. Doch der Pass ist falsch. Wenn du mich fragst, ist er ein Ingusche. Die Inguschen sind auch so ein Volk, bei dessen Vertreibung, Versklavung und Ermordung die ganze so genannte freie Welt zugeguckt hat, ohne ein Wort zu verlieren. Irgendwann landete Marko in Moskau, lernte Väterchen Koniew kennen, bekam neue wunderbare Papiere und stellte dann den Antrag, ausreisen zu dürfen. Da war er aber schon weit über achtzig. Jetzt muss er vierundneunzig sein, wenn nicht älter. Wahrscheinlich weiß er das selbst nicht so genau. Er ist ein Kaukasier, falls dir klar ist, was das bedeutet.«

»Nein.«

»Viele Völker, viele Sprachen, viele Stämme, viele Interessen, viele Morde, viele Fehden. Der Kaukasus ist eine Gegend, in der das Beste, was man über einen Mann sagen kann, in dem Satz gipfelt: Er ist ein Jäger und er hat Ehre. Das Erste, was Väterchen Marko schenkte, als er hier ankam, war ein Jagdgewehr. Denn ein Mann wie Marko braucht eine Waffe, um komplett zu sein. Kannst du das verstehen?«

»Eher weniger«, grinste Mann. »Aber natürlich verstehe ich es. Und, ist das wahr, er züchtet Orchideen?«

»Ja, irgendwas muss er ja tun. Zwei Gewächshäuser hat er sich gebaut. Na ja, du wirst es sehen.«

Damitzow war ein kleines Dorf, es lag dunkel und still. Peter kannte den Weg. Markos Haus sah Schürmanns Grab sehr ähnlich – klein, geduckt, wahrscheinlich ein Bau aus den späten Fünfzigern. Im Hintergrund standen die Gewächshäuser, in denen ein grünlich blauer Lichtschein waberte, als wollte er an die Möglichkeit von Außerirdischen mahnen. Im Parterre des Wohnhauses brannte ein gelbes Licht hinter einem kleinen Fenster.

»Wie viele solcher Außenposten hat Koniew eigentlich?«

»Mindestens fünfzehn.«

»Und er ernährt sie alle?«

»Wenn es notwendig ist, ja.«

»Was bringen diese Leute an Gegenleistung?«

»Ich glaube, in der Regel nichts. Aber es geht auch nicht um Leistung und Gegenleistung. Koniews Geschichte ist die Geschichte dieser Leute. Und dann kann es eben vorkommen, dass so ein Marko Auskunft geben kann. Ich glaube, das ist schwer erklärbar.«

»Ich habe es schon verstanden. Also, denn ran an das Gemüse.«

Die Haustür stand plötzlich offen, ein mildes Licht umstrahlte einen kleinen Mann mit schulterlangem weißem schütterem Haar, in Hemd und Hosen, die ihm viele Nummern zu groß waren. Er lachte und enthüllte ein Gebiss, das vor allem aus Lücken bestand, der Rest war rabenschwarzes brüchiges Gestein. Markos Augen versanken lichtblau in rührseligen Tränen, und als er Peter umarmte, erinnerte er an ein Klammeräffchen.

Peter zog ein Kuvert aus dem Jackett und sagte herzlich: »Grüße von Väterchen Koniew an Väterchen Marko.«

Das Äffchen klammerte sich zum zweiten Mal an ihn.

»Und das ist Jochen.«

Mann hatte noch niemals ein so altes, von Falten bestimmtes Gesicht gesehen. Auch er wurde irgendwo in der Gegend des Bauches herzlich umarmt, dabei sagte Marko mit unerwartet hoher Stimme etwas auf Russisch.

»Er heißt dich willkommen!«, übersetzte Peter. »Aber Deutsch kann er auch.«

»Jo!«, sagte Marko und ging mit kleinen Altmännerschritten vor ihnen her. »Ihr könnt euch dorthin setzen«, zeigte er und verschwand.

»Er öffnet die Post«, flüsterte Peter. »Dann wird er ein bisschen weinen und dann wiederkommen.«

In dem Raum, in dem sie auf einfachen Küchenstühlen saßen, herrschte ein unbeschreibliches Durcheinander. Auf dem Tisch lagen die unwahrscheinlichsten Gerätschaften. Batterien für Taschenlampen neben schmutzigen Tellern, ein Paket Nägel, Schraubenzieher, Kaffeebecher, die Moskauer Ausgabe der *Prawda*, eine Ausgabe der *Epoca*, ein Hammer, Untertassen mit irgendeiner undefinierbaren Schmiere, ein illustriertes Werk über Orchideen in Europa, eine Schachtel *ASS*, ein Päckchen russische Zigaretten, eine

Packung Kondome, gefühlsecht, und eine Ikone der Schwarzen Muttergottes, die ein unbekanntes Schicksal in der Mitte durchgebrochen hatte.

»Wozu denn Kondome?«, fragte Mann leise.

»Für die Jungfrauen des Dorfes nehme ich an.«

»Du willst mich verarschen!«

»Absolut nicht. Einmal alle zwei Monate, aber dann richtig.«

Sie mussten beide heftig lachen und hatten Mühe, wieder ernst zu werden, als Marko zurückgetrippelt kam und mitteilte: »Ich bin jetzt reich, Jungs. Wie wäre ein Wodka?«

»Der wäre gut«, sagte Peter. »Was machen deine Blumen?«

»Was sollen sie machen? Sie blühen.« Marko atmete schnüffelnd vor sich hin und suchte dabei etwas. Er entdeckte eine Flasche und klaubte aus den entferntesten Winkeln seines chaotischen Universums schmutzige Gläser zusammen. »Wieso kommt ihr mitten in der Nacht?« Er ging an einen Spülstein, ließ Wasser in die Gläser laufen, wischte sie mit dem Daumen sauber und knallte sie auf den Tisch. Nachdem er sie mit Wodka gefüllt hatte, hob er sein Glas und sagte merkwürdigerweise: »Schalom!« Mit einem langen Zug trank er sein Glas leer und goss sich gleich wieder nach.

»Wir machen uns über etwas große Sorgen«, begann Peter sanft. »Und wir hoffen, dass du uns behilflich sein kannst. Wir suchen Leute, die einen Mann entführt haben. Sie fordern fünf Millionen Euro von der Bankgesellschaft in Berlin, der Mann, den sie haben, ist der Oberbonze der Bank.«

Marko hatte sich seinen Besuchern gegenüber auf einen Stuhl gesetzt und nickte zu Peters Worten. »Ja, ich habe davon gehört, das Fernsehen ist voll davon. Aber wieso kommt ihr zu mir? Ich meine, ich habe den Mann nicht.« Er kicherte hoch.

Peter sah Mann an und Mann sagte: »Hier in der Nähe ist vor einigen Nächten ein furchtbarer Unfall passiert und …«

»Der mit dem Bagger und dem verbrannten Fahrer«, murmelte Marko.

»Richtig. Wir vermuten, dass sich der Fahrer irgendwo in

der Nähe mit Leuten treffen wollte, um Rauschgift zu übergeben. Auf seinem Laster sind Reste von Heroin und Kokain gefunden worden.«

»Weiter, junger Mann«, sagte Marko fröhlich.

»Möglicherweise ist diese Fährte, die wir verfolgen, hirnrissig. Aber: Der Fahrer des Trucks war ein großer Aufschneider vor dem Herrn. Und es ist nicht auszuschließen, dass dieser Aufschneider andere auf die Idee mit der Entführung gebracht hat. Warum nicht die Leute, denen er das Rauschgift geben wollte? Verstehen Sie?«

»Ja, ja.« Der alte Mann zog die Nase kraus, er schnüffelte, als müsse er Anlauf nehmen. »Hier in der Gegend gibt es natürlich sehr viele Leute aus Osteuropa, Polen und so weiter. Die meisten arbeiten hier, aber einige fahren auch jeden Tag nach Berlin, um dort zu arbeiten.«

»Moment«, unterbrach Mann. »Das ist mir zu einseitig. Warum Osteuropäer? Hinter der Sache kann genauso gut eine Gruppe krimineller Deutscher stecken. Die Frage ist, kennen Sie eine Gruppe von Männern, denen Rauschgiftdelikte und eine Entführung zuzutrauen sind? Und diese Männer müssten sich in der Tat in Berlin gut auskennen.«

Eine Weile herrschte Schweigen. Marko hatte den Kopf gesenkt. Langsam sagte er: »Der werfe den ersten Stein. Ach, lass uns Du sagen, ich bin der Marko und du der Jochen. Was weiß man über die Gruppe sonst noch?«

»Nichts«, stellte Peter fest. »Das ist das Problem. Diese Entführung scheint fehlerfrei durchgezogen worden zu sein, da liegt der Verdacht nahe, dass es sich um Profis handeln könnte. Die Verbindung zwischen dem Truckfahrer und dieser Gruppe ist reine Theorie. Doch wir selbst können das nicht so einfach überprüfen, wenn wir uns hier tagelang herumtrieben, würden wir auffallen. Deshalb sind wir nachts zu dir gekommen.«

»Ich verstehe schon, was ihr von mir wollt.« Marko trank von dem Wodka und fragte: »Hat einer von euch eine Zigarre bei sich?«

Sie hatten keine und Marko begab sich erneut schnüffelnd auf die Suche. Irgendwann kehrte er, sichtlich erleichtert, mit einem zerknitterten Päckchen Drum an den Tisch zurück und drehte sich mit zittrigen Fingern eine Zigarette.

Mann sagte zurückhaltend: »Du würdest uns gerne helfen, aber du kannst nicht. Warum nicht?«

»Weil ich dann nicht mehr lange leben würde«, erwiderte Marko beinahe ohne Stimme.

»He!«, sagte Peter hochfahrend. »Das ist nicht möglich. Sag mir Bescheid und ich schütze dich.«

»Ach, Peter«, lächelte Marko.

»Wir finden sicher eine Lösung«, versprach Mann.

Der alte Mann schüttelte den Kopf. Er stopfte die gerade erst angerauchte Zigarette wütend zu anderen Kippen in einen kitschigen Aschenbecher. »Ich kann kein ehrlicher Bürger sein. Bin ich ein guter Bürger, bin ich tot.«

»Erzähl uns, was du weißt«, drängte Mann. »Wir versprechen, dass wir das Wissen nicht benutzen.«

»Das kannst du nicht versprechen, mein Junge«, sagte der Alte. »Sei vorsichtig mit solchen Versprechungen. Ich habe zehn Leben gelebt, ich weiß, wovon ich rede.«

»Und wenn du abtauchst, wir könnten dich nach Berlin mitnehmen?«, schlug Peter vor.

»Was soll ich in einer großen Stadt? Ich bin ja schon in Moskau verrückt geworden. Ich bin siebenundneunzig und jeder Tag ist ein Geschenk. Ich werde nicht noch einmal flüchten, ich will, verdammt nochmal, nie mehr flüchten müssen.« Marko sah unvermittelt hoch. »Ich muss darüber nachdenken. Vielleicht erzähle ich euch dann eine Geschichte. Vielleicht auch nicht. Wollt ihr meine Blumen sehen?«

»Aber ja, sehr gern«, sagte Peter.

Der Alte ging seinen Besuchern voraus einen schmalen Flur entlang, der in einem Neunzig-Grad-Winkel nach links abbog und vor einer Seitentür endete. Marko öffnete sie und trat hinaus. Die Luft war mild.

»Das ist meine kleine Welt«, sagte Marko und machte eine

weit ausholende Geste mit dem rechten Arm. »Ich kann nicht mehr Auto fahren, ich kann nicht mehr vögeln, ich kann nicht mehr Süßholz raspeln, aber ich kann Orchideen züchten.« Er wandte sich unvermittelt an Mann: »Weißt du, was für ein Wort das ist? Orchidee?«

»Keine Ahnung«, lächelte Mann.

»Das ist ein französisches Wort, ist aber abgeleitet von dem griechischen Wort *órchis*. Das heißt Hoden. Die Blumen sind so benannt, weil ihre Wurzelknollen hodenförmig sind.«

Er öffnete eine leicht quietschende Tür, griff an ein Brett und das sanfte Licht schimmerte nun in einem intensiven Blau.

»Das hier sind rund zwanzigtausend Pflanzen«, erklärte er stolz. »Ich rede mit ihnen, damit sie gut gestimmt sind und ihre Farben schön werden. In dem anderen Gewächshaus sind weitere vierzigtausend. Ich versuche neue Farben und neue Formen zu züchten. Orchideen sind gutmütige Blumen.«

»Das ist ja überwältigend«, lobte Mann.

»Die Orchidee ist eine der bemerkenswertesten Pflanzen auf der Erde. Es gibt zwanzigtausend Arten in etwa siebenhundertfünfzig Gattungen. Manche können nur mithilfe eines Pilzes leben, einem Mykorrhizapilz. Die Pflanze produziert einen staubfeinen, nährgewebslosen Samen und der kann sich nur in Zusammenarbeit mit diesem Pilz entwickeln. Ein Wunder der Natur, von dem die meisten Menschen keine Ahnung haben.«

»Das ist wirklich wunderschön«, sagte Peter. »Du ziehst sie in sterilen Flaschen, nicht wahr?«

»Ja, das ist eine dankbare Möglichkeit. Orchideen kann man mit sich selbst oder mit anderen kreuzen, aber niemals wirst du erleben, dass das Ergebnis etwas Gleichförmiges ist. Es entsteht immer eine leicht andere Form und eine etwas andere Farbe. Der liebe Gott muss einen guten Tag gehabt haben. Nun machen wir wieder Nacht, damit sie weiterschlafen können.«

»Wie gelangen die Blumen nach Berlin?«, fragte Mann, während die Intensität des Lichts wieder abnahm und nur der grünlich blaue Schimmer blieb.

»Ich habe einen kleinen Lkw. Den kann ich allerdings nicht mehr selbst fahren, das macht jemand anders für mich.«

So, so, dachte Mann. Sieh an, er ist abhängig von jemandem, der seine Blumen in die große Stadt bringt.

Sie gingen in das Haus zurück und setzten sich wieder an den Chaostisch. Marko schenkte erneut Wodka ein.

»Für mich, bitte, nicht mehr«, sagte Mann. »Ich vertrag das Zeug nicht.«

»Das ist l'eau de vie, das Wasser des Lebens«, protestierte der Alte. »Kein Zeug. Nenne Wodka Zeug und du bist in Russland ein toter Mann.«

Ich riskier es, weiter zu fragen, dachte Mann verkrampft. Sonst sitzen wir hier noch, wenn der Tag graut. »Also, jemand fährt für dich die Blumen nach Berlin. Gibt es noch mehr Leute, die dir helfen?«

»Klar. Ich bin so alt, wie ich bin. Da geht alles nur noch sehr langsam. Ich kann nicht mal mehr kleine Paletten tragen. Neben dem Fahrer, der den Lkw fährt, habe ich zurzeit noch zwei Abiturientinnen und einen Praktikanten. Und dann sind da noch ein paar Frauen, die kommen, wenn besondere Sachen zu tun sind. Zum Beispiel Pflanzen einpacken und den Lkw beladen.« Er lächelte freundlich und murmelte: »Kinder, es ist so beschissen, dass der Mensch sterben muss. Ich habe keine Angst davor, aber ich würde diese Welt gerne noch ein wenig erleben.«

»Du wolltest uns eine Geschichte erzählen«, sagte Mann leise. »Sei mir nicht böse, aber uns läuft die Zeit davon.«

Marko wurde nachdenklich. Schließlich nickte er. »Na gut. Es ist keine schöne Geschichte, aber eine menschliche. Und leider bin ich das Opfer, das ist eine schlechte Rolle. Ich würde gern als strahlender Sieger vom Platz gehen. Jetzt krieche ich geschlagen vom Feld. Das ist gar nicht gut.« Er drehte sich wieder eine Zigarette.

»Es begann vor fünf Jahren. Ein gewisser Johann Hirtenmaier, ein Österreicher, kam in diese Gegend. Er ist fett und hat ein rotes Gesicht, ungefähr fünfzig Jahre alt. Er zog also hierher, in ein Dorf namens Nachensee. Das liegt jenseits der Autobahn. Er gründete einen Bier- und Getränkevertrieb. Den besitzt er heute noch. Mit der Zeit beschickte er auch Bars und illegale Puffs. Und wenn ihm ein Betrieb interessant schien, übernahm er ihn. Das ging brutal zu, sehr brutal. Dabei tut er so – wie sagt ihr auf Deutsch? – leutselig, ja, ein schönes Wort. Er ist stinkfreundlich und kriecht jedem in den Arsch, von dem er etwas will. Und wenn es ihm passt, tritt er einem hart in den Arsch beziehungsweise lässt in den Arsch treten. Er versammelt ziemlich wilde Gesellen um sich. Ich kam schon bald mit ihm in Kontakt. Er bestellte nämlich Orchideen für seine Nachtbetriebe. Er hatte damals sechs Betriebe, im Moment gehören ihm achtzehn. Jeden Abend habe ich seine Orchideen eingepackt, dann kam jemand vorbei und holte sie ab. Und einmal im Monat kam Johann, um zu bezahlen. Dann wurde ich krank. Johann sagte: Das macht doch nichts, ich schicke dir jemanden vorbei, der dir hilft. Prompt kam einer seiner Männer, holte sich die Orchideen, verpackte sie und verschwand wieder. Ich lag da nebenan in dem Zimmer und mir war unbehaglich, obwohl mir ja geholfen wurde. Tja, eines Tages kam Johann zu mir und schmiss eine große Platte Haschisch auf mein Bett. Teil sie auf, sagte er, mach Ein-Gramm-Päckchen draus. Ich wollte nicht, ich hatte noch nie im Leben mit solchen Dingen zu tun gehabt. Aber Johann sagte: Du willst doch wieder auf die Beine kommen, oder? Also tat ich es. Irgendwann wurde ich wieder gesund und es ging so weiter. Johann holte sich meine Blumen, ich portionierte seine Drogen, die ganze Palette: Haschisch, Kokain, Speed und so weiter. Das war im Grunde vollkommen gefahrlos, denn einem alten Mann traut so etwas niemand zu.«

»Bist du für diese Arbeit bezahlt worden?«, fragte Mann.

»Nein, eigentlich nicht. Oder eigentlich doch. Denn ich

konnte ja meinen kleinen Lkw nicht mehr selbst fahren. Johann schenkte mir den Fahrer. Das war die Bezahlung. Eigentlich ist das ein fairer Preis, denn so ein Mann ist unter zweitausend Euro im Monat nicht zu kriegen.«

»Hast du mal versucht, dich von ihm zu trennen?«

»Natürlich. Vor drei Jahren. Ich sagte zu ihm, ich mache Schluss. Er antwortete: Das kann ich nicht dulden. Ich fragte: Was willst du denn machen, wenn ich nicht mehr mitmache? Er sagte: Dann breche ich dir beide Beine. Und um die Ernsthaftigkeit seiner Drohung zu unterstreichen, brach er mir den rechten Oberschenkel. Einfach so. Ich lag zwei Monate im Krankenhaus. Als ich entlassen wurde, hatte er meinen Betrieb praktisch übernommen. Ich bin nur noch ein Aushängeschild. Wenn Koniew mir Geld schickt, ist das mein Taschengeld, das ich geheim halten muss. Er würde es mir abnehmen, wenn er davon wüsste.«

»Dein ganzer Geldverkehr läuft jetzt über ihn?«, fragte Peter erstaunt.

»Ja. Der Laden hier wirft satte Gewinne ab, aber ich sehe praktisch nichts davon. Johann kassiert.« Der alte Mann paffte wie ein Kind. »Doch das ist noch nicht alles ...«

»Warum hast du Koniew nicht Bescheid gesagt?«, wollte Peter wütend wissen.

»Ich wollte ihn nicht behelligen«, erwiderte Marko. »Ich wollte auch die Regel nicht brechen, nach der ein Mann seine Schwierigkeiten allein bewältigen muss.«

»So etwas Dummes!«, entfuhr es Mann.

»Mag sein«, nickte Marko. »Aber so sehe ich das. Und nun macht Johann es sich zu Nutze, dass mir altem Mann niemand mehr eine Schweinerei zutraut.«

Sie schwiegen einige Minuten.

Dann sagte Mann tonlos: »Sascha Sirtel war mit den Drogen auf dem Weg zu dir, nicht wahr?«

»Ja«, antwortete Marko.

»Solltest du das Zeug nur entgegennehmen oder auch bezahlen?«

Der Alte stand plötzlich auf, lief mit Trippelschritten um den Tisch herum und verschwand hinter einer Tür, die vermutlich die Tür zu seinem Schlafzimmer war. Nach einer Weile kam er schnaufend mit einem Aktenkoffer zurück, den er mitten in das Chaos auf den Tisch knallte. Er klappte den Koffer auf.

»Ihr braucht nicht zu zählen. Es sind eins Komma zwei Millionen Euro.«

»Ach du Scheiße!«, seufzte Peter.

»Wieso hat sich Johann das Geld nicht zurückgeholt, nachdem Sirtel verunglückt war?«, fragte Mann.

»Er sagte, das Geld soll hier bleiben, bis die nächste Ladung kommt. Hier sucht es niemand.«

»Weißt du, wann diese Ladung kommt?«, fragte Mann.

»Das kann Wochen dauern. Johann ist sehr vorsichtig.« Marko trommelte mit den Fingern der rechten Hand auf die Tischplatte.

»Was machen wir jetzt?«, fragte Peter drängend.

»Langsam«, murmelte Mann und griff nach dem Tabak des Alten. »Ich denke, wir haben erst die Hälfte der Geschichte gehört. Nicht wahr?«

»Die zweite Hälfte ist unappetitlich«, sagte Marko leise. Er schluckte schwer und brauchte einen Augenblick, bis er weiterreden konnte. »Ich habe Buch geführt. Heimlich. Ich habe zweiundvierzig Drogensendungen entgegengenommen und portioniert. Die Mengen habe ich notiert, der Straßenverkaufswert liegt bei etwa einhundertsechzehn Millionen Euro. Wenn man Buch führt, macht man sich automatisch über alles Mögliche seine Gedanken … Mein Lkw bringt jeden Morgen Orchideen nach Berlin. Auf dem Lkw steht *Markos Orchideenwelt*. Hübsch bunt, passend zum Produkt. Früher befanden sich auf der Ladefläche drei Regale in Längsrichtung. Seit etwa zweieinhalb Jahren gibt es nur noch zwei Regale, das mittlere wurde ausgebaut. Statt dem Regal stehen da nun sechs Stühle, für die Männer von Johann. Polen, Deutsche, Russen, was auch immer. Das Personal wechselt. Die arbeiten in den Gärten der reichen Berliner, räumen auf, fällen Bäume, legen neue Beete an und so weiter. Sie gehen zu dritt in die Haushalte und arbeiten schnell und gut für zwölf Euro pro Mann und Stunde. Bevor diese Männer in die Gärten gehen, müssen sie allerdings noch bestimmten Leuten Rauschgift bringen, dann arbeiten sie hart und kommen abends wieder zurück. Wenn einer der Männer aus der Reihe tanzt, lässt Johann ein Exempel statuieren. Und natürlich sehen sich diese Leute die Häuser, in denen sie arbeiten, genau an. Manchmal fotografieren sie sogar. Ein paar Monate später, wenn die Bewohner zum Beispiel in Urlaub sind, bekommen diese Häuser nachts Besuch. Johanns Unternehmen ist also sozusagen ein Allroundbetrieb.«

»Die Osteuropäer in Drehers Garten!«, seufzte Mann. »Marion hat davon erzählt. Genau das ist die Verbindung! Du weißt also, wo Dreher ist?«

Der Alte trommelte jetzt mit den Fingern beider Hände auf die Tischplatte. »Ich ahne es. Johann Hirtenmaier hat Häuser für seine Leute gemietet. Drei Häuser, auf verschiedene Dörfer verteilt, mit insgesamt zwölf Männern. Ein Haus ist nur mit drei Männern belegt. Das ist das Haus der Schwerverbrecher, wie ich immer zu sagen pflege. Wenn ihr dahin wollt, müsst ihr nach Penkun, von dort über Sommersdorf und Wartin Richtung Blumberg. Auf halber Strecke zwischen Wartin und Blumberg liegt rechter Hand vor einem Wald ein ziemlich großes Gehöft. Das ist das Haus der Schwerverbrecher. Von hier aus sind es rund zwanzig Kilometer bis dort. Natürlich weiß ich nicht, ob Dreher dort wirklich festgehalten wird, aber es könnte passen. Die Gegend ist flach, sumpfig, waldreich und von allen Seiten gut einsehbar.«

»Wie viele Gebäude gehören zu dem Gehöft?«, fragte Peter sachlich.

»Hm, es gibt das Wohnhaus, links davon eine sehr große Scheune. In dieser Scheune sind früher unten Schweine gehalten worden und oben waren Kammern für die Knechte und Mägde. Rechts vom Haupthaus steht ein großer Stall für Rinder. Und dann gibt es noch ein altes Schmiedehaus, das ist wesentlich kleiner als die anderen Gebäude. Es liegt linker Hand, wenn man vor dem Hof steht, hinter der Scheune mit den Schweineställen.«

»Kommt man von der Rückseite ran?«, fragte Peter.

»Das müsste möglich sein. Aber es ist ein verdammt schwieriger Weg. Hinten befinden sich alte Fischteiche, mindestens sechs.«

»Bevor wir jetzt losziehen, haben wir noch ein Problem«, stellte Mann fest.

»Richtig. Das heißt Marko.« Peter überlegte.

»Moment, und wir brauchen noch eine genaue Beschreibung der drei Männer!«

»Also, da wäre erst mal Rudi. Rudi ist etwas über dreißig, strohblond wie ein Wikinger, ein Deutscher. Rudi wirkt gutmütig, aber wenn er in Rage gerät, wird es lebensgefährlich. Dann gibt es Mirko, von dem ich nicht genau weiß, woher er ursprünglich stammt. Mirko ist vierzig, tausendmal vorbestraft, wie er selbst behauptet. Ein dunkler, schlanker Typ. Der dritte heißt Sven, ein kahlköpfiger Holländer. Er ist ein Spezialist für Schusswaffen und er weiß genau, wie er an die ungewöhnlichsten Waffen herankommen kann. Es wird behauptet, er sei mal Legionär gewesen.«

»Gut«, nickte Peter. »Bleibt das Problem Marko.«

»Wieso bin ich ein Problem?«, fragte der Alte aufgebracht. »Ich warte hier.«

»Weil sie dich umbringen werden, wenn wir dort auftauchen«, erinnerte Peter. »Wir werden nicht verhindern können, dass vielleicht wenigstens einer der drei noch telefoniert und Johann benachrichtigt. Außerdem hast du noch den Koffer mit Geld. Deshalb müssen wir jetzt als Erstes für dich und das Geld sorgen und dann werden wir uns den Hof ansehen.«

»Gibt es hier einen Taxiunternehmer, dem man vertrauen

kann, der nichts mit Johann und seinen Geschäften zu tun hat?«, fragte Mann.

»Ja, den alten Paule.«

»Gut. Ruf ihn her. Wir setzen dich ins Taxi und du fährst mit dem Geld zu Koniew nach Berlin. Halt! Wir benötigen auch die Adressen der beiden anderen Häuser. Ich verständige Blum.«

»Du willst die Polizei einschalten?«, fragte Peter misstrauisch.

»Ich muss«, sagte Mann. »Wenn wir die ganze Bande nicht gleichzeitig auffliegen lassen, macht die Sache keinen Sinn.«

DREIZEHNTES KAPITEL

Bis zu dem Gehöft war es nicht weit. Mann hatte Blum verständigt und der hatte zugesichert, alles in Bewegung zu setzen, um den Rest von Hirtenmaiers Bande hochgehen zu lassen. Sie hatten sich darauf geeinigt, um halb sechs zuzuschlagen.

Der Bauernhof lag rechts der Straße, ein Sandweg führte im rechten Winkel auf das Haupthaus zu. Alles war, wie Marko es beschrieben hatte: rechts der Rinderstall, links der Schweinestall. Hinter dem Schweinestall, halb verdeckt, die kleine Schmiede. Auf der rückwärtigen Seite der Häuser standen eine Reihe hoher Pappeln, Birken, Mooreichen, Kiefern und verschiedene Buschgehölze.

Nebel zog auf und würde sich wahrscheinlich mit der aufsteigenden Sonne erst verdichten, dann auflösen.

»Nebel ist gut«, sagte Peter. »Wir müssen es riskieren, ein zweites Mal vorbeizufahren.« Er hielt an, wendete und sie rollten ein zweites Mal an dem Grundstück vorbei.

»Sie haben zwei Wagen. Einer ist ein Audi, den anderen konnte ich nicht erkennen.«

»Ein BMW«, sagte Peter. »Wo parken wir? Wir müssen so parken, dass unser Wagen nicht gesehen werden kann.«

Zweihundert Meter weiter stand ein alter Schuppen dicht an der Straße. Peter stellte den Golf dahinter ab.

»Wie verfahren wir?«, fragte Mann.

»Wir bleiben zusammen, wie gehabt. Abstand wieder vier Meter. Aber dieses Mal wirst du eine Waffe brauchen. Nimm hier den .38er. Wenn er nass wird, ist das nicht schlimm, das Ding funktioniert trotzdem. Was ist mit Handgranaten?«

»Bist du verrückt?«

Peter wurde zornig. »Wieso sollte ich verrückt sein?«

»Tut mir Leid.«

»Lieber Mann, du kannst doch nicht so dumm sein und

glauben, eine solche Aktion sei harmlos wie das Blümchenpflücken auf einer Sommerwiese. Hier, nimm zwei. Häng sie in deinen Hosengürtel. Wenn du sie gebrauchen willst, ziehst du den Sicherungsring, zählst bis drei und wirfst. Falls ich in deiner Nähe bin, zähl laut, damit ich weiß, was du vorhast. Und du nimmst zusätzlich diese 7.65er. Wir müssen verdammt schnell sein ...« Peter lächelte matt, sein Gesicht war eine Spur bleicher als sonst. Er ging als Erster in die Wiese hinein.

Die Gebäude lagen nun rechts von ihnen als kaum wahrnehmbare schwarze Klötze, die in Nebelschwaden waberten.

»Was machen wir jetzt?«, fragte Mann.

»Wir sollten zusehen, dass wir bis fünf Uhr dreißig nahe bei den Häusern sind. Aber wir sollten keine Minute vorher reingehen, sonst holen wir den Teufel aus dem Bett.«

»Was ist, wenn sie Dreher gar nicht haben?«

»Dann sagen wir, wir machen einen Betriebsauflug, haben uns verlaufen und verabschieden uns wieder. Nein, ich bin davon überzeugt, dass sie Dreher haben.«

Sie hatten ungefähr vierhundert Meter in direkter Linie zu dem Buschwald zurückgelegt, dann machte Peter Halt.

»Wir gehen jetzt so lange auf den Hof zu, bis wir diese Fischteiche sehen. Dann müssen wir uns entscheiden. Wie spät ist es jetzt?«

»Neun Minuten vor fünf.«

»Achte darauf, dass du immer die Stämme der Pappeln vor dir hast und dich nur möglichst kurz im freien Gelände aufhältst. Und wenn du am Haus irgendeine Bewegung siehst, dann lass dich sofort fallen, keine Experimente. Wie das letzte Mal: Wenn ich die Faust hebe, heißt das: Vorsicht. Flache Hand bedeutet: Vorsichtig weiter.«

»Jawoll, Herr General.«

Peter sah ihn an. »Du bist schon ein komischer Heiliger.«

»Das sagt meine Tante auch immer.«

Sie kämpften sich durch das Weidengebüsch und gelangten an einen knietiefen Bach, der munter plätscherte.

»Da rein«, entschied Peter und stieg in das Wasser.

Sie bewegten sich nur langsam vorwärts, ließen die Häuser nicht aus den Augen. Das Wasser war frisch, aber nicht kalt. Rechts ragte plötzlich eine Art Erdwall hoch.

»Das ist Teich Nummer eins«, stellte Peter fest. »Rauf und schauen.«

Vom Wall aus konnten sie weitere vier Teiche ausmachen, die sich wie eine Kette aufreihten. Der Teich unter ihnen war versumpft, grüne Algenteppiche bedeckten das Wasser, Schilf hatte sich angesiedelt und war hochgeschossen.

»Ideal«, flüsterte Peter. »Wir brauchen den Teich Nummer drei.«

Sie glitten zurück in den Bach und gingen langsam weiter, betulich fast.

Hinter allen Fenstern des Erdgeschosses und hinter zweien im Obergeschoss waren Gardinen zu sehen; ein drittes verfügte über Vorhänge. Alle übrigen Fenster gähnten schwarz wie Höhleneingänge. Nirgends brannte Licht.

Sie krochen wieder einen Erdwall hinauf. Dann ließ sich Peter in das brackige, versumpfte Wasser des dritten Teiches gleiten und bewegte sich in der grünen Brühe unendlich vorsichtig auf den jenseitigen Wall zu. Er stand bis zur Brust im Schlamm. Durch Winken bedeutete er Mann, ihm zu folgen. Als Mann mit dem Deutschrussen auf einer Höhe war, stemmten sie sich hoch und lagen nach zwei schnellen Bewegungen auf dem Wall im Schutz einer Schilfgruppe.

»Wie spät?«

»Drei nach fünf«, antwortete Mann.

Sie waren nicht mehr als dreißig Meter von der Rückfront des Hauses entfernt. Zwei Türen führten in das Haus, eine rechts außen, eine links außen. Die rechte war die häufiger benutzte, denn von ihr weg führte ein deutlich sichtbarer Pfad bis zu einer Wäscheleine. Die Leine war zwischen zwei Pfosten gespannt und an ihr trockneten zwei Jeans, Männerjeans, der Größe nach zu urteilen.

»Achtung!«, zischte Peter.

In einem Raum rechts im Erdgeschoss ging das Licht an. Etwas knarrte, dann öffnete sich die Tür. Ein Mann kam heraus in Jeans und einem schwarzen Unterhemd. Hinter ihm sprangen zwei Hunde ins Freie, ein schwarzer Rottweiler und ein junges Tier undefinierbarer Rasse, das mit dem älteren spielen wollte.

Peter hatte seine Waffe gezogen und hielt sie in der rechten Hand.

Die Hunde begannen miteinander zu tollen, liefen auf den Mann zu, der sie lachend wegjagte, dann wieder lockte. Der Mann war um die dreißig Jahre alt, gut gebaut, ein sportlicher, muskulöser Typ mit blondem kurzem Haar. Das muss Rudi sein, dachte Mann, der Deutsche.

Der Mann und die zwei Hunde näherten sich dem Wall. Der Rottweiler stoppte plötzlich, schnupperte, reckte den Kopf hoch, senkte ihn dann, begann zu knurren.

»Was ist los?«, fragte Rudi. Er war nicht mehr weiter entfernt als zehn Meter.

»Das hatten wir doch schon mal«, flüsterte Mann.

Der Rottweiler starrte genau auf Peter und Mann und knurrte rau. Es konnte kein Zweifel bestehen, dass er sie witterte.

Aber Rudi sah sie nicht, noch nicht. Er sagte: »Komm her, Biene, sei nicht so. Du brauchst mir nichts zu beweisen, ich weiß doch, wie gut du bist.«

Dann raste der Rottweiler los, auf Mann und Peter zu.

Peter stand auf und schoss. Erst traf er das angreifende Tier, dann Rudi. Der schrie gellend, beugte sich zur Seite und griff sich an die rechte Schulter. Langsam sank er zu Boden und lag still.

»Schnell«, sagte Peter und war mit zwei Sprüngen bei dem Blonden.

»Schmeiß den Hund in den Teich«, befahl er. »Los!«

Mann machte drei mühsame Schritte, packte den toten Hund an den Vorderläufen und zog ihn den Erdwall hinauf. Dann stieß er ihn in das Sumpfwasser.

Als er sich umdrehte, war Peter in fliegender Hast dabei, dem Mann die Arme auf den Rücken zu binden. Irgendwoher hatte er eine Art silbrig schimmerndes breites Isolierband hervorgeholt. Nachdem er auch die Füße gefesselt hatte, verklebte er noch Rudis Mund. Peter agierte schnell und gekonnt, aber Mann hatte das Gefühl, es daure eine Ewigkeit.

»Komm her!«, sagte Peter rau.

Mann rutschte den Wall hinunter und fasste die Beine des Mannes. »Ist er tot?«

»Nein. Dahinten hin, wo die Schmiede ist. Beeil dich.«

Sie legten den Verletzten neben die abseitig gelegene Wand der kleinen Schmiede. Dann wandten sie sich wieder dem Haupthaus zu.

»Wir müssen rein«, stellte Peter fest. »Egal wie spät es ist. Wir müssen jetzt rein. Komm!«

Peter spurtete los und Mann folgte ihm, mit vier Schritten Abstand.

Sie hatten ungefähr zwei Drittel der vierzig Meter zurückgelegt, als wieder jemand in der Tür stand. Dieser begann sofort mit einem schwarzen klobigen Gerät zu feuern.

»Scheiße!«, schrie Mann schrill.

Vor ihm sackte Peter mitten im rasenden Lauf zusammen und schlidderte auf dem Bauch über feuchtes Erdreich.

Mann hatte die .38er gezogen und schoss, er spürte mit Erschrecken, dass die Waffe sein Handgelenk wild flattern ließ. Aber er hörte nicht auf zu schießen, bis er registrierte, dass der Mann, der inzwischen vor das Haus getreten war, erst die Erde vor ihm traf und dann das blaue, metallisch schimmernde Ding in den Himmel richtete.

Er fiel auf die Seite. Mann glaubte, ihn seufzen zu hören, aber wahrscheinlich war das Einbildung. Der Mann war schlank, hager fast, das musste Mirko sein.

Mann wandte sich zurück zu Peter und kniete neben ihm nieder. »Wo?«

»Rechte Hüfte. Streifschuss. Geh rein und hol dir den

dritten. Sonst schießt er gleich dich ab.« Peters Gesicht war schneeweiß.

»Gut«, nickte Mann. »Warte, bis ich wieder hier bin. Und werde bloß nicht ohnmächtig. Ich kann dich nicht schleppen.«

Er zog die zweite Waffe aus dem Gürtel und vernahm noch, dass Peter leise und stoßartig lachte.

Die Tür war aus einfachen Brettern gefertigt und braun lackiert. Sie bewegte sich leicht.

Mann machte einen schnellen Satz in den toten Winkel und wartete. Er war nur noch drei Meter von der Tür entfernt. Ohne Zweifel wurde die Tür sanft nach außen bewegt.

Mann bemerkte, dass Peter die rechte Hand hob und sie so hielt, als umfasse er einen Ball.

Handgranate, dachte Mann zittrig. Ich soll die Handgranate werfen. Das kann ich nicht!

Trotzdem griff er in den Gürtel und nahm eine der Granaten. Er zog den Sicherungsstift heraus und wartete ein paar Sekunden, ehe er die Granate vor die Tür rollen ließ. Dann ließ er sich zur Seite fallen.

Die Explosion war erstaunlicherweise nicht sehr gewaltig. Aber sie hatte eine furchtbare Wirkung. Sie hebelte die Tür aus, als sei sie aus Papier. Der Mann dahinter sackte ohne einen Laut nach vorn und blieb, noch halb im Haus, liegen. Es war Sven, der Holländer, sein nackter Schädel glänzte.

»Dreher!«, rief Peter. »Erst Dreher!«

»Wir haben die drei«, erwiderte Mann ungeniert laut. »Was ist, wenn ein Vierter drin ist, ein Fünfter und ein Sechster? Mein Gott, ist das eine Scheiße!«

»Was hast du erwartet?«, fragte Peter heiter. »Eine Einladung zum Frühstück? Pass auf, der Mann da vorne bewegt sich. Nimm mir das Isolierband aus der Tasche. Verdammt nochmal, Jochen, hast du nie gedient? Handle wie ein Soldat!«

Mann hatte das Gefühl, er würde die vier Meter bis zu Peter nicht schaffen. Er zog ihm das Klebeband aus der Tasche und näherte sich Mirko.

»Ich habe ihn nur am linken Oberschenkel erwischt«,

stellte er verwundert fest. Er fesselte den Verletzten wie Peter zuvor Rudi.

»Was ist mit dem in der Tür?«, wollte Peter wissen.

»Was weiß ich? Bin ich Hellseher?«

»Schau ihn dir genau an. Das Risiko ist sonst zu hoch.«

Wie ein Automat folgte Mann Peters Befehl. Um Sven herum war alles voller Blut.

»Du musst ihn auf den Rücken drehen«, sagte Peter. »Mach es, das tut ihm nicht weh.«

»Ich glaube, er ist tot. Er hat … er hat ein Loch im Bauch.«

»Atmet er?«

»Nein. Nicht zu sehen.«

»Greif an die Halsschlagader.«

Mann griff an die Halsschlagader. »Ich kann nichts fühlen.«

»Zwing dich zur Ruhe. Achte genau auf seinen Mund. Bewegt der sich, bewegen sich die Lippen? Ein kleines bisschen?«

»Es bewegt sich nichts.«

»Dann such jetzt Dreher.« Das kam hart und schneidend.

»Okay, okay«, murmelte Mann und erhob sich wieder. »Ja, ja, ich weiß, ich muss jetzt da rein. Ich gehe ja da rein, verdammte Hacke!«

Der Mann zu seinen Füßen bewegte sich plötzlich. Es war keine heftige Bewegung, der linke Arm schlenkerte ein wenig.

»Er lebt!«, rief Mann erleichtert.

»Dann fessle ihn, du Idiot!«

Mann band Arme und Füße fest. Aber er klebte ihm kein Isolierband über den Mund. Das brachte er nicht über sich, denn Sven hatte die Augen aufgeschlagen und sah ihn an.

»Wo ist Dreher?«, fragte Mann leise.

»Wo sind die anderen?«, fragte der Holländer zurück. Seine Sprache war holprig.

»Die beiden anderen sind tot. Wo ist Dreher?«

»Bist du ein Bulle?«

»Ich? Ein Bulle? Nein, wir wollen Dreher, wir wollen selbst kassieren.«

Der Mann schien zu überlegen. Er mochte vierzig Jahre alt sein, aber seine Augen viel älter. »Melkkammer«, stöhnte er.

Langsam bekam Mann wieder einen klaren Kopf. Ohne Umschweife betrat er das Haus. Fast war es ihm nun gleichgültig, ob sich ihm noch irgendjemand entgegenstellen würde.

Melkkammer, dachte er. Das muss unten sein. In der Nähe der Küche. Und wo ist die Küche? Er bog um eine Ecke und stand im Treppenhaus. Über einem blinden Spiegel brannte eine funzelige Birne.

Die Küche, dachte Mann verbissen. Er stieß Türen auf, die dritte führte in die Küche. Von der Küche ging eine weitere Tür ab. Dahinter musste die Melkkammer sein.

Es war ein hellgelb gefliester Raum, in dem nur eine alte große Truhe stand. Mann zog den Deckel der Truhe hoch und blickte auf Dreher hinab.

Sie hatten ihn zusammengefaltet und ebenfalls mit Isolierband gefesselt, allerdings mit schwarzem. Auch über seinem Mund klebte wie eine giftige Schlange ein Stück schwarzes Isolierband.

Mann bückte sich und murmelte: »Immer mit der Ruhe, Herr Dr. Dreher.«

Die Augen des Mannes verrieten tödliche Erschöpfung und rollten für Augenblicke unkontrolliert hin und her.

Mann fasste das Isolierband an einer Ecke und riss es mit einem Ruck von Drehers Mund.

Dreher schrie, dann sackte sein Kopf zur Seite, er war ohnmächtig. Mann versuchte ihn zu greifen, ihn aus der Truhe zu zerren, aber er war zu zittrig. Er ging wieder ins Freie, stapfte vor sich hin wie eine Maschine und hörte erst auf zu stapfen, als er vor Peter stand.

»Wir haben Dreher«, sagte er.

Aber Peter antwortete nicht, auch er hatte inzwischen das Bewusstsein verloren.

Mann erinnerte sich an Blum und wählte seine Handynummer. »Ihr müsstet jetzt in den Häusern sein. Richtig?«

»Richtig.«

»Gut. Ich habe Dreher. Und ich brauche einen Krankenwagen. Nein, halt, ich brauche fünf. Ich bin der Einzige, der noch stehen kann.«

»Das ist nicht dein Ernst!«

»Doch. Kommt her, mit allem, was ihr habt!«

Mann beobachtete lange, wie Peter ganz flach atmete. Endlich kniete er sich hin und löste Peters Gürtel. Die Kleidung an der linken Hüfte war voller Blut und Mann versuchte Peters Hose nach unten zu ziehen. Es gelang nur langsam, Zentimeter um Zentimeter. Dann fragte er sich, wie er die Blutung stillen sollte. Schließlich zog er sein Hemd aus und presste es auf die tiefe Rinne, die die Kugel gerissen hatte. Weil es ihm merkwürdig vorkam, dass Peter bewusstlos war, suchte er nach weiteren Wunden und entdeckte einen Einschuss im rechten Oberschenkel.

»Dreher!«, fiel Mann wieder ein und fluchte: »Ich komme ja schon.«

Dreher hatte das Bewusstsein wiedererlangt und in seinen Augen war panische Angst zu erkennen.

»Gut jetzt. Es ist alles gut«, sagte Mann beruhigend. »Es geht nicht anders, ich muss die Kiste umschmeißen. Ich kann dich nicht heben.«

Mann bückte sich, fasste unter die Kiste und hob sie an. Die Kiste stürzte nach vorn, es knallte laut. Mit aller Kraft zog er an Dreher, bis er auf den gelben Fliesen lag.

»Okay, okay. Langsam. Glaubst du, du kannst stehen?«

Dreher sagte keinen Ton, schüttelte aber den Kopf. Seine grellrote Krawatte, die er immer noch ordentlich gebunden trug, reizte Mann zum Lachen.

Er versuchte das Isolierband an den Händen zu lösen, aber es war zu fest gespannt. In einem Schrank in der Küche fand er ein kleines scharfes Küchenmesser. Mann schnitt erst die Fessel an den Händen, dann die an den Füßen durch.

»Bleib liegen. Noch nicht aufstehen. Glaub mir, es ist vorbei. Ich hol was, damit du bequemer liegst.«

Mann durchquerte die Küche und öffnete eine Tür gegenüber. Ein großes Wohnzimmer. Kissen lagen auf einem alten Sofa und auf einem Stuhl entdeckte Mann eine braune Wolldecke. Er nahm die Kissen und die Decke und ging zurück in die Melkkammer.

Dreher hatte sich halb aufgerichtet.

»Du darfst nicht aufstehen, hörst du? Dein Kreislauf wird das nicht mitmachen.«

»Wasser«, nuschelte Dreher.

»Ja, klar. Du kriegst Wasser.« Mann fand ein Glas und füllte es mit Wasser, trug es zu Dreher hinüber. Er kniete sich neben ihn und hielt das Glas an seinen Mund.

»So ist es richtig. Aber nicht so hastig, sonst musst du kotzen.«

Drehers Kopf klappte nach hinten, Mann ließ ihn vor Schreck los. »He, mach keinen Scheiß«, sagte er.

»Schon gut«, flüsterte Dreher. »Geht schon wieder. Wie habt ihr mich gefunden?«

»Na ja«, murmelte Mann. »Mit ein wenig Glück. Ich muss wieder raus. Es gibt noch mehr Verletzte.« Er wollte sich aufrichten, hielt jäh inne und blaffte: »Wie bist du nur auf die Idee gekommen, derartige Figuren damit zu beauftragen, dich aus der Scheiße zu holen?«

Dreher schloss unendlich langsam die Augen. Dann versuchte er sich die Kehle frei zu husten. Es gab ein widerliches Geräusch.

»Seit Benny …«, hauchte er krächzend.

»Seit Benny lief alles schief, nicht wahr?«, fragte Mann leise.

Dreher nickte. Er sagte mit plötzlich fester Stimme: »Ich hätte nie nach Berlin kommen dürfen.«

»Das werd ich den Berlinern erzählen, das ist ein Trost. Aber wieso ausgerechnet Hirtenmaier und seine Truppe? Das sind doch Analphabeten, Strauchdiebe!«

Drehers Mund war ein einziger Strich.

»Ihr seid doch alle vollkommen verrückt!«, schrie Mann wütend. Dann machte er zwei Schritte zur Küche hin, stoppte erneut und drehte sich um. »Weißt du Arschloch eigentlich, dass ich wegen dir arbeitslos werde?«

»Du kannst die Sicherheitsleute in den Baumärkten führen«, entgegnete Dreher erstaunlich klar und eindeutig.

Mann dachte, das sei reine Ironie, aber er entdeckte keine Spur von Hohn in Drehers Gesichtszügen.

Als er endlich die Küche verließ, sah er das Mädchen.

Sie musste die Treppe heruntergekommen sein, sie stand barfuß auf den dunklen Fliesen des Treppenhauses und schaute ihn mit unendlich großen Augen an. Sie mochte zehn Jahre alt sein und trug ein weites weißes T-Shirt. Ihre feinen hellblonden Haare hingen ihr ins Gesicht.

»Hallo«, sagte Mann. »Wer bist du denn?«

»Sandra«, antwortete sie verschlafen. »Wo ist mein Papa?«

»Wie heißt denn dein Papa?«

»Rudi«, sagte sie.

Rudi ist der Blonde, den Peter angeschossen hat, dachte Mann.

»Na komm mal mit. Rudi hat sich ein bisschen verletzt, aber das wird wieder.« Er streckte die Hand nach ihr aus, aber sie zuckte zurück.

Nun erst registrierte Mann, dass er voller Blut war. Er musste Schrecken erregend aussehen.

»O ja«, murmelte er, »daran habe ich nicht gedacht. Soll ich dich zu deinem Papa bringen?«

»Ja«, nickte sie misstrauisch.

Mann setzte sich wieder in Bewegung. Ein Kind, ausgerechnet hier. Na klar, sie hatten sich vollkommen sicher gefühlt. Warum also kein Kind? Er spürte das Mädchen hinter sich.

Als sie ins Freie traten, war plötzlich der junge Hund wieder da und sprang vor Freude jaulend erst an ihm, dann an dem kleinen Mädchen hoch.

»Dein Papa ist da hinter der alten Schmiede«, erklärte Mann tonlos. »Er hat sich ein bisschen wehgetan, aber das ist nicht so schlimm.«

Ihm fiel ein, dass Rudi silbernes Isolierband über dem Mund kleben hatte, und er beeilte sich, als Erster bei dem Mann zu sein. Er riss ihm das Isolierband ab und Rudi jaulte hoch wie der junge Hund.

»Siehst du, hier ist dein Papi«, sagte Mann laut.

In der Ferne waren endlich die Sirenen heranjagender Wagen zu hören. Mann ließ sich ins Gras fallen und sah dem Mädchen zu, wie es mit dem Hund zusammen zu seinem Vater lief und sich dann neben ihm auf den Boden setzte.

»Hallo«, sagte Rudi schwach. »Sandra, alles klar?«

»Ja«, sagte das Mädchen. »Was ist hier los?«

»Nichts Besonderes«, antwortete der Vater groteskerweise.

»Sag mal, Rudi, wer hatte die Idee mit Dreher?«, wollte Mann wissen.

»Scheißidee«, verbesserte Rudi. »Das war eine Scheißidee. Das war mir gleich klar. Natürlich stammt die Idee von Hirtenmaier. Der kriegt den Hals nie voll genug, der will immer mehr. Wir haben ihm von Dreher und Drehers Garten erzählt. Und dass Drehers Ehefrau sich weigerte, die sechshundertzwanzig Euro für die Spalierobstwand zu bezahlen. Daraufhin sagte Hirtenmaier: Ich weiß, wie wir an das Geld kommen. Wir holen uns Dreher!«

Das Heulen der Sirenen kam näher, im Zwielicht sah man zuerst die grellen blauen Lichter. Mann starrte auf die Szene, als habe er damit nicht das Geringste zu tun.

Plötzlich gab es einen Riesenkrach, im Inneren des Hauses explodierte etwas. Völlig synchron sprangen rechts und links vier Endzeitkrieger in martialisch aussehenden Helmen um die Hausecke und zielten sicherheitshalber mit ihren Schusswaffen auf alles, was sich möglicherweise bewegte.

»Schon gut«, sagte Mann gemütlich in die brutale Lautlosigkeit. »Hier sind nur noch Sanitäter vonnöten.«

Blum trabte um die Ecke, betrachtete einige Sekunden das Schlachtfeld und schrie dann: »Ärzte und Sanitäter hierher!« Dann grinste er matt und winkte Mann zu sich her. »Bist du auch verletzt?«

»Nein. Das ist Blut von den anderen. Wie ist es euch ergangen?«

»Na ja. Das war kein voller Erfolg. Wir haben einen Haufen Bargeld und alle möglichen Drogen gefunden. Sechs Männer konnten wir festnehmen. Also fehlen mindestens noch drei. Und Hirtenmaier. Eines der Häuser war leer. Wie ist es hier gelaufen?«

Als Mann seinen Bericht beendet hatte, stöhnte Blum: »Mein lieber Herr Kokoschinsky, ihr habt ja zugelangt. Was wäre denn gewesen, wenn Dreher …«

»Darüber möchte ich nicht mal nachdenken«, wehrte Mann heftig ab. »Hast du was zu rauchen bei dir?«

Blum reichte ihm eine Zigarette.

In der Luft wurde ein Knattern hörbar, das schnell lauter wurde.

»Der Hubschrauber für die Verletzten«, stellte Blum fest. »Dann wollen wir hier mal aufräumen und dann frühstücken.«

»Ich will nicht frühstücken«, sagte Mann. »Ich will nach Hause.«

»Hm. Vielleicht ist das gar nicht verkehrt. Ich muss mir sowieso noch überlegen, wie ich die ganze Aktion hier erkläre.« Er sah Mann an: »Ich danke dir, du hattest den richtigen Riecher.«

Mann begann zu lachen. »Weißt du eigentlich, warum den Typen die Idee zu der Entführung gekommen ist? Weil Frau Dreher sich weigerte, eine Spalierobstwand für sechshundertzwanzig Euro zu bezahlen.«

»Sechshundertzwanzig Euro waren der Auslöser?« Blum konnte es nicht fassen, er kicherte erheitert.

»Raffkes eben«, nickte Mann.

Jemand, der aussah wie ein Arzt, kam langsam heran und lächelte unsicher. »Darf ich fragen, wie es Ihnen geht?«

»Eigentlich gut«, antwortete Mann.

»Glauben Sie, dass Sie einen Schockzustand haben?«

»Ich weiß nicht, was das ist, aber ich würde erst einmal sagen: Nein!«

»Kein Flimmern vor den Augen, keine jagende Hetze im Hirn, keine Panik, kein erhöhter Darmdruck, nichts dergleichen?«

Blum lachte immer noch unterdrückt und ging davon.

»Nichts dergleichen«, murmelte Mann. »Mir geht es gut.«

»Was ist mit dem Blut?«

»Stammt von meiner Arbeit als Samariter.«

»Wie ist das mit dem Stehen und der Bewegung? Könnten Sie bitte mal zwei Schritte gehen?«

»Sie sind aber hartnäckig …«

»Ich will Ihnen helfen«, erwiderte der Arzt. »So, bleiben Sie nun stehen. Gut. Jetzt neigen Sie sich nach vorn, ohne die Füße zu bewegen. Ja, so ist es gut. Wunderbar. Sie sind ein harter Brocken.«

»Das hat mir noch nie jemand gesagt. Ich war in jedem Sport der Kleinste, der Langsamste, der Vorsichtigste, der Feigste.«

»Und jetzt lehnen Sie den Oberkörper weit zurück. Nicht die Füße bewegen. Gut. Jetzt wieder nach vorn. Auch gut.«

Mann sagte erschreckt: »Huhhh«, und musste sich übergeben.

»So ist es gut. Atmen Sie langsam und gleichmäßig weiter. Da kommt noch was. Wusste ich es doch.«

»Sie sind ein Ekel«, keuchte Mann.

»Ja, stimmt, aber ein brauchbares. Ihre Reaktion kommt spät, aber sie kommt. Wenn Sie eine Weile tief durchatmen und versuchen die Bauchdecke zu bewegen, kann ich Sie nach Hause entlassen.«

»Das wäre schön«, sagte Mann schwach. »Wissen Sie, was am schlimmsten war? Die Sache mit der Handgranate.«

»Aha«, sagte der Arzt verständnislos.

»Wie geht es den Verletzten?«

»Ich denke, die kommen alle durch. Wie ist es jetzt?«

»Besser«, nickte Mann. »Sehr viel besser.«

Blum kehrte zurück: »Geh da hinten zu dem Audi. Der Fahrer bringt dich nach Hause. Ich sage den Leuten hier, du wärst im Moment nicht ansprechbar, du müsstest erst mal ausschlafen.«

»Weißt du, in welches Krankenhaus Peter kommt?«

»Sie fliegen ihn in die Charité.«

Mann drehte sich ab und schlenderte langsam am Haus vorbei auf den großen Hof, der nun voller Fahrzeuge stand.

Der Fahrer des Audi war ein junger Mann mit schütterem blondem Haar. »Lieben Sie es schnell?«

»Normalerweise nicht. Heute ja. Und Sie müssen mich nicht unterhalten, ich bin zu kaputt für jede Höflichkeit.«

»Kein Problem. Ich habe sowieso Zoff mit meiner Frau.« Er schaltete Blaulicht und Sirene ein und gab Vollgas. Er behielt alles bei, das Vollgas, das Blaulicht und die Sirene, bis sie vor Tante Ichens Haus hielten.

Mann bedankte sich artig.

John stand vor der Garage und sagte leicht verwirrt: »Bist du jetzt etwa wichtig?« Dann bemerkte er Manns unvollständige Kleidung voller Blut und sein blasses Gesicht. Er stotterte: »Mein Gott, Junge, was ist das denn?«

»Ich erzähle es später.« Mann ging ins Haus, trabte die Treppe hinauf in sein Zimmer und zog sich aus. Er stellte sich unter die Dusche und ließ sie zehn Minuten regnen. Dann lief er nackt in das Kellergeschoss und sprang in den kleinen Pool. Durch die Fenster konnte er Tante Ichen und Marion an einem kleinen Tisch sitzen sehen. John trat zu ihnen und sagte etwas. Die Frauen standen auf und gingen eilig ins Haus, und Mann wusste, dass die Zeit der Fragen begonnen hatte.

Sie kamen im Gänsemarsch herein und Tante Ichen war die Wortführerin. »Wieso kommst du nicht und sagst Guten Tag?«

»Weil ich mich erst waschen musste. Ich war voller Blut.« Marion machte den Mund auf, um etwas zu fragen. Er kam ihr zuvor. »Ja, wir haben Dreher gefunden. Leider gab es vier Verletzte. Im Übrigen sind die Entführer Männer, die den Leuten hier im Grunewald ihre Dienste als Gärtner anbieten.«

»Etwa der nette Rudi?«, fragte John ein wenig schrill.

»Du kennst ihn? Ja, der nette Rudi gehört auch dazu«, grinste Mann. »Nun hätte ich gern einen Tee und anschließend würde ich gern etwas schlafen.«

»Wie geht es Dreher?«, fragte Marion.

»Na ja, ich vermute, er hat wohl einen Schock erlitten. Sie haben ihn zusammengefaltet, mit Isolierband gefesselt und in einer Kiste gehalten wie einen Hamster.«

»Na schön«, nickte Tante Ichen. »Ich mache dir deinen Tee. Aber irgendwann musst du ausführlich erzählen.« Sie verschwand und John folgte.

»Ist das Wasser eigentlich warm?«, fragte Marion.

»Ja, angenehm. Achtundzwanzig Grad etwa. Wie es reiche, verfressene, Luxus gewöhnte Menschen lieben.«

Da sprang sie hinein. Weil sie ein leichtes bunt geblümtes Sommerkleid trug, ergab sich für Sekunden ein hübsches Bild.

»Ich bin so froh, dass du wieder hier bist. Ich habe keine Minute geschlafen.«

»Willst du das Kleid nicht ausziehen? Ich meine, was hast du drunter an?«

»Wenig.«

»Geht das eigentlich, Beischlaf im Wasser?«

»Weiß ich nicht. Aber das wird sowieso nichts, weil dieses Kleid …«

»Wir laufen rauf, da ist ein Bett.«

»Du denkst sehr praktisch.«

Triefend nass schlichen sie durch die Halle und die Treppe hoch, in der Hoffnung, niemand bekäme etwas mit.

»Das ist aber ein hübsches Zimmer«, sagte Marion bewundernd. »Und das Bett ist so breit.«

»Und es quietscht nicht und bricht nicht zusammen.«

Sie tobten herum und alberten, sie ertranken in dem anderen, sie schrien und sie starben immer wieder ein wenig.

Endlich lagen sie nebeneinander und kamen zur Ruhe, träumten in die Stille.

»War es sehr schlimm?«

»Ja, das war schlimm.«

»Willst du es jetzt erzählen?«

»Ich glaube, ich muss sogar. Meine Seele hat sich verschluckt.«

»Vorhin, in dem Wasserbecken, hattest du ganz große Augen. Wie ein Kind, das Furchtbares erlebt hat.«

Mann begann zu reden, mied Sachliches und bemühte sich trotzdem, ein fertiges Bild zu liefern. Er gab zu, dass die Angst ihn beinahe zur Bewegungslosigkeit verdammt hatte. Er berichtete auch von dem alten Marko, der mit seinen knapp hundert Lebensjahren immer noch einen funkelnden Geist hatte. Mann ließ nichts aus, erzählte mit hohler Stimme, dass er für Sekunden eine solch wilde Wut gespürt hatte, dass er glaubte, töten zu müssen, und wie sehr ihn das erschreckt hatte. Langsam fühlte er Ruhe in sich einkehren. Als er einschlief, war es zwölf Uhr mittags und Marions Blumenkleid längst wieder trocken.

Er wachte auf, weil er Sven, den Holländer, durch den dunklen Flur des Gehöftes verfolgt hatte und dessen blanker Schädel, als Mann ihn erreichte, sich mit einem hässlichen Laut nach oben öffnete und einen Schwall von Blut und Hirnmasse über ihn ergoss.

Inzwischen war es acht Uhr abends und in den Bäumen draußen tanzte eine freundliche Abendsonne.

Mit einem Knall ging die Tür auf, Marion kam herein und sagte angstvoll: »Du hast geschrien.«

Er nickte nur, erklärte nichts.

»Maria fragt, ob du mit uns essen magst.«

»Das wäre gut«, nickte er. »Ich komme gleich.«

Sie musterte ihn prüfend und verschwand wieder.

Er rief Blum an und fragte ihn nach Neuigkeiten.

»Ja, es gibt welche. Der Oberstaatsanwalt, der Ziemann zuletzt besucht hat, liegt auf der Intensivstation. Herzinfarkt. Wenn er stirbt, wird es beim Selbstmord bleiben.« Blum stockte, sprach mit jemandem im Hintergrund und sagte dann zu Mann: »Übrigens haben wir in dem Gehöft Rauschgift und Waffen gefunden. Viel interessanter ist aber, dass wir auch einen Blechbehälter entdeckt haben, in dem C4 war. Die Reste sind einwandfrei identifiziert und stimmen überein mit dem Stoff, der im *Francucci's* nachgewiesen wurde. Der Holländer Sven verfügt darüber hinaus über ein bemerkenswertes Telefonbuch, in dem auch die Nummer des Vietnamesen in Frankfurt notiert ist. Wir konnten die drei noch nicht verhören, aber das wird ein schöner Eiertanz.«

»Wann könnt ihr denn mit den Vernehmungen beginnen?«

»Na ja, wir haben sicherheitshalber Polizisten vor den Krankenzimmern postiert. Aber die Ärzte sagen, nicht in den nächsten drei Tagen.«

»Wie heißt dieser Oberstaatsanwalt denn nun, der bei Erich war?«

»Dr. Rolf Bakunin, wie der Schriftsteller. Er ist seit vielen Jahren bekannt dafür, dass er staatsanwaltliche Untersuchungen zum Wohle der jeweils ehrenwerten Verdächtigen im Sande verlaufen lässt. So hat er unter anderem das Ermittlungsverfahren gegen den hoch angesehenen Professor der Wirtschaftswissenschaften, Dr. Werinher Blankenburg, geleitet, dem nachgewiesen werden konnte, dass er von Sittko drei Wohnungen in Berlin kaufte. Zum Preis von einer. Aber das Ding kennst du sicher schon.«

»Nein, erzähl.«

Blum lachte kurz. »Wenn ich dich so höre, denke ich manchmal, du hast dreißig Jahre lang auf einer Insel der Seligen gelebt. Also, Sittko verkaufte im Auftrag der Bankgesellschaft drei wunderschöne Innenstadtwohnungen mit je einhundertvierzig Quadratmeter an Blankenburg. Zum Preis von einer, das sagte ich schon. Das wurde ruchbar und einige Leute schrien gepeinigt auf. Da musste also ermittelt werden. Und es wurde ermittelt und ermittelt, aber an den Tatsachen kam man nicht vorbei: Das war Betrug und Vorteilsnahme allererster Sahne. Aber: Professor Blankenburg gehört zu den uralten Berliner Familien und er hat Ruhm auf sich geladen, weil er ein Wissenschaftler ist. Also übernahm von heute auf morgen der jetzt herzinfarktgeschädigte Bakunin die Ermittlungen gegen Herrn Professor Blankenburg. Und was fand Herr Bakunin? Er fand heraus, dass Herr Blankenburg die drei Wohnungen deswegen so günstig kaufen konnte, weil jede der drei Wohnungen erhebliche Mängel hatte. Der Käufer Blankenburg hat zusammen mit einem Notar und einem Wirtschaftsprüfer des Herrn Dr. Sittko die Wohnungen inspiziert. Pingelig und genau. Hier fand sich ein Fehler am Marmor im Bad, dort eine Macke in der Rosenholzgarderobe, Türen mussten ausgewechselt werden und die Einbauherde waren auch defekt und so weiter und so fort. Zum Schluss wurde der Wert für alle drei Wohnungen auf den ortsüblichen Preis von einer festgesetzt. Alles ist geprüft und beglaubigt und niemand kann mehr irgendetwas gegen dieses Geschäft haben.«

»Und warum hat Sittko da mitgespielt?«

»Tja, weil Sittko aufgrund der Vermittlung von Herrn Professor Dr. Blankenburg an ein Siemensgrundstück gekommen ist, an das er normalerweise niemals herangekommen wäre.«

»Und Bakunin hat das mitgemacht?«

»Richtig. Er hat die Akte geschlossen, nein, falsch: Der Generalstaatsanwalt hat sie für erledigt erklärt. Normalerweise dürfte ich das alles gar nicht wissen, aber der erste ermittelnde Staatsanwalt in dieser Sache hat sich wegen der Geschichte nach Leipzig versetzen lassen. Zu seiner Zeit hatte es noch keine Mängelliste gegeben. Er war stinksauer und hat die ganze Kiste Erich erzählt.«

»Und dieser Bakunin war bei Erich und anschließend hat sich Erich erschossen ...«

»Das ist der Lauf dieser Welt.«

»Darf ich Peter besuchen?«

»Besser nicht. Da lauern Leute mit Kameras. Halt dich da fern.« Blum zögerte, er wollte etwas hinzusetzen und Mann sagte: »Ja?«, und wartete.

»Ich soll dir ausrichten, dass du morgen früh um acht beim Generalstaatsanwalt antanzen sollst ... Und dann gibt es da etwas, was du noch nicht weißt. Es stärkt die Position derer, die meinen, Erich habe sich nicht selbst erschossen. Bakunin muss Erichs Dienstwaffe in der Hand gehabt haben.«

»Was?«, explodierte Mann.

»Ja, das ist wahr. Der Abdruck seines Daumenballens ist auf der Waffe gefunden worden und die Technik hat es auf Anordnung von oben verschwiegen.«

»Verrätst du mir, wie ihr an den Abdruck gekommen seid?«

»Einer von uns hat ihn geklaut, ihn sich widerrechtlich angeeignet.«

»Was ist nur in dieser gottverdammten Stadt los«, stöhnte Mann, »dass sich die Behörden untereinander bestehlen?«

»Das ist das, was Erich so gehasst hat.«

»Meinst du, dass Marion Westernhage noch gefährdet ist?«

»Unbedingt! Und zwar nicht nur, weil wir Hirtenmaier und seine Leute noch nicht haben. Selbst wenn die Westernhage es sich noch anders überlegen sollte und nicht mehr aussagen will – für die Bankleute muss sie eine tickende Zeitbombe sein. Übrigens glaube ich auch in diesem Fall nicht, dass einer hingeht und sagt, tötet die Westernhage. Oder dass einer der ehrenwerten Herren gar selbst Hand anlegt. Aber niemand kann überblicken, ob sich nicht längst schon jemand überlegt hat, dann tue ich meinem Banker mal einen Gefallen und erledige für ihn dieses Problem. Marion Westernhage wird vermutlich erst wieder einigermaßen sicher leben können, wenn sie ihre letzte Aussage gemacht hat.«

Nachdem sich Blum verabschiedet hatte, blieb Mann noch minutenlang sitzen. Wie sollte er Marion das beibringen? Wie konnte eigentlich ein gemeinsames Leben für sie aussehen? War das überhaupt möglich?

Schließlich zog er sich an und lief hinunter in den Wintergarten.

»Da bist du ja«, begrüßte ihn Tante Ichen erfreut. »Hast du ausgeschlafen?«

»Klar. Reibekuchen? Apfelmus? Ich liebe John.«

Tante Ichen kicherte wie ein junges Mädchen. »Stell dir vor, wir haben über deine Karriere fantasiert. Also ich behaupte, du bist in der Leitungsebene, noch ehe du fünfzig wirst. Und wenn du energisch genug bist, dann kannst du ...«

»Ich kann gar nichts, Tante Ichen«, unterbrach Mann verärgert. »Der Generalstaatsanwalt hat mich zu sich zitiert. Morgen früh um acht. Und das wird ungefähr die Uhrzeit sein, zu der ich zum letzten Mal in meinem Leben als Staatsanwalt agiere.«

»Dann sind wir schon zwei Arbeitslose«, stellte Marion lapidar fest.

»Wieso denn das?«, fragte Tante Ichen aufgebracht. »Du hast denen doch die Kohlen aus dem Feuer geholt, du hast Dreher freibekommen. Die müssen dir doch die Füße küssen, Junge.«

»Nein! Ich habe in einem Nebelland agiert. Ich habe zusammen mit einem Leibwächter von Koniew drei Gangster krankenhausreif geschossen. Von der Aktion im Spreewald einmal ganz zu schweigen. Ich hatte keinen offiziellen Auftrag, Bennys Freundin zu finden. Erst recht nicht ihren Zuhälter. Aber nachdem ich sie gefunden hatte, waren beide plötzlich tot. Können wir jetzt zu einem erfreulicheren Thema übergehen?«

Tante Ichen schwieg betroffen, bis John mit einem neuen Teller heißer Reibekuchen kam und ihn vor Mann hinstellte. »Essen und Trinken hält Leib und Seele zusammen«, sagte er trocken.

»Was willst du tun?«, fragte Marion.

»Ich weiß noch nicht«, murmelte Mann.

»Na, dann macht doch erst mal Ferien«, trompetete Tante Ichen. »Und vielleicht wird dieser Generalstaatsanwalt ja auch demnächst wieder rausgeworfen. Kann man ja nie wissen, oder?«

»Nein, aber ich glaube nicht, dass sich in Berlin zurzeit ein Politiker findet, der sich traut, den Mann ein zweites Mal zu entlassen. Und jetzt erzähl du doch mal: Der nette Rudi hat also auch deinen Garten sauber gemacht?«, wechselte Mann das Thema.

»Ja, und er war gut und preiswert. Das ist ja wirklich komisch mit diesen Gangstern, dass die so nett sein können.« Tante Ichen wedelte vornehm mit den Händen, wie um die Merkwürdigkeiten des Lebens zu verscheuchen.

John kam erneut aus der Küche, doch nun trug er ein Telefon und reichte es Mann.

»Junger Staatsanwalt«, schnaufte Koniew vertraulich. »Sie sollten vorbeikommen. Ich habe einen interessanten Gast hier.«

»Sofort?«

»Sofort«, bestätigte Koniew fröhlich. »Es ist, wie Väterchen Gorbatschow immer sagte: Wer seine Chance nicht ergreift, den bestraft das Leben.«

»Ich komme«, sagte Mann.

Er erinnerte sich, dass sein Auto sowieso noch vor dem *Smirnow* stand, und bat John, ihn zu fahren.

John setzte Mann ab und verschwand wieder.

Der kleine Dicke mit dem Watschelgang war auch dieses Mal der Empfangschef. Herzlich sagte er: »Heute haben wir viel Zeit für Sie!«, und lief vor Mann her.

Es ging durch das Lokal und den anschließenden zweiten Raum. Nirgendwo Menschen. Sie durchquerten eine gewaltige Restaurantküche, in der sich ebenfalls niemand aufhielt. Sie gelangten an eine Stahltür, an die der Dicke klopfte.

Die Tür ging auf, jemand sagte blechern, Mann möge die Treppe hinuntergehen und dann geradeaus. Es roch nach feuchtem Beton, die Beleuchtung bestand aus ein paar Glühbirnen, die nackt an Drähten an der Decke baumelten. Mann erreichte eine zweite grau lackierte Stahltür und klopfte, die Tür wurde augenblicklich geöffnet. Der Raum dahinter war grell ausgeleuchtet, Mann musste blinzeln.

»Willkommen, junger Staatsanwalt«, sagte Koniew. »Ich wollte Ihnen diesen Mann hier vorstellen. Er ist ein sehr bemerkenswertes Exemplar einer Gattung, die die Gesellschaft unserer Zivilisation sucht, um an unserem bescheidenen Reichtum teilzuhaben. Nehmen Sie Platz, bitte.«

Der Raum war sehr sauber und kahl, die Wände weiß getüncht. Das Licht stammte von Neonröhren, die ein Geviert an der Decke bildeten. In der Mitte des Raumes saß auf einem Stuhl ein dürrer Mann, dessen Kopf nach vorne baumelte. Er trug einen billigen blauen Anzug, ein weißes Hemd und wirkte vollkommen erschöpft. Sein Kopf war voller Blut.

Ihm gegenüber saß Koniew, hinter ihm, mit dem Rücken zur Wand, hockten zwei Männer, die brav die Hände im Schoß verschränkt hielten.

»Das ist Boris Vinokourov«, stellte Koniew beinahe zärtlich vor. »Und er kann eine wunderbare Geschichte erzählen. Nicht wahr, Boris?«

»Ja«, nuschelte Vinokourov. Er versuchte den Kopf zu heben, was ihm nicht ganz gelang.

Mann registrierte, dass er aus dem rechten Ohr blutete und einen tiefen Riss in der Braue über dem linken Auge hatte. Mann wurde wütend und sagte heftig: »Was soll das hier?«

Koniew lachte kehlig. »Sie müssen wissen, dass Boris zur Gruppe von Johann Hirtenmaier gehört. Meine Leute haben ihn zufällig entdeckt, als er in einem meiner Etablissements eine junge Dame mit seiner Liebe verwöhnen wollte.«

»Wer hat den Mann so zugerichtet?«, fragte Mann scharf.

»Das wissen wir nicht«, erwiderte Koniew schnell. Er sah Mann an und bemerkte erstaunt: »Sie glauben doch nicht im Ernst, dass wir meinen Freund Boris gefoltert haben? Das haben wir nicht. Haben wir doch nicht, Boris, oder?«

»Nein«, sagte Boris matt.

»Wir haben über alte Zeiten geplaudert«, erklärte Koniew gemütlich. »Boris war früher mal für mich tätig, aber dann hat er gedacht, er kann bei dem Schleimscheißer Hirtenmaier sein Glück machen. So war es doch, Boris, nicht wahr?«

»Ja«, sagte Boris.

»Boris ist der Mann, der die Bombe für das *Francucci's* baute. Und der sie dem armen Vietnamesen gab.«

Boris versuchte seine Lippen mit der Zunge zu befeuchten.

»Geben Sie ihm ein Glas Wasser!«, verlangte Mann.

»Oh, natürlich!« Koniew drehte leicht den Kopf, woraufhin einer der Männer hinter ihm hinausging.

»Weshalb bin ich hier?«, fragte Mann.

»Weil ich Ihnen ein Geschenk machen möchte. Ich schenke Ihnen Boris. Das können Sie nicht ablehnen!«

»Koniew«, sagte Mann zitternd vor Wut, »Sie haben keine Ahnung, was los ist. Ich habe mit der Geschichte nichts mehr zu tun! Hören Sie auf mit diesem Theater. Wo haben Sie Boris aufgegriffen?«

»Ich besitze einen erstklassigen Puff am Stuttgarter Platz«, sagte Koniew maliziös. »Und da tauchte Boris auf und wollte mit Katinka Liebe machen. Doch meine Männer haben ihn erkannt und ihn hierher eingeladen.«

»Aha«, sagte Mann. »Boris, haben Sie tatsächlich die Bombe gebaut und an den Vietnamesen Huu Vinh weitergegeben?«

»Ja«, nickte Boris.

»Was haben Sie bei dem Bombenbau verwendet?«

»Eine große Aktentasche. Sechs dicke Rohre mit Schrauben und Nägeln und das braune Zeug, C4.«

»Wie war die Zündung konstruiert?«

»Wie es Hirtenmaier vorgeschlagen hat. Taschenlampenbatterie, Minusdraht, Plusdraht. Dazwischen ein Plastikstreifen. Man musste an einem Faden ziehen und: bumm!«

»Warum kein Zeitzünder?«

»Kann ich nicht. Zu kompliziert. Sei auch nicht nötig, sagte Hirtenmaier.«

»Was hatte der Vietnamese für Instruktionen?«

»Er sollte an dem Faden ziehen, wenn er das Lokal betreten hatte.«

»Was ist mit Benny? Waren Sie auch daran beteiligt?«
»Nein. Das war Rudi. Zusammen mit dem Holländer.«
»Und Trudi?«
»Weiß ich nicht.« Boris' Stimme war immer leiser geworden. Koniews Mann kehrte mit einem großen Glas Wasser zurück und drückte es Boris in die Hand.

»Wer hat denn den Auftrag gegeben? Den Auftrag für Benny und den für die Bombe?«

»Hirtenmaier, wer sonst?« Boris versuchte zu trinken, verschüttete aber den größten Teil.

»Hirtenmaier hat die Order an Sie weitergegeben. Aber von wem hat Hirtenmaier den Auftrag bekommen?«

»Von der Bank. Also der Bank hier in Berlin. Hirtenmaier sagte immer nur: Die Bank will das. Er ist dafür bezahlt worden. Wir wurden auch bezahlt.«

»Wie viel haben Sie für die Bombe und das Attentat erhalten?«

»Wir waren zu dritt. Jeder fünftausend.«

»Wen sollte diese Bombe treffen?«

»Nur diesen alten Mann. Drei Tage waren wir hinter dem her.«

»Aber warum, um Himmels willen, so eine Riesenbombe?«

Zum ersten Mal zeigte Boris so etwas wie ein Lächeln. »Hirtenmaier meinte: Macht es groß und gründlich.«

»Wo ist dieser Hirtenmaier jetzt? Und wo sind seine restlichen Männer?«

»Das weiß er nicht«, mischte sich Koniew ein. »Und ich bin großzügig und glaube ihm.« Er reichte Mann einen Notizzettel. »Das sind übrigens die Namen der drei, die noch fehlen.«

»Ich kann Boris also mitnehmen?«, fragte Mann.

»Selbstverständlich«, nickte Koniew. »Und wenn Sie Schwierigkeiten bekommen, rufen Sie mich an.«

»Ich weiß, Sie haben immer einen Job für mich«, entgegnete Mann ironisch. Er wandte sich an Boris: »Dann kommen Sie mal mit.«

»Ja«, sagte Boris und erhob sich. Er stand sehr wackelig. Es dauerte eine Weile, bis er die ersten Schritte machen konnte.

»Wir gehen langsam«, sagte Mann. »Halten Sie sich an mir fest, dann geht es besser.« Er wandte sich nochmal an Koniew: »Danke. Danke auch für Peter.«

»Sie müssen Ihren Leuten ja nicht sagen, dass Sie Boris von mir haben.«

»Doch«, sagte Mann. »Das muss ich wohl. Oder meinen Sie, dass man mir glauben wird, wenn ich behaupte, ich hätte Boris in einem Ihrer Puffs aufgetrieben?«

»Wohl eher nicht.« Koniew gluckste.

Die beiden Männer gingen in einem traurigen Gänsemarsch durch den langen Kellergang und stiegen an die Oberfläche der Stadt.

»Da drüben steht mein Auto. Ich übergebe Sie einem Mann namens Blum. Blum ist ein guter Bulle, er wird Sie nicht bescheißen. Was haben Koniews Leute mit Ihnen gemacht?«

»Sie haben mich aufgehängt. Mit dem Kopf nach unten. Nach einer Weile sagst du alles.«

»Ja«, nickte Mann und schloss den Wagen auf. Als Boris neben ihm saß, rief er Blum an.

»Hör zu, ich habe hier einen Boris in meinem Wagen. Boris ist der Mann, der die Bombe gebaut und sie dem Vietnamesen gegeben hat.«

»Du willst mich verarschen!«

»Nein. Ich sitze vor dem *Smirnow*.«

»Ich komme«, sagte Blum atemlos. »Und wie ich komme!«

Mann steckte sein Handy weg und wandte sich an Boris. »Der Vietnamese wusste nicht, dass die Bombe sofort explodiert, nicht wahr?«

»Nein«, sagte Boris, den Blick starr geradeaus gerichtet. »Er hat das Geld vorher gekriegt. Und er hat es seiner Frau gegeben.«

»Wie viel?«

»Zehntausend.«

»Warum hast du diesen Scheiß mitgemacht?«

Nach einer Weile drehte Boris den Kopf zu Mann und stieß in leichter Verachtung aus: »Ich bin arbeitslos, ich habe Familie in Polen. Wir wollen raus aus dem Dreck. Was sollte ich sonst machen?«

»Das ist eine gute Frage«, murmelte Mann. »Wie viele Kinder hast du?«

»Vier. Meine Frau arbeitet als Putzfrau. Das war alles, was wir hatten. Hast du was zu rauchen?«

Mann reichte ihm seine Schachtel herüber. »Nimm diese hier.«

»Was glaubst du, wie lange wird eine Frau warten?«

»Keine Ahnung«, sagte Mann vorsichtig.

»Nicht lange«, gab Boris sich selbst die Antwort. »Nicht mit vier Kindern.«

Blum rauschte heran und Mann berichtete schnell, was er von Boris erfahren hatte. Und er gab ihm den Zettel mit den Namen der übrigen Männer von Johann Hirtenmaier.

»Mein lieber Mann«, sagte Blum seufzend. »Du machst es dem Generalstaatsanwalt aber schwer, dich zu feuern.« Dann lachte er und wollte mit Boris verschwinden. Doch er drehte sich noch einmal um. Sein Gesicht hatte plötzlich einen bitteren Ausdruck. »Ich habe etwas vergessen. Es wird dich nicht freuen. Bakunin hat seinen Herzinfarkt nicht überlebt. Für Bakunin war das sicher gut, für uns ist das schlecht.«

VIERZEHNTES KAPITEL

Mann hockte in seinem Wagen und starrte wie betäubt durch die Scheibe auf die nachtschwarze Straße. Er spürte keinen Antrieb mehr, nur noch Erschöpfung. Katharina kam ihm in den Sinn. Vermutlich war sie bei ihren Eltern und beklagte die Ungerechtigkeiten, die ihr widerfahren waren. Wahrscheinlich würde sie schleunigst jemanden heiraten, um ein für alle Mal jede Unklarheit aus ihrem Leben zu verbannen. Er wunderte sich, dass er an sie dachte.

Ziemann würde verschwimmen, irgendwann nur noch ein Name sein, mit dem etwas Unklares verbunden war. Was ist da nochmal passiert?, würden die Leute fragen. Vielleicht, nein, bestimmt würde aber er selbst zuweilen an Ernas Küchentisch sitzen und ihr Tatar essen. Benny, Trudi, ihr Zuhälter: abgehakt. Sirtel? Ein winziges Stück Geschichte der Stadt. Siebzehn Tote im *Francucci's*, einen Gedenktag wert ... Irgendwann Verhandlungen vor irgendwelchen Gerichten, in denen man um Klarheiten rang, die es niemals geben würde.

Mann startete den Motor und fuhr gemächlich zu Tante Ichens Haus. Er betrat das Treppenhaus und hörte die anderen im Salon miteinander reden, gelassen und ruhig. Er streckte den Kopf durch die Tür und sagte: »Es war tatsächlich nichts Besonderes. Ich geh schlafen; morgen früh, das wird ein hartes Gespräch.«

Alle begannen gleichzeitig auf ihn einzureden, Tante Ichen, John und Marion. Aber er hatte die Tür schon geschlossen und stieg die Treppe hinauf. Matt dachte er: Ich wollte, ich wäre am Arsch der Welt, ich würde auf der Wiese sitzen und den umgekippten Bootsschuppen am See betrachten, endlos.

Er zog sich aus und legte sich nackt auf das Bett. Dann fror er und kroch unter die Decke, um kurz darauf aufzustehen und sich vor das weit geöffnete Fenster zu stellen.

Im Treppenhaus sagte John: »Schlafen Sie wohl, meine Liebe.«

Mann legte sich wieder unter die Decke und starrte in die Dunkelheit. Verbissen dachte er: Ich werde dem General sagen, dass er keine Ahnung davon hat, was in dieser Stadt läuft. Dabei war sich Mann darüber bewusst, dass das nicht der Wahrheit entsprach, und er wusste auch, dass der Ablauf schwieriger Gespräche nicht vorhersehbar war und dass sie sich jeder Steuerung versagten. Und noch einer Sache war sich Mann ziemlich sicher: dass der General keine schlaflose Nacht hatte und nicht darüber nachdachte, ob er Mann feuern oder versetzen sollte.

Als die Sonne einen ersten vorsichtigen Strahl durch den wolkenreichen Himmel schickte, stand Mann auf.

John war auch schon wach und las in der Küche Zeitung. Er sagte: »Deine Tante meint, es sei besser, wenn ich dich zu deinem Gespräch fahre. Was willst du zum Frühstück?«

»Ich fahre selbst. Einen Kaffee und ein Stück Brot, sonst nichts.«

John nickte und schwieg. Die Kaffeemaschine gab ein letztes lautes Blubbern von sich.

Mann setzte sich auf einen hohen Hocker und begann an einer Scheibe Graubrot zu nagen.

John trank seinen Kaffee im Stehen und beobachtete ihn. »Die Frauen glauben, du brauchst ein wenig Abstand«, murmelte er vorsichtig.

»Ich kann nicht drüber reden«, sagte Mann. Dann lächelte er leicht. »Tut mir Leid, John.«

»Oh, ich verstehe das schon.« Er goss den Rest Kaffee aus seiner Tasse in das Spülbecken. »Aber wenn ich was für dich tun kann, sag Bescheid.« Er ging hinaus.

Wenig später verließ Mann das Haus und setzte sich in seinen Wagen. Er fuhr langsam, er war früh dran. Alt-Moabit. Zentrum der Justiz, sein Zuhause seit Jahren.

Das Ritual war das immer gleiche. Eine Sekretärin mit nichts sagenden Zügen wies ihn zu einer kleinen Gruppe schwarzer Ledersessel. Mann setzte sich und starrte vor sich hin. Es gab nicht mal eine Zeitung.

Irgendwann läutete ein Telefon, die Sekretärin hob den Kopf, nickte ihm zu und sagte: »Er erwartet Sie.«

Mann hatte den Raum nicht so groß in Erinnerung, nicht so kalt.

»Setzen Sie sich, mein Lieber«, murmelte der General freundlich und wies auf zwei Stühle vor dem Schreibtisch.

Mann nahm den linken und faltete die Hände im Schoß.

»Wir beide haben ein Problem miteinander«, begann der General. »Sehen Sie das auch so?«

»Ich habe mehrere Probleme. Ja, aber auch eins mit Ihnen.«

»Kolthoff sagte mir, Sie sind fachlich sehr gut. Wenn Kolthoff das sagt, muss es so sein. Wie kommen wir aus der Bredouille wieder raus?« Er erwartete keine Antwort, er beugte sich weit auf dem Schreibtisch vor und faltete die Hände unter dem Kinn. Er betrachtete Mann väterlich, spitzte den Mund, lächelte nicht. Dann war gar keine Bewegung mehr in seinem Gesicht, es war wie aus Stein.

»Wie konnte es geschehen, dass Sie in eine so fatale Nähe zu diesem Russen gerieten? Ich meine, Sie akzeptierten Hilfe, Sie akzeptierten sogar Schusswaffen. Und zuletzt Sprengkörper. Hatten Sie eine Art Black-out?«

»Ich war allein«, erklärte Mann hohl. »Nach dem Tod von Herrn Kriminalrat Ziemann war ich allein.«

»Kolthoff erzählte mir, Sie seien von diesem bedauerlichen Todesfall immens betroffen gewesen.«

»Das stimmt«, nickte Mann.

»Hat Sie der Tod an sich schockiert oder die Tatsache, dass Ziemann Selbstmord begangen hat?«

»Meines Erachtens war das kein Selbstmord. Es war Mord.«

»Wie kommen Sie darauf?« Da war kein Erstaunen in der Frage und auch keine Empörung, da war gar nichts.

»Oberstaatsanwalt Bakunin hatte den Revolver von Erich Ziemann in der Hand. Auf dem Griff war Bakunins Daumenballenabdruck.«

»Woher wissen Sie das?« Wieder kein Erstaunen, kein Hauch von Aggression, kein Vorwurf, nichts.

»Das sagte man mir.«

»Wer ist ›man‹?«

»Nun ja, Leute, die es wissen. Kriminaltechniker.«

Der Generalstaatsanwalt nahm es hin, kommentierte es nicht. »Lassen Sie mich konkreter werden.« Er veränderte seine Haltung nicht, saß weiter mit unter dem Kinn gefalteten Händen und ausdruckslosem Gesicht da. »Die Sache im Spreewald. War das nicht eindeutig Rechtsbruch?«

»Ja, das war es. Aber es ging um die Befreiung einer Person.« Mann dachte flüchtig: Lieber Himmel, das müsste Marion hören.

»War das Leben dieser Person in Gefahr?«

»Nicht unbedingt. Aber es war Gewalt in der Szene.«

Einen Moment lang blieb es still.

»Dann die geschlossene Akte des Benny. Wissen Sie, wir haben uns tatsächlich etwas dabei gedacht, als wir sie geschlossen haben.« Ein Schimmer von Ironie. »War das nicht ein Verhalten, das gegen eine Menge Vorschriften verstößt?«

Mann nickte bedächtig. »Ja, wahrscheinlich. Aber ich gebe zu bedenken, dass in dieser Sache zwei leitende Herren dieses Hauses wütende Briefe schrieben. Jeder in diesem Haus weiß davon, es stand sogar in den Zeitungen. Der eine schwor auf Selbstmord, der andere auf Mord. Ich glaube, Benny hat sich nicht selbst aufgehängt, er wurde aufgehängt. Und das ist der Schlüssel zu einem sehr massiven Fall von Kreditbetrug.«

Der Generalstaatsanwalt kommentierte auch das nicht, spulte sein Programm einfach weiter ab. »Die Freundin dieses Benny – ist es möglich, dass Sie etwas angestoßen haben, in dessen Folge diese Frau und ihr Begleiter getötet wurden?«

»Nein, unmöglich«, erwiderte Mann schnell und rau. »Diese Leute waren schon längere Zeit hinter der Freundin her. Ich kann kein auslösender Faktor gewesen sein.«

»Kommen wir zu Dr. Walter Sirtel. Sie sind überzeugt, dass er es war, der mit der Bombe getötet werden sollte, nicht wahr?«

»Natürlich«, sagte Mann. »Und die Aussagen von Hirtenmaiers Leuten werden das bestätigen.«

Plötzlich begann der General schrill zu kichern. »Sie sind ein Tropf, mein Freund! Ich denke nicht, dass wir eine derartig klare Aussage erwarten können. Das ist ungebildetes Pack, die können wir vergessen. Doch weiter: Sie haben eine Verbindung zu Marion Westernhage hergestellt, die im Vorzimmer von Dr. Dreher saß. Haben Sie versucht, Einfluss darauf zu nehmen, wie mit der Frau verfahren wird?«

»Nein. Ich habe lediglich darauf hingewiesen, dass es besser sein könnte, wenn eine Frau sie verhört.«

»Ist das keine Einflussnahme?« Der General wedelte mit beiden Händen und faltete sie anschließend wieder. »Was wird passieren, wenn wir eines Tages in der Lage sein sollten, Grischa Koniew anklagen zu können? Was wird passieren, wenn er sagt: Aber ich habe doch den Bombenbastler geliefert?«

»Ich weiß es nicht«, erwiderte Mann wahrheitsgemäß.

Der Generalstaatsanwalt drehte seinen Kopf zum Fenster und schwieg eine Weile. Schließlich erklärte er, ohne Mann anzusehen: »Ich trage Verantwortung für diese Behörde, ich trage also auch Verantwortung für Sie, Herr Mann. Und ich glaube bei genauem Hinsehen nicht, dass Sie eine Zukunft in dieser Behörde haben.«

»Das dachte ich mir.«

»Langsam, bitte nichts überhasten. Ich denke, wir beide brauchen Zeit, ein wenig Abstand. Ich schicke Sie deshalb für drei Monate in einen bezahlten Sonderurlaub. Dann sehen wir uns hier wieder.« Er musterte Mann und fügte ohne die Spur innerer Beteiligung hinzu: »Grüßen Sie Ihre Tante von mir.«

»Das müssen Sie schon selbst tun«, murmelte Mann, stand auf und ging grußlos hinaus. Auch von den beiden Frauen im Vorzimmer verabschiedete er sich nicht, ließ die Tür hinter sich zuklacken und ging den langen Korridor entlang. Eine solche Stimmung, solche Gefühle hatte er noch nie erlebt. Als er die beiden breiten Treppen hinabstieg, ließ er sicherheitshalber seine rechte Hand über das Geländer schleifen, weil er seinen Beinen misstraute.

Vor dem Gebäude stand Blum und sah ihn fragend an.

»Ich kann nichts sagen«, murmelte Mann. »Ich habe drei Monate Sonderurlaub.«

»Und dann?«

»In dieser Behörde ist kein Platz für mich.«

»Jochen, ich …«

»Hör zu, Blum. Ich habe gerade mit einem Eisschrank gesprochen. Mir ist kalt und ich will heim.« Mann wandte sich ab und ging davon, einige Sekunden lang befürchtete er, in Tränen auszubrechen.

Die erste Ampel nahm er bei Rot, glücklicherweise war er langsam genug, um noch bremsen zu können. Er stand zehn Zentimeter vor einem Bus, dessen Fahrer ihn wüst beschimpfte und dabei aussah wie ein Karpfen im Aquarium. Mann setzte zurück. Er war erschrocken genug, jetzt aufmerksamer zu fahren. Als er im Grunewald ankam, hatte es leicht zu regnen begonnen.

John rief aus der Küche: »Deine Tante ist im Salon.« Dann tauchte er in der Tür auf: »Was ist passiert?«

»Nichts Schlimmes«, antwortete Mann.

Er fand Tante Ichen lesend auf ihrem Lieblingssofa.

»Wie ist es dir ergangen, mein Junge? Erzähl. Wie war der Herr aller Reußen? Hat er dich gut behandelt?«

»Er würde mit einem glatten Ja antworten. Ich habe erst mal drei Monate bezahlten Sonderurlaub und dann wird man sehen, wie es weitergeht. In der Behörde gibt es auf jeden Fall keine Verwendung mehr für mich. Wo ist Marion?«

»Ich weiß nicht. Eben war sie noch hier. Wahrscheinlich im Turmzimmer. Heißt das, er hat dich gefeuert?«

»Ja, das heißt es.«

»Aber das geht doch gar nicht! Du bist doch Beamter.« Sie ließ ein etwas unverschämtes Kichern hören und setzte hinzu: »Dabei hat er doch gerade erst am eigenen Leib erfahren, wie das ist, gefeuert zu werden.«

»Tante Ichen, ich bin zurzeit kein guter Unterhalter und muss noch etwas schlafen, ich lag die ganze Nacht wach. Wo gibt es hier ein Schlafmittel? Und dreh mir jetzt bitte keinen Tee an.«

»Warte mal ...« Sie stand auf, ging in die Küche und kehrte mit einer kleinen flachen Schachtel zurück. »Nimm zwei. Das bringt auch ein Pferd zum Schlafen. Was sage ich, wenn Marion nach dir fragt?«

»Dass ich schlafe, was sonst?«

Mann ging in sein Zimmer, schluckte die Pillen, legte sich auf das Bett und drehte sich zur Seite. Nach einer Ewigkeit zog ein Schleier vor seine Augen und er schlief ein.

Er erwachte voller Schrecken und mit dem Gefühl, etwas versäumt, verschlafen zu haben. Es war kurz nach fünf Uhr am Nachmittag, draußen regnete es immer noch, Mann hörte die Blätter der Bäume rauschen und das Ticken der Wassertropfen auf dem Dach der Veranda. Er spürte leichte Kopfschmerzen, einen Druck hinter den Augen, vermutlich war das Schlafmittel daran schuld. Warum hatte er es überhaupt genommen? Er versuchte seinen Gedanken, seinem Leben eine innere Logik zu geben, so etwas wie eine Fahrtroute auszumachen. Aber plötzlich wurde ihm bewusst, dass es die für ihn jetzt nicht mehr gab. Er wurde panisch, setzte sich ruckartig aufrecht hin, rieb sich die Augen. Er hatte weder Schuhe noch Jackett ausgezogen. Er dachte: Ich bin außer mir, besitze mich nicht mehr.

Es klopfte sanft und Tante Ichen kam herein. Sie trug eine Tasse mit ihrem gefürchteten Kaffee und einen Teller mit einem Butterbrot. Sie lächelte leicht verlegen.

»Ich dachte, langsam müsstest du genug geschlafen haben. Hier ist ein bisschen was für den Magen, Junge.«

»Danke«, sagte er.

»Fühlst du dich etwas besser?«

Er stand auf und stellte sich mit dem Rücken zum Fenster. »Weiß ich nicht. Alles ist kaputt.«

»Aber das letzte Wort ist doch noch nicht gesprochen«, murmelte Tante Ichen hilflos.

»Doch. Er hat nicht einmal erwähnen müssen, dass es sechs oder zehn Gründe für ein Disziplinarverfahren gibt. Ich bin raus.«

»Wir werden uns gemeinsam was überlegen«, erklärte sie entschlossen.

»Ja, ja«, nickte er und mühte sich um ein Lächeln.

»Sollen wir ins *Adlon* essen gehen?«

Er starrte sie an, es war ihre Art, mit einem Unglück umzugehen. »Nicht heute, vielleicht ein andermal.«

»Dann will ich dich mal nicht länger stören.« Sie ging wieder hinaus und schloss die Tür so vorsichtig hinter sich, als würde er todkrank im Bett liegen.

Mann schaufelte sich kaltes Wasser ins Gesicht, rasierte sich aber nicht – vielleicht würde er sich einfach nie mehr rasieren. Dann wechselte er seine Kleidung und suchte Marion.

Marion war nicht im Turmzimmer, Marion war nicht im Garten, nicht im Salon. Marion war nicht zu finden.

John rieb mit einer Hand voll Watte am Kühler des Bentley herum. Er sagte: »Ich weiß nicht, wo sie ist. Sie war heute sehr still, lief umher wie ihr eigener Schatten. Vielleicht ist sie um die Häuser.«

»Aber sie soll doch das Grundstück nicht verlassen!«

John spitzte den Mund. »Das war in einem anderen Leben«, entgegnete er knapp. »Ich nehme an, dass sie das im Moment nicht interessiert.«

»Wieso habt ihr nicht auf sie geachtet?«

John fuhrwerkte weiter unverdrossen mit dem Wattebausch herum. »Wir haben im Moment alle ein Problem, mein Junge. Und zwar dich, du bist gefeuert und wir … na ja, wir sind vollkommen hilflos.«

»Ja«, murmelte Mann. Er lief ins Haus, war von Angst erfüllt. Er rannte von Raum zu Raum und rief nach Marion.

»Hat sie ein Taxi bestellt?«, erkundigte er sich bei Tante Ichen.

»Das weiß ich nicht.«

»Wann hast du sie das letzte Mal gesehen?«

»Vor zwei Stunden vielleicht.«

»Heilige Scheiße!«, schrie er.

Er rannte hoch in sein Zimmer und begann zu telefonieren. Er fragte Blum, ob er eine Ahnung habe, wo Marion sei. Der raunzte, er sei nicht Vorsteher eines Kindergartens. Was mit diesem Hirtenmaier sei, erkundigte sich Mann.

»Den haben wir heute Morgen erwischt. An der Grenze in Waidhaus.«

Mann legte auf, ohne noch etwas zu sagen.

Er lief aus dem Haus und setzte sich in sein Auto. Fiebrig dachte er, wahrscheinlich ist sie in ihrer Wohnung und räumt das Chaos auf.

Aber dort war sie nicht. Mann trieb den Hausmeister auf, der Klarheit schaffte: Er erzählte etwas von einer Garage und schloss sie auf. Trocken stellte er fest: »Sie hat ihren Wagen mitgenommen.«

Mann dachte erleichtert: Natürlich, sie ist zu ihrer Mutter gefahren! Bremen, sie wohnt irgendwo in Bremen. Er rief die Auskunft an. Es gebe aber sechzehn Anschlüsse von Leuten, die Westernhagens hießen, erklärte die Frau.

»Dann geben Sie mir alle Nummern!«, forderte Mann.

Er schrieb sie auf und telefonierte sie nacheinander ab. Die achte Nummer war die richtige. Eine Frau bestätigte, ja, Marion sei ihre Tochter. Nein, sie wisse nicht, wo sie sich aufhielte. Bei ihr sei sie jedenfalls nicht.

Mann hockte im Auto und überlegte verkrampft. Er verlor jedes Gefühl für Zeit und sprach lockend zu ihr, sagte, sie solle die Deckung aufgeben, Bescheid geben, wo sie sei. Inzwischen war es dunkel geworden und plötzlich tauchte eine dralle Frau auf und fragte empört, ob er sich eigentlich im Klaren darüber sei, dass er eine Einfahrt blockiere. Er entschuldigte sich und startete den Motor, wusste nicht, wohin er fahren sollte, und fragte sich, wo er selbst jetzt gern sein würde. Die Antwort war: am Arsch der Welt.

Es war schon nach Mitternacht, als er von der Autobahn abfuhr, und er dachte, dass er die Nachbarin wegen des Schlüssels aus dem Bett holen müsste. Er passierte den alten Militärflughafen der Russen, wo vermutlich ein Jugendlicher auf den Beton eines Shelters gesprüht hatte: *Bässe gegen den Krieg!* Dann kam das Schild: *Alt-Gaarz*.

Das Häuschen lag im Dunkeln, kein Auto. Mann schellte, niemand reagierte. Er ging um das Haus herum in den verwilderten Garten. Da saß sie, auf einem Küchenstuhl in der Wildnis hochgeschossener Gräser, und starrte auf den See jenseits der Wiese.

»Guten Morgen. Ich bin's«, sagte Mann leise.

Marion sah elend aus, nickte nur, hielt die Hände krampfhaft im Schoß. Sie zitterte am ganzen Körper.

»Du holst dir eine Erkältung. Lass uns besser ins Haus gehen.«

»Ich will hier bleiben. Ich will allein sein.« Ihre Stimme war heiser.

»Du warst plötzlich weg, da habe ich dich gesucht.«

»Jetzt weißt du, wo ich bin. Du kannst wieder gehen.«

Er ging neben ihr in die Hocke. Da bemerkte er zwischen ihren Füßen im Gras die Schachtel *Lexotanil.* Daneben stand ein Glas voll Wasser. »Wolltest du die nehmen?«

»Will ich noch immer. Lass mich in Ruhe!«

»Aber warum? Die Geschichte ist zu Ende.«

»Jochen, sei nicht dämlich. Für mich fängt die Geschichte erst an. Deine Kollegen werden mich ausweiden wie ein Stück Vieh. Ich bin arbeitslos und werde allenfalls noch einen Job als Klofrau auf einer Autobahnraststätte bekommen.«

»Ich hole dir erst einmal eine Decke.« Mann betrat das Haus durch den Hintereingang und fand oben im Schlafzimmer eine Decke. Sie war dunkelbraun und roch muffig.

Er dachte: Wenn sie die Tabletten genommen hat, wartet sie auf die Wirkung und geht dann in den See.

Als er wieder bei Marion war, legte er ihr die Decke um die Schultern. Sie bewegte sich nicht.

»Wenn du dich umbringen willst, solltest du nicht allein sein.«

»Mir war gar nicht klar, dass du so rührselig bist.«

»Bin ich, weil ich dich liebe.« Er zündete sich eine Zigarette an.

Sie nahm sie ihm aus den Fingern und zog daran. »Die schlimmsten Dinge weißt du gar nicht.«

»Was sollte denn das sein?«

»Dass ich gegen Geld gevögelt habe.«

»Na und? Das Leben geht krumme Wege. Mit wem hast du das getan?«

»Mit einem der Meiers. Blandin wollte unbedingt wissen, wie viel Geld sie beiseite geschafft haben. Das ist so eine Art Sport unter den Herren und die Frage ist: Wer kann es am besten?«

»Und, wie viel ist es?«

»Elf Millionen für jeden. Gut versteckt in einer Holding in Hongkong.«

Beide schwiegen.

»Damit bin ich eine Nutte«, sagte Marion endlich. »Und es war nicht das einzige Mal, dass ich so etwas getan habe.«

»Was ist daran so furchtbar?« Er dachte, dass er sie auf ein anderes Gleis schieben musste: »Glaubst du, dass Blandin oder Dreher den Auftrag erteilt hat, das *Francucci's* in die Luft zu jagen?«

»Du lieber Gott!« Sie bewegte zum ersten Mal den Kopf. »Hoffst du im Ernst, dass irgendjemand so etwas beweisen kann? Wie naiv seid ihr Staatsanwälte eigentlich?«

»Ich bin kein Staatsanwalt mehr. Der General hat mich gefeuert.«

Kurz sah sie ihn an und senkte dann den Kopf wieder. »Es gibt noch weitere Sauereien, von denen du nichts weißt.«

»Das ist mir klar. Du warst Blandins U-Boot. Du solltest für ihn Dreher kontrollieren.«

Ihr Kopf ruckte hoch. »Woher weißt du das?«

»Das war nicht so schwer«, murmelte er. »Selbst wir naiven Staatsanwälte begreifen so etwas sofort. Was zahlte er dir?«

»Ein zweites Gehalt. Wieso bist du eigentlich gefeuert worden? Du bist doch ein Held.«

»Ein Scheiß bin ich! Ich habe zusammen mit einem Haufen wahrscheinlich Krimineller Alleingänge mit Waffengewalt unternommen. Das macht kein guter Staatsanwalt.« Mann war wütend geworden.

Nach einem langen Schweigen meinte Marion: »Eigentlich ist das alles sehr komisch. Nach meinem Kenntnisstand wird Blandin demnächst Chef einer international agierenden Kunststiftung und in den Aufsichtsrat der Deutschen Bank berufen. Dreher übernimmt den Vorstand des Aufsichtsrats seiner Baumärkte und wird mit hoher Wahrscheinlichkeit in den Wirtschaftsbeirat der Deutschen Telekom gewählt. Der Schlaffarsch Sittko preist einen Hotelkomplex in München für den nächsten Investmentfonds an und das Land Hessen hat signalisiert, dass es ihn gerne im Aufsichtsrat seiner staatlichen Immobilienverwaltung sehen würde. Aber er ziert sich noch. Und wir beide hocken hier am Arsch der Welt und sind im Arsch.«

»Ein schönes Ende einer schönen Nacht«, nickte Mann. »Und jetzt steh auf und komm ins Haus. Ich habe keine Lust auf eine Lungenentzündung. Und nimm das *Lexotanil* mit. Wenn du es nimmst, will ich die Hälfte abhaben.«

Sie lächelte.

Danksagung

Die Recherchen für dieses Buch zogen sich über insgesamt achtzehn Monate.

Ich habe vielen Menschen Dank zu sagen, besonders denen, die in der Bankgesellschaft Berlin tätig waren und sind. Ihre Namen kann ich aus verständlichen Gründen nicht nennen. Ein besonderer Dank geht an den Stabschef des Bundesnachrichtendienstes im Bundeskanzleramt, der mich erstaunlich offen über die Denkwürdigkeiten so genannter *Joint Operations,* vor allem mit den US-Amerikanern, informierte. Ein Dank auch an Rainer Mertel, der als ehemaliger Chef der Nürburgring GmbH darüber sprach, wann man es unter allen Umständen sein lassen sollte, eine neue Rennstrecke zu bauen. Dank an Franziska Maria Schüller, Dramaturgin und Regisseurin, die Erstaunliches über Staatsanwaltschaften herausfand. Dank auch an Dieter Grau, den Chef der KSK Daun, der mich in die möglichen Denkstrukturen geldgieriger Banker einführte. Dank an die Chefs einiger Anwalts-, Steuerberater- und Wirtschaftsprüferkanzleien sowie einiger Beratungsfirmen, von denen nicht wenige während der gesamten Krise der Berliner Bankgesellschaft auf beiden Seiten des Zauns viel Geld verdienten. Dank auch an Mathew D. Rose, der mich mit seinem Buch *Eine ehrenwerte Gesellschaft* (Transit Buchverlag, Berlin 2003) in die Lage versetzte, schier Unmögliches zu glauben. Dank an den Verfassungsschutz, der als beobachtende Behörde auf mögliche Blickfelder aufmerksam machte. Dank an hilfreiche Menschen aus den Reihen der Kriminalpolizei. Dank an Gunter Broegger in Monchique, der mir ein freundliches Asyl gewährte. Dank an Thomas Hamm, einen wunderbaren Taxifahrer in Berlin. Und ein lebenslanger Dank an meine Lektorin Ulrike Rodi.

Selbstverständlich ist die Leserin, der Leser leicht geneigt, den Verlauf des hier geschilderten Bankenskandals sowie die handelnden Personen dieses Buches umzusetzen in das, was wir Wirklichkeit nennen. Das liegt nicht in meiner Absicht. Meine Personen gab es nicht und gibt es nicht und der Bankenskandal in Berlin ist nur ein Pars pro Toto.

J. B. im November 2003

Krimis von Jacques Berndorf

Eifel-Blues
ISBN 3-89425-442-4
Der erste Eifel-Krimi mit Siggi Baumeister
Drei Tote neben einem scharf bewachten Bundeswehrdepot.

Eifel-Gold
ISBN 3-89425-035-6
Der zweite Eifel-Krimi mit Siggi Baumeister
Riesengeldraub in der Eifel: 18,6 Millionen sind weg. Wer war's?

Eifel-Filz
ISBN 3-89425-048-8
Der dritte Eifel-Krimi mit Siggi Baumeister
Totes Golferpärchen. Das Mordwerkzeug: Armbrust. Das Motiv?

Eifel-Schnee
ISBN 3-89425-062-3
Der vierte Eifel-Krimi mit Siggi Baumeister
Sehnsüchte, Träume und Betäubungen junger Leute.

Eifel-Feuer
ISBN 3-89425-069-0
Der fünfte Eifel-Krimi mit Siggi Baumeister
Wer hat den General in seinem Landhaus liquidiert?

Eifel-Rallye
ISBN 3-89425-201-4
Der sechste Eifel-Krimi mit Siggi Baumeister
Auf dem Nürburgring wird ein großes Rad gedreht.

Eifel-Jagd
ISBN 3-89425-217-0
Der siebte Eifel-Krimi mit Siggi Baumeister
Ein Hirsch aus der Eifel kann teurer sein als ein Menschenleben.

Eifel-Sturm
ISBN 3-89425-227-8
Der achte Eifel-Krimi mit Siggi Baumeister
Tote träumen von der sanften Windenergie.

Eifel-Müll
ISBN 3-89425-245-6
Der neunte Eifel-Krimi mit Siggi Baumeister
Müllprofit und Liebe machen Menschen mörderisch.

Eifel-Wasser
ISBN 3-89425-261-8
Der zehnte Eifel-Krimi mit Siggi Baumeister
Toter Trinkwasserexperte läßt Rodenstock rätseln.

Eifel-Liebe
ISBN 3-89425-270-7
Der elfte Eifel-Krimi mit Siggi Baumeister
In Annas Clique beginnt das große Sterben ...

grafit

Das Jacques Berndorf-Fanbuch

Jacques Berndorf – Eifel-Täter
Mit Texten von und über Jacques Berndorf
Herausgegeben von Rutger Booß
Fotografie: Karl Maas
Hardcover, fadengeheftet
Mit beigefügter CD ›Best of Berndorf‹
ISBN 3-89425-499-8

»Für eingefleischte Berndorf-Fans ist dieses exzellent vierfarbig gedruckte Begleitbuch fast ein Muss. Eifel-Liebhaber finden darin eine Fülle von Fotos, die von der mal rauen, mal lieblichen, aber immer stillen Schönheit der Region zeugen.« (Bergsträßer Anzeiger)

Die CD ist auch einzeln erhältlich:
Jacques Berndorf: **Best of Berndorf**
CD, 73 Minuten
ISBN 3-89425-498-X

Jacques Berndorf/Christian Willisohn

Otto Krause hat den Blues
CD, 73 Minuten
ISBN 3-89425-497-1
€ 15,90/sFr 30,50

Jacques Berndorf liest die märchenhafte Geschichte von dem jungen Otto Krause, der seine große Liebe findet. Aber schafft er es auch, sie zu halten? Der Musiker Christian Willisohn (Gesang, Piano) hat zu dieser Story eigene Stücke komponiert, die er auf der CD selbst darbietet.

Es handelt sich um ein echtes Bluesmärchen, zwei „Reibeisenstimmen" treffen aufeinander: Jacques Berndorf mit seiner unverwechselbaren tiefen und sonoren Sprache, Christian Willisohn mit seinem dunklen Bluesgesang, der direkt aus New Orleans zu kommen scheint.

Text und Musik gehen zu Anfang und Ende der einzelnen Tracks ineinander über, dann steht jeder Teil für sich. Die einzelnen Bluesstücke ergänzen in wunderbarer Weise die mal witzigen, mal traurigen Episoden der Geschichte um Otto Krause. Ein Märchen im klassischen Sinne, an dessen Ende ein Happy End steht, das den Hörer mit der Welt versöhnt. Ebenso der Blues, der Gefühle der Verzweiflung und der Aussichtslosigkeit genauso zum Ausdruck bringen kann wie ehrliche Glücksmomente.

Für die Fans von Jacques Berndorf ist diese CD ein besonderer Leckerbissen und jederzeit ein wunderbarer Geschenktipp.

Berlin-Krimis von Ralph Gerstenberg

Grimm und Lachmund
Erster Band der Henry-Palmer-Trilogie ISBN 3-89425-276-6

Henry Palmer hilft einer Frau aus einer Notlage. Am nächsten Tag liegt sie ermordet auf seinem Sofa. Nicht nur für Kommissar Röntsch, sondern auch für den Bruder der toten Polin ist Henry sehr verdächtig. Henry sucht Unterschlupf in der WG seines Kumpels Theo Trepka. Als auch ihre gemeinsame Freundin Hannah einzieht, ist das Chaos für alle perfekt. Was keiner weiß: Hannah ist der Schlüssel zur Lösung des Mordfalls ...

Ganzheitlich sterben
Zweiter Band der Henry-Palmer-Trilogie ISBN 3-89425-236-7

»... eine der schrägsten Milieuschilderungen des Nach-Wende-Berlins, die wohl derzeit auf dem Buchmarkt zu finden ist ... Gerstenbergs zweiter Kriminalroman überzeugt nicht nur durch die Spannung der Story und die detailreiche Beschreibung eines Underdog-Berlins, dem bislang jede Stimme fehlte ... Kein Hauch von political correctness.« (amazon.de)

»Ein stimmiger, spannender gesellschaftskritischer Krimi.« (Buchprofile)

»Ein ebenso unkonventioneller wie sympathischer Held, ein klarer Handlungsfaden, der trotzdem Raum für überraschende Wendungen lässt, vor allem aber eine lebendige Sprache, die den Leser fesselt ... ein starkes Stück Krimi-Literatur.« (Rhein-Zeitung)

Hart am Rand
Dritter Band der Henry-Palmer-Trilogie ISBN 3-89425-264-2

»... Berliner Großstadtdschungel hautnah: Kneipiers, Abzocker, Prostituierte, Normalbürger, Schicki-Mickies, Spinner, Spießer, Besoffene, alles trifft sich auf engstem Raum.« (report. Das Buch der Woche)

»Alles ist da, was einen Krimi ausmacht.« (tip)

»Eine dichte Story nicht ohne Witz, die zum Nachdenken anregt.« (Emsdettener Volkszeitung)

»Am Rand der Berliner Mitte ist alles im Umbruch ...« (Literatur-Report)